AtV

Amy Myers wurde 1938 in Kent geboren. Sie studierte an der Reading University englische Literatur, arbeitete als Verlagslektorin und war bis 1988 Direktorin eines Londoner Verlages. Seit 1989 ist sie freischaffende Schriftstellerin. Sie ist mit einem Amerikaner verheiratet und wohnt in Kent.

In ihren ersten Ehejahren arbeitete ihr Mann in Paris, und sie pendelte zwischen London und der französischen Hauptstadt hin und her. Neben vielen anderen Dingen mußte sie nun lernen, sich auf französischen Märkten und den Speisekarten französischer Restaurants zurechtzufinden. Dabei kam ihr die Idee, einen französischen Meisterkoch zum Helden eines klassischen englischen Krimis zu machen: Auguste Didier war geboren. 1986 veröffentlichte sie ihren ersten Kriminalroman »Mord im Dienstbotenzimmer«, dem noch viele folgen sollten. Alle ihre charmanten Krimis mit dem exzellenten Detektiv und Meisterkoch erscheinen im Aufbau Taschenbuch Verlag.

Plums Club gleicht einer Festung, in die sich die viktorianischen Gentlemen vor der schnöden Welt und vor ihren Ehefrauen zurückziehen können. Doch jüngst hat man den Schauspieler Gaylord Erskine aufgenommen. Der ist zwar berühmt, aber Schauspieler sind eben unseriös. Außerdem sind die Damen der Gentlemen fast ausnahmslos in ihn verliebt. Und nun hat der Vorstand auch noch beschlossen, zum jährlichen Clubfest die Ehefrauen einzuladen. Das muß einfach Ärger geben! Es kommst sogar noch schlimmer: der Langweiler des Clubs, Colonel Worthington, wird ermordet. Abgesehen hatte es der Mörder aber wohl auf Erskine. Auf einer Abendgesellschaft bei dem Schauspieler wird der Maler Sir Rafael Jones erschossen. Galt die Kugel Erskine? Zwischen beiden Morden scheint kein Zusammenhang zu bestehen. Doch Inspektor Rose von Scotland Yard und Meisterkoch Auguste Didier, der zur Zeit die Mitglieder des Plums Club mit seiner Kunst verwöhnt, kann man selbst mit den geheimnisvollsten Zaubertricks nicht hinters Licht führen.

Amy Myers

Mord im Club

Kriminalroman

Aus dem Englischen
von
Gerald Kirk

Aufbau Taschenbuch Verlag

Titel der Originalausgabe
MURDER AT PLUM'S

ISBN 3-7466-1482-1

2. Auflage 1999
Aufbau Taschenbuch Verlag GmbH, Berlin

Published by arrangement with Amy Myers
Umschlaggestaltung Torsten Lemme
unter Verwendung eines Fotos von © corel
Satz LVD GmbH, Berlin
Druck Elsnerdruck, Berlin
Printed in Germany

Prolog

»Gentlemen, ich fürchte, ich fürchte sehr, daß ein dunkler Schatten unsere Zukunft bedroht. Wirklich unsere ganze Existenz gefährdet.«

Er sprach ruhig, seine abgespannten Pickwickschen Züge bezeugten zur Genüge, wie ernst die Situation war. Sechs Stunden lang saßen die neun Gentlemen schon an dem ovalen Tisch unter dem Kronleuchter in dem elegant zugeschnittenen Zimmer, das auf den St. James's Square hinausblickte. Von zehn Uhr vormittags an hatten sie sich in ernster, zuweilen heftiger Diskussion festgebissen.

Die Bedrohlichkeit wurde von den ganz und gar unberührten Tellern mit deutschen und Sardellentoasts samt Rotweinkartoffeln unterstrichen, die hastig in den Küchenräumen bereitet und vom Chef selbst, Monsieur Auguste Didier, heraufgebracht worden waren, der neugierig war zu erfahren, was denn der Grund für solch eine ungewöhnliche Zusammenkunft sei. In der Geschichte von Plums Club war der Lunch noch nie einer solchen Mißachtung anheimgefallen. Augustes scharfe Augen hatten die neun Gestalten rasch überblickt, die das Eintreffen all der Sachen für das leibliche Wohl kaum zur Kenntnis nahmen, geschweige denn seinen eigenen Auftritt. Ein Bankrott etwa? Ein plötzlicher Tod? Ein unglückliches Ereignis dieser Art? Das war klar, es ging nicht nur um einen Ausschluß aus dem Club.

»Ah, danke Didier.« Oliver Nollins' normalerweise engelhaftes Gesicht war nahezu grau. Zu seinem Bedauern konnte Auguste seine Neugier nicht befriedigen und mußte abtreten.

Mit einem leichten Seufzer wandte sich Nollins von dem unerfreulichen Schauspiel des erbarmungslosen Regens draußen dem ebenso unerfreulichen Anblick drinnen zu, um mit der undankbaren Aufgabe fortzufahren, die entsetzlichen Folgen des soeben gefaßten Beschlusses darzulegen. Aus unterschiedlichen Gründen sträubten sich seine Vorstandskollegen, ihm in die Augen zu blicken. Schon zum hundertsten Male wünschte er, er hätte die Einladung seines Schwagers angenommen, mit ihm zusammen dessen Schweinefarm zu leiten. Plötzlich erschien ihm Northumberland in absolut wünschenswerter Entfernung vom St. James's Square.

Wahrhaftig, in den fünf Jahren, die er nun Sekretär war, hatte es nie etwas Schlimmeres gegeben als einen Ausschluß aus dem Club, Beschwerden über die Kost – letzteres vor Didiers Zeit natürlich – und die Behandlung von Lord Bulstrodes Indiskretionen. Jetzt allerdings war alles anders. Er konnte nicht länger damit hinterm Berge halten, daß in Plums Club etwas verdammt Merkwürdiges im Gange war. Ausgerechnet bei Plums. Doch schien er der einzige zu sein, den das bewegte. Es war fast so, als gäbe es eine Verschwörung des Schweigens, um über diese Tatsache hinwegzusehen.

Am schlimmsten von allem sei, bemerkte Nollins, als er verzagt in die Runde schaute, daß seine Kollegen im Vorstand sich von allen guten Geistern verabschiedet zu haben schienen und überdies jegliche Andeutung absolut von sich schoben, daß in Plums Club möglicherweise irgend etwas faul sein könnte. Über der Zukunft des Clubs hing eine dunkle Wolke, die nichts mit den unerfreulichen Vorkommnissen der vergangenen Wochen zu tun hatte. Langsam kehrte er zu seinem Platz zurück, setzte sich und nahm das vor ihm liegende Protokollbuch in die Hand.

»Meine Herren, als Sekretär von Plums Club stelle ich hiermit gemäß dem Abstimmungsergebnis, das wir in diesem Raume erzielten, fest ...«

Jedes Wort schlug eine tödliche Wunde in die Zivilisation, wie er sie verstand. 1896, und ein neues Jahrhundert zog herauf. Was würde es wohl bringen? Konnten sie nicht begreifen, daß Entscheidungen, die heute getroffen wurden, das Tor zum Verderben öffneten?

»... Dieser Beschluß soll in künftigen Jahren überprüft werden«, schloß er düster.

Er konnte nicht verstehen, wie es dazu gekommen war. Sieben Stimmen gegen zwei. Zwei stimmten gegen den Antrag, er und Worthington. Wer hätte je damit gerechnet, daß er und Worthington, der Langweiler des Clubs, einmal auf der gleichen Seite stehen würden? Wie war das alles nur gekommen? Alle waren sie gleichermaßen entsetzt an dem Tage, als das Buch für Vorschläge durchgesehen wurde; und heftig versicherten sie, Plums würde vor die Hunde gehen, falls man das akzeptierte. Aber irgendwie hatte sich das Undenkbare doch ereignet.

Für die Dauer des Banketts, bekannt unter dem Namen »Plums Dahinscheiden«, wird Damen auf Einladung der Zutritt zu den Räumlichkeiten von Plums Club gestattet.

Nachdenklich räusperte sich Colonel Worthington und erhob sich; ausnahmsweise faßte er sich gnädiglich kurz: »Gentlemen, zu dieser Stunde vermag keiner von uns die schwerwiegenden Folgen vorherzusehen, die sich aus den heute getroffenen Maßnahmen ergeben werden.«

Und damit, um die Wahrheit zu sagen, sollte er nur allzusehr recht behalten.

1. Kapitel

Das Blut schoß heraus, und zweihundert Menschen sahen mit einem einzigen Aufschrei, wie der blutverschmierte Kopf eines Bauern in den Korb fiel.

»Jautsch«, schluckte Emma Pryde und klammerte sich gegen ihre Gewohnheit am Arm Auguste Didiers fest, dem es in Wahrheit schwerfiel, die Ruhe zu bewahren, die sein männlicher Stolz ihm abverlangte.

Gleichmut und Ruhe waren wiederhergestellt, als der Kopf auf den Tisch plaziert wurde und man mit dem schwarzgekleideten Herrn, der die Enthauptung durchgeführt hatte, zu einer lebhaften Erörterung über das Für und Wider einer solchen Aktion überging. Emmas weißer Glacéhandschuh kehrte an seine frühere Stelle zurück, und die Laute des Schreckens wechselten in solche des Erstaunens. Auguste versetzten die Herrlichkeiten von Messrs Maskelyne, Devant and Cooke im ersten Stock der Egyptian Hall in Piccadilly diesmal weit weg in andere Gefilde als die der Pflichten eines Küchenchefs von Plums Herrenclub. Doch als das Schaustück vom Bauern aus Gloucestershire sanfteren Anblicken wich, machte sich das lästige Gefühl in seinem Hinterkopf wieder bemerkbar. Sein Verstand zweifelte nicht daran, daß die phantastischen Bilder, die er an diesem Abend gesehen hatte, sich auf die gleiche Weise erklären ließen wie das Wunder eines *soufflé aux violettes*, und das sollte deshalb auch für die merkwürdigen Vorkommnisse in Plums Club gelten. Aber das Unbehagen hielt an; ein Unbehagen, das er seit seiner vorherigen Anstellung am Galaxy Theatre nicht mehr gespürt hatte. Dort hatten seltsame Ereignisse zu der gleichen Brutalität geführt wie in dem Schauspiel, das ihnen heute dargeboten wurde. Mord.

Und die Zeichen waren sichtbar – für jene, die Augen hatten zu sehen. Dann lächelte er über sich. In Plums Club? Er ließ seinen französichen Gefühlen den Vorrang vor seinem englischen gesunden Menschenverstand. Mord in Plums Herrenclub? Unmöglich!

»Treffer.«

Der Rest des Satzes erstarb auf Osrics Lippen, als er zu seiner Verwirrung beobachtete, daß das alles andere als ein Treffer war, denn Hamlets Degen verfehlte Laertes um gute sechs Zoll. Dann lenkte ihn der Donner der Kanone ab, die Jenks zur falschen Zeit hinter der Bühne abfeuerte, und zu dem Zeitpunkt, als er sich wieder ganz auf den Prinzen von Dänemark konzentrierte, rief Hamlet triumphierend: »Noch ein Treffer!«

Der Degen hätte fast eher eine Säule in der Nähe durchbohrt als Laertes' Arm, wie es William Shakepeare verlangte. Laertes, ein junger Schauspieler voller Begeisterung, der seine erste große Rolle bekommen hatte, vermochte jedoch den Hinweis nicht zu begreifen, daß etwas faul war im Staate Dänemark, und stürmte mit Gusto weiter.

»Jetzt auf dich!«

Er war demzufolge sehr erstaunt, als er keineswegs vorwärtsdrängte, um seinen Degen in Hamlets Körper zu stechen, sondern sich von einem tapfer parierenden und stoßenden Gaylord Erskine unerbittlich zurückgetrieben fand, quer über die weite Bühne des Sheridan Theatre und in die Kulissen.

»Trennt sie; sie sind erhitzt«, murmelte der König leise; er starrte in die Kulissen den verschwindenden Kollegen nach und fragte sich, ob er irrtümlicherweise in einer Hamlet-Version mit einem Happy-end mitspiele.

»Die Degen«, zischte Erskine dem Maulaffen feilhaltenden Inspizienten zu und nahm Laertes das anstößige Werkzeug aus der Hand. »Schaut euch das an – ungestumpft!« Mehrere Augenpaare starrten auf die tödlichen Spitzen, die keine

Schutzkappen trugen. Ein Höfling, der stumpfsinnig auf der Bühne herumstand, praktisch daneben, wurde von einem aufgeweckten Requisiteur fast zu Boden gerissen, als er ihn am Wams zog, und seines Schwertes beraubt. Ein ähnliches Schicksal widerfuhr dem anderen Höfling, der neben ihm postiert war. Unterdessen war im Publikum Unruhe entstanden, die sich erst wieder legte, als es sah, wie die beiden sich duellierenden Gegner kämpfend aus den Kulissen quer über die Bühne stolperten, wobei Laertes sich der Situation auf edle Weise gewachsen zeigte und im Namen William Shakespeares mehrere Zeilen erfand.

»Auf dich«, gab er zum besten, die eine Hälfte seines schauspielerischen Bewußtseins schon von seinem Handeln gelöst und auf die Schlagzeilen der Zeitungen gerichtet. »Du Hund«, fügte er im Überschwang seiner Begeisterung hinzu.

Zu seiner Erleichterung ließ sich Hamlet herab, verwundet zu werden, und ging würdevoll zu Boden, wie das nur Gaylord Erskine konnte; nach erfüllter Pflicht brach Laertes auf der Bühne dankbar zusammen, tot, und dachte im Liegen verwirrt über die Ereignisse der letzten zehn Minuten nach.

»Es war nicht meine Schuld, Mr Erskine«, stotterte Laertes danach bei der gerichtlichen Untersuchung herum. »Wenn Sie sich erinnern ...«

Aber Gaylord Erskines sprechende Augen waren nicht auf ihn gerichtet, sondern auf den Chefrequisiteur.

Der Requisiteur war jedoch aus härterem Holz geschnitzt.

»Ich trage keine Verantwortung, Mr Erskine«, sagte er mit fester Stimme. »Sie haben diese Degen heute selbst mitgebracht, wollten Sie bei einer privaten Vorstellung benutzen, sagten Sie. Ich habe keine Schuld, wenn ...«

Von Erskine kam ein Ausruf. »Das ist wahr, Mr Jenks, ich hatte das vergessen. Bitte nehmen Sie meine Entschuldigung an.«

»Es muß ein Unfall gewesen sein«, lenkte der Requisiteur freundlich ein.

»Vielleicht«, sagte Erskine zurückhaltend, und damit war die Sache abgeschlossen.

Aber Gaylord Erskines Garderobier fand ihn in schweigsamer Verfassung. Gestern hatte er eine Privatvorstellung des »Hamlet« auf Maltbury Towers gegeben, dem Sitz von Lord und Lady Maltbury, mit einer Truppe, die aus – ihm schauderte es bei dem Gedanken daran – den Teilnehmern der Jagd von Maltbury bestand. Heute hatte er sein Kostüm und die beiden Degen nach London zurückgebracht, und während er den Lunch im Club einnahm, sie unbewacht in der Garderobe gelassen. Und da es kaum vorstellbar war, daß die Jagdteilnehmer von Maltbury den absonderlichen Wunsch verspürt haben sollten, die Degen zu manipulieren, konnte man nur annehmen, daß die Missetat im Club geschehen war. Nur einer von mehreren Zwischenfällen! Die Verunstaltung des Bandes seiner Memoiren, den er der Bibliothek gewidmet hatte, unter manch anderem. Sein Portät unkenntlich gemacht. Der anonyme Brief mit der Morddrohung, der auf ihn in Peeps' Schubfach wartete. Die letzteren Vorkommnisse waren nichts weiter als eine unangenehme Belästigung. Die konnte man jemandem zuschreiben, der gegen seine Aufnahme in den Club opponierte. Aber heute abend, das war der Fingerzeig einer gefährlichen Absicht, sogar eines möglichen vorsätzlichen Mordes.

Ihm blieb keine Wahl, das wurde ihm klar. Er würde es Nollins erzählen und es ihm überlassen müssen zu entscheiden, ob man die Polizei einschalten solle. Aber wer konnte eine solche Abneigung gegen ihn hegen, ihn so sehr hassen? Das, um seine Worte von früher an dem Abend zu wiederholen, das war die Frage.

So in Gedanken versunken war Erskine, als er das Theater verließ, daß er die Gestalt, die sich im Schatten des Bühneneingangs des Sheridan Theatre verborgen hielt, überhaupt nicht bemerkte – den Hut heruntergezogen und den Schal vor dem Gesicht, in bester »Strand-Magazine«-Manier. Es war ein durchaus respektabler Mann, kein Verbrecher, kein heruntergekommener Vagabund, und er fiel nicht auf, als er still dastand und beobachtete, wie Gaylord Erskine die Strand entlangschlenderte auf seinem Gang zu Plums Club.

Zuvor an diesem Abend hatte Colonel M. Worthington (irgendwie dachte man immer in dieser Form an ihn) sich aus der Tiefe seines Ledersessels in seiner Junggesellenwohnung in der South Audley Street erhoben, um sich auf den üblichen Weg zu seinem anderen Ledersessel in Plums Club zu begeben. Aus fester Gewohnheit blieb ihm der Sessel vorbehalten, und wehe dem verwegenen Neuankömmling, der sich ihm wissentlich oder unwissentlich widerrechtlich näherte. Er legte seine Ankunft bei Plums genau auf sieben Uhr fest, wie er es seit seinem Abschied von den Vierundzwanzigsten Grenadieren vor fünfzehn Jahren immer getan hatte.

»So haben wir das immer in Chillianwallah gehalten«, wußte der Colonel jedem zu erklären, der so unklug war, ihm zuzuhören. Auf die Siebzig gehend, führte er ein geruhsames Leben. Eine Ehefrau erwähnte er nie. Tatsächlich erwähnte er kaum etwas anderes außer den ruhmreichen Taten der Vierundzwanzigsten Grenadiere und den Gefahren von Chillianwallah. Über seine spätere Laufbahn breitete er den Mantel des Schweigens. Indien, das Indien seines Gefährten Kipling, war sein Schlachtfeld als Leutnant im Sikh-Krieg. Wenn jemand auf Indien zu sprechen kam – aber niemand tat das, aus Angst vor einem halbstündigen Vortrag über Taktik –, dann trat Glanz in seine Augen, und ein verträumter Ausdruck von Befriedigung zeigte sich auf seinem Gesicht, während die Kohlen in dem Adam-Kamin von Plums Club brannten, von dem es hieß, der Eiserne Herzog habe ihn selbst gestiftet, der gute alte Wellington.

»Grazie, signor.«

Der italienische Dudelsackpfeifer, der in Piccadilly seine Runde machte, hatte den Gentleman falsch eingeschätzt, dem er seine *bambinos* schickte, ihn anzubetteln.

»Die gehören ins Kinderzimmer, Mann.« Worthington funkelte ihn an. »Dort ist der Platz für Kinder. Zu Hause.«

Der Dudelsackpfeifer schaute ihn mit ausdrucksloser Miene an. Kinderzimmer? Zu Hause? Zu Hause, das war das laute und geschäftige Treiben von Clerkenwell, die Ferkelfleischereien, die Barbiere, das Restaurant »Italiano Milard«, wo er, da morgen Freitag war, der faule Tag der Italiener, die Einnahmen seiner heutigen Arbeit ausgeben würde.

»So haben wir das immer in Chillianwallah gehalten«, grunzte Colonel Worthington im Gefühl des Sieges über den Gegner. Über die Ehe und das Familienleben urteilte er wie der Papst mit der ganzen Autorität eines kinderlosen Mannes. Es ging das Gerücht, daß er einst in jungen Jahren verheiratet gewesen sei, doch in einem übermäßigem Anflug von Ritterlichkeit seine junge Frau erst einmal in England zurückgelassen habe, als er auszog, dem heißen Klima in Indien mutig entgegenzutreten. Anstatt sich an Bord des Dampfers nach dem Osten zu begeben, sei sie in Begleitung eines Künstlers der Music Hall auf Nimmerwiedersehen in einen Zug nach Wigan gestiegen.

Zum Glück für den Dudelsackpfeifer fing es an zu nieseln, und Worthington brach seine Predigt ab, weil ihm daran gelegen war, nunmehr schleunigst in den sicheren Hafen von Plums zu gelangen. Das war doch ein sicherer Hafen? Einen Augenblick zweifelte er daran. Verdammt unheimliche Dinge gingen da vor sich. Man konnte nicht einmal gewiß sein, ob es noch die »Times« dort zu lesen geben würde. Letzte Woche war sie in Fetzen gerissen worden. Und dann – da war das Problem mit den Damen. Nein, in Plums Club ging es nicht mehr mit rechten Dingen zu.

An jenem Abend dinierte Sir Rafael Jones zu Hause. Im Atelier traf er die letzten Vorkehrungen für die Sitzung am folgenden Tag. Er war Junggeselle – sein Haus in St. John's Wood war ein Kunsttempel, und wie bei alten Tempeln war Illusion alles. »Badende Nymphen.« Was das für ein Bild werden konnte – würde. Die Kränze und Lorbeerzweige genau so drapiert. Das Ölbild für die Ausstellung – und die Skizzen (die wirklichen Entwürfe, bevor die Drapierung hinzugefügt wurde) für die eigene Privatsammlung. Ein affektiertes Lächeln bezeugte seine Zufriedenheit.

Er sah dem Lunch in Plums Club am folgenden Tag erwartungsvoll entgegen. Das gab ihm das Gefühl, ein Mann unter Männern zu sein, der rauhe, aber herzliche, erfolgreiche Künstler, für den ihn die Welt hielt, ein Mann, der nichts zu verbergen hatte. Als er an Erskine dachte, zogen Wolken über sein Gesicht. Irgendwie hatte Gaylord Erskine entdeckt, daß er nicht unbedingt der Mann war, der nichts zu verbergen hatte, und er brachte ihn demzufolge dazu, Erskine zur Aufnahme in den Club vorzuschlagen. Verdammt schwierig war das gewesen. Und Gaylord würde am folgenden Tag dort sein.

Peregrine Salt bewohnte kein Junggesellenquartier, obgleich er sich das häufig wünschte. Seine Juanita war eine schlanke, verführerische, rehäugige Achtzehnjährige gewesen, als er sie nach seiner Südamerikaexpedition vor fünfundzwanzig Jahren geheiratet hatte. Doch leider hatte sie sich in ihren mittleren Jahren in eine recht üppige Dame verwandelt, die nun wie ein Wunder mehrere Zoll größer als er zu sein schien. Mit ihr verband ihn nichts als der beiderseitige Wunsch, in der Gesellschaft aufzusteigen. Als entfernte Nachfahrin des liebenswürdigen und schönen spanischen Mädchens, die nach ihrer Heirat mit einem englischen Offizier einer südafrikanischen Stadt ihren Namen »Ladysmith« verliehen hatte, wollte Juanita das gleiche. Durch ihre Heirat mit einem Forschungsreisenden durfte sie mit Recht erwarten, daß sich ihr bis dahin noch unbefriedigter Ehrgeiz erfüllte. Und Peregrine Salt trieb ein gewisses Minderwertigkeitsgefühl – denn er war von kleinerer Statur – gegenüber allen anderen Kollegen Naturforschern zu immer größeren Leistungen an. Als er an seinen Rubikon gelangte, den er nicht überqueren konnte – in diesem Falle hieß der Fluß Wampopo –, und die Entdeckung seinem Erzrivalen Prendergast überließ, wandte er seine Aufmerksamkeit prompt der Archäologie zu, in der Hoffnung, dort bei geringerer Konkurrenz Lorbeeren zu ernten. Er war nun in den Fünfzigern, und seine Arroganz und seine Art, die anderen Londoner von oben herab zu behandeln, als seien sie kaum besser als afrikanische Träger, sorgten dafür, daß ihn alle herzlich wenig leiden konnten; dabei wäre er verblüfft gewesen, wäre ihm das klargeworden. Bei der Royal Geographic Society genoß er auf Grund seiner Arbeit im Lande der Zulus vor dem unglücklichen Krieg hohes Ansehen und bei der breiten Öffentlichkeit ein ebensolches für seine Anwesenheit bei Schliemanns späteren Ausgrabungen in Troja. Er besaß eine Nase für öffentliche Wirkung.

»Pewegwine.«

Ihre schrille Stimme hallte durch das riesige Haus in Mayfair. »Ich möchte ...« Peregrine Salt floh. Gott sei Dank gab es Clubs, und sie ließen keine Frauen zu, und Gott sei Dank gab es Plums. Es war an der Zeit, daß er den Club wieder einmal in den Genuß einer Vorführung mit der Laterna magica über die spektakulären Ruhmestaten seiner Person kommen ließ. Dann erinnerte er sich. Über Plums Club hingen die düsteren Wolken beunruhigender kleiner Vorfälle. Zum Beispiel war das Bibliotheksexemplar von Burtons interessanter Ausgabe der »Märchen aus Tausendundeiner Nacht« besudelt worden. Für Burton hatte er nichts übrig, aber einige der Fußnoten warfen ein höchst faszinierendes Licht auf das Verhalten der dritten Frau des Anführers. Seine Stirn legte sich in Falten, und ihn beschlich ein ungutes Gefühl. Maulwurfshügel können sich durchaus in Berge verwandeln.

Lord Bulstrode stampfte in seinem Arbeitszimmer umher.

»Verdammt, Daphne, wo zum Teufel steckt denn meine Ohrenklappenmütze?«

Lady Bulstrode blickte verwundert. »Gewiß doch nicht etwa für den Club, mein Lieber?«

»Hast sie doch nicht dem Tiger aufgesetzt, oder?« brummte er, ohne ihren Einwurf zu beachten. Das bezog sich auf ein im Gedächtnis haftendes, durchaus nicht ungewöhnliches Ereignis, bei dem Lady Bulstrode, einer seltsamen Eingebung folgend, eins der Gewehre Seiner Lordschaft gedankenlos hinter ein Hirschgeweih an der Wand gesteckt hatte, und da die Bediensteten keineswegs so ordentlich waren, wie man es unter einer umsichtigen Herrin erwarten würde, kam es erst wieder zum Vorschein, als man es zum großen Entsetzen von Lady Bulstrodes Großnichten beim Anbringen des Weihnachtsschmucks zufällig wiederfand.

Lord Bulstrode war nicht gerade für sein besonders liebreizendes Wesen bekannt; doch seine Frau hatte mit ihrer unbestimmten Art im Laufe der Zeit eine gewisse Immunität seinem Gemüt gegenüber entwickelt. Bei einer Gelegenheit hatte er einen Clubangestellten mit einer verbrannten, ungeteilten Rindslende zu Boden gestreckt, und als man ihn darauf aufmerksam machte, daß man den armen Kerl ins Krankenhaus bringen mußte, hatte er nur gebrummt: »Setz ihn auf die Rechnung!« Damals war er in der Mitte seines Lebens gewesen. Das Alter hatte seine Gewalttätigkeit zwar gemildert, seine Überspanntheit hingegen nur noch verschärft.

»Horace?«

»Ja?« Ein wütender Blick.

»Sagtest du, du gehst in deinen Club?«

»Das habe ich gesagt, verdammt. Du hast mir doch mitgeteilt, daß Betty Barnstaple zum Dinner kommt.«

»Plums Club gefällt mir nicht«, bemerkte Daphne Bulstrode.

Sie mußte an die unglückselige Episode im Club denken. Geistesabwesend war sie einmal einfach am Empfangsdiener Peeps vorbeimarschiert, die Treppe hinauf Richtung Rauchsalon auf der Suche nach ihrem Gatten. Ein Mann geringeren Formats wäre ausgetreten. Nicht so Horace Bulstrode.

»In jüngster Zeit bist du immer so anders, wenn du von dort zurückkommst. Ist bei Plums alles in Ordnung?«

»Du bist einfach ein rückständiger Mensch.« Gertrudes Gesicht zog sich zusammen, und der Ehrenwerte Charles Briton konnte zu seiner Bestürzung sehen, daß sie gleich weinen würde. Er nahm allen Mut zusammen.

»Verdammt noch mal, Gertie, du hast ein Verhältnis mit einem Mann, der so alt ist, daß er dein Vater sein könnte, machst mich zu – zum – zum Gespött der Leute und gibst mir die Schuld.« Frauen würde er nie begreifen. Wie konnte sie es nur wagen!

»Ich habe kein Verhältnis«, wimmerte sie. »Er ruft mich einfach an. So macht man das in der vornehmen Gesellschaft. Du bist ja sowieso nie da.«

»Ich muß meinen Dienst tun«, erklärte Charles Briton geduldig. »Dazu sind Soldaten da. Besonders die Kavallerie. Warte, bis wir in Indien sind, dann werde ich oft genug dasein.«

Gertrude schmollte. Indien konnte ihr gestohlen bleiben. Ihr gefiel London mit solchen faszinierenden Männern wie Gaylord Erskine, der ihr den Hof machte.

»Ich habe es nur deinetwegen getan«, schleuderte sie ihm ins Gesicht, »und überhaupt mache ich gar nichts«, fügte sie noch hinzu. »Aber du mit dieser Emma Pryde. Ich weiß, weshalb du zu Gwynnes gehst. Dort triffst du Damen einer gewissen Sorte. Ich weiß, daß du das tust.«

Charles Briton war empört. Das stimmte überhaupt nicht. Wie kam sie (die sie acht Jahre jünger war) dazu, sein Benehmen als das eines Mannes von Welt in Frage zu stellen? Sein Kätzchen. Seine Gertie. Je eher sie ein Kind bekäme, desto besser. Sie schien einen unberechenbaren Eigensinn zu entwickeln. Er seufzte. Als er sich in sein kleines Kätzchen verliebte, war sie ganz anders gewesen. Er wußte, daß zwischen Erskine und Gertie nichts war, aber dennoch – die Leute redeten.

»Ich gehe in meinen Club«, antwortete er mit Würde, »und – und wenn ich wiederkomme, erwarte ich, daß du dich entschuldigst.« Er eilte fort, bevor sie Gelegenheit hatte, etwas zu erwidern.

»Der blöde Club«, rief sie der sich schließenden Haustür zu.

General Sir Arthur Fredericks lief die St. James's Street in Richtung St. James's Square entlang. Diesen frühabendlichen Spaziergang genoß er immer. Manchmal lief er weiter und schlenderte durch den Park. Das war erholsam. Er hing an seiner Frau, doch manchmal, an so einem Frühlingsabend wie diesem, bekam sie ein trauriges Gesicht, und er wußte, daß auch sie der Vergangenheit nachhing. Sorgfältig vermieden sie es, die Porträtphotographie auf dem Klavier anzuschauen, das Bild eines jungen Mannes in Uniform, voller Erwartung auf das vor ihm liegende Leben. Ein Leben ausgelöscht bei Isandhlwana. Ausgelöscht in unverdienter Schande. Und das alles auf Grund zweifelhafter Führung, altmodischer Prozeduren, Kurzsichtigkeit und ungeheuerlicher Inkompetenz. Und zwar besonders eines Mannes.

Und jetzt hatte er herausgefunden, wer dieser Mann war …

Entschlossen wandte er seine Aufmerksamkeit dem Trödler Ecke King Street zu, der für Sixpence ein Taschenmesser anbot mit zwei Schneiden, einer Schere, einem Korkenzieher und einem Glasschneidediamanten. Die Pariser Neuheit nannte er es. Der Händler trug einen Zylinderhut, denn worauf es bei ihm ankam, war ein respektables Aussehen.

»'ier hab isch einen kleinen Artikel – nur noch wenige davon auf Lager! Der kostet Sie nur Sixpence. In Paris ischt das die Sensation. Also 'ier sind meine letzten sechs – wer greift als erster zu? Das Papier, in das sie eingewickelt sind, ist für den ersten gratis. Sie, Sir? Ich wußte, Sie sind ein Gentleman.«

General Fredericks, klein, adrett, zielbewußt und mit ruhiger Stimme, reichte ihm das Sixpencestück hinüber, dankbar für die Ablenkung von seinen trüben Gedanken.

Und die »Pariser Neuheit« könnte eines Tages vielleicht noch gelegen kommen, dachte er, und er lief weiter zur Nordseite des Platzes und zu Plums Club. Plums war für sein Leben von großer Bedeutung. Im Rag Club – niemand nannte ihn den Armee- und Marine-Club – befand er sich gänzlich unter Diensttuenden; Plums Club bot mehr. Eine Chance zu entfliehen. Jedenfalls war das so bislang.

Samuel Preston hatte in Plums Club gespeist. Er wäre lieber zu Hause geblieben. Er mochte seine Frau, und noch mehr mochte er seine Tochter Sylvia. Es gab nur einen Grund, weshalb er die häusliche Tafel verlassen hatte: die Pflicht. Er war Politiker, trotz seiner legeren, rundlichen Erscheinung ein ehrgeiziger. Jetzt in den Fünfzigern, so stellte er fest, war es jedes ehrgeizigen Mannes Sache, der Liberalen Partei unter die Arme zu greifen. Falls Premierminister Salisbury jemals aus dem Sattel gehoben werden könnte, wollte er Mitglied der nächsten liberalen Regierung werden. Er besaß genug Mittel, dank – nein, daran wollte er nicht denken. Das gehörte alles der Vergangenheit an. Jetzt steuerte er ohne Umschweife die höchste politische Ebene an. Man mußte Freunde gewinnen, und Plums Club war der richtige Ort dafür. Im Reform Club sprach man zu den Bekehrten; er benötigte einen breiter angelegten Werbefeldzug.

Nur eins stand der vollen Ausnutzung von Plums Club im Wege – Gaylord Erskine. Gebe Gott, daß er ihm heute abend nicht begegnen würde.

Gaylord Erskine war sich einen Augenblick lang unsicher, was die Zukunft bringen würde. Die Strand glitzerte vor gelbblitzenden Lichtern, gedrängt voll von Wagen, Omnibussen und zweirädrigen Kutschen mit Leuten, die nach dem Theater zum Dinner fuhren. Von Romanos und Gattis

Etablissements klang der Lärm von Festlichkeiten in die Frühlingsnacht. Das elegante London gab sich seiner Lieblingsbeschäftigung hin, sich nach dem Theater zu vergnügen. Gaylord Erskine spazierte Richtung Plums. Dessen entspannte Atmosphäre würde ihm die Muße lassen, die Ereignisse des Abends noch einmal zu überdenken; immer noch war das ein Ruhehafen, trotz der unglücklichen Vorkommnisse der letzten wenigen Wochen.

»Und Sie werden keine Sorgen mehr haben ...«

Die durchdringende Stimme eines Quacksalbers, der noch zu später Stunde seine Wunderpillen und Fläschchen feilbot, riß ihn aus seinen Gedanken. Nicht an die eleganten Theaterbesucher richtete er sein Marktgeschrei, sondern an die anonymen Gestalten der Nacht, Männer, die für sich waren, solide Leute, halbsolide oder ganz im Gegenteil, welche häufig die Schatten der Strand aufsuchten.

Als der Quacksalber sah, daß er Gaylords Aufmerksamkeit erregt hatte, unterbreitete er rasch sein Angebot. »Jawohl, Sir, mein Patent - Bitterhopfentropfen, nur einen Penny die Packung. Nirgendwo günstiger als hier bei mir! Dr. Soules besitzt die unbeschreibliche Unverschämtheit, meine Herren, einen Shilling dafür zu verlangen, einen Shilling und einen halben Pence pro Flasche. Aber mir liegt daran, die Kranken zu heilen, meine Herren, und nicht daran, mir die Taschen zu füllen. Erst kürzlich bin ich von der Nordwestfront zurückgekehrt, wo meine Bitterhopfentropfen bei den Afghanen Wunder wirkten. Na, die beteten mich an. Und jetzt biete ich sie Ihnen an. Einen Penny die Packung, keinen Shilling, keinen Shilling und einen halben Penny, keine zwei Shilling, keine sieben und einen halben Penny, sondern einen Penny die Packung! Meine Herren, einen Penny für absolute Gesundheit. Sie werden keine Sorgen mehr haben.« Sein schmächtiger Schnurrbart zitterte vor innerer Erregung.

Lächelnd händigte ihm Gaylord Erskine sechs Pennies aus und erhielt sechs kleine Packungen; dann setzte er seinen

Weg fort. Die Tropfen wollte er wegwerfen; allein der Gedanke - »Sie werden keine Sorgen mehr haben« - war für ihn so faszinierend gewesen , daß es sich gelohnt hatte!

Erskine machte eine beeindruckende Figur, seine klassischen Züge eingerahmt von einer Fülle Byronscher Locken, die im Alter von dreiundfünfzig ein vornehmes Grau angenommen hatten, obgleich sie immer noch mit großem Effekt über die Stirn geworfen werden konnten. Natürlich nicht im »Hamlet«. Aber der Hamlet war schließlich nicht seine Leib-und-Magen-Rolle. Phantasievolle Romanzen, prahlerische historische Abenteuer, die lagen ihm mehr. Seit einiger Zeit war das Getuschel, daß er zur Erhebung in den Ritterstand fällig sei, nicht mehr zu überhören, und Shakepeare mußte da notgedrungen als I-Tüpfelchen seiner Karriere ins Spiel kommen, um der Angelegenheit eine gewisse Respektabilität zu verleihen. Jawohl, eine Shakespeare-Saison (eine kurze natürlich), das war es, dessen das Sheridan Theatre und vor allem dessen Schauspieler-Manager bedurfte. Aus wessem Munde stammte es, daß Shakespeare den Ruhm bedeutete und Byron den Bankrott? Nun, das Sheridan Theatre war weit entfernt vom Ruhm. Schon wahr, daß die Kritiken gemischt waren, aber von seinem seltsamen jugendlichen Charme ging eine Faszination aus - Gott sei Dank hatte er die Figur behalten -, die ein volles Haus garantierte, selbst wenn die Kritiken lauwarm waren. »Hamlet springt in Ophelias Grab mit dem Behagen D'Artagnans, aber mit geringerer Wirkung« - »Mehr Gähnen als Dänen« - darüber ärgerte er sich immer noch. Für das Adelsprädikat lohnte es sich jedoch. Jetzt, da sein Kollege Henry Irving zum Ritter geschlagen worden war, war die Reihe an ihm. Und Amelia, was würde das für sie bedeuten - Lady Erskine. Sie hätte es verdient. Sie war eine gute Gefährtin gewesen, besonders in den ersten Jahren seines Ringens um Erfolg. Er würde Gertrude aus dem Weg gehen müssen, aber es war ohnehin höchste Zeit dazu. Schade, sie war ein hübsches kleines Ding. Fast so hübsch wie die kleine Preston. Seltsam, daß er so lange nicht an sie gedacht hatte. Jetzt beschäftigte sie ihn eine Zeitlang, als er an den hellen Lichtern in der Strand vorüberging und dann durch die graue Pracht von Pall Mall, vorbei am Fuße des Haymarket mit seinen einladenden Damen und weiter in die vornehme Ruhe der Clubgegend.

Er schritt die Vordertreppe zur Tür von Plums Club an der Nordseite des St. James's Square hinauf, und ihn durchflutete das übliche Wohlbefinden, als er an das nach außen hin abgeschottete, einladende, warme Nest drinnen dachte. Dann stieg in ihm die Erinnerung hoch. Nun barg Plums Club plötzlich eine vage angedeutete Drohung, eine Ungewißheit, als wären die Wurzeln menschlicher Geborgenheit angegriffen. In den Augen der Öffentlichkeit waren Schauspieler wie er es durchaus gewöhnt, Zielscheibe des Eifers von Exzentrikern zu sein, sowohl des beifälligen als auch des schmähenden, aber in den heiligen Hallen von Plums das Opfer zu spielen schien wirklich unsinnig. Wenn man schon in seinem Club nicht sicher sein konnte, wohin sollte man sich dann wenden? Plums Club stellte den Gipfel der Achtbarkeit dar. Er war froh, daß er Sir Rafael so hart bedrängt hatte, ihn als Mitglied vorzuschlagen. Es erwies sich als nicht leicht, zumal der Vorstand und die meisten Mitglieder noch bezweifelten, ob Schauspieler die Bezeichnung »Gentleman« beanspruchen dürften, doch nach dem Ausschluß eines Mitglieds war er einige Wochen früher als erwartet durch Abstimmung aufgenommen worden.

Maler wurden etwas besser beurteilt, dachte er bitter. Wie sein Gewährsmann, Sir Rafael Jones. Doch wie er mit äußerster Genugtuung zu hören bekam, besaß Sir Rafael in privaten Dingen einen seltsamen Geschmack, während sich Gaylord schmeichelte, der Inbegriff eines glücklich verheirateten Mannes zu sein. Die Geschichten, die über ihn selbst zirkulierten, fielen – dafür sorgte er schon – in die Kategorie von Kavaliersdelikten, die man einem Manne in seiner Position zubilligte.

»Guten Abend, Sir.«

»Ah, Peeps, guten Abend.«

Alfred Peeps, der strenge und ehrwürdige Empfangsdiener, nahm ihm Mantel und Hut mit derselben ernsten Feierlichkeit ab, die er Tag für Tag seiner fünfzig Jahre bei Plums gezeigt hatte. Als eifriger, rundgesichtiger Bursche hatte er einst die korrekte Attitüde der Feierlichkeit lernen müssen; nun war sie zu seiner Natur geworden. Gaylord Erskine entspannte sich. Nun, wo Peeps gesprochen hatte, war die Welt wieder in Ordnung. Überdies konnte er sich auf ein Dinner von Auguste Didier freuen.

Leider mußte er erneut eine Enttäuschung hinnehmen. Es war Didiers freier Tag, der diesem alle vierzehn Tage zustand.

»Also, da freß ich doch glatt meinen Hut«, rief Emma Pryde und atmete die Luft mit einem tiefen Seufzer der Genugtuung aus.

Als Auguste Didier sich dessen überreiche Ausstaffierung mit Spitzen, Federn und Blumen beschaute, bezweifelte er die Durchführbarkeit dieser Erklärung, doch teilte er gern seiner Begleiterin Gefühl, daß dies ein sehr vergnüglicher Abend gewesen sei. Sie standen auf der Schwelle der Egyptian Hall, unter den riesigen Terrakottastatuen von Isis und Osiris, und die steinernen Sphinxe blickten so rätselhaft drein und steigerten das Gefühl des Geheimnisvollen noch, was ihnen drinnen geboten worden war.

»Dieser Gorilla!« fuhr sie fort. »Der ist einfach spurlos verschwunden!«

»Alles vollkommen erklärbar«, sagte Auguste erhaben, für diesmal die eigene Erregung verbergend, um vor Emma die Pose der Überlegenheit aufrechtzuerhalten.

»Wie denn?« forderte Emma einfältig.

»Also ...«

»Du hast keine Ahnung, nicht wahr? Ich werde dir was sagen, Auguste, ich glaube fest daran, daß die da böse Kräfte besitzen.«

»Oh, *ma mie, non*. Das sind Zauberkünstler. Das ist ihr Beruf. Wie die Küchenkunst unser Beruf ist.«

»Dann erklär mir mal, wie sie das gemacht haben. Das Stück, was sie da geboten haben, ›Will, die Hexe und die Hüterin‹, die Sache mit dem Gorilla. Erst steckten sie in der Zelle, dann waren sie nicht mehr drin. Dann steckten sie in dem Kasten, dann waren sie nicht mehr drin. Und dann schlug er ihm den Kopf ab ... und das blutige Haupt redete! Na, ich hab schon einige Zauberkunststücke gesehen, aber so was noch nicht!«

So voller Leben Piccadilly auch war, mit Kutschen, Droschken und Fußgängern im Abendanzug auf dem Heimweg vom späten Dinner, die Straße war langweilig und prosaisch, verglichen mit der Welt, in der Auguste Didier und Emma während der letzten Stunden geschwebt hatten, und es war nicht leicht, sich nach dem Fest von Zauberei und Schaustellung wieder der Umgebung draußen anzupassen. Schon seit Jahrzehnten war die Egyptian Hall von Zauberkünstlern genutzt worden, aber seit 1873 hatte das imponierende Unternehmen Messrs Maskelyne and Cooke den Saal im Obergeschoß endgültig zu Englands Sitz der Zauberei verwandelt. Bei einem früheren Besuch, der Didier aus der heimatlichen Provence nach England zur Familie seiner Mutter, die Engländerin war, geführt hatte, hatte er das Vorrecht genossen, Psycho zu sehen, den von Maskelyne konstruierten Automaten, der mit dem Publikum Whist spielte und immer zu gewinnen pflegte. In seiner Schwärmerei für Wunder hatte er sich auch Stodares Sphinx angeschaut, den Kopf, der auf dem Tisch stand und mit sich selbst sprach, genau wie das abgeschlagene Haupt heute abend. Aber Psycho blieb seine Lieblingsvorstellung. Er hatte gehofft, daß der Automat heute abend wieder zu bestaunen sein würde, wurde aber enttäuscht. Psycho erfreute sich einer so großen Popularität, daß er wegen zu großer Beanspruchung zurückgezogen werden mußte. Zum Ausgleich hatten sie dafür etwas anderes gesehen, geisterhafte Phantasmagorien schwebend über den Köpfen der Zuschauer, verschwindende Kanarienvögel, verschwindende Gorillas, Enthauptungen …

»Ich weiß nicht, wie sie es hingekriegt haben. Aber hingekriegt haben sie es«, erwiderte er mit Würde, in einem leicht verwirrten Englisch. »Aber, *ma mie*; heute abend haben wir etwas Bedeutenderes gesehen als abgeschlagene Köpfe und verschwundene Gorillas. Heute abend, Emma, haben wir die Zukunft erblickt! Die lebenden Photographien!« rief er eindrucksvoll, mit einem Schuß gallischer Pomphaftigkeit.

»Ach das«, sagte Emma unbeeindruckt. »Mir hat das Köpfen mehr Spaß gemacht. Das ganze Blut.«

»Du hast kein Vorstellungsvermögen.«

Sie warf ihm einen Blick zu, der für den Rest des Abends nichts Gutes verhieß. »Natürlich, du bist ja abgeschlagene Häupter gewöhnt von dort, wo du herstammst«, gab sie ihm bissig zurück.

»Diese Photographien«, redete Auguste in seiner Begeisterung weiter, wobei er die Beleidigung von *la belle France* überging; »erkennst du nicht die Möglichkeiten dieser wunderbaren Erfindung?«

»Nein«, sagte Emma kurz angebunden. »Jedenfalls hab ich welche vor ein paar Wochen im Empire gesehen. Dort waren sie noch dazu besser. Die Leute werden sie bald satt haben. Das ist keine richtige Zauberei.«

»Es ist natürlich eine französische Erfindung«, fuhr Auguste fort, ohne ihren miesmacherischen Ton zu beachten. »Diese lebenden Photographien von Monsieur Devant sind nur eine Imitation, aber immer noch gut auf ihre Art. Und man wird sie immer mehr verbessern. Wie das Telephon. Die Elektrizität.« Begeistert fuchtelte er mit den Armen herum, wobei er eine Feder von Emmas Hut erwischte und knickte. Er bemerkte es nicht, wohl aber Emma.

»Jetzt sind es nur lebende Bilder, aber stell dir mal vor, sie werden besser und folgen rascher aufeinander und erzählen

Geschichten. Ah, es ist wirklich von Bedeutung, was wir heute abend gesehen haben.«

»Das einzige, was im Augenblick von Bedeutung ist, ist mein Abendessen«, erklärte Emma unverblümt. »Kommst du mit rein, oder willst du die ganze Nacht vor der Tür Selbstgespräche führen? Denn ich hör dir nicht weiter zu.«

»Wenn mir solche Wonnen winken, komme ich natürlich mit hinein«, entgegnete Auguste ernst, und als sie den Mund öffnete, um in ihrer üblichen, alles andere als feinfühligen Art einen Kommentar dazu abzugeben, fuhr er gelassen fort, »ich darf annehmen, daß ›Brieschen Emma‹ noch auf der Speisekarte steht?«

Wieder öffnete sie den Mund, um etwas zu erwidern, jedoch erblickte sie etwas, das ihr Mißfallen erregte.

»Perkins, wie oft hab ich Ihnen schon verboten, Disraeli hier nach unten zu lassen?« schrie sie den Portier an. »Für was zum Teufel halten Sie sich denn? Sie kommen mir vor wie der einbeinige Schurke Long John Silver!«

Offensichtlich war der Portier Derartiges gewöhnt, denn er öffnete einfach die Tür zur Pförtnerloge, damit der hellgrüne Papagei seiner Herrin auf die Schulter fliegen konnte, wo er hocken blieb, ärgerlich vor sich hin krächzend, bis sie zu ihren Privatgemächern gelangten.

»Der will gern sehen, was so passiert«, sagte Emma mürrisch. »Aber das geht nicht. Die Stammkunden haben sich zwar an ihn gewöhnt, aber die neuen haben kein Verständnis für Disraelis kleine Eigenheiten. Der ist einfach vernarrt in Blumen, das ist alles. Besonders auf einem Hut.«

Disraeli blickte blasiert drein. »Koch deinen Kuckuck, alter Kumpel«, krächzte er. »Guck hinter dich, Darling.«

»Der gehörte mal einem Mann vom Kasperletheater«, sagte Emma liebevoll. »Ist er nicht süß?«

Süß war nicht gerade die Bezeichnung, an die Auguste gedacht hätte, da er insgeheim auf Seiten der neuen Gäste von Gwynnes Hotel stand. Er und Disraeli waren sich nicht sonderlich grün. Er hielt sich an die Regeln des Anstands, Disraeli nicht, wie Augustes bester Mantel bezeugen konnte.

Gwynnes Hotel galt ebenso als eine vertraute Einrichtung wie Plums Club. Im voraufgegangenen Jahrhundert hatte es eine etwas liederliche Existenz unter dem Namen »Nell Gwynne« begonnen, zu Ehren der einst nebenan wohnenden unwiderstehlichen Schauspielerin und Mätresse, die sich in Pall Mall auf ihre Gartenmauer zu lehnen pflegte und ihrem König Charlie, der im St. James's Park spazierenging, lustige Dinge zurief. Um die Mitte des jetzigen Jahrhunderts war die romantische Atmosphäre verflogen, und danach führte das Hotel ein dem Tode geweihtes Dasein als billige Absteige für Reisende und Vertreter. Vor zehn Jahren änderte sich das schlagartig mit der Ankunft von Emma Pryde. Nunmehr verband sich die Liederlichkeit mit der Wohlanständigkeit. Von den standesbewußten Damen betraten nur wenige die Räume, doch viele Aristokraten strömten dorthin, angezogen sowohl vom Hauch der Bohème wie auch von der vorzüglichen Küche Emma Prydes. Frauen wurden öfter, als man denkt, dorthin ausgeführt, und zwar von den Ehemännern anderer Frauen. Und dennoch behielt Gwynnes Hotel seinen ehrbaren Ruf. Wie das zustande kam, konnte sich Auguste nicht zusammenreimen. Vielleicht hatte es etwas mit der Person Emma Prydes selbst zu tun.

Wie Auguste Didier war sie halb französischer, halb englischer Herkunft. Der Vater hatte als Soldat und Abenteurer ihre französische Mutter verlassen, als Emma noch klein war. Marie Pryde kämpfte sich durch mit ihrer Stellung in den Küchen am Hofe von Kaiser Napoleon und Eugénie in Paris, bis sie starb; sie ließ Emma im Alter von dreizehn Jahren als Waise zurück. Das dürre blonde Mädchen entfaltete ein Geschick im Backen von Patisserien, das die Aufmerksamkeit der Kaiserin erregte, und ihre Schlagfertigkeit brachte ihr obendrein allerlei Gunst ein. Als Eugénie 1870 nach England floh, folgte ihr Emma, und unter ihrer Gönnerschaft machte sie sich rasch einen Namen als bemerkenswerte Köchin. Durch Eugénies Vermittlung lernte sie Albert Edward kennen, den Prinzen von Wales, und damit, daß sie dem Prinzen von Wales vorgestellt wurde, war der Erfolg ihrer Bemühungen besiegelt. Ob er sie beim Kauf von Gwynnes Hotel unterstützt hatte, bleibt ein Geheimnis, aber er war häufig Gast in ihren privaten Speiseräumen.

Groß und absolut dünn überragte sie Augustes eins fünfundsiebzig. Ihre königliche Haltung und ihre aristokratischen Züge waren nicht ihrer Geburt zu verdanken, doch viel der Einbildung, und trugen jedenfalls zu ihrem Erfolg bei. Doch ihre Persönlichkeit hatte mehr dazu getan. Ob sie es sich so vorgenommen hatte oder nicht, sie hat sich nie veranlaßt gesehen, ihre bescheidene Herkunft und ihre grobe Ausdrucksweise zu verbergen, womit sie diese in einen gewinnenden Vorzug verwandelte. Ihre Zunge konnte ebenso vernichtend wie witzig oder freundlich sein. Von Emma Pryde angeblafft zu werden brachte einen größeren Prestigegewinn, als von einer Herzogin geküßt zu werden. Von Emma auf Französisch beschimpft zu werden galt als Zeichen ihrer Gunst. Von ihr verunglimpft zu werden bedeutete intime Freundschaft. Von ihr geküßt zu werden ... Aber nur wenige wußten, was das bedeuten mochte, denn sie behielt ihre Privatangelegenheiten für sich. Nun in den Vierzigern gab es allerhand Gerüchte - von einem Grafen, der verheiratet war, von einer früheren Ehe, die in einer Katastrophe endete, von einer Serie von Liebhabern, von denen viele jünger waren als sie. Doch keiner wußte Genaues, und keiner kümmerte sich wirklich darum. Denn Emma war eben Emma.

Abwechselnd machte sie Auguste wütend und nahm ihn dann gefangen. Emma besaß alles, was er an englischen Frauen, die nichts Französisches an sich hatten, am allerwenigsten ausstehen konnte: Sie war mager bis zur Dürrheit, sie zeigte keinen Geschmack für Kleidung und keine Grazie in ihren Bewegungen, sie hatte kein schönes Gesicht, keinen Busen, und doch, wenn sie ihn anlächelte, gingen seltsame Dinge in seinem Herzen vor, Dinge, auf die der Körper augenblicklich reagierte ... Dinge, die das leiseste Anzeichen von Gunst zum Begehrenswertesten auf der Welt machten. Ein Begehren, das, wenn sie bei außergewöhnlich guter Laune war, gestillt werden konnte. Doch es war ein Begehren, das so unberechenbar schien, daß gerade seine Widersprüchlichkeit ihn davon überzeugte, in sie verliebt zu sein. Zuweilen. Aber es war nicht die Liebe, sagte er sich, die er für seine Tatjana, die dunkelhaarige russische Prinzessin, in Paris empfunden hatte. Der bloße Gedanke an Tatjana machte ihn traurig, wegen der Unerfüllbarkeit ihrer Liebe oder auch nur der Möglichkeit eines Wiedersehens mit ihr ... Aber mit Emma, das war ein Rausch – ein Rausch, der so selten zu genießen war, daß er in der überhöhten Erwartung um so größere Ausmaße annahm.

»Ich glaube nicht mal, daß du überhaupt in mich verliebt bist, Auguste«, sagte Emma beiläufig, als sie ihre Privatgemächer im obersten Geschoß des Gebäudes erreichten. Sie warf ihren seidenen Abendumhang über einen Stuhl und ließ den Spitzenfächer und die plüschene Abendtasche folgen; dann streifte sie die weißen Glacéhandschuhe und die Seidenschuhe ab und ließ sich mit einem Seufzer der Erleichterung auf das Sofa sinken. Danach warf sie ihm einen schrägen Blick zu. »Du bist in meine Kochkunst verliebt«, murmelte sie vor sich hin.

Schuldig schreckte Auguste aus der glücklichen Vorstellung der Tafel auf, die ihn erwartete: die Austern, Gänsekeule aus Lincolnshire, der – könnte es wahr werden? – Rollbraten vom Rind, den er so sehr schätzte ...

»Aber«, antwortete er mit Würde, »deine Kochkunst ist ein Teil von dir und wie du himmlisch.«

»Mach nur weiter«, sagte sie unwirsch. »Die Franzosen sind alle gleich. Romantik mit Worten, aber die Augen aufs Essen gerichtet.«

»Liebste«, begann Auguste ...

»Papperlapapp«, schnitt ihm Emma grausam das Wort ab.

Auguste beäugte mißbilligend ihre weißbestrümpften Füße, die sie über die Lehne des tiefen Chesterfield-Sofas geworfen hatte. Die Austern verspeiste er ohne ein Wort. Offensichtlich würde das kein Abend werden, der nach Herzenswunsch verlief.

»Macht dir etwas Sorgen?« wagte er ohne Hoffnung zu fragen, doch zu seinem Erstaunen erhielt er eine Antwort darauf.

»Es ist einer von meinen jungen Herren,« sprach sie bedächtig.

»Oh.« Auguste verlor das Interesse daran und wandte seine Aufmerksamkeit der Gänsekeule zu. Ah. Nur die Engländer beherrschten die Kunst des Einlegens und Einpökelns.

»Captain Briton. Charlie. Der hat hier gewohnt, wenn er in der Stadt auf Urlaub war. Bevor er geheiratet hat natürlich.«

Ihr Gesichtsausdruck verriet, daß das kein besonders beneidenswertes Schicksal war.

»Jedenfalls, jetzt kommt er her, um sich ein bißchen …«, sie änderte, was sie ursprünglich sagen wollte – »um sich zu entspannen und gut zu essen. Jedenfalls ist er deinem Club beigetreten, Plums. Ich sehe ihn kaum noch.«

»Selbstverständlich nicht«, sagte Auguste wohlgefällig. »Bei Plums koche ich ja!«

Sie warf ihm einen um so unangenehmeren Blick zu, weil sie sich selbst diese Falle gestellt hatte.

»Das«, sagte sie steif, »ist nicht der Grund, mein alter Truthahn. Jedenfalls, vielleicht kannst du mal herausbekommen, wieso er nicht mehr auftaucht.«

Auguste wurde böse. »Du kannst doch von mir nicht erwarten, in deinem Liebesleben mit dem Gentleman den Kuppler zu spielen.«

»Ich dachte, das würde dich interessieren. Irgendwas stimmt nicht im Club, sagt er.« Auguste erstarrte und widmete sich mit großer Aufmerksamkeit dem Salat. »Seltsame Dinge gehen da vor sich. Ich weiß, seine Frau spielt das As beim Herzbuben Gaylord Erskine. Aber das reicht nicht aus, daß er böse ist. Und mich ignoriert.«

»Erskine ist auch Clubmitglied. Vielleicht hat er deshalb so schlechte Laune«, warf Auguste lässig ein. »Sag mal, *ma mie*, würzt du auch mit Estragon ...?«

»Ich dachte immer, man hält dich für den großen Detektiv! Sherlock Holmes ist gar nichts gegen dich.«

»So ist das. So schnell entdecke ich den Estragon, und dich interessiert das nicht einmal.«

»Auguste, du machst dich wohl lustig über mich. Und du wechselst das Thema. Ich will, daß du aufspürst, was sich in deinem Club zusammenbraut. Untersuch doch mal diese mysteriösen Dinge.«

»Bei Plums gibt es niemals irgendwelche Widrigkeiten«, wehrte Auguste ab.

»Wie der Affe sagte, als er der Herzogin ans Bein pißte.«

»Emma!« entrüstete sich Auguste. An ihren ordinären Gebrauch des Englischen konnte er sich nicht gewöhnen.

»Meine Sprache gefällt dir nicht, eh? Du alter ...«, erwiderte Emma heftig.

»Mon petit chou«, begann er, mehr zur Besänftigung als aus Protest.

»Ich bin nicht *petite*, und ich bin kein alter Kohlkopf«, schrie sie.

»Das ist eine Liebesbezeugung – wie du genau weißt«, rief er verärgert.

»Für mich nicht, überhaupt nicht. Ich werde dir was sagen, Auguste. Du findest raus, was bei Plums vor sich geht und warum, damit der gute alte Charlie wieder glücklich ist, und dann kannst du herkommen und mich einen alten Kohlkopf nennen. Aber heute abend nicht, Napoleon!«

Ohne Zugang zum Bett seiner Lady, das nun, wo es ihm verweigert wurde, wieder einmal begehrenswerter denn je erschien, trottete Auguste trübsinnig in die Nacht, um zu seinem Quartier in der King Street zu gelangen, wobei sein

Schnurrbart vor Groll bebte. Er war endgültig verdrossen. Nicht nur, daß er nicht damit gerechnet hatte, nach Hause abgeschoben zu werden, weshalb seine Speisekammer nicht mit dem Nötigen für das Frühstück versehen war, wie er es sich gewünscht hätte, sondern ihm war auch das Abendessen so mir nichts dir nichts beschnitten worden. Er sah sich gezwungen, der *miroton* von Äpfeln zu entsagen, die ihm die erzürnte Emma ohne viel Federlesens vor der Nase wegraffte. Und weswegen? Wo hatte er sich falsch verhalten? Als er die York Street entlanglief, fühlte er sich ungerecht behandelt. Wochen hindurch hatte er sich gezwungen, so zu tun, als wäre in Plums Club alles beim alten. Er liebte Plums. Außerdem beabsichtigte er, den Ruf eines guten Clubkochs zu erwerben, um dem großen Meister früherer Zeiten Alexis Soyer Konkurrenz zu machen, und nicht wieder Detektiv zu spielen. Die Affäre vom Galaxy Theatre steckte ihm immer noch in den Knochen.

Still fluchte er vor sich hin. Meinte es Emma ernst? Nur weil einer ihrer Verehrer nachließ, vermutlich wegen der Untreue seiner Frau, sollte er seine gewiß großartigen detektivischen Fähigkeiten ins Spiel bringen? Doch wenn die sich nicht bewährten, dann würde er wohl lange warten müssen, bevor Emma ihn wieder in ihre Gunst aufnahm, geschweige denn in ihr Bett. Zum Glück gab es immer noch die kleine Agnes, das Hausmädchen im Club, die zu ihm mit so liebevollen Augen aufblickte; doch da war Vorsicht geboten. Neidvoll dachte er an den Küchenchef vom Reform Club, der fristlos entlassen worden war, nachdem man ihn in den Armen eines Hausmädchens ertappt hatte. Die Entrüstung der Mitglieder über seine Entlassung war so heftig, daß er nicht nur sofort wieder eingestellt wurde, sondern man ihm auch die *droits de seigneur* über alle Hausmädchen einräumte. Das nenne ich einen gehörigen Respekt vor dem Küchenchef! Über die möglichen Weiterungen, die dies bei Plums gehabt hätte, dachte Auguste nach, um alsbald entschlossen den Gedanken daran wieder fallenzulassen.

Für Emma, so entschied er widerwillig, würde er der Sache auf den Grund gehen. Es steckte wahrscheinlich nichts Ernstes dahinter, versuchte er sich einzureden, und den Beweis könnte er erbringen. Sie würde sich ihrer Heftigkeit schämen, sie würde ganz klein werden, sie würde Tränen vergießen, er würde sie in die Arme schließen ... Das Traumbild schwand. Es gab keine Möglichkeit, es in die Wirklichkeit umzusetzen. Nicht bei Emma Pryde.

Doch angenommen, zwang er sich vorzustellen, es steckte doch etwas hinter der gegenwärtigen Unruhe? Was könnte das sein? Jemand, der den Club haßte? Ein Verrückter? Jemand, der ein bestimmtes Clubmitglied haßte? Wenn das so wäre, warum? Eine steigende Erregung erfüllte ihn, dieselbe Erregung, die ihn ergriff, wenn er drauf und dran war, die richtige Zutat zu finden, um ein neues Meisterwerk zu vollenden. Aber schon seit langem war sie nicht wegen eines Verbrechens geweckt worden. Das erstemal, auf Stockbery Towers, hatte er Scotland Yard geholfen, eine Sache von internationaler Bedeutung aufzuklären; dann, erst vor anderthalb Jahren im Galaxy Theatre, hatte er allein (gut, zusammen mit dem freundlichen Inspektor Rose von Scotland Yard) dem Terrorregime des vermeintlich zurückgekehrten Jack the Ripper ein Ende gesetzt. Es war schon wahr, daß er eine besondere Begabung besaß. Er war eben nicht nur ein Küchenchef, sondern auch ein begnadeter Detektiv, denn, wie er behauptete, beides ging Hand in Hand. Mit siebenunddreißig befand er sich auf dem Höhepunkt seiner Leistungsfähigkeit. Nur Escoffier übertraf ihn, sein alter Lehrmeister aus den frühen Tagen in Nizza. Und selbst Escoffier gestand ihm die Palme zu, soweit es die Quittensauce betraf. Nachdem er das Galaxy-Theatre-Restaurant als Konkurrenz zu Romanos Lokal in der Strand etabliert hatte, war er zu Beginn des Jahres zu Plums Club gewechselt, eifrig bemüht, die Herausforderung anzunehmen, er könnte die besten Speisen in London bieten und es mit der Erinnerung an den großen Soyer im Reform Club, mit Pryde im Gwynnes Hotel und Auguste Escoffier im Savoy in der Strand aufnehmen. Jetzt hieß es Auguste Didier bei Plums.

Mit diesem glücklichen Gedanken bog er Ecke York Street auf den Square und ging an Plums Club vorüber auf dem Weg nach Hause. An den Umrissen am Fenster konnte er Männer erkennen, die am Brandy nippten, gefangen von ernster Unterhaltung. Eingerahmt sozusagen vom Licht im Fenster, schienen sie starr zu sein, wie ein Tableau. Vielleicht war es nur Einbildung. Es mußte Einbildung sein. Plums war Plums, eine Zuflucht vor der Welt. Unmöglich, daß hier richtiger Ärger eindringen konnte. Dann erinnerte er sich an die Vorstandssitzung, in die er vergangenne Woche hineingeplatzt war, und an die seltsame Atmosphäre, die dort herrschte. Und Emmas Worte klangen ihm noch in den Ohren, als er nach Hause in die King Street eilte: Irgend etwas ist faul in Plums Club.

2. Kapitel

In diesem Jahre, 1896, war Plums Herrenclub genau fünfzig Jahre alt. Der Club war der Gipfel englischer Ehrbarkeit, wenn auch ohne die vornehme Würde des Athenaeums und ohne die vornehme Ungezwungenheit von Pratts Club. Es mangelte ihm an der klassischen Architektur des Reform Club, weil er es vorgezogen hatte, in den beiden umgebauten Häusern aus dem 17. Jahrhundert zu bleiben, und er besaß auch nicht das lange Erbe von Boodles oder Whites. Doch im Laufe der fünfzig Jahre hatte er seine eigene Tradition ausgebildet: er bot Komfort ohne Verpflichtung. Der Club kannte nur wenige Regeln; er war genau das, was ein Club für Engländer sein sollte. Überdies besaß er einen großen Vorteil: Er hatte eine ausgezeichnete Küche.

Das hätte man erwarten sollen, denn das Speisen war der eigentliche Grund, weshalb Plums Club überhaupt ins Leben gerufen worden war. Er war auf die Initiative und mit dem Geld eines gewissen Captains Harvey Plum von den Dreiundzwanzigsten Leichten Dragonern gegründet worden. Captain Plum, dritter Sohn eines ausnehmend wohlsituierten Landbesitzers, residierte in einem Haus auf der Nordseite des St. James's Square, wenn er nicht auf seinem Landsitz in Wiltshire weilte. Da er des mittelmäßigen Essens müde war, das er in seinem Club erhielt, und er darüber hinaus zweifellos die heimatlichen Wohltaten von Mrs Plums Haushalt in Wiltshire vermißte, entschloß er sich, einen eigenen Club zu gründen. Die Hungerdiät noch gut in Erinnerung, der zu unterziehen er sich mit seinen Männern während des Krieges in Spanien gezwungen sah, und jenen denkwürdigen Tag im Bewußtsein, als er, wenn ihn das Wohlwollen seiner Männer, die in der Kunst des Überlebens besser geübt waren, nicht gerettet hätte, darauf angewiesen gewesen wäre, Eicheln zu essen, faßte er den Entschluß, nie mehr zu hungern. Die Helden der Attacke von Talavera durften etwas mehr beanspruchen als Eicheln. Während seiner späteren Laufbahn, als er bei Waterloo schon dem Stab des Herzogs von Wellington zubeordert war, wurde ihm klar, daß die Kunst der Küche mehr zu bieten hatte, als London bereit war zuzugeben. Auf späteren Reisen durch Europa war er ein Bewunderer jenes geistreichen anonymen Buches geworden, von dem sich bald herausstellen sollte, daß es von Anthelme Brillat-Savarin stammte, und er nahm sich dessen Aphorismus zu Herzen, daß das Schicksal einer Nation von der Art abhinge, wie sie esse. Da es Englands Schicksal war, die Welt zu beherrschen, so war er entschlossen, wenn es seine Börse und die Zeit erlaubten, den Führern der Nation jede Möglichkeit zu geben, dieses gut genährt zu tun.

Es ist wahr, da gab es den Reform Club mit Alexis Soyer in den Küchenräumen, aber der Reform Club war 1841 schließlich wegen der Politik etabliert worden, nicht wegen des Essens. Plums Club gründete sich auf den sonderbaren Gedanken, der einige Zeit brauchte, bis er praktische Gestalt annahm, daß nicht nur Staatsmänner, sondern Männer aller gehobenen Berufe ihre Weisheit zum Wohle der Menschheit vereinigen würden, wenn sie sich beim Speisen zusammenfänden. Aus diesem Grunde sah man in Plums Club anfänglich lange Gemeinschaftstafeln; erst als nach mehreren Jahrzehnten und vielen Debatten an einem Tag in der Woche Gäste zugelassen wurden, eröffnete man einen zweiten, kleineren Speiseraum mit getrennt stehenden Tischen. Hinter dem ursprünglichen Arrangement steckte die Absicht, daß ein Mitglied, das Plums Club durch das Portal betrat, den Beruf vollkommen hinter sich lassen sollte. So saß man also gesellig an der gemeinsamen Tafel, aber vor und nach dem Essen zeigten sich bald Risse in diesem angestrebten Ideal von Zusammengehörigkeit.

Captain Plum war jedoch kein Mann, der seinen Illusionen so leicht Valet sagt. An dem großen Eröffnungsabend servierte der Küchenchef, verzückt von der ihm zuteil gewordenen Ehre, ein prächtiges Bankett, das in der Ankunft eines großen *pièce montée* eines Dreiundzwanzigsten Dragoners gipfelte, errichtet aus lockerem Teig, Baisers und Erdbeeren, einen Schokoladentschako fesch auf dem Kopf, gefolgt von einem ein bißchen weniger großen Napoleon mit Schokoladenzweispitz. Aufs heftigste aufgewühlt vom Anblick dieses großartigen Festmahls, das mit Soyers Bankett für Ibrahim Pascha wetteiferte und ihm mehr als gerecht zu werden strebte, wurde Captain Plum zwischen den Gängen und Süßspeisen von einem Schlaganfall dahingerafft, den die fieberhafte Aufregung des festlichen Ereignisses verursacht hatte.

Man hätte glauben können, dies wäre das Ende von Plums großen Unternehmungen gewesen. Doch die Witwe Plum erschien in Schwarz, entschlossen, den Namen ihres Ehemannes zu bewahren. Sie war ebenso gerissen wie festen Entschlusses und verwandelte seinen verfrühten Tod in einen Vorteil für den Club. Am folgenden Sonnabend hielt sie im Club eine Totenfeier für ihren verstorbenen Mann ab, die, was die kulinarischen Herrlichkeiten betraf, jenes Essen in den Schatten stellte, bei dem er bedauerlicherweise verblichen war. Fürderhin, so verfügte sie, solle die Feier jedes Jahr zur Erinnerung an die Gründung des Clubs und das Hinscheiden ihres Gatten abgehalten werden; das Bankett solle »Plums Dahinscheiden« genannt werden. Wie die Jahre so dahinzogen, spann sie schlau und unaufdringlich allerlei Geschichten darum, und sie tat das auf so feine Weise, daß sich die Mitglieder nicht richtig daran zu erinnern vermochten, wie die Legenden eigentlich zustande gekommen waren, nur, daß es sie »schon immer gegeben« habe. Das war also der Grund, weshalb jedes Jahr am 17. Juni, wenn er nicht gerade auf einen Sonntag fiel, eine feierliche Prozession aller anwesenden Mitglieder durch alle Räume von

Plums Club zog, wobei kein Raum ausgelassen wurde, in einem Ritual, genannt »die Runde machen«. Den kerzenbeleuchteten Umzug führte der Sekretär an, gefolgt vom Küchenchef, von dessen Lakaien, die den Kopf eines wilden Ebers trugen, und den Clubmitgliedern, und alle sangen das schwungvolle »Lied vom Dahinscheiden«, dessen Ursprung sich in den Nebeln der Zeit verloren hatte (aber dessen Komposition die Witwe Plum wohlgemerkt mehrere schlaflose Nächte gekostet hatte). Hinter dem Kopf des wilden Ebers gingen weitere Bedienstete, welche die beidem *pièces montées* trugen - den Dreiundzwanzigsten Dragoner und die finstere Baiserkopie Napoleons. Unter dem Ölgemälde der Attacke von Talavera hielt die Prozession an, Hüte wurden durch die Luft geschwenkt, und mit Rufen »Vorwärts, Dragoner!« und ähnlichen militärischen Aufforderungen stießen jedesmal sechs erwählte Mitglieder ein Schwert in Napoleons Schaumgebäckbrust.

Und es war ausgerechnet aus Anlaß dieses heiligen, feierlichen Festes, daß dieses Jahr, zum fünfzigsten Jahrestag von Plums Herrenclub, jemand vorgeschlagen hatte und - noch schlimmer - dem Vorschlag zugestimmt worden war, Frauen teilnehmen zu lassen.

Ein schöner Frühlingsmorgen war es am St. James's Square. Auf die zartroten Ziegel von Plums Club strahlte die Sonne hernieder, im Garten blühten fröhlich die Tulpen; ein Botenjunge von Messrs Jackson blickte hinauf zum Reiterstandbild Williams III. und pfiff respektlos. Aber drin in Plums Morgensalon, der nach Norden auf den kleinen Hintergarten und die hohe Ziegelmauer an seinem Ende hinausging, hatten die Anwesenden keinen Sinn dafür, daß irgendwo die Sonne scheinen könnte.

Denn hier herrschte allgemeine Bestürzung. Wo sich normalerweise alles in friedlicher Stille verhielt, unterbrochen nur vom leisen Rascheln einer Zeitung oder davon, daß ein Hausangestellter Kohle auf das glühende Kaminfeuer schüttete, erhob sich nun nicht nur ein lebhaftes, sondern auch wütendes Stimmengewirr. Sogar unten in den Küchenräumen des Souterrains konnte Didier es vernehmen, als er den Lunch zubereitete. Ihn überraschte es nicht. Mit vor Erregung leuchtenden Augen hatte ihn Agnes von der Bekanntmachung am Brett verständigt, die vor einer Stunde angeheftet worden war, und er wartete gespannt auf die Reaktion der Clubmitglieder.

»Und ach, Mr Auguste«, hatte Agnes noch hinzugefügt, »was halten Sie denn davon? Mr Peeps sagte, da ist noch so ein gehässiger Brief auf seinen Schreibtisch gelegt worden. Und der war für ihn. Ist das nicht schrecklich?«

Nach Augustes Ansicht war das schwerwiegender als die Angelegenheit, welche die Gemüter im Morgensalon bewegte. Es handelte sich um ein heimtückisches Gift, das Schlimmeres für Plums Club befürchten ließ als »The News«. An den beiden voraufgegangenen Tagen hatte er sich damit beschäftigt, Informationen über alle Zwischenfälle bei Plums zu sammeln, die von den Mitgliedern anscheinend so wenig beachtet wurden. Da war die Sache mit der Ratte, die man auf die Speisetafel gelegt hatte, die zerfetzten Bücher und Zeitungen, der Brief an Mr Erskine, der an Mr Preston, und nun das. Es bekam langsam den Anschein, als hätte Emma recht, wenn sie darauf bestand, daß er Licht in die Angelegenheit brächte. Denn bringe den Portier aus der Fassung, und du erschütterst die Grundlagen des Clublebens. Und obszöne Briefe, gerichtet an Mr Alfred Peeps, waren eine glänzende Methode, dieses Ziel zu erreichen. Wieder packte ihn die Erregung. Mehr als Erregung, eine Neugier, der Wunsch, mehr herauszufinden, zwei und zwei zusammenzuzählen, zu entdecken, daß ...

»Alors, mon enfant«, sagte er mit fester Stimme, »ich werde den Kaffee selbst machen.«

Den Lauten nach, die von oben kamen, schienen die Clubmitglieder die Bedrohung ihrer weiteren Existenz weder wahrzunehmen noch sich um sie zu sorgen. Denn eine Viertelstunde zuvor hatte Colonel Worthington mit finsterer Miene vor dem Kamin gestanden und sorgsam alle Blicke gemieden, die einen Moment von der Zeitung wegirrten, in seine Richtung. Es war nur eine Frage der Zeit, bis irgend jemand zufällig auf das Anschlagbrett im Korridor schaute, und dann wäre er dran. Als ob es sein Fehler gewesen wäre! Wieder einmal überflutete ihn die Ungerechtigkeit des Lebens.

Bloß weil die anderen Vorstandsmitglieder mit außergewöhnlich willensstarken Frauen verheiratet waren, von denen alle durch die Bank, so hatte er sie in starkem Verdacht, unnachgiebig fest entschlossen waren, sich Plums Club von innen anzuschauen, und eifrigst die Gelegenheit wahrnahmen, das zu erreichen, mußte er, Mortimer Worthington, die Schuld dafür auf sich nehmen. Denn abgesehen von Nollins, der so vorsichtig war, sich in seinem Büro zu verschanzen, war er das einzigste Vorstandsmitglied, das schon vor dem Abend einen Fuß in den Club setzte. O ja, die Herren Fortescue, Partridge, Wilmot, Mannering, Tiptree, Ross und Beeton würden schon dafür sorgen, daß sie nicht dem Zorn der Mitgliedschaft entgegenzutreten brauchten.

»Was zum Teufel ...?« Das Gebrüll dieser Stentorstimme war selbst durch die geschlossenen Tür des Morgensalons zu vernehmen.

Worthington erbleichte. Das mußte Bulstrode sein. Seine Lordschaft stürzte in den Raum wie der Stier, der hinter Europa her war.

»Frauen?« Hochrot im Gesicht, hielt Bulstrode das anstößige Blatt Papier in einer Hand, eingerissen, wie er es in seinem Zorn vom Brett heruntergefetzt hatte. »Das soll wohl ein Witz sein, wie? Frauen das Betreten von Plums Club zu gestatten! Haben wir den ersten April, Worthington?«

Erschrockene Gesichter tauchten hinter den Zeitungen auf, mehr erschreckt über die Ruhestörung als über den Inhalt der Worte, deren Ungeheuerlichkeit ohnehin nicht sofort zu begreifen war. Langsam wurden jedoch die Zeitungen gesenkt.

»Frauen den Zutritt erlauben?« fragte General Fredericks zweifelnd, nachdem die Bekanntmachung des Vorstands verlesen oder genauer: von Bulstrode herausgebellt worden war. »Ich muß schon sagen ...«, aber seine leise Stimme ging sogleich in dem allgemeinen Aufruhr unter.

»Verdammt noch eins«, brüllte Charlie Briton, und es sagt einiges über die Situation aus, daß niemand die Stirn runzelte, weil ein so jugendliches Mitglied überhaupt das Wort ergriff. »Meine Gertie ...« Jetzt runzelte man doch die Stirn. Damen wurden nie beim Namen genannt, wenigstens nicht die von Ehefrauen der Clubmitglieder.

»Hat der Vorstand den Verstand verloren?« schnaubte Peregrine Salt. Er schnaubte öfters vor Wut.

»Dazu fehlt nicht viel«, prustete Bulstrode, während er im Salon herumstampfte.

Worthington färbte sich rosa. »Ich muß schon sagen, Bulstrode, das ist ...«

»Sie sind im Vorstand, Worthington. Was zum Teufel soll das bedeuten? Was haben Sie sich denn dabei gedacht?« unterbrach ihn Erskine. Dann besann er sich. Waren diese Worte nicht zu scharf? Als neues Mitglied konnte er es sich nicht erlauben, ganz gleich, worüber, so frei von der Leber weg zu reden, bevor er nicht zweimal nachgedacht hatte. Ein taktierender Politiker in allem, saß Samuel Preston allein ganz still da. Er pflegte immer erst die Reaktionen der anderen abzuwarten, ehe er seine Ansichten kundtat.

»Frauen? Bei Plums?« blökte Jeremiah »Jorrocks« Atkins, der begierig jede Gelegenheit beim Schopfe ergriff, dem vermaledeiten Burschen Worthington den Kampf anzusagen. Rundlich und kriegerisch wie sein Bullterrier war Jeremiah Atkins der erklärte Feind des Colonels. »Hätte nie gedacht, daß Sie so weit gehen würden, Worthington.«

»Meine Herren«, begann Worthington würdevoll, »ich mag die Ehre haben, dem Vorstand anzugehören. Ich bin allerdings nur eins seiner Mitglieder.« Er blickte in steinerne Gesichter und schaute sich beschwörend um. »Gentlemen, ich lehne diese Entscheidung ebenso ab wie sie. Meiner Meinung nach steht die Existenz des Clubs und alles, was er bedeutet, auf dem Spiel. Dies ist ein schwarzer Tag, meine Herren. Ich mache kein Geheimnis daraus, daß ich in dieser Angelegenheit überstimmt wurde, und meiner Ansicht nach ist es skandalös. Skandalös!«

Glücklicherweise fiel es Worthington nicht schwer, Glauben zu finden, da seine Abneigung gegen Frauen hinlänglich bekannt war.

Als Auguste eintrat, um den Kaffee zu servieren, schaute er sich die versammelte Gesellschaft an und wunderte sich erneut über die Engländer. Er versuchte, sich die Szene im heimatlichen Frankreich vorzustellen, und hätte fast laut lachen müssen.

»Die müssen etwas verwechselt haben«, sagte Charles Briton voller Hoffnung.

»Nein«, sagte Worthington düster, wobei er vollkommen vergaß, daß er bloß zu einem Captain sprach. »Das ist es ja gerade, sie haben sich das gründlich überlegt. An dem einen Tag waren sie alle dagegen, genau wie Sie es sind, meine Herren. Dann plötzlich am nächsten Tag – sprachen sich die meisten dafür aus. Eine merkwürdige Sache.« Oder vielleicht gar nicht so merkwürdig, wenn sich sein Verdacht bestätigte.

»Aber warum?« nörgelte Peregrine Salt. »Warum, wenn sie schon den Club betreten müssen, warum zu ›Plums Dahinscheiden‹? Warum nicht an einem anderen Tag, zum Kaffee vielleicht? Zum Nachmittagstee? Vielleicht zu einer meiner Vorführungen mit der Laterna magica?« Seine Zuhörer wanden sich. Nicht schon wieder! »Aber zum ›Dahinscheiden‹ – das ist – das ist undenkbar.«

»Genau meine Meinung«, trompetete Worthington. »Gentlemen, ich schlage vor, daß wir – äh – daß Sie die Sache nicht kampflos hinnehmen. Schließlich gibt es noch eine Reihe von heiklen Punkten zu klären.«

»Was für Punkte?« erkundigte sich Charlie Briton.

»Heikle Punkte«, prustete Atkins. »Toiletten, Mann, sagen Sie schon Toiletten. Ich spreche immer offen aus ...«

»Das tun Sie wirklich, Sir«, sagte Worthington mit kalter Stimme. Sie wechselten einen feindseligen Blick. Es war im Club allgemein bekannt, daß zwischen Worthington und Jeremiah Atkins eine Fehde herrschte, offenbar herrührend von einem Mißverständnis über ihren aneinandergrenzenden Grundbesitz. Einige meinten, sie entsprang den rivalisierenden Revieransprüchen von Atkins' Bullterrier und Worthingtons getigerter Katze Melissa; andere schrieben sie einem Streit über die Fuchsjagd zu, für deren lokalen Potentaten sich »Jorrocks« Atkins hielt.

»Toiletten«, knurrte Bulstrode. »Verdammt, meinen Sie, sie werden unsere Toiletten benutzen müssen?«

»Aber – das können sie doch nicht tun«, stotterte Charles Briton, entsetzt von der Vorstellung. Er versuchte sich Gertrudes Gesicht auszumalen, wenn sie den kalten, zugigen gekachelten Korridor und die Kabinen und die Reihe der Pissoirbecken mit den lustigen Drucken von Damen in Badekostümen darüber erblicken würde.

»Nein, das können sie nicht«, sagte Salt ungehalten, wobei er seinem Gedankengang folgte und an Juanitas üppig ausufernde Kurven dachte.

»Aber die Prozession wird auf jeden Fall durch die Clubtoiletten führen müssen«, betonte Preston. »Das ist Tradition, ob sie nun anhalten, um sie zu benutzen, oder nicht«, fügte er lachend hinzu.

Seine Unbekümmertheit wurde nicht besonders gut aufgenommen.

»Wir werden Protest einlegen«, sagte Worthington. »Wenn Sie mich unterstützen, meine Herren, werden wir morgen eine Abordnung zu Nollins schicken. Alle von uns werden gehen. Ich bin ein alter Soldat. Ich werde die Patrouille anführen, wenn Sie es wünschen. Also, einmal bei Chillianwallah ...«

Rufe der Zustimmung, die eine hundertprozentige Unterstützung verlangten, befürworteten rasch den Plan.

»Darf ich fragen«, warf die sanfte Stimme General Fredericks' ein, »von wem kam überhaupt der Vorschlag, daß Damen zugelassen werden sollten?«

»Das stand im Buch für Wünsche und Anregungen«, brummte Worthington voller Bitterkeit. »Kam auf der Vorstandssitzung als Routinesache zur Sprache.«

»Wessen Anregung?«

»Stand kein Name darunter. Muß ja nicht, wie Sie wissen.«

»Aber wir könnten den Mistkerl schneiden«, sagte Charlie Briton beflügelt. So mutig wie immer in seiner Militärzeit führte er nun einen Stoßangriff hinaus in den Vorraum, wo das Buch für Anregungen auslag. Auguste gehörte zur vordersten Linie. Peeps blickte düster drein. Über den Brief, den er erhalten hatte, gab es keine solche Aufregung. Ein abscheulicher Brief noch dazu. Nicht, daß er Mr Nollins beunruhigt hätte. Es war schon eine schöne Bescherung, wenn ein Mann nicht zur Arbeit kommen konnte, ohne beschuldigt zu werden, er sei ein ... Er versuchte, den Gedanken daran zu verscheuchen, und glaubte, es sei ihm gelungen. Aber das war nicht der Fall.

Das Anregungsbuch hätte man besser als Beschwerdebuch bezeichnen sollen, weil es zum Negativen neigte. »Wird Eisbein nie mehr von der Speisekarte verschwinden?« – »Ist es nicht möglich, im Rauchsalon mehr als einen Aschenbecher hinzustellen?« – »Könnten Clubmitglieder freundlicherweise davon Abstand nehmen, den Hut anderer Mitglieder aus der Garderobe zu entführen ...«

»Die Seite ist herausgerissen worden«, sagte Worthington ungläubig. »Schauen Sie sich das an, herausgerissen.«

»Herausgerissen?« Der Ausruf kam irgendwoher, von irgend jemandem. Auguste blickte sich eiligst um und erhaschte Samuel Prestons Auge.

Preston errötete zornig: »Sie sind doch der Koch, nicht wahr? Was ...«

Er wurde von General Fredericks' leiser Stimme unterbrochen. »Gentlemen, noch ein Akt der Barbarei. Das gefällt mir nicht.«

Dem stimmte jedermann zu. Man hatte ihnen die Beute weggeschnappt.

Fredericks fuhr mit ernster Stimme fort, als die Gesellschaft in das Heiligtum des Morgensalons zurückkehrte. »In der Serie unglückseliger Ereignisse, die Plums Club heimsuchen, ist dies ein weiteres. Verstümmelte Bücher, Morddrohungen an Mr Erskine und Mr Preston und nun obszöne Botschaften an Peeps, tote Ratten ...« Er hielt inne, als es still wurde und sich ihm ausdruckslose Gesichter entgegenwandten. Ausdruckslose – und eigensinnige – Gesichter.

»Unsinn. Nur ein Bediensteter mit einer Beschwerde«, sagte Samuel Preston, die Erwähnung Peeps' als unwesentlich abtuend.

Auguste, der das Tablett mit den pikanten Vorspeisen zum Lunch anbot, erstarrte vor Entrüstung.

»Scheint jemand zu sein, der einen Groll gegen Erskine hegt«, verkündete »Jorrocks« Atkins strahlend. Es kam nicht oft vor, daß er sich mit seinen geistigen Fähigkeiten brüsten konnte.

Es entstand eine peinliche Pause, in der die Clubmitglieder sich mühten, Charlie Briton nicht anzustarren. Denn trotz all der unausgesprochenen Regeln über die Erwähnung von Damen in den Gefilden des Clubs war es bemerkenswert, wie schnell die Kunde von Liaisons der Mitglieder, ob nun offizielle oder inoffizielle, die Runde machte. Die Nachricht von Gaylord Erskines Affäre mit Gertrude Briton lief schneller herum als die meisten anderen.

General Fredericks eilte ihm zu Hilfe. »Wie erklären Sie sich dann die Drohbriefe an Peeps, Mr Atkins? Und an Mr Preston?« fragte er scharfsinnig.

Atkins machte ein langes Gesicht. »Ein Ablenkungsmanöver?« erklärte er hoffnungsvoll. Aber es wurde nicht beachtet.

»Diese Irritationen sind doch nebensächlich«, gebärdete

sich Salt mit dem Anschein von Unfehlbarkeit. »Anders die Sache mit den Damen. Die ganze Zukunft des Clubs steht auf dem Spiel. Das ist wichtiger als ein paar tote Ratten oder gemeine Briefe.«

Auguste legte die Stirn in Falten. Auf dem Weg zum Berge übersahen sie die Maulwurfshügel. Aber der Berg würde bleiben; es waren die Maulwurfshügel, von denen die heimtückischen Angriffe so erfolgreich ausgingen; die Gänge verliefen unter Plums Club, sie unterminierten das ganze Gebäude. Sie waren viel wichtiger als die Frage, die ihre Gemüter gegenwärtig so beschäftigte. Was ihn selbst betrifft, so hätte er gegen die Anwesenheit von Damen in den Gemächern des Clubs nichts einzuwenden. Überhaupt nichts. Die Engländer waren schon seltsam.

»Meine Herren, ich stimme dem zu«, intonierte Worthington nachdenklich. »Als ich bei den Vierundzwanzigsten Grenadieren war, kannten die Damen, Gott segne sie, ihren Platz. Also, selbst wenn die Gattin des Generals, Gott segne sie – die adretteste kleine Frau, die je zu Pferde ritt –, nein, selbst wenn die Queen, Gott segne Ihre Majestät, sich am Eingang von Plums Club zeigen und Einlaß fordern würde, würde ich ihr die Tür vor der Nase zuschlagen, meine Herren.« Er blickte sich in der Runde um, die ihm im Prinzip zustimmte, obwohl jeder seine eigene Schätzung vornahm, wie lange Worthington wohl dieses Mal quasseln würde.

Denn was die Clubmitgliedschaft betrifft, gab es ein größeres Problem. Wer einmal aufgenommen war, blieb unumstößlich Mitglied. Wie langweilig er auch sein mochte, wie schnell die restlichen Mitglieder auch zu der Überzeugung gelangten, daß man einen schweren Fehler begangen hatte, man konnte nichts mehr rückgängig machen. Man konnte jemanden vielleicht mit Mißachtung strafen, aber der alte Worthington war doch bloß ein verdammter Langweiler. Nach so vielen Jahren auf entlegenen Posten des Empires sei das kaum überraschend, unterstrichen die Nachsichtigeren. Doch selbst die sahen sich gezwungen zuzugeben, daß es niemand anderes fertigbrachte, soviel Langeweile zu verbreiten wie Worthington, selbst wenn ein so interessantes Thema zur Debatte stand wie Auguste Didiers *poularde à la Carème*. War es oder war es nicht das Originalgericht, oder sollte es nicht richtiger *poularde Didier* oder *à la mode de Carème* genannt werden?

Nur General Fredericks vermochte Worthington zum Schweigen zu bringen, und mit einiger Überraschung bemerkten die Clubmitglieder, daß heute sein Einschreiten nicht erforderlich war.

»Und damit, Gentlemen«, schloß Worthington seine Rede, »kann ich auf Ihre Unterstützung zählen. Bis nach dem Lunch also.«

Die eifrigen Jawohl-Rufe ließen bei Auguste, der noch interessiert in dem Raum verweilt hatte, keinen Zweifel über die Gefühle, die diese Gespräche hervorgerufen hatten, wenn sie auch nach Augustes Dafürhalten fehl am Platze waren. Wenn das Schicksal der Nationen in den Londoner Herrenclubs entschieden würde, so sähe die Welt nach seiner Auffassung einer Zeit trauriger Mißwirtschaft entgegen.

»Diese Briefe, Peeps, kommen die per Boten oder mit der Post?«

Peeps' breiter Rücken erstarrte, und langsam wandte er sich zu dem Fragesteller um. Mit Franzosen hatte er nicht viel im Sinn. In der Küche waren sie ja in Ordnung, aber nicht in der Eingangshalle, vielen Dank.

»Was für Briefe sollten das sein, *Mr* Didier?« fragte er mit Bedacht.

»Die Briefe an Mr Erskine und Mr Preston – und an Ihr wertes Selbst.«

»Mein wertes Selbst zieht es vor, Mr Didier, die Briefe für sich zu behalten, wenn Sie gestatten. Privatsache. Das ist es, was wir hier schätzen, Privatsache. Hierzulande.«

»Ah, Mr Peeps, vergeben Sie mir.« Sich seines Fehlers bewußt, ging Auguste nun daran, seinen Charme spielen zu lassen. »Aber Sie und ich, uns liegt doch Plums Club am Herzen, nicht wahr? Und es ist notwendig herauszufinden, wer diese Scheußlichkeiten verübt.«

Einen Augenblick lang schien Peeps besänftigt zu sein, sogar so weit, Auguste etwas anzuvertrauen; dann wurde ihm das Komische der Situation bewußt. Langsam, schwerfällig bahnte sich ein Lachen aus dem Bauch seinen Weg, platzte heraus und ließ seine Seiten erbeben.

»Und Sie wollen also herausbekommen, wer das war, Mr Didier?« sprudelte er hervor. »Sherlock der Küchenchef, wie?« Und unter brüllendem Gelächter verschwand er in seiner Portiersloge und ließ den wütenden Auguste draußen stehen.

Oliver Nollins' Zimmer lag versteckt im ersten Stock; es war einmal die Wäschekammer gewesen. In früheren Tagen hatte der Sekretär einen großen, eindrucksvollen Raum im Erdgeschoß besessen, der auf den Platz hinausblickte, aber in den 1860er Jahren hatte ein kleinmütiger Sekretär speichelleckerisch dessen Umwandlung in einen Salon zugelassen. Oder vielleicht hatte er es nicht aus Speichelleckerei getan, meinte Oliver Nollins in mutloseren Minuten, sondern weil er es leid war, daß man ihm von allen Seiten zusetzte; da kamen die Clubmitglieder, die Vorstandsmitglieder, Hinz und Kunz schließlich. Vielleicht, so dachte er, als er sich in seinem kleinen Reich umschaute, hatte sein Vorgänger sogar die Wäschekammer vorgezogen, versteckt am Ende des Korridors, wo keiner, der zufällig vorüberging, auf die Idee kam, einmal hereinzuschauen und ein »kurzes« Wort zu verlieren über die Spülung, das Toilettenpapier, den Mangel an Kaviar, und übrigens, wie könne er sich erlauben, an die Beitragszahlung zu erinnern! Dies sei ein Club für Gentlemen, nicht wahr, mein Herr, verdammt noch mal. Ein Gentleman belästigte nicht einen anderen wegen ein paar läppischer Pfund, wie ein ordinärer Händler.

Aber diesmal war das Beitragszahlen oder eher das Nichtzahlen bei weitem nicht das dringlichste. Soweit Nollins aus dem Mann mit dem Bowlerhut und dem hageren Gesicht vor ihm schlau wurde, wollte der ihm einreden, daß Jack the Ripper wieder unter ihnen weilte.

»Also, damit ich Sie recht verstehe, Herr Inspektor«, sagte Nollins und nahm dabei seine Geduldsstimme und sein rundes, freundliches Gesicht mit dem Ausdruck blanken Nichtbegreifens an. »Sie wollen mir erzählen, daß, bloß weil es da ein paar unglückselige Ereignisse gegeben hat, Sie der Auffassung sind, daß Gefahr für Leib und Leben bestehe. Bei Plums?« Er hätte wissen können, daß das passieren würde.

Rose seufzte für sich. Privat sympathisierte er mit Nollins. Hier in Plums Club war es offensichtlich, daß das Wort »Tod« unpassend schien. Clubmitglieder starben nicht. Sie versäumten es einfach eines Tages, mal wieder zu erscheinen. Und was gar Mord betrifft ... Mit dem Geruch von Ledersesseln in der Nase, dem schwachen Aroma von Bienenwachspolitur, das vom Tisch herüberwehte, und der allgemeinen Atmosphäre von Muffigkeit, kombiniert mit liebevoller Fürsorge, die für eine Jahrzehnte alte Tradition sprachen, schien es Tempelschändung, das Wort auch nur in den Mund zu nehmen.

Inspektor Egbert Roses Anwesenheit kam Nollins ebenso unpassend vor. Schon fragte er sich, was er wohl von den Clubmitgliedern zu hören kriegen würde, weil er es einem Polizisten im Bowlerhut überhaupt erlaubt hatte, das Anwesen zu betreten. Richtig, er war Inspektor und von Scotland Yard, und doch haftete dem Ganzen irgendwie der Geruch eines gewöhnlichem Gewerbes an. Er wünschte, er hätte niemals Erskines Vorschlag befolgt. Er wünschte, Gaylord Erskine wäre niemals aufgenommen worden. Er wünschte – doch was für einen Zweck hatte es, sich etwas zu wünschen? Er seufzte und hoffte, Lord Bulstrode würde es nicht selbst übernehmen, Rose beim Kragen zu packen und ihn vierkantig zum Lieferanteneingang hinauszuwerfen. Rose hatte etwas an sich, das Nollins unangenehm bewußt machte, daß dieser eine solche Behandlung nicht freundlich aufnehmen würde.

»Scheint, daß sich jemand gestern an seinen Degen zu schaffen gemacht hat, als die sich hier im Club befanden. Gefährlicher Trick, denke ich.«

»Der Vorstand sagte, es würde Ärger geben, wenn wir ihn überhaupt aufnehmen«, sagte Nollins beunruhigt. »Er war schon einmal durchgefallen, Herr Inspektor. Ein Schauspieler, sehen Sie. Nicht ganz – äh – einer von uns. Sie werden sagen, er sollte sich zurückziehen, fürchte ich. Armer Kerl.«

Rose blickte ihn verwirrt an. »Sich zurückziehen? Weil jemand versuchen könnte, ihn umzubringen?«

Nollins schien die Frage zu überraschen. »O ja, Herr Inspektor, Plums Club ist solche Sachen nicht gewöhnt, wissen Sie. Die Mitglieder werden das nicht hinnehmen.«

»Demnach ist er hier nicht, was man beliebt nennen könnte, Sir?«

»Oh, sehr beliebt, Herr Inspektor«, versicherte ihm Nollins. »Wirklich sehr beliebt. Aber das liegt daran, weil Mr Erskine Schauspieler ist, verstehen Sie. Wird nicht ganz gehalten für … Natürlich, jetzt wo Mr Henry Irving in den Ritterstand erhoben wurde und Gerüchte umgehen, daß Mr Erskine in Kürze diese Ehre auch erfährt, ist es leichter geworden. Aber einige unserer älteren Mitglieder sind ein bißchen schockiert, obwohl Plums Club als tolerant gilt. Die beiden Erfordernisse für Plums: einen Gaumen haben und ein Gentleman sein.«

»Und den Beitrag bezahlen«, murmelte Rose boshaft.

»Richtig«, sagte Nollins kurz.

»Kennen Sie einen Grund, aus dem irgendein Mitglied den Wunsch hegen könnte, ausgerechnet Mr Erskine loszuwerden? Diese Zwischenfälle« – ganz nützlich dieser Jargon von Scotland Yard. Seltsames Treiben pflegte er das auch zu nennen. »Einige von ihnen schienen doch direkt etwas gegen ihn zu haben.«

Nollins kam sich vor, als werde er gejagt. »Ich, äh - einer von den Bediensteten«, bot er an.

»Scheint unwahrscheinlich, Sir. Dieses Porträt, das beschädigt wurde, zum Beispiel ...«

»Porträt Gaylord Erskines von Sargent. Anfänglich gab es natürlich einige Einwände, das Bild aufzuhängen. Doch was kann ich machen?« Nollins breitete seine Hände fast flehend aus. »Wenn ein Clubmitglied ein Ölgemälde von sich stiftet, gemalt von jemandem im Range John Sargents, kann man es nicht irgendwo hinhängen, wo es niemand zu sehen bekommt. Aber ohne Zweifel gab es einige Einwände - ja. Aber«, sagte er, sich wieder ein wenig sammelnd, »das ist kaum ein Grund, es zu ver...«; er konnte das Wort nicht über die Lippen bringen und änderte es rasch in »extreme Maßnahmen dagegen zu ergreifen, Herr Inspektor.« Er schaute ihn trotzig an.

»Wie dem auch sei, Sir, Mr Erskine bat uns, das zu untersuchen. Halten Sie die Augen offen im Club. Nur für den Fall, daß hier ein Mörder umgeht.« Das war als lockere Floskel gesagt, doch selbst Rose erschauerte angesichts des Ausdrucks von Entsetzen auf Nollins' Antlitz.

»Im Club, Herr Inspektor? Hier bei Plums?« Nollins' Stimme hob sich zu einem schrillen Kreischen. »Die Mitglieder«, wimmerte er, »oh, mein Gott, nein, Herr Inspektor. Sie verstehen mich nicht. Sie sind hier bei Plums! Ein Club für Gentlemen, Herr Inspektor. Gentlemen bringen einander nicht um.« Noch nie hatte Nollins so sehr den dringenden Wunsch verspürt, er hätte das Angebot mit der Schweinefarm in Northumberland angenommen. »Jedenfalls«, sagte der Clubsekretär und griff geschickt zu einer seltenen List, »bis jetzt hat es in unseren Gemächern noch keine Gewalttat gegeben.«

»Bis jetzt noch nicht, Sir«, sagte Rose sanft und schaute ihm in die Augen. Nollins senkte die seinen. »Aber nun gut, Sir. Wir können Sie nicht drängen. Wie dem auch sei, wir werden uns hier ein bißchen umsehen müssen. Mit den

Clubmitgliedern reden – ich werde einen Konstabler vorbeischicken.«

Nollins quollen die Augen hervor. Einen Konstabler in großen Stiefeln, mit Helm und Knüppel, in den Räumen von Plums Club! Was würde Peeps dazu sagen? Was würden die anderen dazu sagen? Plums, das Urbild einer Festung der Ehrbarkeit, wäre ruiniert. »Nein«, sagte er mit einer für ihn ungewöhnlich festen Stimme. »Nein, Herr Inspektor, wir werden unsere eigene Untersuchung vornehmen. Die Ursache dieser Ungeheuerlichkeiten werden wir selbst ermitteln. Ich werde mit Mr Erskine sprechen. Wir können hier keinen Polizisten gebrauchen. Nicht bei Plums.«

»In dem Falle möchte ich anregen …«

Nollins hörte ihm mit einem zunehmenden Gefühl des Entsetzens vor einer weiteren Abweichung von der Zivilisation zu, so wie er diese sah.

»Der Koch?« fragte er in weinerlichem Tone. »Aber …«

Auguste summte eine Melodie aus der heimatlichen Provence, als er die Austern für das Ragout zum *steak à la conti* inspizierte.

»Das«, belehrte er die ihn anschmachtende Mary an seiner Seite, »das ist ein Ragout. Der Wohlgeschmack, die Sauce, wenn du willst. Hier in England bezieht man den Namen auf das Fleisch – Hammelragout. *Alors*, in Frankreich kannst du lange nach einem Hammelragout suchen, Marie.«

Mary, die höchstwahrscheinlich nie in die Lage kommen würde, jemals irgend etwas in Frankreich zu suchen, nickte einsichtig, doch änderte sie das rasch in ein Kopfschütteln, als Auguste sie fragte: »Und weißt du, warum? Weil dieses Wort, Marie, mit der Zeit in Frankreich ersetzt wurde durch *haricot*. Hammelharicot. Aber dann kamen die Bohnen. Verwirrend, *hein*? Also, die Bohnen gewannen, und das Schmorgericht wurde *navarin*, nach dem über alles bedeutsamen Kohlrabi und der nicht ganz so bedeutsamen Schlacht. Aber hier in England hat man keine Ahnung von *navarins*, Ragouts und nicht einmal von Schmorgerichten. Hier in England verhält man sich so – so brüsk gegenüber den Zutaten. Ihr habt die besten von der Welt, und die Leute schätzen sie nicht. So wie«, er hielt inne, denn er bemerkte die Locke, die aus dem kleinen weißen Häubchen auf ihre Stirn fiel, und schob sie sanft zurück, »sie ihre Frauen nicht würdigen. Nein«, womit er schleunigst wieder zum Thema zurückkehrte, als er die Verehrung in ihren Augen las, »man wirft sie geradewegs ins kochende Wasser. Puh. Zu heftig. Was für ein Schock für das Fleisch. Davon erholt es sich nicht mehr. Es ist gut für Braten, dieser schnelle, harte Schock von dem heißen Kohlenfeuer, wie mein Landsmann Grimod de La Reynière hervorhebt, aber nicht für Schmorgerichte. In Frankreich verehren wir unser Fleisch – wie unsere Frauen.« Wieder strahlte Mary, aber Auguste richtete seine Aufmerksamkeit nicht auf sie. Für einen Augenblick dachte er an Tatjana, seine dunkelhaarige, schöne russische Prinzessin, die er für alle Zeit verloren hatte … Liebevoll tätschelte er Marys Hand. Hat nichts zu sagen: die Zutaten lagen parat, das Essen mußte zubereitet werden.

»Nun, *ma petite*, das Rezept der guten Mrs Marshall. Eine gute Köchin, diese Mrs Marshall, aber keine Phantasie, kein Gespür. So englisch. Schau dir das Rezept an. Eine Pinte – sie meint eine Prise – von Mrs Marshalls korallenrotem Pfeffer. Bei allem, bei jedem Rezept empfiehlt sie diesen korallenroten Pfeffer. Das ist scheußlich. Eine Roheit. Kein Feingefühl. *Alors*, nehmen wir das zarte weiße Kalbfleisch: Streue etwas korallenroten Pfeffer darauf, würde uns Mrs Marshall raten. Nehmen wir das Huhn: Streue etwas korallenroten Pfeffer darauf. Den Fisch? Korallenroten Pfeffer. Kein Zweifel, die *oeufs à la neige* auch – streue etwas korallenroten Pfeffer darauf. Diesen Pfeffer verwendete sie« – er kam richtig in Fahrt – »wie die böse Herzogin in Mr Carrolls so erleuchtendem Buch ›Alice im Wunderland‹. Streue ihm ein bißchen Pfeffer auf die Nase, bis er niest.«

»Guten Morgen, Mr Didier.«

Auguste hielt abrupt in seiner gallischen Geste inne und wirbelte herum, um den unerwarteten Besucher zu begrüßen.

»*Cher Inspecteur* Rose. Ich bin entzückt.«

»Ein Abstieg, nicht wahr, Didier? Nach Stockbery Towers und dem Galaxy Theatre?« Egbert Rose blickte sich unschuldig zwischen den weißen Ziegelwänden in den zweifellos beengten Küchenräumen von Plums Club um.

Auguste lachte, überhaupt nicht verstimmt. »Ein Abstieg, Herr Inspektor? Das sollten Sie die Clubmitglieder aber nicht hören lassen. Plums Club ist eine Institution. Für mich ist es eine Ehre, hier zu arbeiten. Es ist beengt, gewiß, aber für einen großen Koch - wie ich es bin«, fügte er bescheiden hinzu, damit Rose trotz ihrer fünfjährigen Bekanntschaft keinerlei Zweifel beschlichen, »spielt das keine Rolle. Es ist wahr, der große Soyer bestand darauf, die Anlage der Küchenräume im Reform Club selbst zu entwerfen, aber das war schließlich ein neues Gebäude. Was mich betrifft, so kam ich hierher, als die Tradition dieses Clubs sich schon gefestigt hatte. Plums Club entstand aus zwei alten, umgebauten Häusern, errichtet zu einer Zeit, als Köchen ...«, er schaute sich mitleidig um, »nicht immer die Ehre zuteil wurde, die sie heute genießen. Nun sagen Sie mir, Herr Inspektor, was hat Sie hergeführt?« Auguste goß dem Inspektor einen Sherry-Cocktail ein und reichte ihm das Glas.

Egbert Rose nahm den Hut ab, setzte sich an den Tisch und beäugte das Glas mit Interesse. »Die Pflicht, Mr Didier, die Pflicht.«

Auguste warf ihm einen kurzen Blick zu und schickte Mary in die Spülküche: »Hilf Monsieur John beim Salat, Kind.« Er schien im Begriff, ihr einen Klaps auf den prallen Rock über ihrem Hintern mit auf den Weg zu geben, doch als er bemerkte, daß Rose ihm zuschaute, hielt er mitten in der Bewegung inne und rührte statt dessen unbekümmert mit dem Löffel in einem Gefäß mit Hummermayonnaise herum.

»Ich habe davon gehört, daß Sie vom Galaxy weggegangen sind«, sagte Rose. »Aus irgendeinem Grunde mußte ich das Savoy anrufen, und dieser Mr Escoffier erzählte mir, Sie führen nun hier die Küche bei Plums. Also warum das, Mr Didier?«

»Warum?« Augustes Augen leuchteten. »*Cher Inspecteur*, wegen der Herausforderung. Um Soyer im Reform Club Konkurrenz zu machen, heißt es nun: Didier bei Plums. Diesem Plum, Herr Inspektor, hatte es die französische Küche angetan – was einige Intelligenz bei einem Engländer verrät. Er hatte alle Bände des ›Almanach des Gourmands‹ gelesen, er hatte die Werke des berühmten Antonin Carême gelesen, er war ein glühender Anhänger der Arbeiten von Brillat-Savarin, er hatte jedes Wort der ›Physiologie du Gout‹ von ihm verschlungen, er hatte die kulinarischen Kreationen Francatellis gekostet, als der Küchenchef Ihrer Majestät war. Danach ging Francatelli zum Reform Club. Und Madame Rosa Lewis begann ihre Karriere bei Whites. Es ist ein unerläßlicher Schritt, Küchenchef in einem Club zu werden. Aber eines Tages, oh, eines Tages werde ich mein eigenes Restaurant besitzen, vielleicht mein eigenes Hotel ... Doch bis dahin besteht meine Aufgabe darin, die Clubmitglieder zufriedenzustellen – und den Vorstand. Es ist nicht leicht, Monsieur, Speisen für Götter aus den Pfennigen des Zerberus von Schatzmeister zu liefern. Nein, das ist die Kost von Steak und Austernpastete.«

»Klingt mir nicht sehr französisch.«

»Plums ist die Heimstatt guter Speisen, Monsieur. Nicht unbedingt französischer. Meine Steaks und meine Austernpastete sind *superbe*.«

Rose beobachtete, wieviel Rotwein auf das Ragout gegossen wurde, und unterdrückte den Vergleich damit, wie großzügig Mrs Rose Cock's Reading Sauce ihrem Ragout hinzufügte. »Dieses Stück Fleisch ist so zäh wie die Stiefel deiner jungen Polizisten, Egbert«, hatte sie erst gestern zu ihm gesagt. »Wir werden wohl von Mr Pimple weggehen müssen.« Insgeheim bezweifelte Rose, ob der vielgeschmähte, aber nie gewechselte Fleischer soviel Schuld daran hatte wie die Köchin dieses Stücks Fleisch, doch hielt er Frieden, wie er es immer während der zwanzig Jahre glücklicher Ehe getan hatte. Nichtsdestoweniger betrachtete er das Ragout sehnsüchtig. Die Bekanntschaft mit Auguste durch zwei seiner bedeutendsten Fälle hatte bei ihm ein mehr als nur beiläufiges Interesse an der Kochkunst geweckt.

»Also, Herr Inspektor, Sie kommen wegen der mysteriösen Vorfälle in Plums Club?«

Rose betrachtete ihn mit unschuldsvoller Miene. »Was für mysteriöse Vorfälle wären denn das, Mr Didier?«

»Noch kenne ich nicht die vollständige Geschichte«, sagte Auguste ebenso unschuldsvoll. »Aber ich muß es herausfinden. Das ist Ehrensache, verstehen Sie.«

»Nicht ganz, Mr Didier.«

»Eine Freundin von mir, eine Dame von großem Ansehen und von großer Achtbarkeit«, sagte Auguste und wollte dabei keinen Fauxpas begehen, »sagt mir, daß ein Gentleman ihrer Bekanntschaft, ein Clubmitglied, ihr erzählt habe, daß hier bei Plums merkwürdige Dinge vor sich gehen. Sie hat mich mit der Aufgabe betraut, herauszufinden, weshalb.« Sein Gesichtsausdruck war fast so kummervoll wie Roses eigener gewöhnlich.

»Das Zerreißen von Büchern, anonyme Briefe, solche Sachen?« fragte Rose.

»Ja, Herr Inspektor. Und eine tote Ratte auf der Speisetafel, für die ich verantwortlich bin.« Beim Gedanken an diese Beleidigung schüttelte es ihn. »Hier vom Souterrain aus ist es nicht leicht zu sagen, was da oben zwischen den Clubmitgliedern vor sich geht. Ich habe meine Angestellten, da wird viel geklatscht, aber selten handelt es sich um etwas Greifbares. Aber jetzt werde ich an der Suppe dieses Falles schnuppern, Herr Inspektor. Ich werde die Hollandaise schlagen, ich werde …«

»Das Schmorgericht umrühren«, fügte Rose hilfreich hinzu.

»*Non*, Herr Inspektor, nicht umrühren. Es muß bleiben, wie es ist, sonst wird seine empfindliche Harmonie gestört.«

»Wie Plums, würde Mr Nollins sagen.«

»Plums«, sagte Auguste, vom Thema abgelenkt. »Diese Engländer. Nur in England würden Herren darauf verfallen, sich die Gesellschaft anderer Herren auszusuchen. Stellen Sie sich das einmal in Frankreich vor, Herr Inspektor. Männer ziehen es vor, dort zu essen und sogar zu schlafen, wo Frauen ausgeschlossen sind! Nicht bloß ausgeschlossen, sondern hinter der Eingangstür werden sie sogar für nicht existent gehalten. Kein Mann erwähnt seine Frau, das tut man nicht. Gelegentlich die Frauen anderer, vielleicht. Aber die eigene - nein. Und doch kann hier über Staatsangelegenheiten entschieden werden, können hier Karrieren und Ruf begründet oder zunichte gemacht werden.«

»Sie kennen Mr Erskine?«

»Aber ja. In diesem Club ist es unmöglich, Mr Erskine nicht zu kennen. Sein Charme steigt sogar in die Küchenräume herab, Monsieur.«

»Beliebt, ist er das?«

Auguste überlegte. »Er ist nicht unbeliebt, Monsieur. Beim erstenmal wurde er abgelehnt, wissen Sie, einfach weil er Schauspieler ist. Als er erst einmal aufgenommen war, ging er daran, alle zu bezaubern. Er ist witzig, freundlich, rücksichtsvoll, großzügig, immer zu helfen bereit, wie könnte er da nicht beliebt sein?«

»Irgend jemand könnte versuchen, diesen beliebten Gentleman zu ermorden.«

»Ah!« Auguste war hin und her gerissen zwischen dem Triumph seines Scharfsinns und der Niedergeschlagenheit, als ihm klar wurde, daß ihm nunmehr keine andere Wahl blieb. Er, Auguste Didier, mußte die Geschichte aufklären.

»Nun könnte es ja sein, daß gar nichts dran ist«, fuhr Rose fort. »Bloß ein Clubmitglied, dem die Welt nicht sonderlich behagt und Mr Erskine noch weniger. Doch andererseits könnte das alles etwas auslösen. Etwas Schlimmes. Es gab da einen kleinen Zwischenfall mit den Degen gestern abend auf der Bühne. Jemand hatte sich an ihnen zu schaffen gemacht, und es scheint, als sei das hier im Club geschehen.«

»Also, Herr Inspektor, es sieht ganz danach aus, als müßte ich Augen und Ohren offenhalten, um herauszubekommen, was bei Plums nicht in Ordnung ist.« Augustes dunkle Augen leuchteten vor Erwartung.

»Es scheint, als müßten Sie das tun. Mr Nollins möchte nicht, daß meine Polizisten die Atmosphäre des Hauses beeinträchtigen, und sagt, er werde selbst Detektiv spielen. Ich dachte, Sie wollen ihm vielleicht behilflich sein.« Roses Gesicht erhellte sich mit einem seltenen Lächeln.

Fast sichtbar schwoll Augustes Brust. »Ich werde Sie nicht im Stich lassen, Herr Inspektor. Meisterkoch - Meisterdetektiv. Die Leute reden von den Wundern, die Mr Sherlock Holmes vollbrachte. Das ist gar nichts. Das ist ein Schlußfolgern von A zu B. Na, jeder Koch kann einem Rezept folgen, wenn alle Anweisungen klar sind. Aber es bedarf eines *mâitre*, um das letzte Abschmecken vorzunehmen, das ein Gericht in einen Triumph der Kochkunst verwandeln kann.«

»Oder einen Zwischenfall in einen Mord«, kommentierte Rose und leerte die letzten Tropfen seines Sherry-Cocktails mit Genuß.

Der Mann preßte sich mit dem Rücken an die Mauer des Souterrains. Der Koch mit der Schottenmütze war gefährlich nahe ans Fenster gekommen. Die Polizei, eh? Scotland Yard? Gaylord Erskine? Die Augen des Mannes leuchteten vor Erregung. Aber er durfte nicht gesehen werden. Leise schlich er sich entlang des Souterrains davon, die Stufen hinauf und durch das Lieferantentor hinaus in die York Street.

»Aber Sie sind Koch«, machte ihm Nollins klar, und es sagte einiges über seine offenkundige Unbefangenheit, daß Auguste keinen Anstoß daran nahm.

»Evidemment«, murmelte er. »Aber der gute Inspektor Rose muß Ihnen doch erzählt haben, daß ich auch mit großen detektivischen Fähigkeiten ausgestattet bin.«

Nollins blickte ihn zweifelnd an.

»Mais oui, Monsieur«, sagte Auguste, verletzt von dem klaren Votum des Mißtrauens. »Sie können ihn fragen. Auf Stockbery Towers, im Galaxy Theatre ...«

Das Galaxy machte auf Nollins keinen Eindruck, wohl aber die Erwähnung von Stockbery Towers. Ihm ging durch den Kopf, daß es besser wäre, Auguste Didier machte sich bei den Clubmitgliedern unbeliebt, als er selbst. Dann kam ihm eine Idee.

»Aber Sie sind Koch«, machte er ihm noch einmal klar. »Sie können doch nicht die Clubmitglieder befragen. Das würde deren Mißfallen erregen.«

Schicklich neigte Auguste den Kopf, um das unwillkürliche sarkastische Lächeln zu verbergen. Nur in England ...

»In England, Monsieur, haben Sie ein Sprichwort: Es gibt mehrere Arten, einer Katze das Fell über die Ohren zu ziehen. Keine *belle phrase*, aber wahr.«

»Aber ...«

»Nun, Monsieur«, sagte Auguste mit fester Stimme, »was ist besser: daß ich taktvoll ermittle, was hier vorgeht, oder daß das die Polizei tut?« Nollins schauderte es. »Oder soll erst ein Mord geschehen?«

Nollins erbleichte. »Nun gut«, sagte er unglücklich, »aber finden Sie es bald heraus!«

Und diese von Herzen kommende Bitte im Ohr zog Auguste aus, die gallische Lanze in der Hand, bildlich gesprochen, um Plums Club aus der Not zu befreien - natürlich nach dem Lunch.

In Plums Club war der Lunch eine Mahlzeit, die nicht so formell ablief wie das Dinner. Das bedeutete, daß die Speisen nicht (notwendigerweise) im einzelnen so auseinandergenommen und erörtert werden mußten, als bildeten die

Empfänger ein großes Preisgericht von Grimod de La Reynière. Es war nur gestattet, einen leichtes Gericht zu sich zu nehmen, weil dem Umstand Rechnung getragen wurde, daß wenigstens ein oder zwei Mitglieder an dem Tage noch geschäftliche Verabredungen hatten. Wie das Dinner wurde der Lunch an den langen Tafeln eingenommen, wobei man sich der Reihe nach setzte, wie man eintraf – selbst wenn der Nachbar Worthington war. Gewöhnlich kamen nicht viele. Heute jedoch war es anders. Die Nachricht von der unrühmlichen Entscheidung, Damen Zutritt zum Club zu gewähren, hatte schnell die Runde gemacht, und die Clubmitglieder trieb es an den Schauplatz, um sich selbst zu vergewissern, ob das skandalöse Ansinnen der Wahrheit entsprach.

Als Sir Rafael Jones eintrat, war die Tafel schon zur Hälfte besetzt; Gaylord Erskine, bemerkte er verärgert, quasselte unaufhörlich. Erskines Beliebtheit verdroß ihn, und er hatte noch andere Vorbehalte gegen ihn. Vor Erskines Beitritt war Jones praktisch der König der Künstlerwelt von Plums Club gewesen, und nun lief er Gefahr, daß ihm die Krone entrissen wurde. König allein im Sinne des öffentlichen Wirkens, sonst erfreute er sich keiner besonderen Beliebtheit. Gerade Worthington lehnte seine Aufnahme ab. Es war nicht ganz klar, worin die Abneigung Sir Rafaels gegen Colonel Worthington bestand. Nollins hatte ihn allerdings darauf hingewiesen, daß er von Ihrer Majestät geehrt worden war, obgleich, wie die boshafteren seiner Gegner behaupteten, der Grund dafür darin lag, daß er als einziger Londoner Maler keinerlei Interesse daran gezeigt hatte, Lillie Langtry, diese Schönheit und Mätresse des Prinzen von Wales, zu malen (der Busen! erklärte er unter Freunden). Nachdem er in seiner Jugend den Präraffaeliten angehangen hatte, wandte er sich in seinen mittleren Jahren Gesellschaftsporträts zu, und als er seinen Rang, Reichtum und Adelstitel eingeheimst hatte, frönte er nunmehr geeigneten klassischen Themen schwermütiger Schönheit, immer junge Wesen, im allgemeinen unbekleidet, aber ohne Ingres' darstellerische Objektivität. Plums Club geriet in Verlegenheit; Jones war so ungemein respektabel, aber seine Damen, auch wenn sie unrealistisch busenlos gemalt wurden, waren so absolut nackt und oft ohne den erforderlichen Ausdruck von Schüchternheit, den man hätte erwarten können. Wie aber konnte man jemandem, den die Königin ausgezeichnet hatte, eine niedrige Motivation zuschreiben? Daß er überhaupt aufgenommen wurde, führte man boshafterweise auf den Umstand zurück, daß eine der Badenden in seinem »Weiher der Weisheit«, die aufdringlichste der drei, sehr zum Vergnügen ihrer Freundinnen eine auffallende physiognomische Ähnlichkeit mit der Frau eines Clubmitgliedes aufwies, und der Vorstand änderte eiligst seine Auffassung über Jones' Eignung für den Club, weil die Vorstandsherren befürchteten, ihre eigenen Frauen könnten in die gleiche peinliche Lage gebracht werden.

Plums gehörte nicht zu jenen Clubs, wo die Speisen schweigend eingenommen werden. Immerhin war der Club ja wegen des Essens gegründet worden. Wenn sich Männer gemeinsam der Speisen erfreuen können, dann können sie auch miteinander auskommen und gemeinsam die Welt beherrschen, hatte Captain Plum gefolgert. Er war ein unheilbarer Optimist gewesen. Ein Porträt seines verehrten Idols, des Herzogs von Wellington, eines der Gründer des Clubs, hing im Billardsalon, was Auguste amüsierte, denn es war hinlänglich bekannt, daß der gute Herzog, sosehr man auch sein Eintreten für eine gute Nahrung für den kämpfenden Mann bewundern konnte, durchaus kein Gourmet war.

Worthington kochte. Er hatte keine andere Wahl. Er traf im falschen Moment ein. Nun würde er neben diesem Kerl Jones Platz nehmen müssen. Es gab keinen Ausweg. Die Sache war einfach. Entweder saß er schweigend da, oder er unterhielt sich mit ihm, wenigstens die Hälfte der Zeit. Er schluckte, dann besann er sich, daß er ein echter Sahib war.

»Schon wieder der verdammte Curry auf der Speisekarte«,

polterte er los. »Erinnert mich an die Zeit in Chillianwallah. Richtiger Curry damals. Nicht, was Didier anbietet. Was in einen echten Curry gehört, ist etwas Kardamom. Ist auch in dem Zeug, das sie einem bei Cholera geben. Die Einheimischen brauchen das natürlich nicht. Also, ich kannte da einmal einen Burschen in Chillianwallah ...« Die Stimme dröhnte weiter.

Jones wirkte überhaupt nicht wie ein Künstler. In seiner Jugend hatte er zweifellos gut ausgesehen. Aber das hatte sich nicht bis in die mittleren Jahre gehalten. Jetzt war er nur noch korpulent. Hochgewachsen und breit gebaut, ähnelte er einer verlängerte Williams-Birne, ohne deren Zartheit. Worthington fertigte er mit einem Satz ab: »Ich esse Curry gern.«

Als wohlüberlegter Kommentar von Gourmet zu Gourmet ließ das zu wünschen übrig; als Methode, Worthington den Mund zu stopfen, erwies sie sich als erfolgreich. Mit einem charmanten Lächeln wandte Sir Rafael seine Aufmerksamkeit Samuel Preston ihm gegenüber zu.

»Ich habe gehört, in Matabeleland erheben sie sich wieder.«

»Oh, Chamberlain wird sich bald mit ihnen beschäftigen«, sagte Samuel Preston sorglos. Er stand hinter Chamberlain. Bis zum Überfall Jamesons von 1895 konnten es sich nur wenige ehrgeizige Männer leisten, nicht hinter ihm zu stehen; jetzt konnte man sich entscheiden.

»Hat er Ihrer Meinung nach von dem Angriff gewußt?«

Preston runzelte die Stirn. Das ging zu weit. Es war schon richtig, das Verhalten Jamesons war damals Stadtgespräch, und Chamberlains Beihilfe zum Angriff wurde gleichermaßen erörtert, aber nichtsdestoweniger ging diese Befragung zu weit. Wie dem auch sei, Sir Rafael war von Ihrer Majestät hoch geehrt worden, er war eben Junggeselle, und Prestons Tochter Sylvia brauchte einen Ehemann. Schnellstens. Er schürzte die Lippen, gewahr, das Gaylord Erskine, ein paar Plätze von ihm entfernt, lachte.

»Meiner Meinung nach hatte er keine Ahnung«, brachte er es fertig, einigermaßen freundlich zu antworten.

»Kommen Sie, Sir, denken Sie an den Zeitablauf! Was war mit der Cleveland-Botschaft?« sagte Salt, eifrig bemüht zu zeigen, daß sich seine Kenntnis Afrikas über seine Forschertätigkeit hinaus erstreckte.

»Die verdammten Yankees«, schnaubte Bulstrode. »Warum haben sie uns denn nicht den Krieg erklärt, und basta?«

Ein Aufschrei von der Tafel.

»Guter Gott, nehmen Sie es sich nicht so zu Herzen, Erskine«, sagte Bulstrode entsetzt. »Möchte schon sagen, daß die Yankees in Ordnung sind, wenn man sie erst einmal kennengelernt hat ...«

»Nein, nein ... Topf ...«

Alle Augen richteten sich auf das rote verzerrte Gesicht Gaylord Erskines, der an seinem Brandy-Creme-Dessert würgte.

Sein Ruf nach einem Topf war nicht genügend beachtet worden, bis die Zeichen, daß er sich über die ganze Lunchtafel erbrechen würde, nicht mehr zu übersehen waren, so daß Charlie Briton schnell einen im Schrank verborgenen Nachttopf holte und Erskine diesen hinhielt.

Als der Brechanfall vorüber war, schauten alle Augen fasziniert zu, wie der Meisterschauspieler, für dieses Mal im Mittelpunkt eines wirklichen Dramas, »Gift« rief und elegant vom Stuhl auf den Boden glitt.

Über dem Gesellschaftssalon lag ein verlegenes Schweigen. Die Clubmitglieder spalteten sich in jene, die meinten, sie hätten die ganze Zeit hindurch recht gehabt und der Bursche hätte niemals aufgenommen werden dürfen, und andere mit einem größeren Sinn für Gerechtigkeit, denen klar war, daß Erskine, falls er vergiftet worden war, kaum für sein Verhalten verantwortlich gemacht werden konnte, so wenig gesellschaftsfähig es auch sein mochte. Man brachte Gaylord Erskine in eins der Schlafzimmer, wo ein eiligst herbeigerufener Arzt erklärte, Erskine würde kaum an einem strengen Brechweinstein sterben; er verschwand mit dem Rest der Brandy-Creme und mit dem Weinglas, um seine Analyse zu bestätigen.

Die Herren schauten einander unbehaglich an: Es gab keine Regeln für einen derartigen Notfall. Es ereigneten sich schon merkwürdige Dinge; der arme Kerl war offenbar das Opfer eines Verrückten oder so, doch daß sich solche Sachen in den Räumlichkeiten von Plums Club zutrugen, wich in der Tat so weit von der Normalität ab, daß sich die üblicherweise geteilten Reihen wieder zu schließen begannen. Nollins wurde aufgetragen, doch einmal ein ernstes Wort mit dem Koch zu reden – unglücklicherweise konnte Auguste diese öffentliche Aufforderung nicht hören, sonst hätte ihn das ganz und gar nicht amüsiert. Die Clubmitglieder reagierten auf die Weise, die ihnen schon zur Gewohnheit geworden war: Sie ignorierten den Zwischenfall, wie sie es mit den voraufgegangenen getan hatten, und machten weiter, womit sie sich gerade beschäftigten.

»Gentlemen«, begann Worthington.

Die Gentlemen, die er so fest ins Auge faßte, schreckten in ihren Sesseln fast unmerklich zurück. Die Anrede besaß einen unangenehmen Beigeschmack, als hätten sie etwas damit zu tun. Zu Plums kamen sie, um der Welt draußen zu entrinnen, und die Ereignisse der letzten Zeit trugen alle Zeichen eines Überschreitens der Abgrenzung von draußen. Bislang hatten die Clubmitglieder erfolgreich Scheuklappen angelegt, um tote Ratten, verstümmelte Bücher und Bilder und selbst die Tilgung der »Times« nicht zur Kenntnis zu nehmen. Mit einem möglichen Giftanschlag war es schwieriger. Glücklicherweise war Worthington ähnlicher Auffassung.

»Gentlemen«, begann er erneut, »ich glaube, wir müssen diesen schwerwiegenden Übergriff auf unsere Abgeschiedenheit erörtern und, mehr noch, Maßnahmen ergreifen.«

Die Zuhörer erstarrten. Maßnahmen?

»Die Damen, Gentlemen.«

Eine sichtbare Woge der Erleichterung unter den Zuhörern.

»Was schadet das?«

Es war ein unvorsichtiges jüngeres Mitglied, das so fragte. Dreißig Augenpaare drehten sich um und blieben auf ihm haften.

»Mein verehrter Herr, es geht um das Prinzip. Wenn Sie erst etwas länger hier sind, werden Sie schon einsehen, wie bedeutsam so etwas ist«, erwiderte Peregrine Salt gewichtig.

»Bringen Sie doch mehr Farbe in das Haus«, murmelte der unerschrockene Jüngling, entmutigt, aber beileibe nicht zerschmettert. Er war vorgeschlagen und bei Plums aufgenommen worden, und es war ja auch eine hohe Ehre, in den Club hineinzukommen; es war etwas, das man einfach tun mußte; doch jetzt, wo er drin war, fragte er sich, warum. Hier war niemand unter achtzig, mit dem man sich unterhalten konnte, und wenn man erst einmal die Ehre und den Ruhm und all das hinter sich hatte, war es verdammt langweilig. Natürlich schaute er dann und wann mal herein. Schadet nichts, dort gesehen zu werden. Außerdem lohnte es sich wegen Didiers Speisen, selbst wenn die Lunchpreise seit seinem Eintritt gestiegen waren.

»Ich schlage vor, meine Herren, daß wir standhaft bleiben«, leierte Worthington unerbittlich weiter. »Das haben wir auch bei Chillianwallah so gehalten. Sind standhaft geblieben, meine Herren. ›Beiß auf die Kugel, Alter, und laß sie nicht glauben, du hast Angst.‹ Kipling besaß die richtige Idee.«

»Und eine Frau ist nur eine Frau, aber eine gute Zigarre läßt gut schmauchen.«

Eine kleine Welle nervösen Lachens quittierte diesen Ausfall von Rafael Jones, wurde aber sogleich erstickt, als man sich an seine Unbeliebtheit erinnerte.

»Schließlich«, fuhr Sir Rafael mit einem Schuß Boshaftigkeit fort, »müßten wir nicht das – äh – Objekt verändern?«

Sofort folgten dreißig Herren seinem Gedankengang.

»Die Trophäe?« fragte einer schockiert.

»Plums Trophäe«, hauchten die anderen fast einstimmig.

Plums Trophäe war von einem Afrikareisenden der Vergangenheit gestiftet worden. Sie bestand aus einem Glasbehälter, der den Teil der Anatomie eines Nilpferds enthielt, den man gewöhnlich nicht öffentlich zur Schau stellt, selbst wenn er verschrumpelt und vertrocknet ist. Der ganze Schrecken ihrer Lage wurde den versammelten Clubmitgliedern mit einem Schlage bewußt, gerade als Auguste den Kaffee hereintrug.

»Vielleicht erkennen sie es gar nicht«, sagte General Fredericks mit einigem Bedenken.

»Das bezweifle ich sehr«, knurrte Atkins. Als lebenslanger Junggeselle war er Fachmann für die Eigenheiten der Frau.

»Sie mit einem schwarzen Tuch abdecken?« schlug Charlie Briton vor.

»Und was wird aus der Ehrenbezeigung, wenn die Prozession vorüberzieht? Man kann doch nicht ein verdammtes Tuch grüßen«, sagte Peregrine Salt. »Nein, der alte Nollins muß von Sinnen gewesen sein, als er zuließ, daß der Antrag angenommen wurde. Frauen! Wo soll das enden? Das ist ja alles gut und schön, nur einen Tag im Jahr, bloß als Versuch, aber wieso muß es gerade zu unserem Fest sein?« Bei dem Gedanken, daß Juanita dabeisein könnte, hob sich seine Stimme vor Pein.

Colonel Worthington holte tief Luft, stellte sich in altehrwürdiger Pose mit dem Rücken zum Kamin und sah die Versammelten an. »Meine Herren, was ich vorzuschlagen habe ist eine Rebellion!«

Offenen Mundes schauten ihn die Zuhörer an. Der alte Worthington fällt aus seiner Rolle als der Langweiler des Clubs und schlägt eine Rebellion vor? Sie erlebten aufregende Zeiten.

»Wir gehen mit einer beschlußfähigen Anzahl von Mitgliedern zu Nollins und unterbreiten ihm ein Ultimatum«, trompetete der Colonel. »Entweder der Vorstand hebt den Beschluß über die Damen auf, oder wir fordern ihn auf zurückzutreten.« Bevor er diese mutige Erklärung abgab, hatte er einen raschen Blick in die Runde geworfen, um sich zu vergewissern, daß keiner seiner Vorstandskollegen von der Gewohnheit abgewichen war und Plums Club schon bei Tage betreten hatte.

»Aber«, sagte Charlie Briton zögernd, »Sie sind doch im Vorstand, Colonel.«

»Ich bin mir im klaren darüber, mein lieber junger Mann, daß ich dem Vorstand angehöre«, antwortete er würdevoll. »Unglücklicherweise wurde ich überstimmt. Weshalb, weiß ich nicht. Für mich war es ganz eindeutig, daß der Vorstand ursprünglich meine Auffassung teilte. Als einige Tage später abgestimmt wurde, sah es anders aus. Ich habe den starken Verdacht ...«, aber er behielt den Verdacht für sich, daß die Ehefrauen der Vorstandsmitglieder Damen von außergewöhnlicher Willensstärke waren. »Also, meine Herren, habe ich Ihre Unterstützung?«

»Ratsversammlung mit dem Häuptling der Eingeborenen. Im Lande der Zulus hätte ich mehr davon gebrauchen können, wie, Worthington? Ich stimme dafür. Auf Expedition kommt man mit Frauen nicht weit.« Peregrine Salt sprach. »Ich bin gegen Frauen im Club. Da kann man nicht von Mann zu Mann reden. Wozu gibt es überhaupt Clubs für uns allein? Laßt sie das eine Mal herein, und sie werden lautstark verlangen, immer hereinzukommen.«

»Danke, Mr Salt.«

»Bin mit dem, was Sie sagen, meistens nicht einverstanden, Worthington. Und Sie sagen eine Menge Quatsch. Aber dieses Mal stehe ich auf Ihrer Seite«, rief Bulstrode munter, ohne sich einer Beleidigung bewußt zu sein.

Worthington erstarrte. Lord Bulstrode – wenn er kein Lord wäre, zählte er sicher nicht zu den von Worthington bevorzugten Leuten, doch in Anbetracht von Bulstrodes alter Zugehörigkeit zum Hochadel war Worthington bereit, über dessen Überspanntheit hinwegzusehen. So machte es auch der Club. Tatsächlich wurde man bei Plums fast ermuntert, seinen verschrobenen Einfällen nachzugeben. Irgendwie glaubte man, damit auf unerklärliche Weise zur Tradition beizutragen.

»Auch ich bin Ihr Mann, Colonel.« Der Ehrenwerte Charles Briton besaß allen Grund dazu. Während er immer noch eingeschnappt war, weil man das Verhältnis seiner hübschen Frau mit Gaylord Erskine entdeckt hatte, obwohl man seine eigenen Amouren übersah, denen er diskret in Gwynnes Hotel nachging, war er überzeugt, daß er den Anblick seiner Frau zusammen mit Erskine in seinem eigenen Club nicht ertragen konnte. Sie sagte, es sei vorbei, aber das affektierte Grinsen auf Erskines Gesicht ließ ihn jedesmal, wenn er ihn traf, zusammenzucken. Das konnte einen fast dazu treiben …

»Ich, andererseits«, sagte eine ruhige Stimme, »sehe keinen Grund, weshalb eine Einladung an die Damen einmal im Jahr das Ende des Friedens hier und jetzt bedeuten sollte. Nichtsdestoweniger bin ich gegen diese Einladung, weil sie zu ›Plums Dahinscheiden‹ gilt, besonders in Anbetracht der unglückseligen Zwischenfälle, die sich gegenwärtig im Club ereignen. Bei anderer Gelegenheit allerdings …«

»Genau.« Worthington sprang auf. Die einzige Person, die er nicht bereit war anzudonnern, war General Fredericks, aber er ergriff die günstige Erwähnung des Ärgers im Club. »Die kleinen Frauen können wir doch nicht dieser Gefahr aussetzen, nicht wahr?«

Es beunruhigte Samuel Preston ein bißchen, wie die Sache nun lief. Er war äußerst froh darüber, daß er aus Vorsicht die gewisse Seite aus dem Buch für Anregungungen herausgerissen hatte. Mit einem solchen Widerstand hatte er nicht gerechnet. Er hatte doch nur die Angelegenheit rasch zur Entscheidung vorantreiben wollen. Soll man doch Erskine und Sylvia einander gegenüberstellen. Nun mußte er alles sorgsam überlegen, wenn er sich nicht um eine wertvolle Unterstützung für seine politische Karriere bringen wollte. »Meine Herren, so wohl ich mich in Gesellschaft von Damen fühle, bin ich gegen den Entscheid. Sie haben ihre eigenen Clubs. Werden wir dorthin eingeladen? Nein. Ich sage, wir sollten vorsichtig sein, bevor wir die Flutschleusen öffnen, und die Tradition hochhalten. Ein neues Jahrhundert steht unmittelbar vor uns. Es mag sein, daß John Stuart Mills Aufruf zur Emanzipation der Frauen weiterwirken wird. Die britischen Frauen werden auf der ganzen Welt verehrt als das, was sie sind. Lassen Sie uns sie beschützen, sicher in ihren eigenen Festungen.« Und so weiter.

Seine Rhetorik beeindruckte und war entscheidend. Es gab ein zustimmendes Gemurmel, Unterstützung.

Worthington schwoll an vor Rechtschaffenheit. »Meine Herren, ich schlage vor, am Brett bekanntzugeben, daß alle Clubmitglieder, die protestieren wollen, sich hier morgen früh versammeln, um sich dann als Delegation zu Mr Nollins zu begeben. Ich nehme an, Sie sind damit einverstanden?«

Die Jastimmen siegten haushoch. Um ihr Revier zu schützen, zeigten sich die Clubmitglieder bereit, sehr weit zu gehen, sogar, wenn nötig, Maßnahmen zu ergreifen – eine dem Clubleben fremde Haltung. Es wurde dargelegt, daß zwei Tage Zeit mehr Gelegenheit böten, die Reihen der Dissidenten zu verstärken. Alle stimmten zu; es sollte sich jedoch erweisen, daß dies eine unglückliche Entscheidung war. In der Aufregung, die diese Diskussion verursachte, wurden in der Tat die bedauerlichen Ereignisse an der Lunchtafel vollkommen vergessen – bis man unvermittelt wieder daran erinnert wurde.

In der offenen Tür stand würdevoll eine bleiche Gestalt. Gaylord Erskine hielt den Kopf in den Händen und taumelte ein bißchen. Dann sammelte er sich und ließ seinen Blick über die Gesellschaft schweifen. »Gentlemen. Verzeihen Sie, daß ich den Lunch so unterbrach. Aber es scheint leider, daß sich in diesen Gemächern jemand mit bösen Absichten befindet. Gegen mich, so scheint es, meine Herren, gegen mich, wohlgemerkt.«

Auguste schäumte vor Wut, sein Schnurrbart zitterte vor Entrüstung. Daß er, dazu bestimmt, den Detektiv vor Ort zu spielen, so vom Arzt ins Kreuzverhör genommen wurde, war unerträglich. Jetzt wollte Nollins ihn sprechen, ohne Zweifel um ihn zu fragen, weshalb sein von ihm installierter Detektiv allem Anschein nach die Clubmitglieder vergiftete. Als er sah, daß Marys besorgte Augen auf ihm ruhten, brachte er ein klägliches Grinsen zustande. Der Arzt hatte also die Befragung nicht geheimgehalten.

»Ist alles in Ordnung, Mr Auguste?« fragte sie ängstlich.

»*Ma belle*, mit mir ist nicht alles in Ordnung. Dieser Arzt, der wird seine Worte noch sehr bereuen. Anzudeuten, ich hätte aus Versehen oder absichtlich Brechweinstein in meine eigenen Kreationen getan – der Mann ist schwachsinnig.«

»Irgend jemand hat es aber getan«, sagte Mary, »und der arme Mr Erskine hat es gegessen.«

»Ja, mein Kind, und ich werde dahinterkommen, wer.«

»Sie?« fragte Mary, die Augen so groß wie eine Untertasse.

»Ja, *ma belle*, ich, der Koch, wie mich Mr Nollins nennt. Aber ich brauche deine Hilfe.«

Ein langgedehntes »Oh« von Mary.

»Du wirst mir doch helfen, nicht wahr?«

Sprachlos nickte sie heftig. Dann sah sie der Wirklichkeit wieder ins Auge. »Aber wie?« quäkte sie ihren Gott an.

»Sei mein Ohr, sei mein Auge, wenn du im Club bist. Auf dich achtet keiner, du bist eine Bedienstete. Sie werden dich nicht bemerken. Pass auf alles gut auf, berichte mir über alles.«

Vor Konzentration zog sich ihre Stirn zusammen. »Worüber denn?« fragte sie einfältig.

»Über ...« – er machte eine Pause – »über alles und jeden und darüber, was nicht ist, was es scheint.«

3. Kapitel

Wie sie den Mittwoch haßte! Der Mittwoch machte die ganze Woche zuschanden. Die aufregendsten Dinge ereigneten sich immer mittwochs, und doch war sie gezwungen, zu Hause eingesperrt zu bleiben. Es war nämlich der Tag, an dem sie »zu Hause anzutreffen« war. Daß sich ihr Gatte zur Ruhe gesetzt hatte, bei seiner gesellschaftlichen Stellung, bedauerte Lady Fredericks sehr. Sie wäre lieber ausgegangen.

Mit schwindendem Mut brachte sie auf ihrem Gesicht einen Ausdruck würdevoller Begrüßung zustande, als auch schon die Tür aufflog und Wilson mit unbeweglicher Miene die Besucherinnen anmeldete. Das Schauspiel hatte begonnen.

»Meine liebe Daphne, wie entzückend, dich zu sehen.«

»Hrrumpf. Alice, hast du schon gehört? Was gedenkst du denn zu tun, eh?«

»Zu tun, was, Daphne?« fragte Alice Fredericks verdutzt.

»Dummes Zeug, sage bloß nicht, du weißt nichts – und das hier ist übrigens Gertie Briton, Charlie Britons Frau.«

Hin und her gerissen zwischen Neugier und Anstandspflicht, ließ sich Lady Fredericks von diesem hübschen, puppenähnlichen Wesen zu ein paar Platitüden hinreißen; es war ganz blaßrot im Gesicht - soweit man das bei dem lächerlich hohen Kragen seiner Bluse sehen konnte.

»Mrs Erskine, Eure Ladyschaft, und ...«, aber Wilson gelang es nicht, die übrigen Besucherinnen anzukündigen, denn eine Schar flatternder, raschelnder Damen brandete im Gefolge von Amelia Erskine herein. Mehr aus Bestürzung als aus Höflichkeit erhob sich Lady Fredericks und sah sich sogleich von nach ihr greifenden Händen umringt.

»Amelia meint, sie versuchen uns draußen zu halten.«

»Wer, was?« In der schwachen Hoffnung, die Gäste würden das gleiche tun, nahm Lady Fredericks Platz. Aber Lady Bulstrode spazierte weiter im Zimmer herum, zum großen Entsetzen von Lady Fredericks, denn sie besaß eine erstklassige Sammlung zerbrechlichen Porzellans.

Es dauerte seine Zeit, bis die eigentliche Botschaft durch das Stimmengewirr hindurch überbracht werden konnte, denn wiederholt wurde der eigentliche Zweck des Besuchs der Damen von Nebensächlichkeiten zurückgedrängt.

»Ich habe mir ein neues Kleid bestellt«, klagte Mrs Briton offenherzig.

»Dummes Zeug, das sollte doch wohl Nebensache sein«, tönte Daphne. »Altes genügt für mich.«

»Ich habe eine Einladung von Lady Warwick ausgeschlagen«, sagte eine andere verzweifelnd, die Frau eines Vorstandsmitglieds. »Wie können sie es wagen? Es war doch alles schon beschlossen.«

»Es heißt, das sei wegen der Unannehmlichkeiten, die es im Club gegeben hat«, erklärte Amelia Erskine, die eine Hauptrolle übernahm - etwas ungewöhnlich für sie.

»Unannehmlichkeiten?« fragte Lady Fredericks, nun völlig ratlos. »Was für Unannehmlichkeiten?«

»Streiche«, sagte Gertie, darüber hinweggehend.

»Sich an einem Degen zu schaffen zu machen und dann meinen Mann zu vergiften, das kann man wohl kaum als Streiche bezeichnen«, äußerte Amelia mit gelassener Würde.

Die Frauen gingen nicht weiter darauf ein.

»Die versuchen, uns am Betweten des Clubs zu hindern«, dröhnte die tiefe Stimme Juanita Salts, womit sie alle wieder zum Hauptpunkt zurückführte.

Lady Fredericks runzelte die Stirn. »Ich werde Arthur davon unterrichten«, erklärte sie freimütig. »Er wird ihnen schon sagen, wie dumm sie sind.«

Drei Stimmen klärten sie schadenfroh auf: »Er hat sie unterstützt, Alice.«

Unter diesen Umständen war es absolut verständlich, daß der Besuch am Empfangstag länger als die rituellen fünfzehn Minuten dauerte.

»Aber Gaylord ...« Gertrude Britons porzellanblaue Augen flossen über vor Tränen.

Er erhob die Hand, als könne er nicht ertragen, daß sie traurig war. »Nicht, mein Kätzchen. Es ist für uns beide das beste.«

»Aber ich begreife nicht, wieso du glaubst, daß Charlie für die schrecklichen Dinge verantwortlich ist«, jammerte Gertrude.

Gaylord schluckte. »Meine Liebe, wenn jemand offensichtlich darauf aus ist, dich umzubringen, und du bist ...« – er machte eine zärtliche Pause – »und er hat so eine entzückende kleine Frau wie dich, wer sonst sollte mich da umbringen wollen? Außerdem, niemand sonst ...«

»Aber mein Charlie kann keiner Fliege etwas zuleide tun«; sie zog einen Flunsch.

»Wie dem auch sei, Liebste, jemand hat sich an den Degen zu schaffen gemacht und mein Essen vergiftet. Im Club!« Den Schrecken dieser leicht übertriebenen Erklärung nahm Gertrude nicht einmal wahr.

»Aber ich liebe dich«, brachte sie schluckend hervor.

Die Wiederholung des Wortes »aber« begann Gaylord zu verärgern. Er hatte Gertrude für ein höchst fügsames kleines Ding betrachtet, als sie ihm zum erstenmal ins Auge fiel, und sie kam so schön gelegen für die Nachmittagstreffen, wenn er wußte, daß der Ehrenwerte Charlie Briton sich in Plums Club oder Gwynnes Hotel amüsierte. In jüngster Zeit hatte sie allerdings eine betrübliche Neigung an den Tag gelegt, alle seine Entscheidungen in Frage zu stellen und besonders diese.

»Liebste« sagte er sanft, »ich muß an deinen Ruf denken.« Dann: »Irgend jemand weiß was«, rief er in dem furchtbaren Ton prickelnder Erregung, den er in »Lady Ponsonbys Geheimnis« auf der Bühne verwendet hatte. »Es kann sein, daß die unglückseligen Ereignisse bei Plums eher gegen den Club gerichtet sind als gegen mich selbst. Nichtsdestoweniger, meine Geliebte, wäre es nicht recht von mir, dich in diesen Feldzug des Hasses zu verwickeln. Ich muß allein damit fertig werden: Deine Ehre darf nicht kompromittiert werden. Nicht einmal eine Andeutung von Skandal!«

Gertie schmollte. Eine reine Weste schien ihr ein lachhaft langweiliger Gegenwert zu den Nachmittagen mit Gaylord zu sein.

»Aber ...«, begann sie.

»Und deshalb, Liebste, müssen wir uns trennen. Ich kann nicht länger bleiben, sonst schwäche ich ...«, und nachdem er kurz ihre Hand an seine Lippen gedrückt hatte, machte er sich eiligst davon, überwältigt von Gefühlen (hauptsächlich der Erleichterung), als ihm ein weiteres »aber« mitleiderregend nachschwebte.

In Gwynnes Hotel zermarterte sich Charlie in Emma Prydes Büro das Gehirn wegen seines Kummers. Nur ihrem gegenwärtigen Günstling würde sie ein solches Verhalten gestatten. »Und nun muß ich damit rechnen, das Schwein jeden Tag in Plums Club zu treffen. Diese Schauspieler! Haben nie gelernt, sich wie Gentlemen zu benehmen. Ich habe sogar versucht, mit ihm zu reden, von Mann zu Mann, wollte ihm sagen, ich weiß und so, aber verdammt noch mal, das ging nicht, wo er nun Mitglied im gleichen Club geworden ist und ich es wußte. Der Bursche wich mir aus, als hätte ich die Pest. Ich sage dir, Plums Club ist nicht mehr der alte, seit sich dort diese gelblich-grünlichen Kerle herumtreiben. Erst dieser kleine Malerkerl, dann Erskine. Dachte, sie wären etwas sorgfältiger nach Oscar Wilde. Man kann ihnen nicht trauen. Nicht in so einem Club wie Plums. Keine Ahnung, wie man sich benimmt. Aber ich werde Rache üben, Emma, jawohl. Mich hat der Kerl mehr oder weniger beschuldigt, die Witzfigur des Clubs zu sein. Mich! Einen Mann von der

Kavallerie!« Mit weit aufgerissenen, gekränkten, arglosen Augen starrte er sie an.

Ungeduldig wartete Colonel Worthington im Morgensalon; nur Lord Bulstrode leistete ihm Gesellschaft. Falls »Gesellschaft« das richtige Wort war, denn Bulstrode war in »The Pink 'Un« vertieft.

»Viertel nach elf«, murmelte er zu Bulstrodes Zeitung, dessen Leser sich ganz dahinter verbarg.

»Eh, was soll das?« Bulstrode hatte die Angelegenheit, um die es sich drehte, vergessen und war erstaunt, daß ihn irgend jemand, noch dazu der alte Worthington, beim Lesen von »The Pink 'Un« unterbrach. Es war allgemein bekannt, daß Bulstrode niemanden vor zwölf Uhr mittags ansprach und einen Whisky mit Soda trank. Lieber noch zwölf Uhr dreißig und zwei Whisky mit Soda.

Selbst Worthington schreckte vor der Heftigkeit von Bulstrodes abwehrendem Ausdruck zurück, aber nicht lange. Wenn es um das eigene Interesse ging, konnte er es mit dem ehrenwerten Lord aufnehmen, besonders nach dem gewissen Ereignis.

»Es ist noch niemand gekommen«, bemerkte Worthington unnötigerweise.

»Guter Gott, Sir, weshalb sollten sie? In dieses Zimmer kommt doch nie jemand vor dem Lunch. Versuchen Sie es doch im Rauchsalon, wenn Sie schwatzen wollen.«

»Aber die Versammlung«, polterte Worthington heraus, verletzt.

»Versammlung? Verdammt, habe ich vergessen, Sir. Gut, wo sind sie denn alle?« Bulstrode funkelte Worthington wütend an, als ob jener schuld wäre.

Worthington bekam Farbe ins Gesicht, der Körper bebte vor Erregung. »Um elf hätten sie hier sein sollen. Ich habe sie um elf angesetzt«, jammerte er.

»Möchte meinen, da haben Sie einen Fehler gemacht«, sagte Bulstrode gereizt.

»Sie war doch ganz klar für heute anberaumt«, blieb Worthington hartnäckig.

»Damit müssen Sie sich abfinden«, sagte Bulstrode nicht ohne Genuß. »Kommt keiner.«

Verständnislos starrte Worthington ihn an. »Kommt keiner? Aber sie haben zugestimmt. Ein Protest. Alle haben sich angeschlossen. Natürlich kommen sie noch.«

»Haben ihre Meinung geändert«, sagte Bulstrode schadenfroh. Es war an der Zeit, daß der alte Worthington eins drauf bekam. Vielleicht würde er das Zeichen verstehen und nun vom Vorstand zurücktreten. Eine Art, einen Langweiler des Clubs loszuwerden. Jetzt erinnerte er sich daran, worüber Daphne letzten Abend so hergezogen war.

Mit einem Gefühl tiefer Befriedigung darüber, etwas Gutes geleistet zu haben, tranken etwa an die hundert Damen schlückchenweise ihren Kaffee.

Auguste wandte seine Überlegungen weg von den angenehmen Dingen wie etwa der Speisenfolge für das Dinner und richtete seine Aufmerksamkeit auf die Probleme von Plums Club.

Zuerst müßte er seine Gedanken ordnen, als stellte er die Zutaten für einen *coq au vin* zusammen. Dann würde er das Wesentliche des Gerichts extrahieren - den dahinterliegenden Grund - und sich darauf konzentrieren.

Zutaten? Anonyme Briefe an Mr Peeps, Mr Preston und Mr Erskine. »The Times« verschandelt, Bücher zerrissen, tödliche Degen - und eine Brechreiz erzeugende Speise, die er zubereitet haben sollte, vermutlich das Dessert, wie ihm der Doktor berichtet hatte. Er preßte die Lippen zusammen. Das Manipulieren der Degen war ohne jeglichen Zweifel gegen Mr Erskine gerichtet gewesen. Aber das Dessert? Wer konnte dafür gesorgt haben, daß Mr Erskine diese Brandy-Creme erhielt? Der Lunch wurde *en buffet* serviert, also hätte sie jeder essen können. Oder nicht? Erskine kam früh zum Lunch, als zweiter oder dritter. Und das Tablett mit der Brandy-Creme wurde eine ganze Weile nach Eröffnung des Buffets hereingetragen und auf die Nebentische gestellt. Es war leicht genug zu berechnen, wann Erskine sich das Dessert holen würde, und der nächsten Schale mit Nachspeise etwas beizumischen. Und wenn er eine falsche Schale nahm oder zwischen den Gängen sich mehr Zeit ließ, dann hätte ein anderer die vorbereitete erwischt. Das hätte nichts ausgemacht. Es handelte sich nicht um eine tödliche Dosis Gift, nur um ein Brechmittel. Auguste verlor den Mut - einen Tag danach war es unmöglich festzustellen, wer vor wem ans Buffet getreten war. Er könnte John fragen, der Dienst gehabt hatte, doch weshalb sollte der sich erinnern können? Nein, er mußte den Kurs wechseln. Eine andere Zutat.

Die Zutat, die er herausgriff, war kaum erfreut, ihn zu sehen. Alfred Peeps und Auguste hatten nie auf gutem Fuß miteinander gestanden, weil Peeps in seiner Ordnung der Dinge Ausländern und Köchen nur eine geringe Hochachtung zumaß. Diejenigen, die unterhalb der Treppe wandelten, gehörten einer niederen Art an, soweit es Peeps betraf - durchaus wertvoll, durchaus notwendig, aber nicht Teil des Lebens, wie er es sah.

»Gentlemen«, sagte er streng, »und einer, der kein Gentleman ist, kommt an meinem Büro nicht vorbei, Mr Didier, schleicht nicht hier herum, um das Eigentum anderer Gentlemen zu entwenden. Das heißt, nicht absichtlich«, fügte er rasch hinzu, als er sich an die unglückselige Begebenheit mit Lord Bulstrodes Zylinderhut erinnerte. Ein anderes Clubmitglied hatte ihn aus Versehen mitgenommen, und der edle Lord hatte das Mißgeschick damit vergolten, daß er auf der Kopfbedeckung des Übeltäters herumgetrampelt hatte. »Deshalb«, so fuhr Peeps fort, »besteht für mich keine Notwendigkeit, mit scharfem Adlerblick die Garderobe im Auge zu behalten, für den Fall, daß es jemandem einfallen könnte, hier vorbeizukommen und sich an irgendwelchen Degen zu schaffen zu machen, die da vielleicht herumliegen. Natürlich mögen die Dinge unten in Ihrem Reich anders sein«, und er begab sich wieder an die Lektüre der »Times«. (Die wurde stets nur in Plums Club gelesen. Über die Schwelle seiner Wohnung in Holloway war sie ihm nie gekommen.)

Auguste biß sich auf die Zunge, um ihm nicht eine gehörige Antwort im Interesse von Plums Club zu geben.

»Mr Peeps«, sagte er, »ich appelliere an Sie. Wir sollten gemeinsam versuchen, diesen Freveltaten Einhalt zu gebieten.« Peeps setzte die Brille ab, um ihm eine vernichtende Entgegnung ins Gesicht zu schleudern, doch Auguste kam ihm rasch zuvor. »Von meiner Position im Souterrain kann ich nicht allzuviel ausmachen, aber Sie hier an Ihrer bedeutenden zentralen Stelle könnten mir doch eine Menge erzählen.«

»Das kann schon sein«, sagte Peeps besänftigt, wenn auch mißtrauisch, »doch ich halte nichts davon, daß Ausländer hier die Ermittlungen durchführen.«

»Aber bin ich denn nicht besser als ein Sergeant im Bowlerhut?« fragte Auguste unschuldig.

Peeps erbleichte, so zwischen zwei verschiedenen Schrekken hängend. Der Teufel, den er kannte, war die bessere Wahl - in diesem Falle aber nur um ein Weniges.

Er prustete und räusperte sich mißfällig. »Nun gut, Mr Didier, davon halte ich nichts. Aber ich will Ihnen beipflichten, daß mit diesem Unsinn Schluß gemacht werden muß. Immerhin reden einige Gentlemen davon auszutreten.«

In der Geschichte des Clubs hatte es das noch nicht gegeben - das heißt, nicht auf freiwilligen Wunsch eines Mitglieds.

»Außerdem«, sagte Peeps mit schwerer Stimme und ließ dabei alle Vorsicht beiseite, »es macht mir nichts aus, es Ihnen zu erzählen, Mr Didier: Diese Briefe machen mir das Leben sauer. Bin äußerst bestürzt, jawohl. Äußerst.«

Worthington schritt auf und ab. Es gab einmal eine Zeit, da er den Degen in der Hand dahingeschritten war und die Untergebenen zitterten. Niemand zitterte mehr, außer gelegentlich das Dienstmädchen. Dienstmädchen verschaffen einem nicht die Genugtuung wie Untergebene. Selbst die Haushälterin nahm keine Notiz von diesen Dingen, über die sie einfach als bloße Wutanfälle hinwegging. Und ihre Nichte Rosie zitterte nie. Colonel Worthington war deprimiert, und das um so mehr an diesem Vormittag, als etwa einhundert Untergebene und andere Ränge aus einem unerklärlichen Grunde sich weigerten anzutreten.

»Verdammt!« rief er, so daß Bulstrode aufsprang und dabei einen Tropfen der kostbaren Flüssigkeit vergoß. »Ich gehe selbst. Ich werde Nollins zeigen, aus welchem Holz die Vierundzwanzigsten Grenadiere geschnitzt sind.«

Mit leerem Blick starrte Auguste auf Mrs Elizabeth Raffolds altes Rezept für die mit dem Saft des Gänsefingerkrauts gewürzte Nachspeise. Zur Abwechslung dachte er einmal nicht ans Kochen. Die Angelegenheit war wirklich ernst. Nachdem Peeps die Zugbrücke zu seinem Vertrauen heruntergelassen hatte, war er nicht stehengeblieben, um den Feind zu begrüßen, sondern ihm sogar entgegengekommen.

Alfred Peeps war die Quelle alles Wissens, so wie Nollins der Empfänger aller Beschwerden war. Peeps war aller Freund, genau wie Nollins aller Feind war, obwohl die Clubmitglieder nichts gegen Nollins persönlich hatten. Es lag nur daran, daß er der Sekretär war und damit für den Mangel an Kaviar, der im Lunch für anderthalb Shilling inbegriffen war, verantwortlich zeichnete, ebenso für das Fehlen des Toilettenpapiers, für die auf dem Billardtisch entdeckte Asche und für die Abbestellung der »Pall Mall Gazette«. Es spielte keine Rolle, daß sie noch nie aufgeschlagen worden war; sie lag immer in Plums Club aus und gehörte deshalb zum Inventar.

Seine fünfzig Jahre Dienst hatte Alfred Peeps als Page begonnen. Mit leuchtenden Augen und aufgeweckt war er dem damaligen Portier aufgefallen, der seit der Eröffnung des Clubs dort beschäftigt war und der die Meinung vertrat, aus dem jungen Peeps könnte mal etwas werden.

»Ich höre Dinge, Mr Didier, das können Sie sich nicht vorstellen. Die glauben, ich sei kein menschliches Wesen, verstehen Sie«, erklärte er. Auguste konnte es ihm nachfühlen. Wie oft hatte er als ein Niemand in weißer Kochmütze und Schürze dagestanden, während Unterhaltungen geführt wurden, als sei er Luft. Wie viele von den Herren hatten seine Anwesenheit gestern im Morgensalon bemerkt? Er stellte nur die Hand dar, die den Kaffee oder den Brandy anbot. Sie gehörte zu keinem Körper, zu keiner Person am Ende, soweit es die Empfänger betraf.

»Ein Symbol, das bin ich«, behauptete Peeps, halb stolz, halb traurig über dieses Selbstbekenntnis. »Aber ich habe meine eigene Idee, wer dahintersteckt. Und wollen Sie wissen, was ich denke, Mr Didier?«

Auguste schüttelte den Kopf und machte ein entsprechend beeindrucktes Gesicht.

»Ich glaube, daß der Colonel hinter allem steckt«, sagte Peeps.

Auguste schaute ihn erstaunt an. »Colonel Worthington? Aber warum?«

»Das habe ich schon mal erlebt«, sagte Peeps feierlich. »Pensioniert, verstehen Sie. Wenn ihnen niemand mehr genug Aufmerksamkeit schenkt, dann glauben sie, sie müßten dafür sorgen, daß es einer tut. Von der Sorte ist er.«

»Wieso der Colonel, nicht General Fredericks?« erkundigte sich Auguste, den die unerwartet tiefsinnige Schlußfolgerung interessierte.

Peeps betrachtete sein Gegenüber geringschätzig. »Der ist doch General, Mr Didier. Generäle haben das doch nicht nötig. Außerdem hat er eine Dame zur Frau.«

Auguste war fasziniert. »Daß Sie ein Bewunderer der Damen sind, hätte ich nicht gedacht, Mr Peeps.«

»Nur dort, wo sie hingehören natürlich«, fügte Peeps hinzu. »Ich halte nichts davon, sie hier hereinzulassen. Das wäre das Ende von Plums. Genau das würde es bedeuten.«

Von diesem Nebenthema lenkte ihn Auguste schnell wieder zurück auf die etwaige Fährte. Über den Zutritt von Damen hatte er erst einmal für eine Weile genug gehört. »Aber welchen Beweis haben Sie denn dafür, daß es Colonel Worthington ist?«

»Ich habe ihn gesehen, Mr Didier. Da befand sich so gut wie niemand in der Garderobe zur Lunchzeit, als sich die gewisse Person an den Degen des armen Mr Erskine zu schaffen gemacht haben muß. Und der Colonel ging in die Garderobe. Besonders erinnere ich mich daran: Er blickte verstohlen um sich, als er herauskam. Verstohlen!«

»Gibt es einen Grund, aus dem er Mr Erskine nicht leiden kann?« fragte Auguste.

»Er hält nichts davon, daß Schauspieler dem Club angehören. Altmodisch ist der Colonel.«

»Aber das ist doch keine Grund dafür, ihn umbringen zu wollen.«

»Ah, es ist doch niemand umgebracht worden, nicht wahr?« krächzte Peeps. »Vergessen Sie nicht«, fügte er hinzu, um fair zu sein, »auch andere Leute können Mr Erskine nicht leiden. Dieser Sir Rafael Jones.«

»Aber ich dachte, der hat ihn vorgeschlagen?« sagte Auguste langsam.

»Kann sein, aber das bedeutet noch nicht, daß er ihn leiden kann, nicht wahr?« sagte Peeps selbstgefällig. »Ich habe noch nie erlebt, daß sie hier miteinander geredet hätten, wenn sie sich im Vestibül trafen. Sir Rafael hat sich immer abgewandt.«

»Doch Mr Erskine ist beliebt, nicht wahr?«

»Ein sehr freundlicher Gentleman, Mr Erskine, obwohl er ein Auge auf die Damen hat.«

»Welche Damen?« Jetzt befand sich Auguste wieder auf vertrautem Boden.

Peeps blickte ihn ablehnend an. »In England tragen wir die Namen von Damen nicht auf der Zunge, Mr Didier.«

Auguste seufzte vor sich hin. »Natürlich nicht, Mr Peeps. Ich dachte nur, wenn Damen zufällig etwas mit irgendeinem Herrn von Plums Club zu tun hätten, könnte das doch ein Motiv dafür bilden, daß es jemand auf Mr Erskine abgesehen hat.«

Peeps knickte eine Ecke der »Times« mit dem Daumen um, eine Gewohnheit, die er sich normalerweise für Holloway aufhob. »Dieser junge Bursche Briton hat eine hübsche Frau, sagt man«; dann errötete er, weil er damit etwas von seiner Menschlichkeit eingestand.

»Das stimmt, Mr Peeps«, sagte Auguste gesetzt.

»Sie werden sehen, das macht alles ein Verrückter, passen Sie auf«, sagte Peeps hastig. »Und hat alles mit Colonel Worthington zu tun, schätze ich.«

Auguste gab es auf. »Sie haben mir sehr geholfen, Mr Peeps.«

»Hrrumpf«, sagte Peeps, und wandte sich wieder seinen Pflichten zu. »Passen Sie auf«, rief er im Sinne eines Burgfriedens Auguste hinterher, »Mr Preston kann Mr Erskine nicht leiden.«

»Antimon«, bemerkte Rose düster, während er sich durch das Küchenfenster den wenig einnehmenden Souterrainbereich draußen besah, wo Augustes Petersilie mit frühlingshaftem Eifer in den Kästen sproß. »Natürlich, es sind hauptsächlich Ärzte, die an dieser Art von Trick Gefallen finden. Haben Sie irgendwelche Doktoren in Plums Club?«

»Einen, ja«, sagte Auguste und rührte eifrig die provenzalische Sauce weiter. »Aber das ist ein hochgeachteter Neunzigjähriger, der Ihre Majestät behandelt. Ich halte es für höchst unwahrscheinlich, daß er sich in das Lunchzimmer stahl, um Gift in die Speise eines Clubmitglieds zu mischen.«

»Eine Überdosis Brechmittel, das ist alles«, sagte Rose, Augustes Feststellung mißachtend. »Er brachte es heraus, bevor es irgendein Unheil anrichten konnte. Nein, das ist wirklich ein Witzbold. Kein Fall für mich. Ich könnte jemanden darauf ansetzen, die Sache mit den Briefen aufzuklären. Twitch vielleicht.« Übelwollend dachte Rose an seinen Untergebenen Sergeant Ambrose Stitch. Geschähe ihm recht. Es war auch kein richtiges Verbrechen der Kategorie für Kriminalsergeanten, aber bei all den Lords und was noch hier herumlief, würde McNaughten vom Yard Eindruck schinden wollen.

»Ach nein, Herr Inspektor, nicht Sergeant Stitch«, bat Auguste flehentlich. Mit dem Sergeanten hatte er wenig zu tun gehabt, doch was er bislang von ihm gesehen hatte, ermunterte ihn nicht, die Bekanntschaft zu vertiefen.

»Wollen Stitch nicht haben, was?« sagte Rose beiläufig, wobei er genüßlich nach der Hummerpastete schielte.

»Die gibt es zum Lunch«, sagte Auguste fest.

»Aha. Gut, Monsieur Didier, wenn Sie meinen besten Sergeanten verschmähen, dann sollten Sie sich besser beeilen und das Rätsel selbst lösen, um ihn wieder loszuwerden, eh? Wie weit sind Sie gekommen?«

»Ich verfolge gewisse Gedankengänge, Monsieur. Noch keine vollständige Linie, verstehen Sie«, antwortete Auguste vorsichtig und fragte sich verzweifelt, wie er am besten die Tatsache verschleiern könne, daß diese Gedankengänge nur die Beilage zu einem Gericht bildeten, das im Augenblick sozusagen aus kaum mehr als ein paar ungeschälten Kartoffeln bestand. Wäre Peeps dabeigewesen, hätte es ihm geschmeichelt zu hören, daß man seiner Theorie Glauben schenkte.

»Wir mußten zu einem Schluß kommen, *mon cher Inspecteur*, ob Mr Erskine die Hauptzutat im Rezept unseres Bösewichts ist oder nur eine unter anderen.«

»Ich behaupte nicht, daß ich Ihnen folgen kann, Mr Didier. Bleiben wir bei den einfachen Tatsachen, ja? Die meisten Verbrechen beginnen damit.« Das entsprach der Wahrheit. Als der italienische Anarchist Polti im Jahre 1894 verhaftet wurde, konnte man ihn fassen, weil er das Zubehör zu einer Bombe kaufte. Danach war es leicht. Sergeant Sweeney verfolgte ihn, bis er ihn mit der Bombe in seinem Besitz erwischte. Auf dem Oberdeck eines Londoner Busses. Einfach, glasklar. »Nun, hier haben wir es mit jemandem zu tun, der handgreifliche Streiche verübt. Mit jemandem mit einem bösen Sinn für Humor, gebe ich zu. Aber kein Anzeichen, daß er darauf aus ist, jemanden umzubringen, sonst hätte er es nämlich schon getan. Und nicht diesen Hokuspokus gemacht. Dieser Witzbold ist entweder jemand, der Mr Erskine einzuschüchtern versucht, oder jemand, der es auf Plums Club abgesehen hat und Mr Erskine für das beste Ziel hält, weil er im Lichte der Öffentlichkeit steht.«

»In beiden Fällen haben Sie, glaube ich, unrecht, Herr Inspektor. Auf dem Grunde unseres Rotweins kann sich sehr wohl ein saurer Bodensatz befinden, und dieser Bodensatz kann zum Mord führen.«

»Nein. Merken Sie sich meine Worte, Didier. Ihr Mörder kündigt seine Absicht nicht im voraus an. Nur einer, der handgreifliche Streiche verübt. Twitch wird ihn finden«, fügte er bedeutungsvoll hinzu.

»Ich werde ihn finden, Monsieur«, sagte Auguste nur.

Die Aufregung schnürte Agnes fast die Luft ab. Hier stand sie nun allein in Monsieur Augustes Allerheiligstem, und da sie sich keiner anderen Sünde bewußt war, die sie jüngst begangen hätte, außer dem Versalzen der *gratin dauphinois*, konnte der Grund dafür, daß sie herbestellt wurde, nur ein angenehmer sein. Seine Augen würden auf ihr allein ruhen. Sie begann alle Arten von verborgenen Botschaften in deren dunklen beredten Tiefen zu lesen. Letzte Nacht hatte er sie im Traum in seine Arme gerissen, als sie gerade die Schweinefleischpastete zubereitete, und süße Worte an ihrem Mund gemurmelt, ihre Augen gepriesen, ihr Haar, ihren Victoria-Pudding.

An diesem Vormittag riß er sie nicht in seine Arme, aber

er bat sie um ihre Hilfe – das Nächstliegende, vermutete sie, ein bißchen wehmütig.

»Etwas Sonderbares, Mr Didier?« fragte sie zögernd. »Ich weiß nicht, ganz sicher. Da kam der junge Mann, der Mary geküßt hat …«

»Nein, nein, *ma petite*, nichts dergleichen. Im Club.«

Agnes zerbrach sich den Kopf, bemüht, ihm eine Freude zu machen, und stieß auf Gold. »Das Buch – das Buch für Anregungen und Wünsche. Da sind einige Seiten herausgerissen.«

»Ja.« Das interessierte Auguste nicht. Die Frage des Zutritts von Damen war belanglos gegenüber den anderen Dingen.

»Also«, sagte Agnes enttäuscht, »ich habe gesehen, wer das war. Es war der Parlamentsabgeordnete Mr Preston.«

»Samuel Preston«, wiederholte Auguste nachdenklich. Wahrhaftig, der hatte die Frage des Zutritts von Damen als unerheblich abgetan, aber nach Peeps' letzter geheimnisvoller Bemerkung war es wohl mehr als ein Zufall, daß nun der Name Preston fiel. Doch was bedeutete das? Bedeutet das, daß Preston den Vorschlag unterbreitet und später bereut hatte? Oder bedeutete das etwas viel Unheimlicheres …?

Oben in seinem kleinen Büro von Scotland Yard bereute Inspektor Rose seine übereilte Entscheidung, Plums Club Stitch zu überlassen – oder genauer Didier und Stitch. Manchmal übermannte ihn sein Sinn für Humor, meinte er verdrosssen. An das Fest »Plums Dahinscheiden« hatte er einfach nicht gedacht. Er hätte ja so liebend gern daran teilgenommen.

Vom Garten aus starrte eine schlanke Gestalt, die um den Lieferanteneingang herumschlich, hinauf zu Plums Club. Gaylord Erskine würde zu »Plums Dahinscheiden« erscheinen, zweifellos. Der »Hamlet« lief ab, und die nächste Inszenierung würde nicht vor nächster Woche beginnen. Und

Mrs Erskine würde ebenfalls in Plums Club kommen. Ein Lächeln reinen Glücks überflog das Gesicht des Beobachters.

Der alleinige Urheber des Festmahls bezweifelte einen seltenen Augenblick lang seine Fähigkeiten. Er saß in Emmas Wohnzimmer, hatte vorübergehend die Unglücksfälle im Club beiseite geschoben und ging zum x-ten Male das Menü für »Plums Dahinscheiden« durch. Er erlebte das Bankett zum zweitenmal seit Aufnahme seiner Tätigkeit im Club, aber dieses Jahr beging man das fünfzigste Jubiläum. Es war klar, daß es Auguste Didier das Beste abverlangen würde.

Zum x-ten Male erstand auch vor seinem geistigen Auge das Bild Alexis Soyers. In Augenblicken klaren Verstandes sah er ein, daß Soyer ein liebenswürdiger, begabter, großherziger Mann war. In irrationaleren Momenten sah er ihn als Teufel, der darauf aus war, ihn zu verhöhnen und zu verspotten; vor seinem inneren Auge bildete Soyer die Sperrgrenze, die sein eigenes Vermögen niemals überschreiten könnte. »Ich sage dir, Emma, wenn ich einmal an die Himmelspforte gelange, wird der heilige Petrus sagen: ›Ah, aber Auguste, du darfst nicht herein. Deine *cailles bardées aux feuilles de vignes* waren schlechter als die von Monsieur Soyer.‹«

»Wohingegen ich schon drinnen sein werde, um mit dem lieben Alexis Kochrezepte auszutauschen«, sagte Emma selbstgefällig.

»Nicht, *ma mie*, wenn du es fertigbringst, so geizig zu sein, daß du minderwertigen Brandy für deine Pastetenfüllung verwendest.«

»Meine feine Füllung«, schnappte Emma bedrohlich, »ist eine Sache zwischen mir und dem heiligen Petrus.«

»Schon gut, meine Liebe, schon gut«, beeilte sich Auguste zu sagen. »Aber ich brauche deinen Rat, Emma«, flehte er, »habe ich recht – sollte ich nicht vielleicht lieber ein Dinner *à la Russe* machen?«

»Alles, was Soyer konnte, kannst du übertreffen«, sagte

Emma geradeheraus. Diesen unverhofften Beistand quittierte Auguste mit einem zweifelnden Blick, nahm aber das Kompliment an. Erneut starrte er auf den vor ihm liegenden Speiseplan, den eigenen, und verglich ihn mit der scheinbar unvergleichlichen Speisekarte des 1846 zu Ehren von Ibrahim Pascha gegebenen Banketts, zubereitet von Soyer. 1846 war das Gründungsjahr von Plums Club gewesen, und vielleicht hatte Captain Plums Teilnahme am Bankett Soyers ihn dazu inspiriert, den Club ins Leben zu rufen.

Seize potages. Nun, das war leicht. Aber er, Auguste, konnte etwas Besseres bieten. Victoria-Suppe, Suppe *à Louis Philippe*, nein. Plums sollte mit Weinsuppe beginnen und vielleicht mit Kastanie oder Hummer. Sein Gesicht hellte sich auf. Sechzehn Fischplatten, je vier mit vier verschiedenen Fischgerichten. Auch das würde er übertreffen. Augustes *sole normande* zum Beispiel war nicht zu schlagen, auch nicht von dem Rezept des großen Grimod de La Reynière. Dazu vielleicht eine Lachspastete. *Seize relevés*, die Braten. Kein Problem das. Vierundfünfzig Zwischengerichte. Vierundfünfzig? Alle von ihm selbst? Er erblaßte ein bißchen. Doch wußte er, daß es notwendig sein würde. Von den zweihundert Mitgliedern, die Plums Club besaß, würden sich wenigstens einhundertfünzig zu »Plums Dahinscheiden« drängen. Alle, die den Club per Zug, Zwischendeck, Kutsche oder zu Fuß erreichen könnten, würden da sein. *Seize rôtis-bon*. Leicht. Vierundfünfzig Süßspeisen. Er begann zu lesen: *six de gelées macédoine de fruits au Dantzic, six de croquantes d' amandes aux cerises, six de tartelettes pralinées au abricots* ... Sein Auge glitt weiter zu den schmackhaften Sachen. *Quatre de haricots verts au beurre noisette*. Ah, hier hatte er festen Boden unter den Füßen. Dann das Dessert, die krönenden Wunder aus dünn gesponnenem Schaum, das *pièce montée, crème d' Égypte à l' Ibrahim Pascha*, eine Ehrengabe für den berühmten Gast. Schon wahr, es würde bei der ersten Berührung mit dem Messer zusammenfallen, aber das machte nichts. Der

Ruhm rührte von der Schöpfung ... wie das *pièce montée*, das er im Galaxy geschaffen hatte – nein, er wollte nicht an das Galaxy denken oder an die liebste Maisie.

Je verbissener er weiterlas, desto blasser wurde er im Gesicht. Vielleicht sollte er das Menü vereinfachen? Wieder verglich er die beiden. Nein, das konnte er nicht tun. Es war notwendig so, er mußte sich mit Soyer messen.

Amüsiert beobachtete ihn Emma Pryde. Sie hatte ihn noch nie so niedergeschlagen gesehen. »Möchte dir etwas sagen, Auguste«, äußerte sie einladend, »ich werde mitkommen und dir helfen ... Die hier können einen Tag ohne mich auskommen. Wenn nicht, werde ich ihnen Gottesfurcht beibringen.«

Auguste betrachtete sie voller Schrecken. Richtig, sie war die berühmte Köchin Emma Pryde, aber eine Frau? Sie war sein Idol, das stimmte, aber seine Partnerin? In seinem Metier? Mit ihm arbeiten? Doch andererseits, niemand besaß eine solche Hand für Desserts, für Torten und Patisserien wie Emma.

Sie beobachtete, wie die widerstreitenden Gefühle über sein Gesicht huschten; sie verstand diese sehr gut und sagte endlich, ihn von allem Elend erlösend: »Du wirst der Maître sein, Auguste, natürlich. Ich werde nur für diesen Abend deine Küchengehilfin spielen. Werde meine Zunge zur Abwechslung einmal im Zaume halten.«

Er blickte sie mißtrauisch an. »Aber ist das möglich, *ma chérie*?« fragte er schlicht.

»Absolut«, sagte sie ernst. »Ich werde dir hinterher sagen, was ich denke, und während des Abends werde ich deinen Anweisungen folgen.«

»Das willst du für mich tun?« fragte Auguste beeindruckt, denn er begriff, was das bedeutete, diese Übertragung der Macht, besonders von Emma.

»Das wird mir Gelegenheit geben, ein bißchen herumzuschnuppern, um herauszufinden, was vor sich geht. Du scheinst ja noch nicht weit gekommen zu sein.«

Sie hatte etwas Falsches gesagt. Nun starrte er sie wütend an.

»*Ma mie*, da du dich ja geweigert hast, mit mir über deine Freunde« (mit großer Betonung) »zu sprechen, stecke ich ein bißchen fest.«

Einen Augenblick war sie still, dann sprach sie fast flehend: »Charlie ist wirklich mein Freund, Auguste.«

»Wenn er unschuldig ist, hat er nichts zu befürchten«, sagte er hochmütig.

»Ja, aber - oh, na gut«, sagte sie barsch. »Aber es handelt sich nicht nur um Gertie Briton, mußt du wissen. Erskine hat in ganz London seine Eisen im Feuer.« Aus dem Stegreif rasselte sie die Namen dreier weiterer Damen herunter, dann »Sylvia Preston ...«

Auguste japste nach Luft. »Mrs Preston!«

»Nein, die Tochter«, sagte Emma forsch, ohne ihn anzuschauen.

»Das ist schlimm.«

Emma ging darauf nicht ein, sondern ließ sich weiter hinreißen: »Neben Erskine gibt es auch noch andere. Peregrine Salt und James Prendergast zum Beispiel.«

»Was?«

Sie lachte. »Nicht so. Ein Streit, das ist alles. Über Afrika. Lord Bulstrode, Colonel Worthington. Über einen Hut.«

»Einen was?«

»Einen Hut. Tatsächlich, Auguste. Hör zu. Rafael Jones, Colonel Worthington. Ursache unbekannt.«

»Hör auf. Das alles? Am Ort des Friedens, in Plums Club?«

»Natürlich«, sagte Emma und schnalzte Disraeli zu, »es ist eben ein Club. Also laß mich dir nun wirklich helfen zu ermitteln - oder beim Kochen - das wird ein ausgelassenes Treiben.«

»Ein ausgelassenes Treiben!« echote er entrüstet. »Ein ausgelassenes Treiben ist es nicht, wie ich meine Kochkunst sehe.«

»Sei nicht so steif und stur, Auguste. Das paßt nicht zu dir. Im Bett bist du es ja auch nicht.«

Auguste riß den Mund auf, überlegte kurz und schloß ihn wieder.

»Das ist doch kaum dasselbe«, bemerkte er.

»Oh, ja, eben doch«, sagte Emma, »Denke darüber nach. Die *hors d'oeuvres, die entrées, die re…*«

»Mag sein«, sagte Auguste hastig, »aber für ›Plums Dahinscheiden‹ halten wir sie auseinander, *hein*?«

Sie lachte. »Ich sage dir eins, Auguste: Das wird ein Abend, an den wir immer denken werden.«

Und damit hatte sie absolut recht.

Am folgenden Tage lief der Lunch auffallend still ab. Nur drei Clubmitglieder nahmen die Mahlzeit ein, und unter ihnen befand sich Worthington, diesmal gezähmt.

Nollins konnte es nicht begreifen, denn er hatte gesehen, daß der Morgensalon ungewöhnlich voll gewesen war; man unterhielt sich darin lebhaft in kleinen Gruppen, und er hatte das Gemurmel der vor Erregung erhobenen Stimmen gehört. Doch plötzlich waren die meisten verschwunden. Ob sie glaubten, sie würden womöglich vergiftet werden? Dieses neue Gespenst suchte ihn heim; vor seinem geistigen Auge fiel die Kurve der Restauranteinnahmen unaufhaltsam ab. Plums Club wurde gnadenlos in den Bankrott getrieben.

Eine Folge, die noch unmittelbarer zu spüren war, bestand darin, daß Augustes beste Moorhuhnpastete übrigblieb. Der Küchenchef faßte das als eine persönliche Beleidigung seiner selbst auf und machte sich daran, herauszufinden, woran es lag.

Die Leute kamen in den Club, und eine halbe Stunde später holten sie sich bei Peeps ihren Hut und gingen wieder. Das war ungewöhnlich. Hatte das etwas mit dem Wetter draußen zu tun?

Heute war doch nicht das Derby? fragte sich Nollins ängstlich.

Gegen vier Uhr glich der Club einem Leichenschauhaus.

Es war Worthington, der, als er nach dem Lunch das Örtchen aufsuchte, eine Erklärung lieferte. Mit rotem Kopf trat er dampfend auf Nollins zu.

»Ich sage Ihnen, Nollins, so haben wir in Chillianwallah unsere Angelegenheiten nicht erledigt. Wenn jemand was zu sagen hatte, sagte er es einem ins Gesicht ...«

Das Geheimnis war gelüftet. Irgend jemand hatte die weißen Fliesen mit Sprüchen in roter Farbe belebt, deren Hauptinhalt einen ungenannten Ehebrecher aufforderte, sich fortan rar zu machen.

Es sagte einiges über den Besucherkreis von Plums Club aus, daß dieser Anordnung so viele gehorchten, ohne mit der Wimper zu zucken.

»Daphne!«

Gemächlich kam Lady Bulstrode in das Zimmer gewatschelt, denn der Ton der Stimme ihres Ehemanns klang wie üblich, so daß sie sich nicht im geringsten beunruhigte. Bulstrode House, ein imposantes, doch entschieden heruntergewirtschaftetes herrschaftliches Wohnhaus aus der Regency-Zeit im Herzen von Mayfair, wurde nach willkürlichen Prinzipien geführt. Der Vorrat von Haushaltsutensilien für ein ganzes Jahr pflegte sich anzuhäufen, ohne daß eine Bedienstete es wagte, sie anzurühren, bis Lady Bulstrode, zum Handeln verleitet, weil der Gatte zum Beispiel seinen besten Spazierstock nicht finden konnte, durch das Haus zu rasen pflegte, in ihrem Gefolge Dienstmädchen und Diener gleichermaßen wie eine Woge von Straßensprengwasser, das den Rinnstein von Leather Lane entlangbrauste. Als freundliche, wenn auch geistesabwesende Hausherrin war Lady Bulstrode beim gesamten Personal beliebt. Ihr Mann galt als unsicherer Vulkan, der die meiste Zeit zur Landschaft gehörte, doch wie eine Zeitbombe tickte, wenn ihm so danach war. Seine Gewohnheit, für den Vormittag einen schwarzen Socken und einen weißen anzuziehen, wurde von den anderen Clubmitgliedern als harmloser Spleen betrachtet, doch sein Personal nahm es als Zeichen einer schweren geistigen Zerrüttung. Nur die Gelassenheit seiner Ehefrau überzeugte das Personal, daß es nicht im Bett ermordet würde.

»Clara, wo zum Teufel ist mein Hut?«

Das war ernst; nach fieberhafter Suche wurde der altertümliche Zylinderhut gefunden, der wie sein Herr Alterserscheinungen zeigte. »Auf in den Club«, rief er unwirsch.

»Ja, mein Lieber.«

Er hielt inne, als er sich den Zylinder auf den Kopf klatschen wollte.

»Die werden euch Frauen zu ›Plums Dahinscheiden‹ in den Club lassen. Keine Sorge.«

Lady Bulstrode war die einzige Frau, die ihrem Mann nicht andauernd zugesetzt hatte. Es ist wahr, sie hatte die Rebellion der Frauen angeführt. Aber dabei ging es um das Prinzip. In Wirklichkeit war sie sich überhaupt nicht sicher, ob sie hingehen wollte. Zugige, unbehagliche Häuser diese Männerclubs nach dem, was sie während ihres einzigen, dramatischen Besuchs dort gesehen hatte.

»Eine Menge verdammte Dinge ereignen sich heutzutage bei Plums. Es heißt, sie lassen all die Stiefmütterchen herein. Ich war dagegen, vergiß das nicht. Will nicht, daß du kommst, Daphne. Du hältst dich da raus.«

»Ich glaube, ich werde hingehen, Horace, gleichviel. Immerhin«, sagte sie grimmig, »wird Mr Erskine dort sein.«

Bulstrode betrachtete seine Frau voller Besorgnis. »Zum Donnerwetter, Daphne, du kannst doch einen nicht in seinem eigenen Club zur Rede stellen wegen einer Frau.«

»Kann ich nicht?« erwiderte seine bessere Hälfte sehr gelassen. Sie würde Erskine überall zur Rede stellen, an jedem Ort. Denn was das Thema ihrer gefallenen Frauen betrifft, war Daphne Bulstrode eine rächende und unnachgiebige Nemesis.

Sir Rafael Jones blinzelte, als das Morgenlicht plötzlich zum Fenster hereinströmte. Briggs schlug die Vorhänge zurück. Selbst in St. John's Wood hatte der Tag schon früher begonnen, aber Sir Rafael war es nicht gewöhnt, früh aufzustehen. Er zog es vor, bis tief in die Nacht mit einem Zirkel eifriger Anhänger zu debattieren. An den Abenden, wenn Rosie nicht da war, heißt das.

Eine Stunde später, nachdem er gebadet und in dem schönen georgeanischen Zimmer gefrühstückt hatte, war seine Entscheidung, was zu tun sei, gefallen. Er würde zum Lunch in Plums Club gehen. Er wollte die letzten Gerüchte über das Fest hören, angesichts der Tatsache, daß nun Damen anwesend sein würden. Er war nicht verheiratet, also war dieses Problem für ihn belanglos. Er konnte ja kaum seine jüngste Geliebte dahin geleiten, da sein Geschmack nicht auf Frauen, sondern auf frühreife Mädchen gerichtet war. Er dachte an das neue junge Hausmädchen – fragte sich, ob sie ihm wohl Modell stehen würde ... und entschied sich widerwillig dagegen. Er war Plums Club zum Teil auch deshalb beigetreten, weil sich die Gerüchte über seine Modelle zu sehr verstärkten. Und da nun Erskine allgegenwärtig war, mußte er jeden öffentlichen Verdacht zerstreuen, daß ihre Rolle über das bloße Modellstehen hinausging. Er hatte Erskine in den Club hineingebracht – angenommen, er verlangte mehr? Es schauderte ihn. Aber ungeachtet dessen sollten seine »Badenden Mädchen im Fluß« endgültig sein nächstes Projekt werden. Er würde dafür drei Modelle benötigen ...

Mit gewohnter militärischer Exaktheit verließ General Fredericks das Haus in der Curzon Street um zwölf Uhr. Zu Plums Club würde er durch den St. James' s Park gehen. Es war ein schöner Tag, der Spaziergang würde ihm guttun. Außerdem waren er und Alice nicht genau einer Meinung gewesen. Er begann sich zu fragen, ob es richtig von ihm war, dem Zutritt von Frauen in den Club überhaupt zuzustimmen, obwohl er doch nie dafür plädiert hatte, daß das zur Prozession des »Dahinscheidens« stattfinden sollte. Gewöhnlich waren Alice und er derselben Ansicht. Nur daß sie nie richtig begriffen hatte, was Plums für sein Leben bedeutete oder was es darstellte. Bis jetzt war er sich selbst dessen nicht sicher gewesen. Doch nun, wo der Club gefährdet war, war er sich im klaren darüber. Ein Stirnrunzeln zog über sein Gesicht. Man mochte es ignorieren, soviel man wollte, es war etwas im Gange, das die Grundfesten des Clubs erschütterte. Vielleicht übertrieb er. Überschattete etwa seine Reaktion auf die erschütternde Entdeckung, die er kürzlich gemacht hatte, seine gesamte Haltung Plums Club gegenüber?

Ein weiterer früherer Militär befand sich auf dem Wege zu Plums Club: »Jorrocks« Atkins. Vor Entrüstung schnaubend, vergegenwärtigte er sich noch einmal den Einbruch in seinen Alltagstrott, den die unglückseligen Ereignisse bei Plums verursacht hatten. Es kam selten vor, daß er soviel Zeit in London zubrachte, denn er gehörte aufs Land – besonders weil dieser Kerl Worthington dort nicht anzutreffen war. Doch er mußte hierbleiben wegen »Plums Dahinscheiden«. Seine kleinen Augen leuchteten. Ungeduldig erwartete er das Treffen. Und das Fest. Es könnte sich dort eine Gelegenheit ergeben ... eine Gelegenheit, seine Rechnung mit dem verdammten Worthington zu begleichen.

Pflichtschuldigst drückte Samuel Preston seiner Frau Mary einen flüchtigen Kuß auf die Wange und verließ das Haus hinter der Westminster Abbey. Normalerweise befände er sich im Unterhaus, um sich als gewissenhafter (und ehrgeiziger) Parlamentsabgeordneter um die Geschäfte seines Wahlbezirks zu kümmern. In Erwartung von Salisburys Rücktritt war er schon nahe an Sir Henry Campbell-Bannerman herangekommen. Seine Pläne hatte er sich bereits vor langer Zeit zurechtgelegt, vor mehr als zwanzig Jahren nämlich, als er mit solch zweifelhaften Mitteln sein Vermögen erworben hatte. Nichts konnte diese Pläne jetzt noch umstoßen. Samuel Preston war ein hagerer und hungriger Mann (trotz seines Körperumfangs) - ein Cassius auf der Suche nach einem Brutus.

An diesem Vormittag wollte er jedoch zu Plums gehen. Die laufenden Diskussionen machten ihn neugierig. Welche Linie würde der alte Worthington verfolgen? Er war schon so lange der Langweiler des Clubs gewesen, daß man sich kaum vorstellen konnte, ihn in der Rolle des Verfechters einer Sache zu sehen. Die andere Angelegenheit drängte er in seinem Kopf zurück. Aber bei »Plums Dahinscheiden« selbst, da wäre die Zeit gekommen ...

Peregrine Salt schritt auf der Piccadilly aus, als befände er sich auf einem Treck den Nil entlang, einen Zug eingeborener Träger hinter sich. Um nichts in der Welt wollte er in diesem Augenblick den Lunch in Plums Club verpassen. Außerdem freute er sich schon fast darauf, Juanita mit in den Club zu bringen. Er genoß den Gedanken, seine dunkelhaarige amazonische Schönheit unter all den Trampeln von englischen Ladies zu sehen. Natürlich lag es an Juanita, daß ihm die öffentliche Anerkennung seiner Leistungen ein bißchen später zuteil wurde, als er diese ohne sie erlangt hätte; obgleich vielleicht die Meldungen über seine ausschweifenden Affären in Afrika durchgesickert waren - mit dem Zutun seines Erzfeindes Prendergast, der nicht damit zufrieden war, ihm das Verdienst der Entdeckung des Wampopo River streitig zu machen, sondern ihn auch noch ständig seinen Sieg spüren ließ. Prendergast war der eine Grund dafür gewesen, daß sich Salt so schnell um Aufnahme in Plums Club bemüht hatte. Es war notwendig, daß auch er als Teil des britischen Establishments angesehen wurde. Überdies hatte er im Vergleich zu Prendergast einen Vorteil: Er besaß photographische Beweise seiner Reisen, besonders seiner archäologischen Triumphe, und konnte sie bei den Vorführungen mit der Laterna magica vorweisen. Die nächste konnten auch Damen besuchen. Die Damen ... Er fragte sich, was wohl der alte Worthington heute vormittag zu sagen haben würde, ob die Damen an der Prozession teilnehmen sollten. Als ob Juanita es sich gefallen lassen würde, in einem Speiseraum eingesperrt zu werden. Armer alter Mortimer, so ein Langweiler.

Alfred Peeps befand sich nicht auf dem Wege zu Plums Club. Seit sieben Uhr früh war Alfred Peeps schon dort, um den Nachtportier, den jungen Perkins, abzulösen. Plums Club blieb geöffnet, bis das letzte Mitglied portweinschwer in die Nacht getaumelt war, ein bißchen erwärmt, ein bißchen erheitert von Plums sanftweicher Umhüllung. Zum Wohle der Clubmitglieder, die in dem etwa halben Dutzend Zimmern über Nacht blieben, war ein Nachtdienst der Portiers eingerichet worden.

Alfred Peeps hegte keine Zweifel über die Folgen, wenn Frauen Zutritt zum Club erhielten (Mrs Peeps war an der Entscheidung nicht beteiligt). Eine Katastrophe - das würde es bedeuten, eine Katastrophe. Ein Unglück kommt selten allein - zieht anderes nach sich, das war Peeps' Meinung. Und dann die Folgen! Wo Frauen auftauchten, trat Ärger ein. Und wo es Ärger gab, folgte die Polizei. Und nun hatte er einen weiteren gemeinen Brief erhalten. Konnte natürlich von keinem der Gentlemen stammen. Muß einer von den Angestellten gewesen sein. Vielleicht ein Ausländer ... kein Engländer würde sich zu solchen Ausdrücken herabwürdigen.

Auch Gaylord Erskine befand sich auf dem Wege zu Plums Club; mit Zylinderhut und leichtem Mantel - denn wir hatten immerhin Ende Mai - schritt er den Haymarket zur Piccadilly entlang. Auf dem Haymarket herrschte Gedränge; Passanten eilten geschäftig hin und her, dichter Verkehr verstopfte die Straße. Er stand inmitten eines Pulks von Fußgängern, die ungeduldig warteten und sich vorwärtsschoben, um über die Straße zu gelangen, auf der sich Kutschen, Droschken und Omnibusse stauten. Plötzlich durchbohrte der Schrei einer Frau die Luft. Als die zweirädrige Kutsche an ihr vorübergeschossen war, wurde der Grund sichtbar: eine Taube hatte sich auf ihrem Hut niedergelassen. Gespannt beobachtete die Menge, wie die Taube ihre Gabe mitten in die Schleier und Blumen des Hutes setzte, unter den Flüchen der Trägerin, denn der Vogel stand gewiß unter dem Eindruck, er befände sich in einem Blumengarten von St. James' s Park.

In typisch galanter Hilfsbereitschaft taumelte Gaylord Erskine nach vorn. Es war ganz gut, daß er das tat, denn so streifte das Messer nur sein Handgelenk, statt in einen weitaus verletzlicheren Körperteil einzudringen, und rasselte zu Boden.

In der Aufregung um die Taube versäumte es Konstabler Roberts, der ein Auge auf Erskine haben sollte, aufzupassen, welcher von dem Dutzend oder mehr Menschen, die sich um ihn scharten, zugestoßen hatte, und erwies sich lediglich darin nützlich, das Messer aufzuheben, als Erskine den Schnitt fühlte, aufschrie und sich umwandte; dann gedachte der Konstabler, das Taschentuch herauszurücken, das ihm Betty am Morgen so liebevoll in die Tasche gesteckt hatte, und es um Erskines Wunde zu binden, jedenfalls vorübergehend, bis Erskine Plums Club erreichen und Mrs Hoskins' wirksamere Pflege erhalten würde. Gaylord verabscheute den Gedanken, nach Hause zurückzukehren; den Lunch wollte er unter keinen Umständen versäumen …

»Sage es ihm, Mary.« Agnes hielt ihre errötende Kollegin am Handgelenk fest.

»*Alors*, was ist los, *mes petites*?« fragte Auguste etwas verärgert. Richtig, der Lunch wurde noch nicht aufgetragen, doch er befand sich gerade dabei, sich eine vollkommen neue Sauce für den Steinbutt zum Abend auszudenken.

»Sie haben gesagt, wir sollen alles melden, wenn uns etwas Ungewöhnliches auffällt«, sagte Agnes ein wenig verletzt, weil ihr Abgott nicht ganz bei der Sache war. »Also, Mary hat was, bloß will sie es Ihnen nicht erzählen.«

»Im Club, hat er gesagt«, gab Mary zaghaft von sich.

Agnes hielt das für wenig von Belang und wiederholte bloß: »Sag es ihm.«

»Das gehört sich nicht«, flüsterte Mary.

Agnes seufzte. »Es kommt nicht darauf an, daß er ein Mann ist«, erklärte sie. »Mr Auguste ist mehr wie ein Doktor. Du mußt es ihm erzählen.«

Diese Verunglimpfung seiner Männlichkeit nahm Auguste edelmütig hin. »Im Augenblick stimmt das«, gestand er im Interesse seiner Detektivkunst. »Nun erzähle mir, *petite Marie*, was fehlt dir?«

»Mir doch nicht«, sagte Mary schockiert. »Ich würde so was nicht machen.«

»So etwas?«

»So was, was Cissies Cousine macht.«

»Cissie?« wiederholte Auguste, ohne zu verstehen.

Agnes nahm nun die Sache in die Hand. »Cissie ist ihre Freundin. Cissie hat ihr erzählt, ihre Cousine geht da hin in das Haus zu dem Maler und steht Modell.«

»Da hat sie nichts an«, flüsterte Mary ermutigt.

»So, das mögen Mütter nicht«, sagte Auguste, der das Interesse daran verlor, »aber ...«

»Der macht noch andere Sachen«, sagte Mary verzweifelt und schloß die Augen vor Augustes möglicher nächster Frage.

»Ich dachte, das sollten Sie wissen, Mr Didier«, sagte Agnes unschuldig. »Weil doch Sir Jones hier Mitglied ist. Das ist doch auch Colonel Worthington, bei dem Rosies Tante angestellt ist, und sie ist mit ihm dick befreundet. Und Mr Erskine ist auch Mitglied, bei dem Cissie angestellt ist. Und irgend jemand versucht, Mr Erskine um die Ecke zu bringen.« Vor Erregung über ihre detektivischen Fähigkeiten wurden ihre Augen ganz groß.

»Bedauerlich, aber Cissies Cousine ist eine erwachsene Frau, und ich kenne sie nicht. Ich kann doch nicht ...«

»Ist sie eben nicht, Mr Didier. Rosie ist erst zwölf.«

»Gentlemen«, trompetete Worthingtons Stimme die Lunchtafel entlang, »vielleicht haben wir eine Schlacht verloren, aber ich wenigstens betrachte den Krieg nicht als verloren. Als ich in Chillianwallah lag ...«

Fünf Minuten später rutschten die Herren an der Tafel unruhig hin und her, und Samuel Prestons flüchtige Bewunderung für die tapfere britische Bulldogge schwand dahin. Seine Gedanken ließ er zu der Frage wandern, was wohl im Unterhaus passieren würde, wenn sich Abgeordnete ihrer früheren Laufbahn erinnerten; gewöhnlich waren sie eifrig bemüht, diese verborgen zu halten. Er war in der Tat nicht der einzige ...

»Dann, meine Herren, haben wir die Toiletten«, stieß Worthington weiter hervor, wobei er unerbittlich alle Versuche der anderen, zu Wort zu kommen, übertönte. Nachdem er letzthin seiner großen Stunde beraubt worden war, würde er sich nun Gehör verschaffen.

Sofort dachten alle Clubmitglieder an die Aufforderung, welche über die Herrentoilette im Souterrain geschrieben worden war, daß sich Ehebrecher künftig fernhalten sollten, und eine weitere Welle der Unruhe lief durch die Reihen der Versammelten. »Wir können nicht erwarten, daß die Damen auch nur an einem einzigen Abend die – äh – das Örtchen im Souterrain benutzen. Ebensowenig«, intonierte Worthington imposant, »die Nachttöpfe.«

Diese wurden diskret in Schränken der Salons und Speiseräume aufbewahrt, so daß die Mitglieder nicht den langen Weg durch den kalten Korridor unten auf sich nehmen mußten.

»Dann das Klosett des Sekretärs.«

»Ganz oben im Hause?«

»Nachtstühle«, schlug Briton leicht errötend vor.

»Und wo sollen die Nachtstühle aufgestellt werden? Hat Mr Nollins daran gedacht?«

Zufrieden mit dem Ergebnis der ersten Breitseite fuhr Worthington fort.

»Überdies, meine Herren, wir müssen noch an die Prozession denken.«

Jene Clubmitglieder, die noch nicht gründlich darüber nachgedacht hatten, begannnen nun den vollen Sinn der Zulassung von Damen zu »Plums Dahinscheiden« zu begreifen. Nicht bloß zum Dinner: Sie wären auch zur Prozession anwesend! Eifersüchtig hütete man die Geheimnisse der Zeremonie; kein Ton von dem Ritual drang nach außen. Aber wenn die Damen sich in den Räumlichkeiten aufhielten, teilnahmen ...

»Genau, meine Herren.« Sehr zufrieden nahm Worthington den nächsten Bissen von Augustes Moorhuhnpastete. Ein erregtes Stimmengewirr erhob sich.

»Überall werden sie verdammt noch mal herumlaufen«, sagte Salt genüßlich. »Juanita steckt ihre Nase überall ...« Er hielt inne, als er plötzlich gewahr wurde, daß er etwas preisgab.

»Wir dürfen sie nicht durch den Rauchsalon lassen, durch die Toiletten...«

»Können die Strecke nicht ändern«, sagte Worthington fast blasiert. »Sie ist Tradition.«

»Was wird mit dem Etty?«

Rafael Jones' Neugier war geweckt. Ein Etty? Den hatte er noch nie gesehen.

»Also, wir werden ein Tuch darüberhängen müssen«, sagte General Fredericks.

»Daphne würde darunterschauen«, grunzte Bulstrode. »Wohlgemerkt, von einem Mädchen, das nichts anhat, läßt sie sich nicht schockieren.«

Es fiel Charles Briton auf, daß dies das einzige Mal war,

an das er sich besinnen konnte, daß die große Regel durchbrochen wurde - eine Ehefrau wurde im Club erwähnt! Es war schon ziemlich weit gekommen, stellte er fest.

»Nun, Gentlemen. Sollen wir nicht die Damen im Speisesaal zurücklassen? Die Prozession uns vorbehalten?« Worthington triumphierte in der Annahme, die Schlacht sei gewonnen. Aber in seinem Junggesellendasein erkannte Worthington nicht die Hindernisse.

»Ich fürchte, Worthington, Lady Fredericks würde es sich verbitten, im Speisesaal zurückgelassen zu werden«, sagte der General höflich, aber bestimmt.

»Daphne möchte ich sehen, wenn sie gesagt bekommt, sie solle dableiben, wenn wir hinausgehen«, prustete Bulstrode.

»Ich begreife nicht, weshalb«, sagte Salt nachdenklich. »Schließlich verlassen sie uns ja auch, wenn sie - äh - sich frisch machen, und überlassen uns unseren Gewohnheiten. Weshalb sollten wir dann nicht unseren Umzug abhalten? Vielleicht in der Zwischenzeit einen Vortrag mit der Laterna magica für die Damen?«

»Ich glaube, Sie sind zu optimistisch, Salt«, lachte Erskine, der das verletzte Handgelenk auffällig auf die Sessellehne gelegt hatte. »Ich kann mir nicht vorstellen, daß sich die Damen mit der Laterna magica abspeisen lassen. Sie sind doch alle viel zu neugierig auf die Prozession.« Es gab ein Gemurmel widerwilliger Zustimmung. Langsam wandten sich die Augen von Worthington ab.

Worthington platzte fast vor Wut, doch unglücklicherweise verschlug es ihm nicht die Sprache. »Plums Club wird nie mehr der alte sein«, kläffte er. »Wenn eine Frau erst einmal ihren Fuß da hineingesetzt hat, werden wir das Haus nicht wiedererkennen.«

»Ich stimme Worthington zu«, sagte Gaylord Erskine aalglatt. »Sosehr ich auch den Damen ergeben bin, spüre ich doch, diese Einrichtung hat etwas einmalig Britisches an sich. Dennoch müssen wir der Realität ins Gesicht sehen.

Nun hat der Vorstand« (er betonte das Wort) »ihrem Zutritt zugestimmt, da können wir sie nicht allein lassen, während die Zeremonie im Gange ist.«

Worthington glotzte. Er suchte keine Unterstützung bei einem Vagabunden von Schauspieler. Alles Waschweiber, daran hegte er keinen Zweifel.

Langsam erhob er sich. »Wenn die Damen sich der Prozession anschließen, dann werde ich es nicht tun.« Er schaute sich um, doch niemand schien diese Erklärung über Gebühr beeindruckt zu haben. »Ich«, sagte er steif, »werde meine eigene Prozession abhalten. Wer es wünscht, kann sich mir anschließen.«

Von »Jorrocks« Atkins, der sich bisher still verhalten hatte, vernahm man ein großes, lautes Gelächter. »Stur wie immer, Sie alter Narr.«

Diese Hänselei überhörte Worthington.

»Stehen Sie zu mir, Erskine?« sprach er fast flehentlich.

»Nun ja, ich fürchte, ich würde auf jeden Fall eine zu deutliche Zielscheibe abgeben, Worthington ...« Er hielt den Arm hoch, um der Gesellschaft Mrs Hoskins' Verband zu zeigen. »Ich fürchte, mein Feind wird langsam ungeduldig.«

In dem nun ausbrechenden Tumult von Erklärungen, von Beschreibungen und dem zunehmenden Unbehagen der Versammelten stand Worthington allein abseits, entschlossen, sich nicht durch einen bloßen Mordversuch von seinem entscheidenden Anliegen abbringen zu lassen.

»Also«, bellte er schließlich, nicht in der Lage, sich noch länger zu beherrschen. »Wer steht denn nun zu mir?«

Stille, man wich seinem Blick aus.

»Nun gut«, sagte er langsam. »Ich werde allein gehen. Mit meinem eigenen Dragoner«, fügte er hinzu, damit ihn niemand mißverstehen sollte. »Und mit Napoleon.«

4. Kapitel

Egbert Rose klopfte, um sich bei dem Droschkenkutscher bemerkbar zu machen. Er war sich keineswegs sicher, ob die Idee gut war, Auguste Didier in seiner Küche von Plums Club aufzusuchen, wo er sich zweifellos von jeder nur erdenklichen Delikatesse in verschiedenen Zubereitungsstadien umgeben sehen würde, in denen sie erheblich weniger appetitanregend ausschauten. Besonders für jemanden, der zum Frühstück Mrs Roses Hammelkotelett gegessen hatte. Das gab es normalerweise in ihrem Hause in Highbury nicht, aber Mrs Rose, eine hingebungsvolle Frau, hatte ihr »Lady's Magazine« gelesen und entschieden, daß Egbert »ein gutes Frühstück« brauchte, bevor er seinen Arbeitstag begann, ein besseres, heißt das, als die fettige Wurst und den kalten Toast, an die er gewöhnt war. Ob das Magazin den blassen Brocken als Kotelett erkannt hätte, der Egbert begrüßte, als er die Treppe ins Eßzimmer von Highbury hinabstieg, läßt sich durchaus bezweifeln - wie es nun auch in der Tat sein Magen bezweifelte.

Er befand sich auf dem Rückweg von einem Einbruch in Mayfair und stellte fest, er kam so nahe an St. James's vorbei, daß ein Besuch von Plums Club gerechtfertigt wäre. Der junge Konstabler Peek, der auf dem Platz gleichmütig seinen Beobachtungsdienst versah, würde schon gut mit allem fertig werden. Schließlich war noch niemand gestorben, selbst der Messerstich konnte immer noch das Werk von jemandem sein, der einem einen handfesten Streich spielen wollte, kaum etwas, was das Eingreifen eines Inspektors erforderlich machte. Gaylord Erskine besaß jedoch die Gewohnheit, seinen eigenen Willen durchzusetzen, und der Zweite Kommissar hatte es ganz deutlich verkündet, daß er nicht wünsche, daß Mr Erskine etwas passiere. In der York Street ließ er die Kutsche anhalten und zog es vor, durch den Lieferanteneingang einzutreten. Es bestand keine Notwendigkeit, alle Leute mit der Nase darauf zu stoßen, daß er mit Auguste auf gutem Fuße stand, nur für den Fall, daß an den Drohungen etwas dran war. Rose war sich bewußt, daß er vielleicht nicht unbedingt willkommen war. Immerhin fand »Plums Dahinscheiden« morgen statt.

»Sie kommen spät«, vernahm Rose Augustes anklägerische Stimme, als er durch die Tür trat. »Ah, Herr Inspektor, Sie habe ich nicht erwartet. Wohl aber den Fischhändler mit den Langusten. Wie soll ich eine Krebssuppe *à l'Ancienne* zubereiten ...«

»Ich bin kein Fischhändler, Mr Didier.«

Mit fahlem Gesicht stand Auguste vor einer riesengroßen schwarzen Tafel, bedeckt von Kreideschnörkeln, die für Rose nicht zu entziffern waren, für Auguste aber offensichtlich große Bedeutung besaßen.

»Es hat keinen Zweck, das werde ich niemals schaffen«, lautete Augustes Urteil.

»Es ist gar nicht Ihre Art, das zuzugeben, Mr Didier.«

»Das mag schon sein, aber in diesem Falle ...«, niedergeschlagen zuckte Auguste die Schultern, »ist es eben so. Vielleicht ist Soyer *le vrai maître*.«

»Vielleicht wird Sie ein kleines Gespräch über Mord ein bißchen ablenken.«

»Selbstmord vielleicht«, murmelte Auguste, als er verstört auf die Liste starrte, als würde eine Ablenkung davon die Aufgabe nur noch erschweren.

»Kommen Sie, Mr Auguste. Es ist nur ein Mahl, nur etwas zu essen«, sagte Rose aufheiternd.

Voller Schrecken blickte Auguste ihn an. »Nur? Monsieur, wissen Sie, daß sich der Küchenchef von König Louis XIV. ins Schwert stürzte, weil der Fisch nicht zur rechten Zeit eintraf? Hier steht die Ehre auf dem Spiel, Monsieur, meine Ehre! Und die Kammuscheln sind noch nicht eingetroffen!«

»Auch ich habe meine Ehre, Monsieur Didier«, sagte Rose mit fester Stimme. Es bestand keinerlei Notwendigkeit, diese Franzmänner in dem Glauben zu lassen, sie besäßen einen Anspruch auf alle Lorbeerkränze, wenn es um ein Drama ging.

Auguste blickte ihn zweifelnd an.

»Ich habe dafür zu sorgen, das bei Ihrer Prozession Mr Erskine nichts passiert.«

Auguste blähte die Brust auf. »Sie legen mir also erneut nahe, Monsieur, daß ich mich hergebe ...«

»Nein, nein, nein, Sie verstehen mich falsch«, sagte Rose eiligst. Gott weiß, wie lange es wohl dauern würde, falls er Auguste nicht von dieser Spur abbringen könnte. »Es hat einen neuen Angriff auf Mr Erskine gegeben, wissen Sie. Irgend jemand hat versucht, ihn in einem Gedränge zu erstechen.«

»So«, sagte Auguste triumphierend, »nun reden Sie wohl nicht mehr von einem Streich, *hein*? Jetzt haben Sie begriffen, daß ein Mord in der Luft liegt.«

»Bin nicht überzeugt davon, Mr Didier. Weshalb dann die anderen Versuche, giftige Briefe an Peeps, die malträtierte Zeitung und ähnliche Dinge, wenn man es auf Mr Erskine abgesehen hat?«

»Vielleicht weil unser Witzbold vortäuschen will, er sei verrückt. Sie erkennen die verdorbene Muschel nicht unter den unverdorbenen. Alles dient dazu, die tödliche Absicht zu verbergen. Und es gibt viele Gründe dafür, anzunehmen, daß Mr Erskine nicht so beliebt ist, wie es scheint. Ich habe allen Grund zu der Vermutung«, sagte er wichtigtuerisch, »daß er ein Erpresser, ein Ehebrecher und ein schändlicher Verführer ist.«

»Kein Grund, das Soufflé mit zu vielen Eiern zu verderben«, sagte Rose mit einigem Vergnügen. »Eins genügt. Welches, das ist die Frage. Ich glaube«, fuhr er fort, während er die Speisenfolge für »Plums Dahinscheiden« beäugte, die auf der schwarzen Tafel stand, »ich sollte wohl bei diesem

Umzug zugegen sein. Mir scheint, daß es da gut Ärger geben könnte ... *Sole au chablis*, eh, Mr Didier?«

Gaylord Erskine öffnete die Morgenpost. Er starrte auf einen Brief, dessen Botschaft, obgleich ohne Unterschrift, einfach war: »Tod beim Dahinscheiden.«

Sorgfältig legte er ihn auf den Tisch und blickte auf, um zu sehen, daß ihn seine Frau unverwandt beobachtete. Sie ergriff das Blatt Papier und las es sorgfältig durch. Ihre Lippen zitterten. »Oh, Gaylord!«

Er sprach schnell. »Keine Sorge, Amelia. Ich werde das der Polizei zeigen. Wir müssen dem ein Ende setzen.«

In den Küchenräumen legte Auguste liebevoll letzte Hand an die *pièces montées* des Dreiundzwanzigsten Leichten Dragoners und des Kaisers Napoleon. Dann an die beiden ziemlich hastig zusammengeschusterten Stücke für Worthingtons private Prozession. Für Worthingtons Napoleon hatte man von einem Theaterschneider rasch einen weiteren Zweispitzhut erworben, so daß die hochgeschätzte Sitte, daß die letzte Person der Prozession sich den Zweispitz aufsetzte, in diesem Falle von Worthington ausgeführt werden konnte. Die alte Sitte des Zweispitzes aus Schokolade war auf Grund eines unglücklichen Malheurs abgeschafft worden, als eines Jahres der Träger des Huts sich zu nahe an ein Kaminfeuer stellte, das in einer der Jahreszeit widersprechenden frostigen Juninacht angezündet worden war.

Der Colonel würde zu tun haben, überlegte Auguste sarkastisch. Er mußte den Treuetoast ausbringen, das Signal »Vorwärts Dragoner!« geben, Napoleon töten und den Zweispitz selbst tragen. Auguste wünschte sich nur, er könnte dabeisein und sich das ansehen. Aber er mußte die Hauptprozession anführen. Wer könnte Worthingtons *pièces montées* tragen? Er dachte kurz an Worthingtons Gesicht, falls er Emma hinschickte, und ließ den Gedanken gleich wieder fallen. Vielleicht konnte John das machen – er würde eine für den Abend eingestellte Aushilfe mitschicken, ihm zu assistieren.

Strahlend brach der Morgen von »Plums Dahinscheiden« an. Es war der 17. Juni. Das Derby mit seinen Aufregungen war vorüber. Ascot mit seinen Wonnen stand vor der Tür.

»Lieferanteneingang, Bürschchen.«

Im Angesicht der zylinderbehüteten Gewalt von Alfred Peeps erzitterte der junge Bursche hinter seiner riesigen, diskret eingewickelten Last.

»Mir hat man gesagt, hier oben.«

»Dann laufe zurück, mein Sohn, und sage Mr Didier mit einer Empfehlung von mir, daß ich dich hinuntergeschickt habe. Dies ist der Eingang für Clubmitglieder, nicht für Körbe. Ich habe schon vier davon erhalten. Und einen Korb Blumen.«

Drei Minuten danach präsentierte sich Auguste Didier vor Mr Peeps.

»Ist es nicht genug«, explodierte er, »daß ich den Fischhändler, den Fleischer, das Gemüse, die Kerzen bekomme – alle an meiner Tür? Mr Peeps, das ist eine Ausnahmesituation. Wir haben ›Plums Dahinscheiden‹. Mir kommen keine Nachtstühle durch die Küchentür.«

»Dann können Sie sie durch die Tür vom Garten hinaufschicken, Mr Didier. Durch mein Vestibül kommen sie nicht herein.«

Zwei Ebenbürtige maßen sich hier, aber die gallische List siegte.

»Mr Peeps, liegt Ihnen denn Plums Wohl nicht am Herzen? Bei mir steht ein Polizeikonstabler vor der Küchentür. Ein Hüne. Würden Sie es vorziehen, daß er sich auf die Vordertreppe stellt?«

Peeps erbleichte. »Vielleicht war ich ein bißchen voreilig. Immerhin haben wir ›Plums Dahinscheiden‹, Mr Didier. Also dann für heute mal. Sage Ihnen die Wahrheit, Mr Didier, es sind diese Briefe, die mich aus der Fassung bringen. Ich habe noch einen erhalten, verstehen Sie. Gehässig sind die. Kann natürlich kein Clubmitglied sein.«

»Die müssen Sie der Polizei zeigen«, sagte Auguste ernst.

Peeps sah ihn schockiert an. »Und Plums Club in schlechten Ruf bringen? Sie sollten mal sehen, was da drinsteht, Mr Didier.«

»Dann zeigen Sie mal her.«

Offensichtlich wünschte Peeps, er hätte nichts gesagt. Er wurde tiefrot im Gesicht und, in der eigenen Falle gefangen, übergab er dem Küchenchef den Brief. Bei Scotland Yard las Rose zu der Zeit einen auf dem gleichen Papier. Aber Peeps hatte keinen Tod zu bieten. Der Brief beschuldigte ihn nur, die Gelder falsch abzurechnen, die man ihm zum Wetten bei Pferderennen überlassen hatte, und den Hausmädchen höchst persönliche Dienste erwiesen zu haben. Auguste konnte nur mit Mühe das Lachen unterdrücken, als er ihm den Brief zurückreichte.

»Ich denke, Sie sollten das lieber Inspektor Rose zeigen«, sagte er ruhig. »Es ist offenkundig, daß das niemand glauben würde.« Zu spät fragte er sich, ob Peeps das als Beleidigung auffassen würde, soweit es die zweite Behauptung betraf, doch anscheinend war das nicht der Fall, denn Peeps sagte lediglich niedergeschlagen: »Aber was ist, wenn er glaubt, ich hätte damit etwas zu tun, Mr Didier?«

Auguste wies den Gedanken als lächerlich zurück. Doch auf dem Rückweg in die Küchenräume kam ihm in den Sinn, daß der Portier in seinem Vestibül geradezu ideal postiert war, um viele der kleinen Zwischenfälle, die sich in Plums Club ereignet hatten, selbst zu inszenieren.

Wieder begab sich Auguste hinunter in das Küchengetümmel. Nur zehn Minuten war er weg gewesen, und schon schmückten ein Haufen Körbe den Fußboden, um die fünf Küchenkräfte wie um einen Maibaum herumstanden.

»*Alors*, Gladys, die Pilze«, krächzte er. »Und wo sind die Trüffel?«

Die Tür flog auf. »Von Paxton, Mr Didier.«

»Mr Didier, ich komme von Crosse and Blackwell ...«

»Mr Didier, wohin stelle ich die *godiveaux*, jetzt wo ich sie fertig habe?«

»Mr Didier, sie haben das Wildbret nicht geschickt.«

Es war zuviel. Seit vier Uhr morgens war er auf den Beinen, um nach Covent Garden zu gehen und selbst das Allerbeste des Angebots auszuwählen. Deswegen hatte er sich sogar genötigt gesehen, eine kostbare Einladung von Emma Pryde, mit ihr das Bett zu teilen, auszuschlagen. Demzufolge fühlte er sich hin und her gerissen zwischen einem schmollenden Unmut über die Anforderungen an einen Küchenchef und einem inneren Glühen vor Rechtschaffenheit. Und die Anschlagtafel schien immer größer zu werden, bis sie die Küche mit der Auflistung dessen, was noch zu tun sei, ganz beherrschte.

»*Alors*, wo befinden sich die Rüben für die Enten *à l'aubergiste*?« fragte er. »Die Rüben!« schrie er, als er die Gesichter um sich bemerkte, denen der Mund offenstand. »Bin ich von Idioten umgeben? Die Rüben! Ist denn keiner hier, der mir Rüben liefern kann?«

»Ich gehe welche holen, Mr Didier«, sagte Mary strahlend. Alles für ihren Abgott.

Das Wildbret. Es sah Lidstone's nicht ähnlich, etwas zu vergessen. Schon wahr, ihm gefiel deren Ware nicht immer - dieses neue Hammelfleisch, das sie importierten. Doch meistens konnte man sich auf sie verlassen. Er würde mit ihnen telephonieren müssen von Mr Peeps' Stolz und Wonne aus - dem Telephonkabinett im Vestibül. Das bedeutete einen neuen Kampf. *Diable!* Wie war doch die Nummer? Wo - ah, hier - 8556.

»Senns hochklassige Tischdelikatessen«, piepste ein neuer Lieferant. Auguste dachte nicht mehr an das Wildbret und flog zur Tür. Zweifellos verkauften sie den besten Kaviar, doch die Trüffel waren nicht immer erste Klasse. Besorgt inspizierte er sie. Tief in die Inspektion der Trüffel versunken, entging ihm die Ankunft einer anderen Person.

»Das neue Küchenmädchen meldet sich zum Dienst.«

»Emma.« Er packte ihre Hand und zog sie fast herein. »Madame Pryde, ich …«

»Langsam, Auguste. Ich muß an meinen Ruf denken. Ich bin nur Emma, die Küchenaushilfe für den Tag, vergiß das nicht.«

Und tatsächlich schaute sie danach aus. Adrett und einfach gekleidet in ein Kleid aus bedrucktem Kattun mit einer großen Schürze und einer Morgenhaube über das blonde Haar gezogen, sah sie nahezu nichtssagend aus. Bis man die spöttischen Augen erblickte.

»Wird das so gehen mit mir?«

»Gewiß, Emma«, sprach er ernst. »Und nun, wo ich der Küchenchef bin, wirst du die Güte haben, *les ris de veau piqués glacés à la Toulouse* für mich zuzubereiten. Die Trüffel findest du …« Er begegnete ihrem empörten, starren Blick und hielt ihm stand.

»Also, schau mal her, Auguste, ich weiß, ich habe gesagt, daß du heute der Prinzipal bist, aber alles hat seine Grenzen. Du glaubst wirklich, ich werde Brieschen mit einem Toulouser Ragout machen, wie?«

»Auf die Francatelli-Art. Ein herkömmliches Rezept«, sagte er mit fester Stimme.

»Das ist nicht mein Rezept«, sagte Emma trotzig. »Du weißt, Brieschen sind meine Spezialität. Aber nicht *à la Toulouse*. Paniert in Tomatensauce, Brieschen Emma.«

»In Plums Club gibt es viele Gentlemen, die Tomaten immer noch für gefährliche Früchte halten. Weil sie Krebs erzeugen. Tomaten mag man nicht, Emma«, sagte er fast flehentlich.

»Gefährlich«, schnaubte sie wütend. Sie ergriff ein Messer und sagte zu niemand Bestimmtem: »Meine Rache kommt. Du wirst sehen.«

Zum erstenmal fiel ihr Blick auf die schwarze Tafel. Vorwurfsvoll blickte sie Auguste an. Dann studierte sie diese. »Du hast noch etwas hinzugesetzt«, sagte sie anklagend.

»Glaubst du, daß das zuviel ist?« fragte er fast mitleiderregend.

»Vierundzwanzig Suppen, vierundzwanzig Fischgerichte, zwanzig Vorspeisen, zwanzig andere Gänge, vierundfünfzig Zwischengerichte, das Buffet, sechsundzwanzig Braten, vierundzwanzig weitere Gänge, zwölf *flancs*, vierundzwanzig *contreflancs* und achtzig Süßspeisen? Oh, nein, Auguste, wie könnte ich annehmen, du übertreibst.«

»Mehr als zweihundert Leute werden kommen«, verteidigte er sich.

»Ich weiß. Und das ist mehr, als Soyer angerichtet hat«, sagte sie resignierend. »Nun gut, reiche mir das Hackbrett.«

In so manchem vornehmen Haus in London jagten die Dienstmädchen der Ladies herum, um der Toilette ihrer Herrinnen den allerletzten Schliff zu geben. Fast waren sie so aufgeregt wie die Damen, die sich durchaus bewußt waren, Geschichte zu schreiben, indem ihnen überhaupt Zutritt zu Plums Club gestattet wurde, ganz abgesehen von »Plums Dahinscheiden«.

Höchst erregt drehte Gertrude Briton Pirouetten vor ihrem Spiegel. Gaylord würde dort sein. Wenn er sie in rosa Seide sah mit diesen allerliebsten kleinen Puffärmeln, dann konnte er gewiß nicht anders, als sich noch einmal ganz und gar in sie zu verlieben.

Daphne Bulstrode schaute voller Zweifel ihr altes Blaues an. Das alte Blaue gehörte zu ihrer Garderobe, so weit sie zurückdenken konnte. Zum ersten Male verspürte sie Bedenken. Vielleicht hätte sie sich ein neues Kleid anschaffen müssen. Dann vertrieb sie den Gedanken. Sie liebte das alte Blaue. Das alte Blaue liebte sie. Sie würde sich Fannys Schal borgen. Das würde es ein bißchen herausputzen.

Amelia Erskine drehte ihren Kopf nach dieser Seite und nach jener, um die Wirkung einzuschätzen, während ihr das Dienstmädchen die Haare frisierte. Sie hatte sich ihre Aufmachung sorgsam überlegt. Es mußte alles stimmen. Es handelte sich um einen besonderen Anlaß. Immerhin könnte sie nächstes Jahr den Titel einer Lady tragen. Sorgfältig und selbstgefällig tätschelte sie ihre Ringellocken. Intelligent war sie nicht; sie tat, was Gaylord sagte, und er hatte zu ihr gesagt, sie würde Lady werden. Deshalb hatte sie sich vorgenommen, daß an diesem Abend nichts schiefgehen sollte. Gaylord hatte ihr versichert, daß keinerlei Gefahr bestand.

Alice Fredericks kleidete sich mit gewohnter Schicklichkeit und Zurückhaltung, wobei sie mit einiger Freude an den bevorstehenden Abend dachte. Es könnte wieder wie auf einer Gesellschaft der Armee werden. Dann fiel ihr Auge auf die Photographie auf dem Kaminsims. Das Herz wurde ihr schwer. Noch jetzt, nach siebzehn Jahren, hielt der Schmerz an.

Emma Pryde strich neugierig im Club umher. Bis jetzt hatte sie noch niemand in ihrem einfachen Kleid aus bedrucktem Kattun und dem Häubchen genauer in Augenschein genommen. Sie lief durch den Korridor rechts von Peeps' Vestibül. Hier befand sich, abgehend vom Korridor, der Rauchsalon. Das war also der berühmte Club. Wie können sich ihre Gäste nur unterstehen, dieses ungemütliche Haus Gwynnes Hotel vorzuziehen! Diese schäbigen Ledersessel, tristen Vorhänge, das ganze Haus könnte es vertragen, daß mal eine Frau Hand anlegte. Der Rauchsalon mochte ja noch angehen, aber selbst der gegenüberliegende Gesellschaftssalon war schmuddelig und nicht gerade einladend. Sie öffnete eine Tür am Ende des Korridors – wie sie gehört hatte, das Zimmer, das die Damen benutzen sollten. Sie guckte hinein und kicherte. Offensichtlich war das nicht das Zimmer für die Damen, sondern ein Abstellraum. Abgesehen von den üblichen Utensilien, mehreren Stößen Bücher, einem Grammophon mit einigen Zylinderwalzen, einer Laterna magica, einem alten Teleskop bildete es die Kammer für all das Gerümpel, das die Herren vor der Weiblichkeit zu verbergen wünschten: Drucke von Damen in fragwürdiger

Badebekleidung, Porträts von Damen, die noch weniger trugen, und dann Plums Trophäe - sie erkannte nicht, daß es sich um eine heilige Reliquie handelte, sie sah nur ein antiquiertes Stück der Anatomie eines großen Tieres. Am liebsten hätte sie es für Gwynnes Hotel gehabt.

Am anderen Ende des Clubgebäudes, versteckt zwischen dem Billardsalon und dem zusätzlichen Speiseraum, befand sich das Zimmer, das für die Damen reserviert worden war. Wiederum kicherte Emma, als sie die vier imposanten Nachtstühle erblickte, die durch Wandschirme diskret voneinander getrennt waren, und den ovalen Spiegel in der Ecke. Offensichtlich würde eins der Hausmädchen schwer zu tun haben mit diesen Nachtstühlen. Emma setzte ihre Erkundung fort, quer durch den Rauchsalon, dann stieß sie die Glastüren zum Wintergarten auf, wo sie vor der steinernen Büste Captain Plums einen spöttischen Knicks machte. Dann fiel ihr etwas ins Auge - etwas im Garten. Ein flüchtiger Eindruck - eine Gestalt ...?

Oliver Nollins machte sich allerlei Umstände - der Theorie nach - um zu überprüfen, ob für die Feierlichkeiten von »Plums Dahinscheiden« und für die Prozession alles hergerichtet war. In Wirklichkeit war er niemandem von Nutzen, sondern stand den Leuten nur im Wege herum. Sich selbst redete er ein, er sei das lebenswichtige Rädchen im Getriebe, das ohne ihn nicht funktionieren würde. Er betrat den Speisesaal, wo ein Hausmädchen die Fingerschalen aus venezianischem Glas hinstellte. Farbenfroh, stimmte er zu, aber diese neue Mode, jede Farbe des Regenbogens auf der Tafel zu haben, beeindruckte ihn nicht. Er stand für Tradition. Immerhin sah es freundlich aus, und es hatte keinen Zweck, darüber mit Auguste zu streiten, der die Tischdekoration als Teil seiner Aufgabe als Küchenchef betrachtete. Tatsächlich schien er alles, was mit dem Essen zu tun hatte, für seinen Bereich zu halten. Es gab Gelegenheiten, da erhob sich Didier über ihn, dachte Nollins verzagt. Er setzte seinen gemächlichen Rundgang durch das Gebäude fort. In den Rauchsalon. Er schnüffelte. Das war ihm schon zur automatischen Gewohnheit geworden, seit einmal ein neues Clubmitglied bei der Ungezogenheit erwischt worden war, eine Zigarette von Virginiatabak zu rauchen. Es gab einen Aufruhr, und damals konnte er den anderen Mitgliedern deswegen keinen Vorwurf machen. Schlimm genug, daß Zigaretten überhaupt gestattet wurden, aber die mit dem Tabak aus Virginia bildeten einen Hohn auf die guten Sitten, der in Plums Club niemals geduldet werden konnte - auch nicht in irgendeiner anderen anständigen Gesellschaft, was das betrifft. Weiter in den Morgensalon, aus dem gerade ein Hausmädchen mit einem leeren Kohleneimer trat. Mußte ein neues Hausmädchen sein. Die hatte er noch nie gesehen. Oder doch ...? Irgend etwas an ihr kam ihm bekannt vor. Wo hatte er sie schon einmal gesehen?

»Auguste - äh, Mr Didier ...«

»Jetzt nicht«, kreischte der gepeinigte Küchenchef, als Emma Pryde durch die Tür hereinplatzte, »nicht mitten im Lieblingspudding des Königs von Preußen.«

Emma versuchte, ihre Ungeduld zu zügeln, während er gewissenhaft den Rest des Zusammengebrauten durch das Sieb drückte, bis es langen, strähnigen Fadennudeln glich.

»Diese Deutschen«, bemerkte er. »Das ist nichts als Babykost. Reis und kandierte Süßigkeiten, wirklich!«

»Bei den Briten auch sehr beliebt«, äußerte Emma. »Was im Himmel ist das?«

»Der Lieblingspudding des Königs von Preußen«, wiederholte er geduldig. »Das heißt, das war er, bevor Bismarck kam. Anscheinend war das auch die Lieblingskost des jungen Herrn Fredericks, damals im Jahre 1865, als das Rezept das erstemal hier auftauchte. Später folgte der junge Herr Fredericks seinem Vater, dem General, in die Armee und fiel im Zululand. General Fredericks wünschte, daß diese Speise heute abend serviert würde.«

»Was für eine traurige Geschichte«, sagte Emma. »Obgleich ich sagen muß«, äußerte sie mit einem Blick auf die fertige Speise, »wenn das die Art von Fraß ist, der am deutschen Hofe aufgetragen wurde, dann bin ich aber froh, daß ich am französischen war. Stell dir Kaiserin Eugénie vor, wie sie sich an gemahlenem Reis und Mandeln weidet!«

Sie roch daran. Sie vergaß vollkommen zu berichten, was sie im Garten beobachtet hatte.

Auf dem Rückweg durch den Korridor, der den Rauchsalon zur Rückseite des Gebäudes hin vom Gesellschaftssalon auf der Vorderseite trennt, stieß Nollins mit Inspektor Rose zusammen, der vorzeitig eingetroffen war, um die Gemächer zu inspizieren, bevor das Bankett begann. Das stellte den ohnehin schon besorgten Nollins vor ein neues Problem: Wo würde der Platz des Inspektors bei dem Fest sein? Sicherlich nicht bei den Clubmitgliedern? Oder doch? War das nötig? In Nollins sträubte sich alles, weil es wohl unumgänglich war, daß Rose sich in ihrer unmittelbaren Nähe aufhalten müßte, wenn er Erskine vor jemandem mit Mordabsichten beschützen sollte. Erleichtert fühlte er sich, als er wahrnahm, daß Rose im Abendanzug gekommen war, obwohl die Hosen ein bißchen wie ein Sack an ihm herumhingen und der Anzug an den Schultern zu breit war. Immerhin handelte es sich um einen Abendanzug. Unglücklicherweise trug er noch die Tagesschuhe, aber man konnte ja nicht gleich alles verlangen, und Nollins war Rose für diese Geste wirklich dankbar.

»Guten Abend, Mr Nollins.«

»Guten Abend, Herr Inspektor. Äh - alles in Ordnung?«

»Keine Mörder, die sich als Schaumgebäckdragoner verkleidet haben, Sir. Jedenfalls soweit ich sehe.«

Dieser Scherz fand keinen Beifall.

»Auch hätte ich das nicht erwartet, Herr Inspektor. Wir befinden uns hier immerhin in Plums Club.«

»Dreiundvierzig, vierundvierzig«, schloß Auguste beunruhigt.

»Zählst du wieder die Zwischengerichte?« fragte Emma.

»Non, non, ich zähle Menschen. Zuerst zähle ich vierundvierzig Aushilfskellner, dann zähle ich fünfundvierzig, jetzt zähle ich wieder vierundvierzig.«

»Ich werde sie für dich zählen«, erbot sich Emma. »Mir macht es Spaß, Männer zu zählen.«

»Zweifellos«, kommentierte das Auguste verbiestert.

Gegen halb acht hatten sich zweihundertundneun beherzte Clubmitglieder und Ehefrauen, abgesehen von Inspektor Rose, in den normalerweise geräumigen Speisesaal gedrängt und warteten gespannt auf das Festmahl. Mit größerem Interesse als sonst wurde die Speisekarte gemustert, nachdem man Wetten abgeschlossen und in das Wettbuch eingetragen hatte, daß das Menü eine Wiederholung von Soyers Bankett für Ibrahim Pascha sein würde mit ein paar Extraspeisen, um Soyer zu übertreffen. Diejenigen, die gewettet hatten, waren enttäuscht. Es besaß keine Ähnlichkeit mit dem großen Festmahl des Reform Club, außer in der Vielfalt der Gerichte, die für sie bereitstanden und deren Appetit anregende Düfte verführersich von den Schüsseln aufstiegen, so daß alle es kaum erwarten konnten.

Die Suppen fanden allgemeinen Beifall, denn Soyers Frühlingsgemüsesuppe und seine Suppe *á la Louis Philippe* wurden als Didiers Langustencremesuppe und seiner klaren Schildkrötensuppe nicht ebenbürtig betrachtet. Tatsächlich war sich Auguste nicht ganz sicher gewesen, ob es klug war, die zweitgenannte anzubieten, auf Grund der Schwierigkeiten, die richtige Schildkrötenbrühe herzustellen - und gewiß hatte alles seine Grenzen, wenn die Schildkröte vom Koch selbst getötet werden sollte, wie es Francatelli als notwendige Voraussetzung erachtete. Vielleicht waren die Küchenräume im Buckingham Palace größer als die in Plums Club.

Emmas Augen glänzten. Hundertzwanzig Männer, und sie kannte nur ein Drittel von ihnen. Die übrigen alle potentielle Gäste von Gwynnes Hotel. Wie schade, daß sie inkognito hier war. Es war schwierig gewesen, von Auguste die Erlaubnis zu erlangen, daß sie an der Tafel bediente, denn er hatte sie darauf hingewiesen, daß sie in der Küche weitaus nützlicher wäre.

Doch nachdem sie es fertiggebracht hatte, die Gurkensauce über die Krabben statt über das Geflügel zu gießen, und ihm im Wege stand, als er gerade daranging, den *pièces montées* die Augen einzusetzen, gelangte er irgendwie zu dem Schluß, daß nunmehr die hauptsächlichen Vorbereitungen abgeschlossen waren und er in der Küche lieber selbst die Befehle gab, ohne daß Emmas sardonische Blicke auf ihm ruhten.

Im Speisesaal wählte Gaylord Erskine seine Gänge sorgfältig, indem er immer nur die Speise nahm, von der sich ein anderes Clubmitglied vorher bedient hatte. Seiner Frau lächelte er beruhigend zu, während er das *jambon glacé garni de fèves de Marais* Inspektor Egbert Rose empfahl, der angesichts des prächtigen Banketts von Auguste nahezu den Grund seines Hierseins vergessen hatte.

An einer anderen Tafel wartete Samuel Preston auf den rechten Augenblick, und Charles Briton behielt Gertrude mit Bedacht im Auge.

»Ich denke, es läuft alles gut, *hein*?« fragte Auguste besorgt, wobei die Anspannung seinem Gesicht abzulesen war.

»Ein paar hochgezogene Augenbrauen über die Brieschen *à la Toulouse*«, murmelte Emma.

Er starrte sie an. »Ernsthaft, Emma?«

»Ernsthaft, *mon cher* Auguste, ein Meisterwerk. Ein Triumph. Na, der große Soyer selbst muß dir von da oben Beifall spenden ...«

»Emma, es besteht keine Notwendigkeit zu übertreiben«, sprach Auguste würdevoll.

Sie lachte. »Werde dir was erzählen, Auguste: dir würde ich sogar eine Stelle in Gwynnes Hotel geben. Doch erwartest du wirklich, daß sie von allem auf den Tafeln kosten?«

»Natürlich«, erwiderte Auguste stolz. »Es ist alles unwiderstehlich.«

»Aber nach der Menge, Auguste, werden sie nicht mehr in der Lage sein, in der Prozession zu watscheln.«

»Wie der gute Carême dem Prinzregenten gegenüber bemerkte, *ma chère*, meine Aufgabe ist es, ihren Appetit zu wecken; ihre ist es, ihn zu zügeln.«

Von Zügelung konnte nicht die Rede sein, als die Speisen mit größerer Geschwindigkeit und größerem Eifer die Tische hinauf und hinunter gereicht wurden, als genaugenommen der Schicklichkeit entsprach. Allmählich begann sich Rose zu entspannen; tatsächlich blieb ihm gar nichts anderes übrig mit all den Speisen Augustes in seinem Bauch. Obgleich er den Rotwein strikt, wenn auch betrübt, stehenließ, übte das Essen einen Zauber auf ihn aus. Dann wappnete er sich und trank noch mehr Kaffee, wobei er der weitergereichten Flasche Portwein mit Bedauern nachblickte. Er mußte auf dem Sprung sein. Wenn jemand einen Anschlag auf Erskines Leben unternehmen sollte, dann geschähe das während der Prozession, und die würde bald beginnen. Jeden Augenblick würden sie sich erheben und sich den Damen anschließen.

»Genau fünfundvierzig«, verkündete Emma, als sie in die Küche stürmte.

»Zwischengerichte?« fragte Auguste gedankenversunken.

»Kellner, Auguste, Kellner.«

Ungefähr einhundert Damen, die im Morgensalon und im Vestibül nervös herumsaßen, warteten auf die Herren.

»Das ist ja alles gut und schön, Lady Fredericks«, bemerkte Mary Preston, die Tochter still an ihrer Seite, »aber sie könnten hier ein paar hübsche Chintzbezüge gebrauchen.« Sie schaute sich mißbilligend die schäbigen Ledersessel an.

»Sie haben recht«, warf Juanita ein, ein Traumbild von purpurnem Satin so grell wie ihre Stimme. Beide schauten sie empört an. Sie hatte man nicht gefragt. Es gab wirklich, so dachten sie insgeheim, einige entschieden seltsam aufdringliche Damen heute abend hier. Unter so einer Menge mußte es ja ein oder zwei geben, das war unvermeidlich. Man mußte eben vorsichtig sein, wen man ansprach. Selbst Mrs Erskine zum Beispiel. Ein Schaf gekleidet als Lamm. »Diese lächerlichen Ringellocken«, zischte Mrs Preston. »Was glaubt sie denn, wo sie ist? Auf einem Maskenball? Und dieses Kleid … ekelhaft tief und weit ausgeschnitten. Sie schaut *enceinte* aus …« Das erinnerte sie unangenehm an ihre Tochter, und sie verstummte.

Mrs Nollins warf einen Blick auf die Standuhr, sich bewußt, welches Verhalten ihr Gatte von ihr erwartete. »Es ist, glaube ich, Zeit, daß sich die Herren zu uns gesellen. Für den Umzug.«

Ängstlich drückte sich Auguste herum, als je vier Kellner die beiden *pièces montées* auf die Schulter hoben. Im wahrsten Sinne des Wortes wurden solche *pièces montées* in Gestalt von Napoleon und einem Dragoner auf Gestellen in den Speisesaal getragen, die formvollendetsten Tortenwerke aller Zeiten. Der Dreiundzwanzigste Dragoner bestand aus einem Gerüst von Savoykuchen, bedeckt mit Creme, seine rote Jacke ein Netz von Erdbeeren, das Gesicht aus Baiser geschnitten, gekrönt von einem Tschako aus Schokolade, aus der auch das Schwert bestand, auf das er sich leicht stützte. Seinem Status als Feind entsprechend, war Napoleon ein nicht ganz so großartiger Gegner in einem Schokoladenmantel und mit dem ausgeliehenen Zweispitz.

Auf diese imposanten lebensgroßen Figuren folgten zwei weitere Bedienstete mit geringerer Last. Sie trugen einen kleinen Napoleon und einen noch kleineren Dragoner, beide nur zwei Fuß groß, und obgleich man Didier nicht genau vorwerfen konnte, mit dem Detail geknausert zu haben, konnte der aufmerksame Beobachter entdecken, daß die Haare nicht so sorgfältig geformt waren wie die der größeren Kuchenbrüder. Schließlich sollte Colonel Worthington den einzigen Teilnehmer der zweiten Prozession bilden. Unglücklicherweise trug der kleinere Napoleon auch einen ausgeliehenen Zweispitz normaler Größe, der in dem Falle die edlen Züge des Kaisers verbarg.

Als sich der Dragoner näherte, nahmen die Clubmitglieder ehrerbietig militärische Haltung an, während die Frauen etwas unbehaglich an ihrer Seite standen. Das schien ein feierlicher Augenblick zu sein, obwohl sie nicht begreifen konnten, wieso. Gertrude neigte dazu, zu kichern, änderte aber ihre Meinung schleunigst, als sie Charlies Augen auf sich ruhen fühlte. Für Auguste spielte es keine Rolle, wenn sich jetzt eine Katastrophe ereignete; seine Kreationen hatte man nun gesehen und bewundert, seiner Kunst die ihr gebührende Anerkennung gezollt. In dem Kerzenlicht, das der Prozession vorangetragen wurde, wirkten die Figuren um so imposanter.

Oliver Nollins' Spannung ließ nach. Er freute sich immer über den Umzug, und das war auch dieses Jahr der Fall, selbst wo nun Frauen dabei waren. Was spielte es überhaupt für eine Rolle, was sie von dem Ritual hielten? Plums Club war stolz darauf. Es gehörte zur Tradition.

»Gentlemen, Ladies«, sagte er, »bitte erheben Sie Ihr Glas. Auf Captain Harvey Plum, unseren Gründer.«

»Gott segne Captain Plum!« Der Ruf gellte durchs Haus. Langsam, majestätisch wurde der Dragoner gedreht, so daß er nun zur Tür blickte. Auguste und Nollins folgten. Sie führten die Prozession an; hinter ihnen leerten sich die Tische, bis eine lange Schlange, zwei und zwei, den Speisesaal verlassen hatte. Selbst das Geplapper der Damen ebbte etwas ab. Konnte es sein, daß sie beeindruckt waren von der Pracht dieses festlichen Ereignisses?

Gaylord und Amelia Erskine bildeten die Nachhut mit Inspektor Rose, der dies für die sicherste Position hielt. »Ich werde dem alten Worthington melden, daß die Luft rein ist«, sagte Gaylord.

Selbstverständlich hatte sich Colonel Worthington geweigert, das Dinner in einem der Speiseräume einzunehmnen, die sozusagen infiziert waren von Frauen, und aß als Einsiedler im Rauchsalon mit den tröstlichen Erinnerungen an Krieg, nicht an Frauen. Südafrikanische Speere, Martini-Henry-Gewehre, Revolver, eine Standarte oder zwei, mit gelegentlichen Zugeständnissen an andere Berufe, das war mehr nach seinem Geschmack. In so einem Raum, da konnte man sich zu Hause fühlen.

»Er wird noch zehn Minuten warten und dann den üblichen Weg nehmen«, berichtete Gaylord und wandte sich an die Kellner, welche die kleinen Figuren trugen. »Bringen Sie ihm seinen Dragoner in fünf Minuten hinein, ja?«

Zuerst das Souterrain. Das Ritual schrieb vor, daß alle Teile des Gebäudes, alle Räume des Clubs aufgesucht werden.

Auguste schloß die Augen und betete, daß sie es nicht für erforderlich halten würden, die Runde durch seine Küchenräume allzu übertrieben auszudehnen. Ihn plagte die Vorstellung, daß Frauenhände in seinen kostbaren Rezeptbüchern herumstöbern würden, während man die Speisekammer für Wildbret inspizierte. Glücklicherweise war er, da er die Prozession anführte, in der Lage, dafür zu sorgen, daß die Menge nur einen kurzen Rundgang durch die Küchenräume nehmen würde, und nur ein ähnlich kurzer Blick würde vom Korridor aus in die Herrentoilette gestattet werden, um ein Lippenbekenntnis zur Hygiene ablegen zu können und weil es der Anstand gebot. Zum Glück war überall im Club die Beleuchtung auf das Notwendigste beschränkt worden, um der kerzenbeleuchteten Prozession noch mehr Würde zu verleihen. Infolgedessen tauchte die

Prozession ziemlich rasch aus dem Souterrain auf, um zu den oberen interessanteren Gemächern des Gebäudes weiterzuschreiten. Zu den Logierräumen, den Wäschekammern, wo die Frauen über die mangelnde Qualität des Bettzeugs und über die notwendige Kontrolle der Hausangestellten betreffs des Bettenmachens ihre Zungen wetzten. In der Bibliothek wurde die erste Zeremonie abgehalten: der Salut für den Herzog von Wellington. Daß es dem Herzog an Interesse für die Feinheiten der Küche ermangelte, war schon zur Legende geworden, und er blickte mit allerhöchster Gleichgültigkeit von seinem Gemälde herunter auf seinen Sahne-Baiser-Soldaten und auf seinen alten Widersacher, als Nollins ein dreifaches Hurra auf den Herzog ausbrachte.

Wieder unten, fand der Dragoner fast sein Ende, das so unerfreulich wie das seiner lebenden Ebenbilder im Spanischen Krieg war, als er viel zu elegant in den Bereich eines Schwertes gedreht wurde, das Nollins hin und her schwang. Als Nichtmilitär fühlte er sich nicht wohl, Waffen zu tragen, selbst wenn es einem so edlen Zweck diente: dem Treueid auf die Traditionen von Plums Club. Aus irgendeinem Grund wurde er im Morgensalon unter der Reliquie des Nilpferds abgelegt. Für heute hatte man die Trophäe entfernt, und die Damen wunderten sich, wieso ihre Männer einem kleinen Druck von Grace Darling zujubelten, die 1838 vier Männer und eine Frau aus Seenot gerettet hatte – ein Meisterstreich von Nollins, dachte er jedenfalls.

Und nun in den Gesellschaftssalon. Gegenüber der Tür hing ein schlechtes Porträt des affektiert lächelnden Captains Plum, und über dem Kamin, wo trotz der warmen Jahreszeit noch ein kleines Feuer glühte, hing der kostbarste Schatz des Clubs, das Ölgemälde vom »Angriff bei Talavera«. Der Dragoner kam darunter zum Halt – nicht zu nahe, damit die Creme nicht schmolz und die Erdbeeren nicht herausfielen.

Nollins begann seine Rede loyaler Ergebenheit den Traditionen gegenüber, die der Captain (oder genauer: seine Witwe) gestiftet hatte. Die Rede dauerte lange, und Auguste gingen die Gedanken im Kopf herum, Gedanken an all die Arbeit, die er in die Anfertigung dieses Dragoners gesteckt hatte, nur um …

»Hussah! Vorwärts Dragoner!« schrie Nollins und stieß das Schwert - es soll Plums gewesen sein - erfolglos Napoleon ins Herz, trennte ihm statt dessen den unter dem Mantel verborgenen Arm ab. Sofort folgten etwa ein Dutzend oder so weitere Schwerter, gestoßen in das weiche Innere des Kaisers.

Umgehend sprang Auguste in Aktion. Aus dem Nichts erschienen Teller, Tischpersonal tauchte wie durch Zauberei auf und zerschnitt den armen Napoleon portionsgerecht für jene, die nach der Prozession etwas von ihm zu sich nehmen wollten. Eine etwas ehrerbietigere Behandlung erfuhr der Dragoner, den Auguste mit seinem besten Messer ausweidete. Dem Brauch gemäß nahm der letzte in der Prozession - in diesem Falle Gaylord Erskine und nicht Egbert Rose - Napoleon den Zweispitz ab und setzte ihn sich auf den silberhaarigen Kopf.

Und nun wurde das Lied vom Dahinscheiden angestimmt. Heisere und zitternde Stimmen - alt und jung - fielen ein, als sich die Prozession ohne jegliche Ordnung aus dem Gesellschaftssalon über den Korridor in den Rauchsalon drängte zu den letzten Stationen des Umzugs. Das Lied auf den Lippen würde sie durch die Glastür zum Lieblingsplatz der Witwe bringen, wie der Wintergarten genannt wurde, dann zurück in das Haus durch die Gartentür am hinteren Ende des Gebäudes in das Billardzimmer, dann in die Speiseräume zum letzten Treuetoast auf Ihre Majestät. Zehn Minuten hinter ihnen grüßte Colonel Worthington den Ort, wo normalerweise Plums Trophäe hing, wobei er entschlossen die Tatsache ignorierte, daß der geheiligte Platz von einer verdammten Dame eingenommen wurde.

Aus einem unerklärlichen Grunde machte sich Rose

Sorgen. Er, Auguste und Erskine bildeten die Nachhut, als sich die Menge durch das Halbdunkel des Rauchsalons schob, wo noch die Überreste von Worthingtons Mahlzeit, einschließlich des Lieblingspuddings des Königs von Preußen, wie Auguste verärgert bemerkte, herumstanden. Dann zuckelten sie zäh weiter in den Wintergarten, der abgesehen vom Licht einer Kerze unbeleuchtet war. Die Büste von Captain Plums Kopf zur Rechten war mit Blumen umkränzt; eine Reihe kleiner Statuen nackter Nymphen, die Sir Rafael Jones jedesmal, wenn er sie sah, grün vor Neid werden ließ, blickte zu den Gentlemen anhimmelnd auf. Jedes Clubmitglied, das durch den Wintergarten kam, verbeugte sich tief vor dem Captain, drehte sich dreimal herum - der Grund dafür war der Vergessenheit anheimgefallen - und folgte den Vorgängern in den Garten, dann wieder zurück ins Haus durch die Gartentür und von dort in die Speiseräume. Die Gattinnen, die sich bemühten, die gleiche Ernsthaftigkeit wie die Männer an den Tag zu legen, folgten ihrem Beispiel. Es dauerte in der Tat eine ganze Weile, bis Rose und Erskine als letzte durch die Tür zum Lieblingsplatz der Witwe gelangten, um ihre Ehrerbietung zu erweisen. Jedenfalls Erskine tat das, Rose nicht. Es gab Gelegenheiten, bei denen er absolut keine Notwendigkeit verspürte mitzumachen.

Als Erskine mit seinen dreimaligen Drehungen beschäftigt war, durchdrangen Roses Augen statt dessen die Dunkelheit draußen und erhaschten einen Schimmer von etwas, einen Schatten, nichts Bestimmtes. Dann war es verschwunden. Eine Lichtspiegelung vielleicht, dachte er müde, oder eher ein Schattenspiel, aber je eher sie wieder drin wären, um so wohler wäre ihm.

Doch es dauerte volle fünfundzwanzig Minuten, bis sie alle durch den Billardsalon gezogen und in den Speiseräumen angelangt waren. Sie nippten an ihrem Brandy, die Tische hatte man abgeräumt und zurückgeschoben, als ein markerschütternder Schrei erklang. Der Schrei eines

Mannes. Nicht aus Angst, nicht aus Schrecken, sondern so etwas dazwischen.

Instinktiv ergriff Rose Erskines Arm, um sich zu vergewissern, daß sein Schützling sich sicher an seiner Seite befand.

»Was war das?« fragte Nollins beunruhigt mit düsterem Blick. Offensichtlich konnte man das nicht ignorieren, und er machte sich daran, die Herkunft des Schreis zu erkunden. Rose handelte schneller und trieb Erskine an, mitzugehen – für alle Fälle. Von der Küche kommend, war Auguste noch eine Spur schneller. Zur gleichen Zeit erreichten sie die Tür zum Rauchsalon. Im Halbdunkel kam Worthingtons Gesicht zum Vorschein. Sogar in der Düsternis konnten sie erkennen, wie bleich es war. Er stand in der Tür zum Lieblingsplatz der Witwe, hielt sich an der geöffneten Glastür fest, schwer keuchend, das Gesicht unter dem napoleonischen Zweispitz ganz weiß.

»Mein lieber Freund«, sagte Nollins entgeistert, während er die Lampe anzündete. »Lassen Sie mich Ihnen helfen. Was ist los?«

Andere folgten rasch nach, und ihn umringte bald eine kleine Gruppe.

»Tut mir leid«, murmelte Colonel Worthington, »ein kleiner Schock. Habe ein Geräusch gehört. Dachte, ich sehe jemanden, den ich kenne, am Lieblingsplatz der Witwe. War nicht richtig. Niemand da.« Schamrot, weil er so eine Aufregung verursacht hatte, ließ er sich in einen Sessel sinken.

»Einen schwachen Tee, das wäre das richtige.«

»Hirschhornsalz«, sagte Erskine, der sich nach vorn manövrierte, wobei er mit seinem Zweispitz Worthingtons Gegenstück unabsichtlich über dessen Stirn schob. »Das braucht man bei einem plötzlichen Schock.«

»Verschwinden Sie«, sagte Worthington gereizt. »Ich lasse mich doch hier nicht wie im Zoo anstarren. Brandy, ich möchte meinen Brandy haben.« Er nahm das Glas vom Tisch auf. Dann bemerkte er die schreckliche Wahrheit. Die Augen traten ihm hervor. »Frauen«, brüllte er, als er die interessierten Zuschauerinnen sah, die ihm alle gute Ratschläge erteilten. »Schafft sie hinaus! Ist man in seinem eigenen Club nicht einmal sicher vor ihnen? Laßt mich allein, alle zusammen!«

Sie ließen ihn allein.

»Mrs Pryde, nicht wahr?« fragte Erskine leicht amüsiert.

Emma, die gerade dabei war, Kaffee einzuschenken, und dem ihre ganze Aufmerksamkeit widmete, blickte nicht auf.

»Kommen Sie, Emma, diese bescheidene Tracht kann doch die große Mrs Pryde nicht verbergen.«

»Ich habe Ihnen nichts zu sagen, Gaylord«, meinte sie, kurz angebunden. »Überhaupt nichts.« Dennoch sprach sie einige Augenblicke ernst mit ihm.

»Gaylord, gefällt dir denn mein Kleid?« fragte Gertrude arglos.

Er sprang auf und schaute sich ängstlich um, um sich zu vergewissern, daß sich Amelia nicht in der Nähe befand. »Ah, sehr schön, Mrs Briton. So schön wie die Dame, die es trägt«, ließ er recht gekünstelt verlauten, wobei er den Zweispitz schwungvoll zog.

»Gaylord, ich muß dringend mit dir sprechen«, sagte Gertrude und blickte dabei Inspektor Rose bedeutungsvoll an, woraufhin der sich zurückzog. Erskine schaute ihm fast flehentlich nach, doch Rose war verschwunden. Nur Charlie Briton hielt sich in der Nähe auf. Ganz in der Nähe.

Der Augenblick war gekommen. Als er Erskine wieder allein antraf, nachdem Gertie die Gelegenheit wahrgenommen hatte, erneut etwas mit ihm zu bereden, rüstete sich Samuel Preston zum Angriff. Er ließ Rose in der Obhut seiner Frau und ging zielbewußt auf ihn zu. Auch sie führten mehrere Minuten lang eine ernste Unterhaltung. Gaylord Erskine erbleichte und warf Sylvia einen schnellen Blick zu. Diesem Blick folgte Samuel Preston und sprach dann weiter.

Sir Rafael Jones stand neben der Tür, als Augustes Personal hinein und hinaus wirbelte, und während er den überfüllten Raum überschaute, sann er über das Für und Wider des den Damen erlaubten Zutritts nach. Nicht, daß ihm das Sorgen machte. Es würde in seinem Leben niemals eine Frau geben, die er in Plums Club führen würde. Viele von den anwesenden Damen hatten ihm Modell gesessen. Juanita Salt – ihn schauderte es bei dem Gedanken daran. Amelia Erskine, sie schwatzte wie ein Wasserfall, als sie sich selbst Kaffee eingoß, ganz gleich, ob jemand zuhörte oder nicht. Er hatte gut daran getan, sie nicht zu malen. Alice Fredericks – gute Figur, könnte sich lohnen, sie anzusprechen. Gertie Briton – er zog eine Grimasse. Diese Preston-Frauen, die Samuel in sklavischer Ergebenheit umringten – langweilig, absolut langweilig. Seine Augen wanderten weiter zu den Männern. Vielleicht sollte er einmal anfangen, dieses fruchtbare Feld zu beackern. Wenn sein Problem erst gelöst wäre, würde er sich das noch einmal durch den Kopf gehen lassen.

Oliver Nollins entspannte sich in einer Ecke mit einem Glas Portwein. Der Abend war fast vorüber, und alles war gut gegangen. Gott sei Dank. Plums Club war schließlich doch nicht das schlechteste.

»Monsieur Didier, was soll ich tun …«

In welcher Angelegenheit John auch immer einen Rat wünschte, er würde warten müssen. Denn in dem Augenblick vernahm man den unverwechselbaren Knall eines Revolverschusses irgendwo in der Ferne. Abrupt brach die Unterhaltung ab, der Raum verwandelte sich in ein Tableau, als jeder erstarrte. Rose bewegte sich als erster, stürzte zur Tür hinaus in die Richtung, aus der der Knall gekommen war, gefolgt von so vielen der zweihundert Leute, wie sich gleichzeitig durch die Tür quetschen konnten. Vom Anprall der Menschenleiber gegen die Wand gedrückt, fand Auguste, als er wieder freikam, den Korridor zum Rauchsalon verstopft.

»Gaylord!« kreischte Amelia Erskine hinter ihm. »Dem Himmel sei Dank, du lebst!«

Also war Erskine nichts geschehen - wem dann?

»Pewegwine«, jaulte Juanita, »was ist los? Kommen die sudanesischen Muschkoten?«

»Das sind die Anarchisten«, blökte Atkins wirklichkeitsnäher.

Es war keiner von beiden. Oder falls sie es doch waren, hatten sie sich ein seltsames Ziel gewählt. Colonel M. Worthington lag tot auf dem Boden des Wintergartens, ins Herz geschossen, ein Webley-Revolver neben ihm.

Augustes erste Gefühlsregung, als er sich den Weg zum Lieblingsplatz der Witwe bahnte, um sich zu Rose und einem betäubten, kreideweißen Nollins zu gesellen, war Überraschung. Worthington? Da sich alle ihre Gedanken nur um die Möglichkeit gedreht hatten, daß Erskine einen plötzlichen Tod erleiden könnte, war es schwierig, sich mit der Tatsache vertraut zu machen, daß Worthington tot vor ihnen lag, der so lange die Zielscheibe des Spotts im Club abgegeben hatte. Auguste schluckte hastig, überkommen vom Mitleid mit allem, mit den verschwendeten Jahren, den Wörtern, die nun nicht mehr aus dem geschwätzigen Mund fließen würden.

»Laßt die Damen nicht herein«, war Nollins' erster spontaner Gedanke. »Das würde er nicht wollen. Und« - mit mehr Verstand zu einem der Bediensteten, als er sich darauf besann, daß ein Clubmitglied helfen konnte, trotz dessen hehren Status als Arzt der königlichen Familie - »hole Dr. Hasleton. Ich glaube, er ist noch da. Dann macht hier drin Licht.«

Inspektor Rose beugte sich über den Toten, dann richtete er sich auf. »Peeps soll mein Büro anrufen, wollen Sie ihm das sagen, Mr Nollins? Er soll nach Sergeant Stitch fragen.«

»Selbstmord, sicher«, sagte Nollins zaudernd. Die kalte Angst überkam ihn.

»Guter Gott«, sagte Bulstrode erstaunt. »Der arme alte Worthington. Er wußte, daß er alle langweilte, habe aber nie gedacht, daß er sich das so zu Herzen nehmen würde. Selbstmord, wie?«

»Vielleicht«, sagte Rose, während er einen Blick mit Auguste wechselte. »Oder Mord.«

»Mord?« rief Erskine entrüstet. »Aber ich war es doch, der ermordet werden sollte!«

5. Kapitel

Nollins' normalerweise engelhaftes Gesicht zeigte eine Mischung von Gefühlen: Grauen, Schrecken, Unglaube und übertriebene Hoffnung - das letztere eine dringliche Bitte -, daß seine eigene mißliche Lage irgendwie begriffen würde. Er war sich bewußt, daß er eigentlich daran denken sollte, wie traurig ein plötzlicher Tod sei, wie wenig kalkulierbar das Leben und welche Tugenden den verstorbenen Colonel Worthington auszeichneten. In Wirklichkeit beschäftigte ihn ausschließlich, wie die Clubmitglieder den Abtransport der Leiche und die Auskünfte über die Gründe für den Mord hinnehmen würden, ob er an dem Begräbnis teilnehmen müßte und wie sich alles auf den Ruf von Plums Herrenclub auswirken würde. Selbstmord vielleicht. Das war zu erwarten in den Gemächern des Clubs, auch wenn man es mißbilligen mußte. Aber das Undenkbare - ein Mord?

Nun, ein Mord bedeutete, daß ... nein, den Gedanken verbannte er entschieden aus seinem Kopf. Warum, o warum nur wurde er dieser Qual ausgesetzt? Er kam sich vor wie die verwunschene Lady von Shalott. Und Gott weiß, was Jessie zu ihm sagen würde, wenn - oder genauer gesagt, falls - er nach Hause käme. Das heißt, falls - plötzlich zusammenzuckend erinnerte er sich, daß seine Frau immer noch hier sein müßte, geduldig wartend, nach Hause gebracht zu werden.

Er würde stracks den Stier bei den Hörnern packen: »Kein Mensch, Herr Inspektor, hätte den Wunsch gehabt, Colonel Worthington zu ermorden. Ich bedaure sagen zu müssen, daß er vielleicht nicht zu den beliebtesten Clubmitgliedern zählte, aber er gehörte zu Plums Club. Mord kommt nicht in Frage.« Seine Stimme verfiel in den gleichen Ton, in dem er mit beträchtlicher gespielter Tapferkeit die sich anbahnende Meuterei über die Erhöhung der Lunchpreise erstickt hatte.

Inspektor Rose ließ sich nicht so leicht mundtot machen. »Kein Brief, Mr Nollins? Gewöhnlich gibt es da immer irgendeinen Brief. Außerdem, von ihm durfte man wohl kaum annehmen, daß er hierherkommt, um sich zu erschießen, nicht wahr? Würden Sie das nicht unfair nennen?«

Sicher würde Nollins das so nennen. Aber nicht so unfair wie Mord. »Bedeutet das, daß Sie alle Leute hierbehalten wollen, Herr Inspektor?« fragte er mit noch weiter absinkendem Mut.

»Polizeikonstabler Peek wird die Namen und Adressen von allen notieren, die gehen wollen«, sagte Rose. »Aber jetzt noch nicht. Erst wenn meine Jungs ihre Arbeit getan haben. Ihre Clubmitglieder und deren ehrenwerte Damen werden im Augenblick an Ort und Stelle bleiben müssen.«

In dem Moment trafen »die Jungs« ein. Vor der prächtigen Aufmachung von Melonen, Helmen und schweren schwarzen Stiefeln schrak Nollins zurück. Es war, als hätte sich Plums Club der Besetzung durch einen Feind unterworfen. Auf Sergeant Stitch paßte das Wort »Junge« nicht unbedingt.

»Guten Abend, Twitch - äh, Stitch«, begrüßte ihn Rose mürrisch.

Stitchs Augen funkelten, als er dieses ausgeleierte Bonmot mit Fassung ertrug. Er quittierte es lediglich mit einem leichten Zucken der Nase. Eines Tages ... Der Tag war noch nicht gekommen. Seine Laufbahn hatte er sich schon vollständig zurechtgelegt - in seiner Vorstellung wenigstens.

»Guten Abend, Herr Inspektor.«

»Machen Sie sich ein paar Notizen, Stitch.«

Stitch zog ein großes Notizbuch heraus, ebenso einen dicken Bleistift und nahm die Haltung eines dienstbeflissenen Sergeanten ein, der mit einer Beförderung rechnet; der Arzt untersuchte unterdessen die Leiche.

»Verstorben«, verkündete er formell, wenn auch unnötig.

Kein Mensch hatte das auch nur einen Augenblick lang bezweifelt, nachdem man den dahingestreckten Körper gesehen hatte, das rotbesudelte Etwas, das einmal Colonel Worthingtons Abendanzug gewesen war, den starren Blick.

»Ist das die Waffe?« fragte Rose gleichermaßen formell.

Der Arzt warf einen Blick auf den alten Webley-Revolver in Roses Händen. »Haben Sie die Waffe hier gefunden?«

»Neben ihm.«

»Das könnte sie schon sein«, sagte der Doktor mit Vorsicht.

»Dann muß es sich um Selbstmord handeln«, unterbrach Nollins erleichtert. »Das ist der Webley, den der junge James bei Rorke's Drift benutzte – er hängt im Rauchsalon an der Wand.« Er rannte fast los, um diese wichtige Einzelheit zu überprüfen, und berichtete dann, daß seine Annahme richtig war. Unter den etwa hundert Waffen von Lanzen bis Gewehren, die die Wände des Rauchsalons schmückten, befand sich ein leerer Platz.

»Ich bezweifle, daß es Selbstmord war«, bemerkte der Arzt. »Keine Schmauchspuren zu erkennen. Ich würde sagen, er wurde aus einer Entfernung von wenigen Yards erschossen.«

Aller Augen wanderten ans Ende des nun in Dunkel getauchten Lieblingsplatzes der Witwe, des Wintergartens also, wo der Kopf von Captain Plum voller Entrüstung auf diese Entweihung seines Lebenswerks herunterstarrte.

Rose schaute auf den Revolver in seiner Hand. Dem Buch nach, das er gelesen hatte, würde ihm dieses metallene Ding alle Antworten liefern. Fingerabdrücke. Doch bislang hatte noch niemand eine Methode entwickelt, wie damit zu verfahren sei. Dennoch faszinierte ihn der Gedanke. In der Zwischenzeit ...

»Mord«, sprach Rose finster. Schließlich hatte er sich ja dienstlich hier befunden, und er hielt nicht viel davon, sich zum Narren halten zu lassen. »Mord ohne jeden Zweifel.«

»Du hattest recht, *ma mie*, zweifelsohne«, sagte Auguste nüchtern zu Emma in der Küche. Ein kräftiger Polizist bewachte die Tür, während das Küchenpersonal, hin und her gerissen zwischen Pflicht und Aufregung (und Angst vor Augustes Zorn), geschäftig herumrannte und so tat, als hätten alle viel zu tun, während sie in Wirklichkeit nur ständig wechselnde Gruppen bildeten, in denen sie die verschiedenen Seiten der abendlichen Ereignisse beleuchteten.

Emma runzelte die Stirn. Einen Augenblick abgelenkt durch das Grübeln darüber, ob das *nougat aux amandes* wirklich seiner Qualität entsprach, bemerkte Auguste das nicht.

»Irgend etwas war also doch faul bei Plums, *hein*? Etwas, das zu einem Mord führte«, fuhr Auguste fort. Er fühlte sich sowohl niedergeschlagen als auch empört. Diesen Mord zu verhindern war seine Aufgabe gewesen. Den Verdacht, daß jemand umgebracht werden sollte, hatte er ja nicht ausgeschlossen – obgleich er nicht an dieses Opfer gedacht hatte –, und es war ihm nicht gelungen, davor einzugreifen.

»Man kann das nicht wissen«, bekundete Emma. »Es könnte jemand gewesen sein, der sich die Streiche des Witzbolds zunutze machte, um seine eigene schmutzige Arbeit zu verrichten.«

Bei dieser ungebetenen Einmischung in seinen ureigensten Bereich vergaß Auguste das *nougat*. Er war doch der Detektiv. Seiner Widerrede kam jedoch der Auftritt Nollins' zuvor, der sich persönlich in die Küche begeben hatte – ein Zeichen dafür, wie ungewöhnlich die Situation war.

»Mr Didier«, begann er traurig, »sehr unglücklich, ich weiß, aber – äh – es gibt da oben einige Anzeichen von Unruhe« (wie üblich eine Untertreibung), »weil es niemandem gestattet ist, nach Hause zu gehen. Ich frage mich, äh ... ich frage mich, ob man nicht ein paar leichte Erfrischungen reichen könnte ...« Seine Stimme verlor sich, als er sah, wie Auguste der Mund offenstand. »Ein paar leichte Erfrischungen«, wiederholte er zaghaft, als er die Reste des Gemetzels erblickte, die überall in den Küchenräumen herumlagen. Erst die Hälfte war von den Mädchen an den Spülbecken beseitigt worden. Auf jedem freien Platz standen noch halbabgegessene unappetitliche Teller herum. Trotz der Ermahnungen Augustes hatte der plötzliche Todesfall jede Lust auf den Abwasch im Keim erstickt.

»Komm, los, Auguste«, sagte Emma aufmunternd. »Warum nicht? Du wirst dich doch nicht lumpen lassen, oder? Vergiß nicht, die haben Hunger, Auguste. Du sagst doch immer, es verstößt gegen deine Prinzipien, daß jemand hungert. Natürlich«, fügte sie mit lässiger Geste hinzu, »könnte ich jederzeit etwas von Gwynnes Hotel herschikken lassen ...«

Wütend starrte er sie an und wandte sich dann förmlich an Nollins. »Es macht keine Umstände, Sir«, sagte er, »ein kleines leichtes Abendbrot herzurichten - vielleicht einen bunten Teller, kaltes Fleisch und etwas von den abgetragenen Speisen, klein zerhackt und scharf gewürzt vielleicht, eingelegte Gurken und pikante Walnußsauce und die Tortenfiguren, die ich in Reserve habe ...«

Das Eintreffen der Speisen - und des Rotweins - lenkte für eine Weile die Aufmerksamkeit von den unglückseligen Begebnissen ab, die sich zur fünfzigsten Prozession in Plums Club ereignet hatten. Es war immerhin schon früh am Morgen, und einige mußten schon vormittags ihren Geschäften nachgehen. Zum Beispiel ihren Schneider aufsuchen.

Schließlich trat Sergeant Stitch ein, erfüllt von seiner Bedeutung als Gesetzeshüter und vom Inneren des Herrenclubs nicht sonderlich beeindruckt. Es war ein düsteres altes Haus. Mußte mal ein bißchen aufgefrischt werden. Irgendeine hübsche Blumentapete vielleicht

»Ruhe!« brüllte er. Erstaunlich, die Clubmitglieder gehorchten aufs Wort. Über diesen Erfolg errötet, fuhr Stitch fort: »Sie dürfen jetzt gehen, Ladies und Gentlemen, aber der

Konstabler hier wird sich Ihre Namen und Adressen notieren.«

»Was macht dieser Grünschnabel hier?« dröhnte Bulstrode zu seinem Nachbarn. »Haben wir schon angefangen, Laufburschen von der Straße hier hereinzulassen, wie?«

Ins Mark getroffen, da seine Stellung in Zweifel gezogen worden war, deutete Stitch darauf hin, daß es sich hier möglicherweise um einen Mordfall handelte.

Die atemlose Stille, als Grace im Jahre 1895 bereitstand zu seinem zweitausendsten Lauf, war nichts gegen die Ruhe, die nun im Speisesaal von Plums Herrenclub herrschte, als man diese Mitteilung aufnahm. Bisher war es im Gespräch darum gegangen, was den armen alten Worthington wohl dazu gebracht haben mochte, Hand an sich zu legen. Denn Selbstmord war letztendlich etwas, wozu Gentlemen von Zeit zu Zeit getrieben wurden. Ermordet zu werden, dazu nicht. Im Verborgenen machte sich das Gefühl breit, daß das ein verdammt schlechtes Benehmen war.

»Mord?« wiederholte Salt schockiert, begleitet von einem Chor furchtsamen Geschreis der Damen. »Sind Sie sicher?«

Stitch schwankte zwischen seinem Stolz und seinem Gewissen. Es stand schließlich offiziell noch nicht fest. Dann schlug er alle Vorsicht in den Wind.

»Ins Herz geschossen mit dem Webley-Revolver aus dem Rauchsalon«, verkündete er genüßlich.

»Mit dem Webley des jungen James?« röhrte Bulstrode. »Der, mit dem er bei Rorke's Drift die Zulus aufhielt? Gott, der Bursche ist kein Gentleman.«

Heute abend wurde das von der Gesellschaft als nebensächlich erachtet, denn alle waren genausosehr bestürzt über sich selbst wie über Worthington. Plums Club war heute abend gewiß nicht Plums Club. Er hatte sich als sterblich enthüllt, verletzbar durch die Mächte der Welt draußen. Nicht mehr unangreifbar; er konnte ihnen nichts mehr als Bollwerk gegen die eigene Zerbrechlichkeit bieten.

»Mein lieber Inspektor.«

Ärgerlich blickte Rose von der Szene des Verbrechens auf, in die er sich versenkt hatte.

Erskine schluckte hastig. Am Lieblingsplatz der Witwe wurde der Leichnam Colonel Worthingtons behutsam auf eine Trage gelegt, bereit zu seinem letzten Abschied von Plums Club.

»Verzeihen Sie meine Einmischung, aber Ihr Sergeant erzählte uns, daß es sich möglicherweise um einen Mord handelt. Ist das richtig?«

»Wahrscheinlich, Sir, ja«, erwiderte Rose, wobei er daran dachte, daß es nötig war, mit Stitch ein Wörtchen zu reden. Twitch machte nur selten einen falschen Schritt, aber wenn ... Rose gefiel es, daß er es war, der ihm Bescheid sagen würde.

»Dann sollte ich das Opfer sein!« rief Erskine dramatisch.

»Tatsächlich?« Vor Rose tat sich ein gähnender Abgrund auf, obwohl sein Gesicht unbewegt blieb.

In dem Gefühl, daß er Roses ganze Aufmerksamkeit für sich hatte, haspelte er weiter: »Irgend jemand muß gesehen haben, wie Colonel Worthington im Wintergarten den Zweispitz trug, und hat ihn mit mir verwechselt.«

»Kaum wahrscheinlich, Sir, nicht wahr? Schließlich, wenn er glaubte, daß Sie es dort im Wintergarten sind, dann bestand die Gefahr, daß ihn Worthington vom Rauchsalon aus erspäht hätte, ganz zu schweigen davon, daß Worthington in dem Augenblick, in dem er ihn entdeckt hätte, zufällig einen Revolver in der Hand gehalten hätte.«

»Dann«, sagte Erskine pikiert, »verzeihen Sie mir bitte die Einmischung, Inspektor. Ich bitte Sie, das zu bedenken: Ich bin ein bißchen – abgespannt.« Nach den Unterredungen mit Charlie Briton und Samuel Preston traf das wirklich zu. Es hatte einer gewissen Geschicklichkeit bedurft, dem Gatten und dem Vater beizubringen, daß Verdacht eins ist, Beweis etwas anderes. In den Augen der Öffentlichkeit, so hatte er gemurmelt, waren diese Anschuldigungen für sie peinlich und verletzend - und überdies unbegründet. Wie froh konnte er sein, gratulierte er sich, daß er auf solche Zusammenstöße immer gefaßt war.

»Weit mehr als zweihundert, Sir, und das Personal. Das macht fast dreihundert.«

»Und Sie sind sich nicht sicher über das beabsichtigte Opfer? Ist es das?«

Rose ließ sich im Rauchsalon in einen der Sessel fallen und stellte sich das Treffen mit dem Polizeipräsidenten morgen vor. Er war über Gebühr niedergedrückt. Es sah eben nicht gut aus, daß er sich an Ort und Stelle befunden hatte, als sich der Mord ereignete. Die Herren von der Presse würden ihn in die Mangel nehmen. Irgend jemand hatte sich ausgerechnet, daß Rose inmitten der Menge, die letzten Abend Plums Club besuchte, ebensowenig für ihn eine Bedrohung darstellte wie der Zweite Kommisssar selbst, hoch oben in seinem Büro über der Promenade am Ufer der Themse.

Zögernd in der Tür stehend, beobachtete ihn Auguste Didier. Für ihn war es leicht zu raten, was Rose im Kopf herumging, denn es stand ihm in jeder Linie seines kummervollen Gesichts geschrieben.

Rose blickte auf und sah ihn. Sein Gesichtsausdruck veränderte sich nicht. »Ich dachte, Sie hätten das verhindern können, Didier.«

Auguste erstarrte und sagte nichts. Er war verärgert. Es herrschte eine drückende Stille. Dann sprach er mit einiger Anstrengung: »Ein Mord läßt sich nicht verhindern, Herr Inspektor, wenn der Mörder entschlossen ist und sorgfältig vorgeht. Aber wir werden ihn kriegen, *hein?* Das geschah doch bestimmt nicht durch seine eigene Hand?«

Rose schaute ihn durchdringend an. »Ich hätte das nicht sagen sollen, Mr Didier. Es war meine Aufgabe. Ich war dazu da, es zu verhindern. Und ich habe es nicht getan. Nicht richtig von mir, Ihnen die Schuld zu geben.«

»Sie waren da, um Erskine zu beschützen, Monsieur«, sagte Auguste, nur ein bißchen besänftigt. »Nicht Worthington.«

»Ich hätte es kommen sehen müssen. Was einen Selbstmord betrifft, so hätte Worthington nach dem, was ich über ihn gehört habe, gewünscht, daß jeder davon erfährt. Wenn er sich nicht schon vorher in einer langen Rede darüber ausgelassen hätte, so hätte er doch gewiß einen vierzig Seiten langen Brief hinterlassen.«

»Aber wer hätte denn Colonel Worthington umbringen wollen? Man macht doch keine Trüffelpastete aus einem dürftigen Kaninchen. Dazu bedarf es exotischerer Zutaten wie Mr Erskine.«

»Nun gut, nach Mr Erskines Meinung war das ein Versuch, ihn umzubringen. Hat die Hüte verwechselt, denkt er. Kann natürlich nicht so sein. Doch immerhin könnte die Annahme zutreffen, daß er eher als Opfer auserkoren war. Schließlich war Worthington doch eher ein Mann durchschnittlichen Zuschnitts.«

»Trotzdem scheint es, Monsieur, als sei dieser Mann durchschnittlichen Zuschnitts etwas früher am Abend derart in Panik geraten, daß alle hingeeilt sind, um nachzuschauen, was los war. War das nicht so?«

»Donnerwetter, das hätte ich beinahe vergessen. Der geheimnisvolle Fremde - jemand, den er kannte, sagte er. Sie haben recht. Ich kam ja selbst dazu. Sah ganz bleich aus. Wohlgemerkt, ich glaube allerdings, das ist ganz natürlich nach so einem reichhaltigen Mahl«, sagte Rose schlau und blickte Auguste dabei von der Seite an, wobei der sich entrüstet aufblies, doch innerlich Erleichterung verspürte. Rose war wieder der alte. »Vielleicht ein bißchen zuviel Hummer.«

»Nicht von meinem Hummer«, murmelte Auguste grimmig. »Er war in den Wintergarten geeilt. Tat er das, um nachzusehen, wer am Ende der Prozession hinterhertrödelte?«

»Am Ende der Prozession lief ich mit Erskine«, entgegnete Rose kurz angebunden. »Jedenfalls gab es einen Abstand von wenigstens zehn Minuten, ehe Worthington dort erschien. Ich gebe zu, ein jeder hätte die Prozession verlassen können, nachdem wir wieder in das Gebäude zurückgekehrt waren.«

»Wie konnte er dann in den Wintergarten gelangen, wenn nicht nach dem Zeitpunkt, als Sie sich alle in den Speiseräumen eingefunden hatten?«

»Oder vielleicht war es jemand von Ihrem Personal, Monsieur Didier?«

»Jemand von meinem Personal würde nicht in den Wintergarten spazieren, wo er nichts zu suchen hat«, sagte Auguste hochmütig. »Außer vielleicht«, fügte er hinzu, »jemand vom Aushilfspersonal.«

»Aushilfe?«

»Angestellt nur für diesen Abend, Monsieur, wegen der großen Anzahl von Gästen.« Er verspürte einen unangenehmen Stich, als er sich an die merkwürdige Sache mit dem fünfundvierzigsten Mann erinnerte.

Rose versank noch tiefer in Trübsinn - noch mehr Probleme. Eine unbegrenzte Anzahl möglicher Verbrecher - das hatte ihm noch gefehlt.

Da sich Auguste sträubte einzugestehen, daß irgend jemand von seinem Personal - und sei es von den Aushilfskräften - in die Angelegenheit verwickelt war, gab er zu bedenken: »Es war vielleicht jemand, der vom Garten her hereinkam?«

»Das ist möglich. Der Lieferanteneingang führt zum Garten, und Worthington konnte alle, wen auch immer, durch die Fenster des Wintergartens sehen.«

»Sicherlich zu finster.«

»Nein, denn im Wintergarten und im Rauchsalon brannte etwas Licht. Es wäre durchaus möglich gewesen, jemanden im Garten zu erkennen, besonders wenn sich plötzlich ein Gesicht an die Fensterscheibe drückte.«

»Doch was geschah dann? Er jagte Worthington einen Schrecken ein. Doch erschossen wurde dieser doch erst lange danach.«

»Er hätte in den Wintergarten kommen und Worthington anrufen können, nachdem wir ihn allein zurückgelassen hatten.«

Von dieser einfachen Erklärung schien Rose nicht sonderlich erbaut zu sein, denn die Chancen, eine unbekannte Person im Garten zu ermitteln, waren sogar noch geringer, als einen Verbrecher unter den ungefähr dreihundert Leuten im Club zu entdecken. Da handelte es sich wenigstens um eine begrenzte Anzahl.

»Es ist das Motiv, nach dem wir suchen, Monsieur. Obgleich es schwierig ist, ein Motiv für die Ermordung Colonel Worthingtons zu erkennen.«

»Sie würden sich wundern, Didier. Alle Arten von Unrat befördert man zutage, wenn man erst einmal beginnt, das Kaninchen auszunehmen, nicht?«

»Aber liegt es nicht näher anzunehmen, daß Erskine das beabsichtigte Opfer war?« fragte Auguste. »Es ist doch schließlich merkwürdig, daß es in Plums Club zwei Personen mit Mordabsichten geben sollte.«

»Natürlich, wenn es nicht jemand ist, der einen Groll gegen Plums Club hegt.«

»Dann haben wir es mit einem Verrückten zu tun«, sagte Auguste geradeheraus. »Aber ich halte den Mann nicht für verrückt, Monsieur, oder wenn er es doch ist, dann ist er nur ›toll bei Nordnordwest‹, wie euer guter Prinz Hamlet bemerkt.«

»Nein, ich glaube nicht, daß wir es hier mit einem Verrückten zu tun haben, gleich welcher Sorte«, grübelte Rose, ohne Augustes Bildung zu beachten. »Natürlich könnte unser Mann im Garten, so vermute ich, hereingekommen sein, um Erskine zu töten, und Worthington vorgefunden haben, der ihm im Wege war.«

»Wäre sehr unbedacht gewesen«, kommentierte Auguste.

»Monsieur, vielleicht wußte Worthington, wer Erskine nach dem Leben trachtete, und mußte deshalb als erster umgebracht werden?«

»Also das ist eine Idee«, sagte Rose. »Obwohl damit nicht erklärt ist, wieso er uns nicht erzählt hat, wer der Mann am Lieblingsplatz der Witwe war. Oder die Frau«, fügte er hinzu.

»Colonel Worthington würde doch nicht bloß wegen einer Frau hinausrennen«, lachte Auguste. »Oder wenn, dann hätte er es doch allen in seinem Zorn berichtet. Er haßte Frauen.«

»Ein Frauenfeind, wie? Damit sind eifersüchtige Geliebte ausgeschlossen. Nicht, daß er genau wie ein Casanova aussah. Was wissen Sie sonst noch von ihm? Was für ein Mensch war er?«

»Er war ...«, Auguste hielt inne. Wie war Worthington eigentlich gewesen? Hatte man in Plums Club etwas von dem wirklichen Menschen gewußt? »Er war einfach der Langweiler vom Club, Herr Inspektor. In seinem Sessel saß er; er redete und redete. Seit vielen Jahren ist er schon Mitglied, und seit er sich im Ruhestand befindet, so habe ich gehört, hat er jeden Tag hereingeschaut. Eine Haushälterin sorgt - sorgte für ihn. Er hat bei Chillianwallah gekämpft. Jeder weiß, daß er bei Chillianwallah gekämpft hat.«

»Das ist lange her«, bemerkte Rose. »Vor dem Krimkrieg von 1854/56, nicht wahr? Was hat er denn seither gemacht, frage ich mich.«

Erskine ging zu seiner Frau, als er aus der provisorischen Garderobe kam. Er legte den Arm um sie und half ihr - eifrig bemüht - den leichten Sommermantel zu ordnen. »Komm, Amelia, ich bin in Sicherheit.«

»O Gaylord, stell dir vor, du wärst es gewesen«, jammerte sie unter den mitfühlenden Blicken der anderen Damen.

»Na, na, meine Liebe, Inspektor Rose wird schon dafür sorgen, daß mir nichts passiert.«

Inspektor Rose, der sich im Rauchsalon noch wütend Notizen machte, war sich nicht so sicher.

»Jorrocks« Atkins hing gewissermaßen seine Stiefel an den Nagel und ging zu Bett. Gott, was für ein Tag! »Plums Dahinscheiden«, und der alte Worthington tot. Er hatte es immer noch nicht richtig begriffen. Aber er würde es begreifen, sobald er nach Warwickshire zurückgekehrt wäre und wieder zu Pferde saß. Die alten Rechnungen waren nun richtig beglichen.

Einer von Augustes Aushilfskräften legte mit einem Seufzer der Erleichterung den Frack ab. Was für ein Abend! Um nichts in der Welt hätte er das missen wollen. Besser als alles auf dem Theater.

Müde nach dem Tag dehnte sich Emma gemächlich unter ihrem seidenen Steppbett. Neuerdings war sie soviel körperliche Arbeit nicht mehr gewöhnt – auch nicht solch eine Aufregung. Daß sie Französin war, kam zum Vorschein. Aber es war alles gutgegangen – einfach alles. Verklärt vom wohligen Luxus ihres Einzelbetts, schnurrte sie für sich, wandte sich auf die andere Seite und schlief ein.

6. Kapitel

In Plums Club herrschte eine unbehagliche Ruhe. Ein paar Unentwegte kamen zum Kaffee, vielleicht aus Neugier, vielleicht zum Trotz, wie um zu beweisen, daß nichts den alten Club aus dem Geleise zu bringen vermochte. Sogar eine Garde Polizisten nicht. Im Gegensatz dazu sprühte Gwynnes Hotel vor Leben. Von Emmas Privatbüro aus lugte Auguste hinaus in das gedrängt volle Vestibül. Er schloß die Tür auf und ließ sich in einen Sessel sinken.

»Teuerste Emma, danke für deine Hilfe gestern.«

»Nicht der Rede wert«, murmelte sie.

»Pass auf, Hahn«, gab Disraeli zum besten und ließ sich besitzergreifend auf Emmas Schulter nieder.

»Oh, aber doch«, setzte Auguste hinzu, wobei er den Einwurf ignorierte, »für eine große Köchin, sich einem anderen Koch unterzuordnen - ich weiß, was das bedeutet.«

»Du bist sehr freundlich«, sagte sie, ohne das Gesicht zu verziehen.

»Es kommt nicht oft vor, daß ich von einer Köchin sage, großartig! Aber bei dir sage ich das. Deine *charlotte de pêches* ...«

»Es ist doch dein freier Tag«, bedeutete sie ihm, »und du redest vom Essen? Statt über den Mord zu disputieren!«

»Natürlich sind die Speisen meine Liebe, meine große Leidenschaft ...«

»Ich dachte, Tatjana sei deine große Leidenschaft«, sagte sie spöttisch.

»Prinzessin Tatjana ist die große unerreichbare Leidenschaft meines Lebens«, gab er ernst zurück. »Glücklicherweise sind Speisen leichter zu erreichen.«

»Genauso wahrscheinlich auch ein Mord«, sagte Emma,

entschlossen, das Gespräch wieder auf das im Moment spannendere der beiden Themen zu lenken. »Habe ich nicht gesagt, daß in Plums Club etwas Merkwürdiges im Gange war?« krähte sie.

»Ja«, sagte Auguste knapp. »Das haben wir beide gesagt. Jetzt ist ein Mord geschehen.«

»Und wir beide werden ihn aufklären«, sagte Emma glücklich.

»*Ma mie*, du bist Köchin und kein Detektiv.«

»Du hast doch immer gesagt, beide benötigen dieselbe Geschicklichkeit.«

»Vielleicht«, sagte Auguste gereizt.

»Also«, ergriff Emma wieder das Wort und war nun glücklich dort, wo sie hinwollte, »wer hätte den alten Worthington umbringen wollen?«

»Das ist noch nicht bewiesen. Vielleicht sollte Erskine umgebracht werden.« Auguste würde die Rolle des Detektivs nicht kampflos mit jemandem teilen.

»O nein.« Emma wies das zurück. »Ohne Zweifel Worthington. Was ist mit der Person, die Worthington im Wintergarten gesehen hat? Es ist ganz klar, die sind zurückgekommen und haben ihn fertiggemacht – und das war es, was ich dir sagen wollte. Gleich nach meinem Eintreffen habe ich jemanden im Garten bemerkt. Der wartete, versteckte sich. Ein Mann.«

»Das könnte vielleicht unser fünfundvierzigster Aushilfskellner gewesen sein. Aber Emma, denk mal nach: Wenn der Mörder jemand gewesen wäre, der vom Garten aus hereinkam, wie hat er dann den Revolver von der Wand nehmen können?«

»An dem Punkt kommt die Kleidung der Kellner ins Spiel. Er hat den Revolver schon früher an sich genommen und geht dann hinaus in den Garten, bis er Worthington an den Lieblingsplatz der Witwe lockt. Aber Worthington schreit auf, und deshalb schleicht er zurück in den Garten, damit ihn niemand sieht.«

»Weshalb geht er nicht einfach in den Rauchsalon und erschießt Worthington?« fragte Auguste schlicht.

»Ich weiß nicht«, antwortete Emma verdrossen. »Aber er hat es nicht gemacht.«

»Ah«, sagte Auguste überlegen. »Wenn du so viele Morde wie ich untersucht hättest, würdest du wissen, daß die beste Sauce die einfachste ist.«

»Wie kommt es denn da«, gab Emma zurück, »daß du Francatellis *chevreuil sauce* zum Wildbret gewählt hast und nicht Soyers Orangensauce?«

Auguste wurde wütend. »Ich habe es nicht nötig, mich wegen einer Wildbretsauce der Rezepte anderer zu bedienen. Und erst recht nicht solcher von Monsieur Soyer. Ich nehme Didiers Sauce, die Sauce geschaffen von Auguste Didier.«

»Nicht besonders einfach, nicht wahr?« höhnte Emma. »Rote Johannisbeeren, Muskatblüte ...«

»Und du«, rief Auguste, entschlossen, den Krieg vor die feindlichen Tore zu tragen, »mit deiner Eberkopfsauce, Emma, du kommst mir von wegen und Einfachheit ...«

Die Tür ging auf.

»Charlie«, sagte Emma gequält. »Das ist mein Privatbüro.«

»Ja, aber ich bin es doch nur.« Ein Stirnrunzeln zog über sein Gesicht. »Sind Sie nicht der Koch von Plums Club?«

Auguste lief rot an. »Ich bin ...«

»Monsieur Didier ist der Küchenchef«, sagte Emma, »und du kannst hereinkommen und dich höflich benehmen oder deiner Wege gehen.«

»Genau das gefällt mir so an dir, Emma«, sagte Charles Briton beglückt und trat ein. »Meinen Gruß. Jedenfalls kannst du dir denken, was ich für einen lausigen Tag hatte. Gertrude fließt über vor Tränen wegen eines ›scheußlichen Mordes‹ und ›wird der Inspektor denken, daß ich es getan habe?‹ Warum zum Teufel er glauben sollte, daß sie den Entschluß faßte, einen alten Colonel zu erschießen, habe ich keine Ahnung. Und obendrein noch nimmt mich dieser

Kerl von Inspektor - sag mal Emma, kann ich denn vor ihm offen reden?« Er brach ab.

»Ja, Charlie, wenn du Auguste meinst.«

»Nimmt mich in die Mangel wegen Erskine. Scheint zu glauben, ich habe Worthington ins Jenseits befördert, weil Erskine - äh - meiner Frau schöne Augen macht. Dieser Logik kann ich nicht folgen.« Doch trotz all seiner unschuldigen Verwirrung behielten seine Augen einen erstaunlich scharfen Blick, bemerkte Auguste mit Interesse.

»Das liegt daran, daß Erskine vielleicht das beabsichtigte Opfer war«, erklärte Emma geduldig.

»Ach, das ist es?« sagte Charlie. »Nun, dann hätten ja einige von uns ein Motiv gehabt, nicht wahr?« Er schaute Emma bedeutungsvoll an. »Sogar der Koch.«

Emmas Augen blitzten gefährlich auf. »Du hast getrunken, Charlie. Raus!«

Charlie warf nur einen Blick auf sie und kam zu dem Schluß, daß er anderswo noch eine Verabredung hatte.

»Was meinte er damit, meine Liebe, daß ich ein Motiv hätte, Erskine umzubringen?« fragte Auguste mißtrauisch.

»Das geht dich nichts an, Auguste«, sagte Emma kurz und knapp. »Überhaupt nichts.«

Egbert Rose hockte unbequem auf dem wackligen Sessel mit rundgepolsteter Rückenlehne und bemühte sich, seine faszinierten Blicke von Juanita Salts üppigen Formen abzuwenden, die über die Seiten ihres Sessels der gleichen Art quollen. Peregrine Salt, dessen elegante Figur ohne Probleme in das Möbelstück paßte, war der einzige von ihnen, der sich behaglich fühlte.

Für Juanita traf das offensichtlich nicht zu, ob nun wegen der Sitzgelegenheit oder aus einem anderen Grunde. Die Blicke ihrer schwarzen Augen funkelten ihren Gatten an, und sogar das »Pewegwine«, das durch die Luft schwebte, als Rose angekündigt wurde, klang besonders schrill.

»Der Webley-Revolver des armen James, Inspektor? Natürlich weiß ich, daß er da hing«, sagte Salt leichthin. »Unser Erbe halten wir in Plums Club hoch. Besonders das unserer Erfolge. Rorke's Drift 1879 war für die Briten ein Triumph. Nicht wie des armen Mortimers ...«

Er brach ab und fuhr dann fort: »Ich selbst hatte die Ehre, ein südamerikanisches Blasrohr zu stiften und die Lanze, die Cetshwayo bei Mathambo einsetzte - dem Ort der Knochen. Vielleicht haben Sie sie gesehen?«

»Ich habe nicht gewußt, daß Sie in der Armee waren, Sir.«

»War ich auch nicht, Inspektor. Es gibt noch andere Gründe, Afrika zu bereisen. Ich bin Forscher, Inspektor. Befasse mich mit der Gegenwart wie mit der Vergangenheit. Meine frühen Reisen brachten mir die Bekanntschaft mit Shepstone und Durnford ein, bevor der Zulukrieg ausbrach.«

»Aber Pewegwine war ein Freund von König Cetshwayo«, warf Juanita stolz ein.

»Nicht direkt ein Freund, meine Liebe«, beeilte sich Salt zu sagen, als er bemerkte, welchen bestürzten Ausdruck Rose über dieses Eingeständnis zeigte, daß er mit den heidnischen Feinden Ihrer Majestät geselligen Umgang gepflegt hatte.

»Ein Freund«, sagte Juanita, und ihre Augen blitzten drohend.

»Ja, gut. Natürlich auf meinen Reisen nach Troja ...«

Troja interessierte Rose nicht.

»Du hast gesagt, ich bin deine Helena«, brachte Juanita vor. »Er hat mir eine Kette um den Hals gelegt. Helenas Kette.«

Salt erschauderte sichtlich; das war viele Jahre her, und die Brust war in die Breite gegangen. »Den Inspektor interessiert Troja nicht, meine Liebe.«

»Sehr schön, wirklich, ich bin sicher«, sagte Rose schleunigst. »Aber ich interessiere mich mehr für gestern abend.«

»Der arme Colonel.«

»Haben Sie den Verstorbenen gekannt, Madam?« Diese

beiläufige Frage zeitigte eine bemerkenswerte Erwiderung. Ihre Antwort war deutlich genug, aber der Inspektor hätte schwören können, daß die Spannung im Raum wuchs und ihre schwarzen Augen dem Gatten einen kurzen Blick zufunkelten.

»Den Colonel habe ich ein- oder zweimal bei Abendgesellschaften getwoffen, Inspektor, aber gestern habe ich ihn nicht gesehen. Ich war mit meinem Mann im Speisesaal.«

»Und Mr Erskine, Madam«, fragte Rose plötzlich, »den kennen Sie?«

Dieses Mal bestand kein Zweifel an dem funkelnden Blick. »Den kenne ich auch, Mr Wose. Ich mag ihn nicht. Gestern abend habe ich ihn gesehen. Er war unverschämt zu mir.«

Widerborstig hielt sie den Mund, denn sie wollte nicht die Art dieser Unverschämtheit preisgeben, die sich darin geäußert hatte, daß sein nachdenklicher Blick auf ihren üppigen Rundungen geruht hatte, und ein gewisses Lächeln ...

»Haben Sie sich beide die ganze Zeit über im Speisesaal aufgehalten, Sir, vom Ende der Prozession bis zu dem Zeitpunkt, als man Colonel Worthingtons Schrei vernahm?«

»Ich glaube schon, Inspektor. Wohin hätte man sonst gehen können?«

»Zur Toilette, Pewegwine. Da bin ich hingegangen.«

Salt brachte es fertig, den Inspektor matt anzulächeln. »O ja, Inspektor. Ich war nicht auf der Toilette, aber – äh – meine Frau ...«

»Nachtstühle«, sagte Juanita. »Die kann ich nicht leiden. Aber Pewegwine hat gesagt, die Ladies dürfen nicht hinunter, deshalb haben sie die Dinger ...«

»Meine Liebe«, murmelte Salt leise, »es paßt nicht ...«

»Nein, es paßt nicht«, stimmte Juanita zu, »sie sind viel zu klein. Aber ...«

Rose setzte dieser faszinierenden Erörterung ein Ende mit den Worten: »Also Sie gingen zu den Damen-, äh, zu dem Raum, in den sich die Damen zurückzogen, der links von den Speiseräumen liegt. Sie betraten also nicht den Garten oder den Rauchsalon? Und haben auch niemanden gesehen, der dorthin ging?«

»Ich laufe nicht wückwärts, Mr Wose. Ich sehe also nicht, ob jemand hinter mir ist.« Mit einem gebieterischen Rauschen von fünf Yards purpurnem Satin erhob sie sich. Die Befragung war beendet.

»Vierundfünfzig, Monsieur Didier.«

»Nein, das ist unmöglich, John. Du meinst vierundvierzig.«

»Nein, vierundfünfzig, Mr Didier. Ich habe sie gezählt.« John ärgerte sich, daß man seine Zuverlässigkeit bezweifelte. Er war eine ganze Weile länger als Mr Didier in Plums Club, und damit besaß er Anspruch auf einen gewissen Respekt.

»Aber ...«

»Da waren die *côtelettes de mouton à la purée d'artichauts*, jene Austernpastetensachen, die ...«

»Nein, John, *pas les entrées*. Das Personal.«

»Das Personal, Mr Didier?«

»Ja, die Aushilfskräfte. Hast du sie gezählt?«

»Daran habe ich nicht gedacht. Viel zu beschäftigt.« Das stimmte tatsächlich; er war hierhin, dahin und überallhin gerannt, um den zusätzlich Beschäftigten zu zeigen, wohin sie gehen und was sie tun sollten. Das letzte, was ihm noch gefehlt hätte, war, sie zu zählen.

»Irgend jemand hat Colonel Worthington ermordert, John«, erklärte Auguste unnötigerweise. Auf allen Korridoren von Plums summte es von nichts anderem als vom Gerede darüber.

»Und Sie glauben, es könnte jemand von diesen Aushilfskräften gewesen sein?« fragte John stirnrunzelnd. »Klingt nicht sehr wahrscheinlich, wenn Sie mir erlauben, das zu sagen. Weshalb sollte ein Fremder das tun wollen?«

»Vielleicht war es einer seiner Feinde, verkleidet als Fremder.«

John überlegte. »Woher sollte er wissen, daß da ein Revolver an der Wand hing?« fragte er gescheit. Auguste starrte ihn verblüfft an. Daran hatte er nicht gedacht, wie also kommt sein Untergebener auf diese Idee? »Nein, wenn Sie mich fragen«, sagte John stolz auf die erzielte Wirkung, »muß es einer von den Gästen gewesen sein. Jedem, was ihm zukommt, das sage ich immer. Wenn ein feiner Pinkel umgebracht wird, dann halte Ausschau nach einem anderen feinen Pinkel, der ihn erledigt hat.«

»Aber wieso hat ihn niemand gesehen?«

»Das ist schon richtig, alle waren in den Speiseräumen, aber wenn wir Kellner alle herumrennen und die Gentlemen hinunter ins Pissoir laufen, weil sie nicht in der Lage sind, die Nachttöpfe oben zu benutzen, da könnte es jeder getan haben. Und die Ladies sind auch ständig raus und rein gerannt«, fügte er etwas zartfühlender hinzu. »Die Hälfte von ihnen hat noch nicht mal gewußt, wo es war. Habe wenigstens eine gesehen, die zur falschen Tür aus dem Speisesaal hinausgegangen ist.«

»Wen?«

»Könnte ich nicht sagen, Mr Didier. Zu dunkel, um sie zu erkennen, wo das Gas so kleingedreht war. Jedenfalls dachte ich, der Colonel wäre am Lieblingsplatz der Witwe umgebracht worden?«

»Das ist richtig. Er stürmte hinaus in den Wintergarten, um mit jemandem zu reden. Später ging er wieder hinaus und wurde erschossen.«

»Also, Mr Auguste, das war kein Mann. Es war eine Frau, das erstemal jedenfalls. Ich habe sie gehört. Ich war im Treppenhaus neben dem Rauchsalon, wo ich meinen Servierwagen abgestellt hatte, da habe ich die Stimme vom Wintergarten durch das Fenster gehört. Kurz bevor sie alle rausgerannt kamen, um nachzusehen, was passiert ist. Sie rief: ›Komm bitte. Komm zurück zu mir, Liebster!‹ Leise und beschwörend: ›Liebster, ich brauche dich.‹ Das wird ihm gefallen, dachte ich noch bei mir.«

»Bist du sicher, daß das vom Lieblingsplatz kam, John?«

»O ja, Mr Didier, bestimmt vom Lieblingsplatz. Oder vom Garten vielleicht. Natürlich ganz zu schweigen davon, daß sie später wieder zurückkam, um ihn zu erschießen, oder?«

Auguste ging in den Wintergarten, zu dem Lieblingsplatz der Witwe, und stellte sich vor die Glastür, um von dort in den Rauchsalon zu blicken. Zu seiner Zufriedenheit bestätigte sich seine kleine Theorie: Von den Glasscheiben aus konnte man in dem tiefen Ohrensessel vor dem Kamin, in dem der Colonel immer saß, sein Gesicht nicht sehen. Doch der Zweispitz wäre ganz deutlich zu erkennen gewesen.

Miss Sylvia und Mrs Mary Preston saßen nebeneinander auf dem Sofa. Sie blickten auf Samuel in Erwartung einer Inspiration. Identisch gekleidet in hochgeschlossener Bluse und einfachem blauem Tagesrock, die Hände hübsch auf dem Schoß gefaltet, wirkten sie eher wie gehorsame Bedienstete denn wie gehobene Herrschaften.

»Wir unterhielten uns mit Mr Erskine«, sagte Preston unbeschwert. »Und mit wem noch, meine Liebe, erinnerst du dich?«

»Mit Lady Fredericks, Sir Rafael ...«, kam die schnelle Antwort.

»Und als der Schuß fiel?« fragte Rose.

Preston legte die Stirn in Falten. »Ich kann mich nicht – ah, ich glaube, wir waren zusammen, nicht wahr? Ja, Mrs Erskine unterhielt sich hinter uns mit ihrem Mann; Lady Fredericks befand sich neben mir – sie sprach ziemlich laut mit jemandem. Ich erinnere mich daran, weil ich, als der Schuß fiel, an die Tür eilte und mit Ihrer Ladyschaft zusammenprallte, als wir den Grund für die Ruhestörung herauszufinden versuchten. Ich war, glaube ich, gerade dabei, dich, meine Liebe, zu einem weiteren Stück von Mr Didiers köstlichem Konfekt zu verführen.«

Nach einer Pause antwortete Mrs Preston strahlend: »Ja, Samuel.« Sie durchlebte noch einmal jene furchtbaren Augenblicke. »Ich werde selbst mit ihm reden, Mutter. Es seiner Frau erzählen.« Die frühere Begegnung hatte nichts gebracht, und Sylvia hatte die Absicht verkündet, mit dem Mann noch einmal zu sprechen. Sie hatte wild drauflosgeplappert; sie hatte viel zu viele schauerliche Theaterstücke gesehen und redete davon, besser ein Tod in Ehren als ein Leben in Schande. Wessen Tod, das war nicht klar.

»Natürlich war ich nicht im Speisesaal, Mann. Können doch nicht erwarten, daß ich bei der Sippschaft bleibe. Überall wirbelten Kellner herum. Über zweihundert Leute. Der Himmel mag wissen, was der alte Plum dazu gemeint hätte. Ich habe doch gesagt, wenn wir Frauen den Zutritt gewähren, das würde das ›Dahinscheiden‹ ruinieren. Meine Frau stimmt mir zu, nicht wahr, Daphne?«

»Nein, Liebster«, antwortete Lady Bulstrode gelassen.

»Da sehen Sie es, nicht wahr.«

»Wo waren Sie denn dann, Sir? Im Rauchsalon?«

Bulstrode schnaubte. »Im Rauchsalon? Bei dem alten Langweiler? Nein, im Gesellschaftssalon auf der anderen Seite des Korridors, verdammt noch mal.«

»Dann müssen Sie sich ja näher am Geschehen befunden haben als alle anderen.«

»Türen waren zu. Einen friedlichen Brandy, ohne die ganzen Frauen hier im Hause. Habe genug davon hier, in Anbetracht von Daphne mit ihrer verdammten Gesellschaft zur Unterstützung gefallener Mädchen. Verstehe Worthington genau. Kann mir nicht vorstellen, wie ich mich jemals darauf einlassen konnte.«

Lady Bulstrode sagte dazu nichts, steuerte aber wiederum zum eigentlichen Thema bei: »Ich glaube, irgend jemand ging in den Rauchsalon – mindestens zwei Personen, vom Korridor aus, Inspektor. Auf jeden Fall als der Colonel aufschrie und alle herbeiströmten, um zu sehen, was los war. Unsere Türen waren geschlossen, aber ich bemerkte gelegentlich einen Lichtschein unter der Tür, als ob die gegenüberliegende Tür zum Rauchsalon geöffnet und wieder geschlossen würde, wenigstens zweimal.«

»Die Kellner vielleicht, Madam, um das Geschirr abzuräumen.«

Nichtsdestoweniger machte er sich eine Notiz.

»Jorrocks« Atkins kochte. Die Hände auf dem Rücken, lief er auf und ab. Der alte Worthington tot. Ein oder zwei Tage zuvor hatte er sich vorgestellt, daß ihm nichts ein größeres Vergnügen bereiten würde, als zu sehen, wie der tapfere Colonel leblos ausgestreckt zu seinen Füßen läge. Jetzt war er sich diesbezüglich nicht mehr so sicher. Mit wem sollte er sich nun in den Haaren liegen? Was sollte mit der Katze Melissa werden? Würde Plums Club jemals wieder der alte sein? Vielleicht war er zu voreilig gewesen nach allem ... und jetzt stellte ihm dieser Kerl von Inspektor eine Menge Fragen. Das gefiel ihm nicht sonderlich. Überhaupt nicht.

Es war eine Burg hinter verschlossenen Toren, ein gotisches Phantasiegebilde, das man sich eigentlich nur schwer in St. John's Wood vorstellen konnte. Diese Burg bewohnte Sir Rafael Jones, von Ihrer Majestät für Verdienste in der Kunst geadelt. Dieses Gebäude war ein Tempel seines Genies.

Schönheiten im Leid zierten die Treppen; die meisten hatten im Laufe ihres Leidens ihre Bekleidung verloren. Damen in Pariser Moden mit eleganten Frisuren schmückten das Atelier, in das Inspektor Rose geführt wurde. Eine mit eminenten Titeln ausgestattete Dame entfernte sich gerade. Der sehr geehrte Sir Rafael. So ein charmanter Mann. Wie schade, daß er nie geheiratet hat. Oder war es nicht schade? Ihre Nichte jetzt ... Rose starrte auf die kunstvoll angeordneten Utensilien des Malers und fand sich unversehens unbequem auf einem Modellstuhl auf einem kleinen Podest sitzen, zu beiden Seiten von eingetopften Zimmerlilien umrahmt. Er erinnerte sich daran, was ihm Auguste über Jones' Gewohnheiten, mit Modellen umzugehen, erzählt hatte, und er schaute den Maler voller Abscheu an. Eines Tages würde das untersucht werden … das heißt, wenn er nicht zuvor wegen Mordes angeklagt würde.

Jones schwang ausdrucksstarke Hände. Hände eines Künstlers; sie verkündigten.

»Der liebe Colonel Worthington«, murmelte er. »Ein aufrechter Plumsianer. Tragisch, tragisch. Und ein Mord in Plums Club. Höchst unglücklich das!«

»Durchaus, Sir«, sagte Rose gleichmütig. »Können Sie sich vorstellen, warum jemand Colonel Worthington hätte umbringen wollen?«

Er schauderte. »Absolut nicht, Inspektor. Der sehr geehrte Mr Erskine macht sich natürlich Feinde - es hat in Plums Club unglückselige Vorkommnisse gegeben, seit er eingetreten ist, tatsächlich auf meine Empfehlung.« Er schaffte sich wirklich Feinde; kaum eine Überraschung, dachte er bitter. »Aber Colonel Worthington, nein …« Er blickte Rose offen in die Augen.

»Halten Sie es dann für möglich, Sir, daß Colonel Worthington fälschlich anstelle von Mr Erskine erschossen wurde?«

»Ich glaube kaum, daß ich mich für Ihren Beruf eigne, Inspektor.« Er lächelte verbindlich.

»Man hat eine Frauenstimme im Wintergarten gehört, als Worthington anscheinend jener Schrecken in die Glieder gefahren ist, bevor er starb.«

»Also wenn Erskine ermordet worden wäre, das wäre etwas anderes. Die Ladies finden ihn sehr attraktiv.«

»Wer im einzelnen, Sir?«

»Oh, nun.« Sir Rafael tat sein Bestes,widerstrebend zu wirken. »Da es sich um Mord handelt, Inspektor … ich sah, wie er sich gestern abend mit verschiedenen Damen unterhielt - sagen wir: angeregt sprach. Mit Mrs Briton, Mrs Preston und ihrer Tochter, Mrs Salt - obgleich ich mir kaum vorstellen kann, daß es zwischen der letzteren und ihm irgendwelche *amour impropre* gab.« Er verzog die Nase vor

Abscheu, als er sich vorstellte, das Juanita Salt als leidende Schönheit posierte. »Und auch mit anderen Frauen. Vom Personal.« Und mit einiger Bosheit fuhr er damit fort, in Worten ein getreuliches Bild von Emma Pryde zu zeichnen.

»Und mit wem haben Sie sich gestern abend unterhalten?«

»Ich habe mich auch mit den verehrten Damen der Gesellschaft unterhalten, Inspektor. Mit einer ganzen Reihe von Leuten.« Und die Folge war, daß er zwei hübsche Aufträge eingeheimst hatte. Noch mehr purpurnen Satin zu malen. Alles in allem war der Abend höchst zufriedenstellend verlaufen. Sein kleines Problem war aus der Welt geschafft.

»Jemand von Ihrem Personal, Didier«, sagte Rose nachdenklich, nachdem Auguste alle seine Notizen gelesen hatte.

»Madame Pryde gehörte nicht zum Personal.« Augustes Wangen glühten.

»Aber sie war an dem Abend anwesend.«

»Jawohl, Herr Inspektor«, sagte er widerwillig, »aber es war Worthington, der ermordet wurde, nicht Erskine. Nicht, daß Madame Pryde Grund für eine Abneigung gegen Erskine hätte – er gehört nicht zu ihren Gästen in Gwynnes Hotel«, setzte er mit mehr Vertraulichkeit hinzu, als ihm lieb war.

»Das habe ich nicht vergessen, Mr Auguste. Aber vergessen Sie auch nicht, daß, falls der Mann irrtümlich erschossen wurde, unser Mr Erskine vorsichtig sein muß. Und wir auch.«

»Vielleicht ist er die lebende Taube.«

»Wie bitte?«

Auguste lachte. »Entschuldigen Sie. Ich mußte an die Gewölbe in der London Tavern denken, wo man lebende Tauben hält, bis sie für das Bankett gebraucht werden. Und ich dachte, für Mr Erskine naht das Bankett vielleicht mit Riesenschritten.«

7. Kapitel

»*Coriandre*! Knoblauch!«

»Rosmarin.«

»Pah. Als nächstes wirst du noch Minze sagen.«

»Und was ist verkehrt an Minze?« fragte Emma streitlustig, wobei sie die Hände auf ihre braunseidenen Hüften stützte.

Auguste schauderte. Doch nicht braun für Emma. Wirklich, sie besaß weniger Geschmack für Mode als ihre Küchenmädchen. Wenigstens hatte sie damit aufgehört, diese merkwürdig ästhetisch fließenden Kleider von Liberty zu tragen, die einer Figur nicht einmal dann schmeichelten, wenn sie in Mode waren. Doch nun – ihre Gewänder raschelten widerborstig, wie Emma selbst es war.

»Das ist zu scharf, zu gällig. Ich bin erstaunt über dich, Emma, wo du doch sozusagen am französischen Hof ausgebildet worden bist ...«

»Ich habe die Kaiserin niemals gällig sagen hören, als sie in Chilehurst eine feine Lammkeule mit Minzsauce zu sich nahm«, gab Emma zurück und machte dabei seinen Abscheu nach.

Disraeli gluckste vor Vergnügen und grub seine Klauen tiefer in Augustes Schulter.

»In den *pot au feu* mit dir, mein Freund«, sagte Auguste grimmig und schubste ihn weg. Mit einem Gekreische der Entrüstung flog Disraeli weg in nahrhaftere Gefilde, auf die Stange des Servierwagens, auf dem das späte Abendmahl stand.

»Rühre Disraeli ja nicht an!«

»Ich rühre das Ungeheuer nicht an!« rief Auguste, »Er ist es, der mich anrührt. Und dazu meine beste Smokingjacke.«

»Du hast einfach schlechte Laune«, sagte Emma, »weil du den Mord nicht aufklären kannst.«

»Und wer sollte keine schlechte Laune haben, wenn er von einer Frau betrogen wird?«

»Von welcher Frau?« fragte Emma ohne großes Interesse.

»Von dir!« sagte er verletzt, bis ins Unerträgliche gereizt, als er sah, wie Emma das Hammelfleisch auf falsche Art zerhackte, nicht auf die Art von Auguste Didier. »Und bitte sachte. Dir geht die Zartheit verloren.«

Sie erstarrte am ganzen Leibe, die Augen glühten. »O ja«, sprach sie drohend und stieß das Messer in den Braten. Ein boshaftes Lächeln trat auf ihr Gesicht. »Um jemandem untreu zu sein, muß man erst einmal jemandem treu sein. Wem, glaubst du denn, war ich treu?«

Auf diese Beleidigung seiner Ehre und des vor ihnen stehenden Essens hin platzte Auguste vor Wut. »*Ma foi*, Grimod hatte unrecht, als er sagte, es gebe mehr *sympathiques* Ladies auf der Welt als zarte *jambes de mouton*. Es ist viel, viel leichter, ein sympathisches Stück Hammelfleisch zu finden als eine Frau voller Zärtlichkeit.«

Eine schlechtgeschnittene Scheibe der besagten Hammelkeule traf Auguste an die Stirn, daß ihm der Saft übers Gesicht lief. Von seiten beider Kontrahenten entstand darauf eine erschreckende Stille. Auguste brach sie.

»Sehr gut«, antwortete er mit Würde. »Dann frage ich dich als ein offiziell an der Untersuchung des Mordes Beteiligter, ob du irgend etwas damit zu tun hast ...«

»Du meinst, ich habe mich dazu verleiten lassen, in Plums Club zu gehen, nur um einen alten Colonel umzubringen, weil ich mit Gaylord Erskine ins Bett zu gehen pflege?« fragte sie einigermaßen liebenswürdig, nachdem ihrer Ehre durch die Scheibe Hammelfleisch Genugtuung widerfahren war.

Auguste wußte keine Antwort.

»Ich werde dir von Gaylord und mir erzählen«, sagte Emma stolz. »Früher kam er sehr oft in Gwynnes Hotel; er ist ein attraktiver Mann. Ihm ist es nicht immer so gut gegangen. Ich habe ihm stets das Dinner spendiert – er war amüsant, verlieh dem Haus eine gewisse Atmosphäre, wenn du verstehst, was ich meine. Konnte seitenweise seinen Salm herunterrasseln, das gefiel den Herzoginnen …«

»Und nicht bloß den Herzoginnen …«

»Auguste!«

»Tut mir leid, *ma mie*; bitte fahre fort mit deiner so faszinierenden Geschichte.«

»Das ist alles. Ich habe ihm ein paar Dinner im öffentlichen Restaurant gegeben und ein paar hier oben, das ist alles.«

Auguste blickte sich in den Räumen um, in denen er selbst König zu sein meinte. »Ich verstehe«, sagte er ruhig.

Amüsiert betrachtete sie ihn. »Willst du mir weismachen, ich sei die einzige Frau in deinem Leben?«

»Die gegenwärtige Dame ist immer die einzige«, sprach er hochtrabend, doch unter ihrem festen Blick begann er, über sich selbst zu lächeln. »Aber sage mir, Emma, wer dieses glückliche Arrangement beendet hat, du oder er?«

»Ich war das natürlich. Ich mache das immer«; doch sie prüfte die Rote-Johannisbeer-Sauce, als sie sprach, und schaute ihm nicht in die Augen.

»Das sieht wie ein einfaches Gericht aus, Mr Didier.« Rose beobachtete, wie Auguste Anchovis und Fleischstückchen zusammenrollte und sie in eine mit Nierenfett eingeschmierte Bratpfanne tunkte.

»Schon Mrs Marshall hat ein Rezept für Rinderpastete mit Anchovis erfunden, und ich bin gezwungen, in ihre Fußstapfen zu treten, denn in Herrenclubs sind solche Sachen zum Lunch beliebt. Von meiner Hand wird das allerdings ein Meisterwerk – vorausgesetzt ich lasse den korallenroten Pfeffer weg, den Mrs Marshall so liebte.«

»Ich hätte nichts dagegen, ein Stück davon zu kosten, wenn es soweit ist.« Es juckte Rose vor Erwartung in der Nase.

»Ach, Herr Inspektor, ich kann Delikatessen für sie fabrizieren, daß Sie nicht mehr auf Nierenfettpasteten angewiesen sind. Vielleicht eine Seebarbe *en papillote*?«

»In was?«

»*Papilotte*? In Papier gekocht. Das ist etwas, worüber ich im Zweifel bin, doch in dem Falle glaube ich, das Monsieur Soyer recht hat. Nun, sein Enkelsohn, gegenwärtig Küchenchef Ihrer Gnaden der Herzoginwitwe von Newcastle, experimentiert damit, alles in Papierbeuteln zu kochen. Ich habe gehört, er spricht von nichts anderem mehr als von Papierbeuteln.«

Vor seinem geistigen Auge sah Rose seine Frau mit Papierbeuteln hantieren. Irgendwie glaubte er, daß ihr das auch nicht gefiele. Allerdings befand er sich nicht hier, um über Papierbeutel zu reden. Oder auch nur über den Lunch.

»Worüber wir uns klarwerden müssen, Mr Didier, ist, was zuerst dran war; ist der Colonel der nächste Gang oder die Vorspeise?«

»Wie bitte?« Ob dieses kühnen Gedankenflugs des Inspektors konnte Auguste nur verständnislos dreinblicken, wobei er bequem an seinem Zubereitungstisch saß und gedankenverloren mit den Fingern auf ein Tablett mit Pfefferkuchen eintrommelte.

»Wurde unser Freund Worthington ermordet, weil er wußte, wer die Freveltaten im Club verübte, und wer sollte dann Erskine umbringen wollen? Mußte unser Schurke also, um Erskine zu töten, erst einmal Worthington aus dem Wege räumen?«

»Das ist möglich«, sagte Auguste nachdenklich. Durchaus möglich. Ruckartig erinnerte er sich unangenehm an Emma. Wenn Emma auch gewiß einen Grund besaß, Erskine umzubringen, war es doch absurd zu glauben, daß sie gleich noch Worthington umbrachte. Und selbst wenn sie das getan hätte, konnte sie nicht für all die Freveltaten im Club verantwortlich sein. Wenn es aber jemand anderes gewesen ist, dann brach diese Theorie zusammen – in seinem Kopf begann sich alles zu drehen, genau wie damals, als er sich mit Durands Menü von achtzig verschiedenen Eierspeisen konfrontiert sah oder mit den *Créations de Frédéric* im Tour d'Argent. Aus glücklichen Träumen riß er sich schuldbewußt in die Gegenwart zurück.

»Andererseits«, äußerte Rose gerade, »vielleicht machen wir die Dinge zu kompliziert. Tue das Einfache - war das nicht das, was Ihr alter Freund Escoffier zu Ihnen gesagt hat?«

»Alter Freund?« Auguste holte vor Schrecken tief Luft. »Monsieur, er ist der *maître*. Wenn an die übrigen von uns nichts anderes mehr erinnern wird als die bemoosten Namen auf unseren Grabsteinen, wird Escoffier leben«, sprach er bühnengerecht.

»Wie ich schon gesagt habe«, fuhr Rose fort, ohne Augustes letzte Worte zu beachten. »Wir wollen ganz einfach herangehen. Worthington wurde ermordet. Wer hatte Grund, ihn umzubringen?«

»Nun vermisse ich beinahe den alten Langweiler, wo er nicht mehr da ist.«

Bulstrode nickte zu dem leeren Sessel im Morgensalon, woher die Plumsianer gewöhnt waren, die hohepriesterliche Stimme des tapferen Colonel zu vernehmen. Wie man Colonel Worthington, den Langweiler des Clubs, loswerden könne, war so lange Thema der Gespräche gewesen, daß an diesem Morgen eine unnatürliche Pause entstand, da man die Gentlemen beim Wort genommen hatte.

Preston räusperte sich: »Haben Sie im Derby etwas auf Persimmon gesetzt, Erskine? Bei fünf für eins ein hübscher Gewinn für die Glückspilze, die das gemacht haben, eh?« Seine Eröffnung richtete sich eher an den ganzen Raum als an Erskine im besonderen.

»Nun denn, mein Beruf läßt mir wenig Zeit, mich um Pferde zu kümmern.«

»Aber doch nicht, wenn's um Damen geht, Erskine?«

Auguste, den die Berufskleidung unauffällig machte, als er Kaffee eingoß, hätte beinahe Applaus gezollt.

Gaylord Erskine erstarrte. »Wirklich, Captain Briton, ich kann mir nicht vorstellen, was Ihre Bemerkung bedeuten soll. Schließlich sind wir hier in aller Öffentlichkeit«, fügte er selbstgerecht hinzu.

»Ich denke, Captain Briton«, sagte General Fredericks, »Sie sollten sich lieber daran erinnern, wo Sie gerade sind.«

Der Rang zählte. »Bitte nehmen Sie meine Entschuldigung entgegen, Mr Erskine.« Briton starrte ihn wütend an.

»Bitte lassen Sie es gut sein, lieber Junge«, murmelte Erskine. »Wir sind alle zweifellos ein bißchen überreizt, als Verdächtige in einem Mordfall.«

»Verdächtige?« bellte Bulstrode. »Guter Gott, Mann, wir sind keine Verdächtigen. Wir sind Mitglieder von Plums Club. Bedienstete sind Verdächtige.«

»Ich weiß nicht, wieso die Bediensteten den Colonel hätten umbringen sollen«, sagte Salt brüsk.

»Aber wieso hätte jemand von uns ihn umbringen sollen?« drängte Briton weiter. »Ich weiß, uns allen war zuweilen danach, aber so schlimm war der alte Knabe nun auch wieder nicht.«

»Das ist es, nehme ich an, was die Polizei gerade herausfinden will«, sagte Preston ruhig. »Zwei von ihnen sind gerade dabei, mit Vergrößerungsgläsern und so hier herumzuschnüffeln.«

»Dieser Kerl Rose. Hält sich für einen Sherlock Holmes, schätze ich«, sagte Atkins. »Das ist doch das Schlimme mit unserer Polizei heute; sie denken, sie müßten mit Sherlock Holmes wetteifern, anstatt daß sie mit ihrer Arbeit vorankommen und den Nächstliegenden verhaften.«

»In diesem Falle scheinen Sie, Lord Bulstrode, der Nächste gewesen zu sein«, bemerkte unklugerweise Salt. »Sie waren doch im Gesellschaftssalon, nicht wahr?«

Bulstrode wurde puterrot. »Guter Gott, Sir, wollen Sie damit andeuten … In früheren Zeiten wäre ich in der Lage gewesen, Ihnen zu zeigen, was ich von Ihnen halte – das heißt, wenn Sie überhaupt mit einer Pistole umgehen können.«

»Wenn Sie Worthington versehentlich mit Erskine hier vertauscht hätten ...«

»Zum Teufel, weshalb hätte ich ihn denn umbringen sollen? Er ist doch nur so ein Schauspieler ...«

»Sie hatten aber einmal einen kleinen Zusammenstoß mit ihm, nicht wahr? Sie und Ihre Frau ...«

Dieses eine Mal brüllte Bulstrode nicht. Dieses eine Mal sagte er nichts. Dann, als er sah, daß alle Augen auf ihn gerichtet waren, wurde er rot vor Zorn, stand auf, wischte dabei seine Kaffeetasse vom Tisch und stampfte aus dem Raum.

»So«, äußerte Jones leise, als Auguste ihm einen Kaffee reichte. »Es hat den Anschein, daß wir, wenn wir suchen, genügend Motive finden, unseren Freund Erskine hier umzubringen. Vielleicht galt das auch für den Colonel? Stimmen Sie mir nicht zu, Gentlemen?« Vergnüglich blickte er einen nach dem anderen an. »Aber das Geheimnis, spüre ich, muß in der Vergangehneit liegen. Immer interessant, die Vergangenheit. Würden Sie dem nicht beipflichten, Gentlemen?« Verbindlich schaute er in die Runde.

Eine seltsame Stille herrschte im Raum, so daß Auguste, als er ein Stück Zucker in eine Tasse fallen ließ, sich fast für das Geräusch entschuldigte.

Mrs Mildred Worthington empfing zu Hause. Tatsächlich drehte sich ihr ganzes Leben darum, zu Hause Gäste zu empfangen. Zweimal verwitwet; der zweite Ehemann war der jüngere Bruder des Colonels gewesen, und nun bildete das Zuhausesein und Gäste-Empfangen die Grundlage ihres Lebens. Das war ihr ein und alles. Sie betrachtete sich selbst als den Mittelpunkt der Gesellschaft von Blackheath. Den Höhepunkt ihres Tages bildete die Inspizierung des Tabletts mit den Besuchskarten, wo sie sich vergewisserte, daß ihre

Besuche mit genau dem Grad von Promptheit erwidert worden waren, welche der Anstand vorschrieb, und sie entschied, ob die neuen dort abgelegten Karten nur eine bloße Erwiderung von Karten anzeigten oder nach einem größeren Jubel über eine gesellschaftliche Eroberung ihrerseits verlangten. Es war ein schlechter Tag, wenn all diese neuen Karten von Leuten stammten, die auf der Stufenleiter des Ansehens weiter unten standen als sie selbst. Hausempfänge waren steife Angelegenheiten, aber irgendwie standen neue Bräute unter dem Eindruck, daß, von Mrs Worthington auf einem ihrer Hausempfänge akzeptiert zu werden, einen wesentlichen Schritt in ihrem Bemühen um Anerkennung bildete. In Blackheath gab es noch andere gesellige Zirkel, aber sie aufzusuchen wurde nicht für eine besondere Ehre betrachtet.

Aus diesem Grunde erfüllte Mrs Worthington einige Erregung, als sie Inspektor Rose ihre frischgeweißten Stufen heraufkommen sah; ein männlicher Besucher. Das war in der Tat eine Auszeichnung. Als Witwe hatte sie sich damit abgefunden, daß die Zahl der Herrenbesuche abnahm.

Ihre Enttäuschung war stärker als das Interesse, als sich der Zweck seines Besuchs offenbarte. »Tot, sagen Sie«, erwiderte sie und setzte sich weniger anmutig nieder, als sie es geplant hatte. Es war doch ein Schock für sie.

»Möglicherweise Selbstmord, Madam«, sagte Rose behutsam und beobachtete die steife, fischbeingestützte Gestalt, ob sich Zeichen eines bevorstehenden Zusammenbruchs wahrnehmen ließen. Das Auffangen in Ohnmacht fallender Matronen war noch nie seine starke Seite gewesen. Deshalb war er angenehm überrascht, als sie munter sagte: »Unsinn. Mortimer hätte nie, nie Selbstmord begangen. Unfall. Hat nie richtig auf sich aufgepaßt.«

»Mord, denken wir, Madam.«

Mord? Sie erbleichte. Mord war etwas, das man mit den unteren Schichten in Verbindung brachte, mit Kate Websters und Mrs Pearcies, mit Frauen einer unglücklichen

Klasse. Ihren Schwager hatte sie nie besonders hochgeschätzt, doch nun sank er in ihren Augen noch tiefer. Ein Mord in der Familie? Wie würde sich das auf Blackheath auswirken?

»Den Worten seiner Haushälterin konnte ich entnehmen, daß Sie seine nächste Verwandte sind, Madam. Schwägerin, glaube ich.«

»Ja, vermutlich bin ich das. Mein Mann ist tot, Herr Inspektor.« Mildred Worthington versuchte, bemitleidenswert auszusehen.

Nachdem er ihr ein paar Augenblicke Zeit gelassen hatte, sich zu fassen (denn es war wirklich ein Schock für sie gewesen), fuhr Rose fort: »Kennen Sie seine Anwälte, Madam?«

»Spence, Harcourt and Beaver, Sloane Street«, sagte sie gewunden. »Aber ich kann Ihnen mitteilen, Herr Inspektor«, sie erholte sich langsam, »daß mein Schwager in der Tat ein reicher Mann war und«, so fügte sie erstaunlich sachlich hinzu, »daß ich seine einzige Erbin bin.« Als ihr die Wirklichkeit zu dämmern begann, sah sie zufriedenermaßen selbstgefällig aus.

»Zu ›Plums Dahinscheiden‹ gestern abend hat er Sie nicht eingeladen?« Rose blickte sich im Zimmer um, sah dessen vollgestopfte Behaglichkeit, die modische Überladenheit, die ihm innewohnende Einsamkeit.

»Nein, Herr Inspektor. Ich habe ihn eine ganze Weile nicht gesehen. Allerdings besaß mein Schwager ganz feste Vorstellungen von seinem Club. Ich weiß, daß es große Aufregung darüber gab, ob man Frauen den Zutritt zum Club gestatten solle. Ein Haufen kindischer Unsinn, aber Mortimer war eben so. Wegen einer kurzen unglücklichen Ehe konnte er Frauen nicht ausstehen. Und wegen des Militärs natürlich. Lächerlich. Ich bin froh, daß mein Mann nicht seinem Bruder zum Militär gefolgt ist.«

»Woher wissen Sie von der Unruhe im Club, obwohl Sie Ihren Schwager eine Zeitlang nicht gesehen haben, wenn ich fragen darf, Mrs Worthington?«

»Von meinem Bruder natürlich, Herr Inspektor. Der ist Mitglied von Plums Club.«

»Und Ihr Bruder ist ...«

»Peregrine Salt, Herr Inspektor, der berühmte Forschungsreisende und Archäologe. Sie werden vielleicht von ihm gehört haben. Troja, wissen Sie.« Ihre Stimme senkte sich aus kalkulierter Bescheidenheit. »Und sein neues Unternehmen - nach Kreta zu gehen. Solch ein Ruhm erwartet ihn!«

Ihre Augen leuchteten noch, wie sie nie für den einstigen Ruhm Colonel Worthingtons geleuchtet hatten, als Rose sich verabschiedete.

Es wäre *lèse majesté* gewesen, in ihrer Gegenwart noch nichts von ihm gehört zu haben, das war ganz klar, dachte Rose, als er über die Heide zur Bahnstation trottete. Offensichtlich war der Bruder ihr Augapfel. Selbst nun ohne Ehemann, bildete er die Quelle ihres persönlichen Stolzes. Ein Bruder, dem zu helfen sie nun in der Lage sein würde.

Es war eine besonders ergiebige Sitzung für die Arbeit an den »Badenden Mädchen am Teich« gewesen. Er mußte dem Bild einen klassischen Namen geben, wenn er es ausstellen sollte. »Spielende Nereiden.« - »Nymphen bei Daphne im Bade.«Er grübelte nach. Der ideale Titel würde ihm schon rechtzeitig einfallen. Widerwillig verließ er das Atelier und zog sich in das Arbeitszimmer zurück, um den Ereignissen der letzten wenigen Stunden in seinen Gedanken noch etwas nachzuhängen. Er würde seiner Sammlung keinen Besuch abstatten. Die ganze Sache war ihm durch die Enthüllung verleidet worden, daß Rosie wieder geschwatzt hatte und nicht nur über die Sammlung. Er begann, Pläne zu schmieden.

Den Colonel des Zweiten Bataillons der Vierundzwanzigsten Grenadiere schienen dringlichere Angelegenheiten zu beschäftigen als der Mord an einem lange pensionierten Colonel mit einer offiziell nicht weiter bemerkenswerten Laufbahn. Sie waren wirklich dringlich. Nach fünfzehn Jahren gab es offenbar einen Hoffnungsschimmer, daß die Vierundzwanziger die grünen Aufschläge wiederbekommen würden, die ihnen irgendein namenloser Einfaltspinsel, der für die Heeresuniformen zuständig war, genommen hatte. Seitdem war das Regiment nicht mehr das alte gewesen, und nun machte er, bloß Colonel, erfolgreich Dampf dahinter, wo Generäle schon gescheitert waren.

Worthingtons Leistungen bei der Armee bestanden nur aus Routine, verglichen mit diesen folgenschweren Ereignissen. Gerüchte waren das eine, aber Akten waren Akten. »Ich habe für Sie die Heeresakten durchgesehen. Kann mich an ihn selbst natürlich nicht erinnern. Außerdem hat sich das Regiment seit seiner Zeit verändert. Waren immer die Warwicks gewesen, sind jetzt die South Wales Borderers.« Trübselig las er die Ergebnisse seiner Recherchen. »Chillianwallah 1849; Pandschab; Kap der Guten Hoffnung; Indien; Gibraltar; Genesungsurlaub; nicht in der Lage, 1874 zum Ersten Bataillon in Südafrika zu stoßen. Versetzt zum Zweiten Bataillon, Südafrika. 1878 Beförderung zum Major. Kämpfte 1879 im Zululand, Isandhlwana. Überlebte.«

»Überlebte was, Colonel?«

Ungläubig blickte der Colonel Inspektor Rose an. »Isandhlwana. Davon haben Sie nichts gehört? Rorke's Drift, Mann. Guter Gott, als nächstes werden Sie mir noch erzählen, Sie haben noch nichts von Rorke's Drift gehört.«

»Nein, das nicht, Sir. Sogar bei Scotland Yard haben wir von Rorke's Drift gehört.

Der Colonel beruhigte sich wieder. »Der größte Augenblick des Bataillons. Es ist nur zu natürlich, daß man davon mehr vernimmt als von Isandhlwana.« Er sah fast menschlich aus.

»Wieso das, Sir?«

»Ein Fleck auf der weißen Weste. Ein Massaker. Hätte vermieden werden können. Das sagt man. Colonel Durnford, der eine der drei Invasionskolonnen führte, verließ das Lager mit dem größten Teil seiner Einheimischen Reiterei, um den kleinen Zuluverband anzugreifen, den sie ausgemacht hatten. Aber sie wußten nicht, wo die Hauptstreitmacht der Zulus stand - zwanzigtausend von den Hunden befanden sich irgendwo da draußen. Kein Mensch glaubte, daß für das Lager eine Gefahr bestand; deshalb haben sie es nicht befestigt. War nicht nötig. Lage auf natürlichem Bergvorsprung über der Ebene, großer Munitionsvorrat. Durnford sah die Hauptstreitmacht der Zulus, machte kehrt, um sich ihnen entgegenzustellen. Die Zulus waren gerade dabei, ihn vom Lager abzuschneiden. Das Lager hätte sich noch schützen können, aber die Verteidigung wurde zu nachlässig organisiert. Jedenfalls griffen die Zulus an. Tausende und abermals Tausende. Trotzdem hätten wir sie zurückschlagen können, wenn es nicht ...«, er machte eine kleine Pause und fuhr dann fort, »eine so schlechte Führung von seiten Colonel Pulleines gegeben hätte, der die Truppen vorwärtsschickte, statt die Stellung zu befestigen. Die einheimische Linie gab nach. Schließlich brachen die Zulus durch und schnitten einige unserer vorgehenden Kompanien von hinten ab. Wurden bis auf den letzten Mann abgeschlachtet. Dann fielen sie in das Hauptlager ein, machten alle nieder, bis auf eine Handvoll Leute; dann schnitten sie denen den Rückzug ab, die sich bei Rorke's Drift ins Lager zurückziehen wollten. Sechs Kompanien des Regiments wurden vollständig aufgerieben. Nur ungefähr fünfzig Europäer überlebten. Von fast eintausend Mann. Worthington gehörte zu den Glücklichen. Natürlich stand er nicht in vorderster Linie; er war der gesamtverantwortliche Offizier für die Munitionsvorräte. Besaß eine bessere Gelegenheit zum Rückzug - als alles verloren war, natürlich«, fügte der Colonel eiligst hinzu, damit der Inspektor nicht den Eindruck erhielt, daß irgend jemand von den Vierundzwanzigsten kneifen und ausreißen würde. »Das war eine schlimme Sache. Kämpfen nicht wie Gentlemen, die Zulus. Kriegsgeschick, Inspektor. Rorke's Drift ist in die Geschichte als Sieg eingegangen, Isandhlwana als unrühmliches Massaker. Bei beiden, möchte ich behaupten, haben die Männer mit gleicher Tapferkeit gefochten. Aber es ist letzten Endes das Urteil der Geschichte, das darüber entscheidet, wie man ihrer gedenkt. Nur zwei Victoria-Kreuze für Isandhlwana, die gingen ans Erste Bataillon. Kein Wunder, daß Worthington nicht viel über Isandhlwana geredet hat. Kein Ruhmesblatt für das Zweite Bataillon. Haben ihre Fahne verloren, verstehen Sie.«

»Die Fahne?«

Zu solcher Unkenntnis machte der Colonel ein bestürztes Gesicht. »Ich verstehe, Inspektor, Sie haben nicht gedient.«

»Nein«, erwiderte Rose einfach. »Nur mit Zinnsoldaten gespielt. Feine Sammlung.«

Das zählte beim Colonel nicht.

»Die Fahne, Inspektor, repräsentiert die Ehre des Bataillons. Zwei Standarten. Die Fahne Ihrer Majestät mit dem Union Jack, der Krone und dem Titel des Regiments und die Regimentsfahne mit den Auszeichnungen für Schlachten und der Wappenverzierung. In der Schlacht werden sie vorangetragen – sie wurden es jedenfalls, denn in der Zuluschlacht geschah es zum letzten Male; und eine zu verlieren bedeutet die allergrößte Schande. Es gibt keinen Soldaten, der nicht sein Leben opfern würde, um das zu verhindern. Aber das Zweite Bataillon verlor sie beide bei Isandhlwana. Sie befanden sich im Wachzelt. Ein junger Leutnant erblickte die Zulus da drin; es gelang ihm, hinzukriechen und die Standarten an sich zu nehmen, während sie die Wache abschlachteten. Die Flucht wäre ihm auch beinahe geglückt. Er befand sich auf halbem Wege nach Rorke's Drift, als sie ihn einholten und niedermähten.«

»Wegen der Fahnen?« sagte Rose verwundert. »Die Zulus haben gewußt, was die Fahne bedeutet?«

»Nein, wegen der roten Jacken, wie wir später herausfanden. Ihr König hatte ihnen erzählt, daß alle Soldaten rote Jacken trugen; also haben sie gehorsamst die Rotjacken zuallererst getötet. Und der junge Leutnanat trug eine rote Jacke. Er verdiente das Victoria-Kreuz, konnte es aber nicht bekommen, weil er als letzter im Besitz der Fahne war. Gilt als Schande, verstehen Sie. Melvill und Coghill vom Ersten Bataillon wurden mit dem Victoria-Kreuz ausgezeichnet, weil sie die Fahne mit ihrem Leben verteidigt hatten, und sie fiel nicht dem Feind in die Hände, während Fredericks ...«

»Wer, Sir?«

»Fredericks. Leutnant Fredericks war das. Vater ist General a.D.«

»Alice, meine Liebe ...«

Lady Fredericks verließ das Zimmer, verwundert, aber gehorchend. In dem auf nüchterne Weise gemütlichen Morgensalon des Fredrickschen Anwesens in Kensington nahm Rose in einem Ledersessel Platz. Es war nicht seine Idee gewesen, daß Lady Fredericks den Raum verlassen sollte, doch war er – fürs erste – damit durchaus einverstanden. Eine Befragung stets in aller Ruhe beginnen, hatte sein alter Chef gesagt, nehmen Sie sich Zeit, die Leute zu taxieren, die Situation einzuschätzen.

Trotz seiner kleinen Statur wandte sich General Fredericks steif wie ein Ladestock dem Inspektor höflich zu.

»Haben Sie Colonel Worthington gut gekannt, Sir?«

»Er war Mitglied im gleichen Club wie ich, das ist alles, Inspektor.«Das klang unpersönlich, fast unbeteiligt.

»Kannten Sie ihn vom Militär her?«

»Nein, Inspektor. Ich war bei den Vierundzwanzigsten Grenadieren.«

»Ich habe aber gehört, daß er im gleichen Bataillon wie Ihr Sohn gedient hat.«

Die sanften, durchdringenden Augen flackerten nur unmerklich. »Gehören Sie einem Club an, Inspektor? Nein? Dann können Sie nicht wissen, daß Freundlichkeit kaum der eigentliche Punkt ist. Ein Club ist dazu da, Geselligkeit zu vermeiden, wenn man sie nicht wünscht. Vielleicht haben Sie durch die Kameradschaft beim gestrigen Umzug eine falsche Vorstellung erhalten. Was meinen Sohn betrifft, so war mir bewußt, daß Worthington dem gleichen Regiment angehörte. Das ist alles. Über den Tod meines Sohnes denke ich nicht nach. Meine Frau empfindet seinen Verlust noch immer sehr schmerzlich.«

»Verzeihen Sie, Sir, aber ich habe gehört, er fiel bei Isandhlwana.«

»Ja«, sagte er leise. »Aber ich möchte nicht ...«

»Glauben Sie, daß diese Tragödie hätte vermieden werden können, Sir?«

»Wenn Sie in die Geschichte eindringen wollen, Inspektor, dann bin ich nicht der Richtige, der Ihnen helfen könnte. Ich bin Soldat, nicht Historiker.« Das klang immer noch höflich, doch kühler.

»Das sehe ich ein, Sir.«

Einen Augenblick lang schwieg der General, als schätzte er die Stärke seines Gegenübers ab. Dann schien er zu einer Entscheidung zu gelangen. »Der Grund lag in der üblichen Selbstüberschätzung des britischen Heeres, wenn es sogenannten unausgebildeten einheimischen Truppen gegenüberstand, verbunden mit einer fatalen Unterschätzung der Anzahl feindlicher Kämpfer. Die militärischen Überlegungen haben das nicht berücksichtigt. Ein gewisses Maß an Schuld ist der Einheimischen Reiterei zuzuschreiben, die, obgleich sie richtig ausgebildet war, nicht die eingefleischte Disziplin der britischen Truppen besaß. Das Schlimmste aber, das schiefging, war das Fehlen von Munition. Es war genug vorhanden, jedoch der Ansturm und das Durcheinander waren derart, daß die Melder zu den falschen Vorratswagen geschickt wurden. Der Quartiermeister weigerte sich, die anderen Bataillone zu versorgen, weil er befürchtete, daß sie selbst nicht genug Munition hätten. Der oberste für die Versorgung zuständige Offizier weigerte sich, die Entscheidung des Quartiermeisters aufzuheben.

Was auf der Militärakademie Sandhurst vorbildlich ist, Befehlen so absolut zu gehorchen, erwies sich mitten im Zululand als selbstmörderisch. Die Folge war, es kam zu einer fatalen Verminderung des Feuers, dann ging den Einheimischen die Munition ganz aus, und die Linie wurde durchbrochen.«

»Der Offizier, der das Kommando über die Vorräte hatte, war das Worthington, Sir?«

Fredericks lächelte traurig. »Ja, Inspektor, das war Colonel Worthington.«

»Hat er gewußt, daß Ihr Sohn bei Isandhlwana gefallen ist, Sir?«

»Ich habe keine Ahnung, Inspektor«, fuhr der General gelassen fort. »Bis vor wenigen Tagen hatte ich von Worthington selbst keine Ahnung.« Er machte eine Pause. »Vielleicht sollte ich Ihnen erzählen, Inspektor, daß ich die Absicht hatte, Worthington zur Rede zu stellen. Tatsächlich habe ich in der Hitze des Augenblicks sogar daran gedacht – äh – an äußerste Maßnahmen.« Sein Blick fiel auf die »Pariser Neuheit«, die höchst unpassend auf dem Schreibtisch aus dem 18. Jahrhundert lag. Rose folgte seinem Blick, und Fredericks lächelte.»Äußerste sagte ich, Inspektor. Ich gebe Ihnen recht, daß ein Revolver viel wirksamer ist. Obwohl natürlich auch lauter.«

»Aber letzten Endes haben Sie den Colonel nicht zur Rede gestellt.«

»Nein, Inspektor«, sagte er gleichmütig, »es scheint, als habe das jemand anderes vor mir getan. Ich hatte vor, ihn im Rauchsalon anzusprechen, wenn ich meinen Brandy getrunken hatte. Ich sollte noch erklären, daß sich zu diesem Zeitpunkt meine Neigung zur Gewalt schon längst gelegt hatte.«

»Und Sie befanden sich mit Ihrer Gattin in den Speiseräumen, als man den Schuß hörte?«

»So war es.«

»War noch jemand dort?«

»Es hielten sich dort natürlich eine Menge Leute auf. Ob sie sich daran erinnern, daß wir in dem Moment auch dort waren, ist allerdings fraglich.«Seine Augen hielten Roses Blick stand, und Rose war zweifach froh darüber, daß er nicht beim Militär gewesen war. Und er hatte die Disziplin in der Polizeischule schon für streng gehalten. Lieber wäre ihm sogar gewesen, wenn McNaughtens stechender Blick auf ihm geruht hätte.

»Danke, Sir.« Er ließ sich nicht anmerken, wie wenig ihn diese Antwort befriedigte. »Darf ich Sie fragen, Herr General, wer Ihnen mitgeteilt hat, daß Colonel Worthington der Offizier war, dem die Versorgung unterstand?«

»Sie dürfen, Inspektor. Es gibt keinen Grund, es Ihnen zu verschweigen. Es war Salt, Peregrene Salt. Er hatte kürzlich mit Lord Chelmsford gespeist, der das Oberkommando über alle britischen Truppen im Zululand besaß, wie Sie sich vielleicht erinnern.«

Gertie Briton schmollte. Vom anderen Ende der langen Tafel her starrte sie ihr Mann wütend an.

»Ich habe gesehen, daß du gestern abend mit diesem Kerl Erskine geredet hast, Gertie. Du hast versprochen, das nicht mehr zu tun.«

»Ich mußte doch antworten, als er mich ansprach«, schleuderte sie ihm ins Gesicht, wobei sie ihre hübsche Faust auf den Tisch knallte, mit dem Ergebnis, daß die *petit pois à l'ancienne* Beechcroft vom Löffel sprangen, als er diese auf den Teller seiner Herrin legen wollte.

»Du mußtest ihm nicht durch den ganzen Salon hinterherlaufen, nicht wahr? Wie ein Fuchs einem Kaninchen.« Soviel für Beechcrofts neugieriges Interesse.

»Ich bin ihm nicht hinterhergelaufen«, sagte sie entrüstet, eher wegen der Schmähung des Fuchses als wegen ihrer Ehre.

»Ich habe dich gesehen – du schienst dich auch noch über den Kerl ziemlich zu ärgern. Ich frage dich, Gertrude«, plötzlich änderte sich sein Ton, als er sich an die Unterhaltung im Club über den Zweispitz erinnerte, »du hast doch nicht etwas Dummes angestellt, oder?« Dann bemerkte er Beechcroft. Nur ein Dienstbote, gewiß, aber nichtsdestoweniger wollte er lieber nichts weiter sagen.

»Daphne!« Der Ruf schien lauter als gewöhnlich zu sein, so daß Lady Bulstrode sich entschloß, ihm Folge zu leisten.

»Daphne«, trompetete ihr Gatte, als er durch die Halle stürmte, »du hast doch nicht ins Blaue hinein auf Erskine geschossen, wie?« Der Diener versuchte teilnahmslos zu bleiben. Nicht, daß Bulstrode es bemerkt hätte.

»Ins Blaue hinein, mein Lieber?«

»Versucht, den Kerl zu erschießen. Du bist kurzsichtig, das weißt du.«

Lady Bulstrode runzelte die Stirn. »Es war Colonel Worthington, der erschossen wurde, mein Lieber.«

»Verdammt, das weiß ich. Im Club sagte einer, das könnte aus Versehen an Stelle von Erskine passiert sein. Und ich weiß, wie du zu dem Kerl stehst.«

»Horace, für den Fall, daß du es vergessen hast: ich war bei dir im Gesellschaftssalon, als Colonel Worthington erschossen wurde. Erinnerst du dich nicht?«

Bulstrode legte die Stirn in Falten. »Könnte ab und zu eingenickt sein. Deine Gesellschaft ist durchaus nicht so anregend, Daphne.«

Daphne Bulstrode gab nicht zurück, daß Horace Lord Bulstrode selbst kaum ein Anwärter auf einen Preis für Geselligkeit wäre. Statt dessen erwiderte sie: »Horace, mir ist klar, daß ich einmal wegen des armen Mädchens Martin durchgedreht habe, und ich erinnere mich, deinen Purdey durch die Luft geschwungen zu haben. Jedoch versichere ich dir, gestern abend – das habe ich nicht getan, und ich habe nicht aus Versehen Colonel Worthington erschossen.«

Die Falten auf der Stirn Lord Bulstrodes blieben.

In der überfüllten, stinkenden, nach Gas riechenden Garderobe des Varietétheaters von Watford war ein Künstler dabei, sich zu schminken. Das Gesicht, das ihm aus dem Spiegel entgegenblickte, hoffnungsvoll wie je. Schließlich, wenn Erskine es geschafft hat, dann würde er es auch schaffen, sagte er sich. Gaylord Erskine. Er hatte dessen glänzende Laufbahn Schritt für Schritt verfolgt. Von den frühen Tagen mit seiner Frau bis zum Musketier, zu Petruchio und jetzt zum Hamlet, dem Höhepunkt aller Schauspielerträume. Was für eine Begabung! Welche Vielfalt. Eines Tages würde er vielleicht das gleiche erreichen. Er hatte es schon versucht, hatte aber keinen Erfolg gehabt. Diese unerfreuliche Erinnerung umwölkte seine Gedanken für einen Augenblick. Dann lächelte er. Aber er konnte alles verändern. Unterdessen hieß es zurück auf die Bühne von Watford zur letzten Vorstellung seiner Nummer mit dem verschwundenen Kanarienvogel. Er setzte sich den Zylinder auf den Kopf, bevor er hinausging. Morgen auf zu neuen Ufern und üppigen Weiden! Oder vielleicht würde er wieder zurückkehren zum Sheridan Theatre.

»Ich sage Ihnen, Mr Didier«, meinte Egbert Rose voller Überzeugung, »ich weiß nicht, welchen Weg wir einschlagen sollen. Eine Menge Motive, Worthington selbst umzubringen, eine Menge für Erskine. Aber keinen Beweis. Fällt Ihnen das nicht auf? Habe noch nie so einen Fall gehabt. Man sollte denken, bei all den vielen Leuten, die sich dort befanden, müßte irgendeiner etwas Bestimmtes gesehen haben. Wir können nicht einmal jemanden ausschließen – keiner vermag genaue Angaben zu machen, in wessen Nähe er stand, als der Schuß fiel. Jeder glaubt es zu wissen, bis man fragt, ob das nicht zu dem Zeitpunkt war, als Worthingtons Schrei jeden aufschreckte. Sie können sich nur darauf mit Sicherheit besinnen, daß ihre Frau bei ihnen war. Das sagt einiges aus über die Ehe, nicht wahr?« fügte er hinzu, einen Augenblick abschweifend. »Soweit ich sehen kann, hätte jeder nach dem Revolver an der Wand greifen können; er hätte schon viel früher an dem Abend verschwunden sein können; keiner hätte das bemerkt - vielleicht mit Ausnahme Worthingtons -, und zu der Zeit, als der Umzug begann, waren die Lampen schon überall heruntergedreht, als daß man einen bloßen Revolver an der Wand vermißt hätte. So stehe ich nun also da mit zweihundert oder mehr Verdächtigen. Wenn Ihr Aushilfspersonal nicht schon weggegangen wäre, könnten wir fast dreihundert sagen. Das ist wie in so einem französischen Irrgarten. Wie der auf Stockbery Towers. Wissen Sie noch?«

Auguste besann sich. Mit diesem Irrgarten verbanden sich glückliche Erinnerungen.

»Immer, wenn ich mit Worthington ein Stück vorangekommen bin«, grübelte Rose, »bekomme ich auch gleichzeitig mehr über Erskine heraus. Irgendein Schauspieler, der wegen ihm das Engagement verlor oder das jedenfalls glaubte. Häßliche Sache. Könnte durchaus einen Groll gegen ihn hegen. Hat geschworen, mit ihm abzurechnen. Das ist alles, was Erskine zugeben will. Niemand sonst. Aber überall gibt es Leute, die etwas gegen Erskine haben. Hauptsächlich Ehemänner.«

»Oder ihre Frauen«, bemerkte Auguste. »Es war eine Frau, die vom Wintergarten rief.«

»O ja, und das ist das Rätsel. Wohin ist sie verschwunden? Nach Worthingtons Worten befand sich niemand dort, als er hinkam.«

»Er könnte gelogen haben. Sie könnte ganz und gar durch das Gartentor gegangen sein. Oder sie hätte durch die Gartentür ins Haus zurückgelangt sein können.«

»Riskant. Die Tür führt in den Billardsalon. Es würde schon merkwürdig aussehen, wenn eine Frau da herauskommen würde.«

»Dann muß sie in den Garten gegangen sein.«

»Mir scheint, es waren eine Menge Leute im Garten«, sagte Rose mit einiger Schroffheit. »Da ist der Aushilfskellner, der im Garten verschwunden sein könnte und dem sich die anderen vierundvierzig anschlossen, als ihr Dienst beendet war. Dann kommt noch unsere unbekannte Freundin hinzu.«

»Wenn sie nicht identisch sind«, sagte Auguste in glänzender Vermutung.

»Wie bitte?«

»Wenn es nicht eine Frau in Männerkleidung war. Sie war der Kellner.«

Rose lachte laut auf. »Jetzt geht die Phantasie wieder mit uns durch, Mr Auguste. Können Sie sich Mrs Salt im Smoking vorstellen? Eine Art Vesta Tilley, wie? Die unvergleichliche Berühmtheit der Music Hall in ihren Hosenrollen? ›Ich bin Burlington Bertie ...‹«

»Ich sage nur, daß es möglich ist«, gab Auguste würdevoll zurück. »Schauen Sie sich Hannah Snell an.«

»War sie da?« Rose ging seine Liste durch.

»Im 18. Jahrhundert, Herr Inspektor. Sie diente viele Jahre unentdeckt als Soldat, bis zu ihrem Tode. Sie kämpfte, lebte und schlief an der Seite ihrer männlichen Kameraden.«

»Das ist allerdings nicht praktisch. Nicht heutzutage. Nicht in Plums Club.«

»Sie reden wie Mr Nollins.«

Rose seufzte. »Nun gut. Welche Frau also? Da ist Gertie Briton, schlank genug, gebe ich zu. Mrs Salt braucht ein ziemlich großes Paar Hosen. Mrs Erskine, also wenn sie es sich in den Kopf gesetzt hätte, ihren Mann zu ermorden – aber sie befand sich nach Prestons Angaben im Speisesaal. Mrs und Miss Preston? Wir haben nur Prestons Aussage, daß sie bei ihm waren. Oder Lady Fredericks. Aber ich kann mir nicht vorstellen, daß diese Ladies ihre Unterröcke und Hemdhosen ausziehen und in Männerhosen springen.«

»Sie könnten sie daruntertragen«, sagte Auguste trotzig.

»Nun, Mr Auguste, wie ich schon gesagt habe, lassen Sie uns die Sache vereinfachen. Wer wollte Colonel Worthington umbringen?«

8. Kapitel

»Danke, Watkins.«

Gaylord Erskine nahm die Morgenpost von dem ihm dargereichten Tablett. Eines Tages, in vielleicht nicht einmal allzu ferner Zukunft würde einer der Briefe das königliche Wappen tragen; er würde dann endlich hinbestellt werden. Doch der heutige Tag brachte einen Umschlag mit einem nur zu vertrauten Aussehen. Er warf Amelia einen Blick zu, die ganz und gar von ihren Eiern und Nierchen in Anspruch genommen war. Die liebe, treue Amelia, Gefährtin in so vielen Bewährungsproben ihres gemeinsamen Lebens, sie saß so sittsam und tugendhaft da in ihrer braungemusterten Seide. Natürlich hatten notwendigerweise andere Frauen eine Rolle gespielt, doch Amelia hatte sich wegen ihnen keine Sorgen gemacht. Außer wegen Gertie Briton. Leider war das nicht so gelaufen wie geplant.

Er öffnete den Umschlag. Darin lag ein Blatt Papier, beklebt mit Buchstaben, ausgeschnitten aus Zeitungen. Er las es sorgfältig. Dann überflog er es noch einmal. Jetzt ruhten Amelias Augen auf ihm. Schweigend reichte er ihr den Brief hinüber. Sie schluckte. »O Gaylord - und wir dachten, es hätte ein Ende.«

»Ich fürchte nein, meine Liebe. Doch wir werden dem gemeinsam entgegentreten, nicht wahr?«

»Wie kannst du daran zweifeln, Gaylord?« Sie entrüstete sich nahezu.

»Unerschrockenen Mutes«, sprach er sanft, »mein Schnucki.«

Amelia legte die Hand auf ihre Brust, als sie rief: »Gaylord, nein. Höre auf, dieses Stück zu zitieren!«

»Du glaubst, ich fordere das Schicksal heraus«, erwiderte er lächelnd.

Doch sie gab ihm eine ernste Antwort. »Das wird Unglück über unser Haus bringen.«

Eine zweirädrige Kutsche beförderte ihn rechtzeitig nach Scotland Yard, um Egbert Rose dort anzutreffen, als der gerade von einer Besprechung mit dem Polizeipräsidenten zurückkehrte. Rose hatte dem Polizeipräsidenten genau erklärt, warum er Colonel Worthington für das tatsächliche Ziel der Absichten des Mörders hielt.Ohne große Begeisterung sah er deshalb den vorausgeahnten Brief, den Erskine theatralisch in der Hand schwenkte, einen Brief, der Erskine herzlich aufforderte, sich auf seinen bevorstehenden Untergang vorzubereiten.

Eine halbe Stunde später entstieg Rose der zweirädrigen Kutsche vor dem Sheridan Theatre, fand aber die Türen fest verschlossen. Er lief herum zum Bühneneingang und machte mit einiger Schwierigkeit seine Autorität gegenüber dem Pförtner geltend, einem Ex-Sergeant-Major.

Nun stand er zwischen den riesigen Seitenkulissen und beobachtete das Chaos hinter der Bühne, das sich auf wunderbare Weise in eine ordentliche Aufführung verwandeln würde. Das hatte er alles schon im Galaxy Theatre erlebt. Zimmerleute, Gasleute, Elektriker, die Myriaden von Ameisen, welche den Schauspielern halfen. Schon bevor er die Frage stellte, wußte er, wie die Antwort lauten würde.

»Hier kommt niemand herein, Sir, ohne daß ich weiß, wer er ist und was er hier zu suchen hat«, sagte der Portier mit fester Stimme. Rose wußte, daß das nicht stimmte. Lieferanten, Laufburschen mit Sandwiches, Kostümschneider, Schuster, Perückenmacher - alle anscheinend mit offiziellem Auftrag, doch wer überprüfte das? Kein Mensch.

»Konstabler Roberts wird herkommen und für eine Weile kontrollieren, wer hier aus und ein geht.«

Der Sergeant-Major betrachtete ihn mit äußerster Abneigung.

Oliver Nollins war von Roses Ultimatum noch weniger erbaut. »Die Clubmitglieder beschweren sich immer noch, daß sie den Rauchsalon nicht benutzen dürfen«, sagte er zaghaft. »Sie haben doch schon einen Konstabler hier. Sicherlich ...«

»Nach der gerichtlichen Untersuchung, Sir«, sagte Rose geduldig. »Bis dahin steht ein Konstabler an der Tür. Drinnen oder draußen.«

»Drinnen«, kam ihm Nollins entgegen, kapitulierend, und er legte sich schon eine Verteidigung gegen die Schmähtiraden zurecht, die ihm an den Kopf geworfen werden würden, und fragte sich, ob man den Konstabler überreden könne, den Helm abzusetzen, damit er einem Aushilfsportier ähnelte.

»Ah, Herr Inspektor«, sagte Auguste erfreut, als er vom Einlegen des Lachses aufblickte. »Ich habe noch einmal über unsere gestrige Erörterung des Falls nachgedacht. *Eh bien*, mir scheint der General sehr wohl einen guten Kandidaten für unseren Mörder abzugeben, bloß müßte er eine Frau als Komplizin gehabt haben. Es fällt mir schwer, mir Lady Fredericks in der Rolle der Versucherin vorzustellen, die noch dazu Männerkleidung anlegt. Und Geld bildet doch immer ein starkes Motiv, ein stärkeres als die Liebe, stärker sogar als Rache. Im Leben des guten Colonels gab es keine Frau, also mußoffensichtlich Geld das Motiv sein. Deshalb, *mon cher Inspecteur* ...«

Der Ausdruck auf Roses Gesicht ließ ihn mitten im Schwingen eines großen Kochlöffels innehalten.

»Das macht keinen Sinn, Mr Didier. Wir müssen noch einmal nachdenken. Es scheint, als müßten wir nach allem doch kompliziertere Überlegungen anstellen. Mr Erskine erhielt noch einen von diesen Briefen. Morddrohung.«

»Ah«, sagte Auguste und starrte hinunter auf die Kalbshaxensülze. Wie dieser Fall weigerte sie sich hartnäckig, feste Gestalt anzunehmen. »Vielleicht«, fuhr er hoffnungsfreudig fort, »hat beides miteinander nichts zu tun. Oder es soll uns von der Fährte abbringen.«

Rose machte sich nicht die Mühe zu antworten. Was er tatsächlich sagte, kam völlig unerwartet. »Nun frage ich mich, Mr Didier, ob Sie dieses Haus hier verlassen könnten und Lust hätten, nach Highbury mitzukommen und mit Mrs Rose und mir zu Abend zu essen. Es scheint mir an der Zeit zu sein, daß wir alles noch einmal durchkauen, wenn Sie verstehen, was ich meine.«

Auguste wurde gewahr, auf welche Art und Weise ihn Rose anblickte, und ihm war ganz und gar klar, welche Auszeichnung diese Einladung für ihn bedeutete und daß sie ein Ersatz für Worte war, die gesprochen waren und nicht ungesprochen gemacht werden konnten. Beide wußten, daß Mrs Roses Kochkunst nicht mit der Küche von Plums Club mithalten konnte; beide wußten, daß diese Sache zwischen ihnen nie mehr erwähnt werden würde. Das war ein Meilenstein. Er spürte, wie hinter den Augen eine Träne piekte, als er schlicht sagte: »Es wäre mir eine große Ehre.«

»Ausgezeichnet«, sagte Rose mit gezwungener Herzlichkeit. »Heute abend also; ich werde mit Nollins reden. Mich vergewissern, daß er Sie nicht wegen Pflichtverletzung hinauswirft.«

»Wirklich, nein, Herr Inspektor, die Gans *à la dauphinoise* ist schon fertig, das Kaninchenfilet *à la financière* kann ich guten Gewissens John überlassen, und machen Sie sich keine Sorgen um das in der Muschelschale überbackene Hasenfleisch. Natürlich bleibt da noch die Nachspeise, aber vielleicht wird ein einfacher eisgekühlter Pudding *à la Prince Albert* oder eine *crème à la romaine* …« – aber er sprach mit sich selbst. Egbert Rose war, wie es seiner Gewohnheit entsprach, sobald eine Sache entschieden war, schon gegangen.

»Was meinst du damit, du kannst heute abend nicht mit mir dinieren?« Emma plusterte ihre Federn auf wie Disraeli, bis auf die eine in ihrer Hand, die lediglich zitterte. »Ich habe dich eingeladen.« Sie sprach es im Ton eines königlichen Befehls.

»Liebste, ich kann nicht. Ich esse bei Inspektor Rose in Highbury.«

»Wo?« fragte Emma grob.

»In Highbury«, wiederholte er. »Dort wohnt er.«

Welche Ehre das für ihn bedeutete, konnte Emma nicht begreifen. »Weshalb in Teufels und Tommys Namen? Armer Auguste. Man wird dir gekochten Kohl und Hammel vorsetzen statt Emmas Brieschen. Wie schade«, obgleich die Dolche in ihren Augen kein Mitgefühl verrieten, »und ich hätte einige *perdreaux braisés à la soubise* und ein besonders feines *darne d'esturgeon* zubereitet.«

Ihm lief das Wasser im Munde zusammen. »Leider, ich kann nicht kommen.«

»Macht nichts«, sagte sie mürrisch. »Charlie Briton ist den ganzen Abend frei - und später auch.«

Auguste errötete, und zum ersten Male wurde ihm klar, daß Emmas Feingefühl anderen gegenüber von nicht so hoher Qualität war wie ihre Brieschen.

Rosie Scampton verschwendete einen flüchtigen Gedanken an den verblichenen Colonol Worthington. Wenn es ihr gegeben gewesen wäre, den Tod eines Menschen zu betrauern, dann wäre es der seine gewesen. Er hatte sich für sie interessiert, ihr gefiel das Gefühl, Macht über ihn zu haben; sie konnte ihn zum Lachen bringen, wenn sie bei ihrer Tante hineinschaute, die seine Haushälterin war. Als sie ihm von Sir Jones erzählte, hatte er allerdings nicht gelacht. Und nun hat die Tante erzählt, er sei ermordet worden.

In Rosie Scamptons Leben hatte es nicht viel Platz gegeben, sich um andere zu kümmern; sie war zu sehr damit beschäftigt, sich in den Slums von Bethnal Green über Wasser zu halten. Gott sei Dank war sie nun nicht mehr auf die Arbeit in der Luzifer-Streichholzfabrik angewiesen.

Nicht mehr, da sie jetzt Modell war. Sie befühlte ihr neues Kleid. Sir Jones hatte es gern, wenn sie schick aussah, und gab ihr zunächst das Geld für Kleider. Als er dann bemerkte, daß sie nicht wußte, was sie mit dem Geld anfangen sollte, bestellte er die Sachen selbst. In Bethnal Green konnte sie sie nicht tragen - die Leute würden wissen wollen, wo der Segen herrühre und was passiert sei, aber sie ging gern hinauf nach St. John's Wood und zog dort Samt und Seide an - oder gar nichts, wie es Sir John anordnete. Es war nicht ihre Absicht gewesen, dem alten Colonel alles darüber zu erzählen, aber es war ihr so herausgerutscht, daß sie Modell stand und noch mehr. Er war ja so böse geworden. Sagte, er würde was dagegen unternehmen. Sie war damals erschrocken, sie wollte, daß alles beim alten bliebe. Es spielte keine Rolle, was der alte Sir Jones mit ihr machte, solange er fortfuhr, ihr Geld zu geben. Ihre stechenden kleinen Augen funkelten. Dann hatte sich dieser Schauspielermann für sie interessiert, das sagte jedenfalls ihre Cousine, die bei ihm arbeitete. Sie wünschte jetzt, sie hätte Cissie nie etwas darüber berichtet, aber sie mußte sich ja jemandem anvertrauen, und Cissie ging hin und erzählte es ihrem Herrn. Rosie seufzte und versuchte, an Erfreulicheres zu denken. Vielleicht hatte ihr der alte Colonel etwas in seinem Testament hinterlassen.

Der Wagen mit dem gewissen Wappen ratterte vom Bahnhof zur Auffahrt von Windsor Castle. Drinnen lächelte Sir Rafael Jones in stiller Genugtuung über die Erfüllung seiner Pläne. Ihre Majestät hatte um seinen Besuch gebeten, um mit ihm ihre Sammlung in Windsor zu besprechen. Es würde, das war sicher, langweilig werden, ständig diese Orchardsons, die Gainsboroughs und die Rubense zu bewundern, doch wenn es um die königliche Gönnerschaft ging, warum nicht?

Überdies würde die Audienz den Lunch einschließen, eine seltene Ehre, die ihm von der Witwe von Windsor zuteil wurde. Nächstes Jahr würde sie ihr diamantenes Jubiläum begehen, bei dem er auch gut eine Rolle spielen könnte. Vielleicht eine weitere Auszeichnung. Sein Blick richtete sich auf die Kapelle. Den Hosenbandorden gar? Dann würde Erskine kein Problem mehr darstellen. Jawohl, das Leben meinte es gut mit Rafael Jones, Baronet.

Die zweirädrige Kutsche entließ den Inspektor vor der Wohnung in Highbury, und Auguste stieg nach ihm aus, in makellose Abendgarderobe gekleidet. Weiße Stufen verkündeten einen ungewöhnlichnen Diensteifer von seiten des »Mädchens«; sie führten zu dem kleinen, gepflegten Vorgarten.

Das Mädchen machte einen Knicks, als sie eintraten; die Augen fielen ihr beinahe aus dem Kopf, und sie verschlang diesen einnehmenden Mann mit den dunklen, blitzenden Pupillen und dem adretten, schwarzen Schnurrbart mit ihren Blicken. Überhaupt nicht wie die üblichen Besucher, die zu ihrem Herrn und der Herrin kamen. Er schaute sie an, als ob sie jemand wäre, fast als ob sie eine Frau wäre. Natürlich war er einer von diesen Ausländern, wie die Herrin sagte, und dennoch konnte sie es kaum erwarten, das Abendessen zu servieren. Bisher war ihr dies wie eine Aufgabe von furchterregender Größe erschienen, der Höhepunkt eines Tages, an dem es nur geheißen hatte: »Laß dies sein! – Laß jenes sein!« Die Herrin war ganz aus dem Häuschen gewesen, fast als stünde der Besuch einer königlichen Hoheit bevor.

Sie warf die Tür zu dem kleinen Wohnzimmer auf und errötete, als ihr Auguste ein besonderes Lächeln schenkte.

»Ah, meine Liebe«, sagte Rose warmherzig, »darf ich dir Mr Didier vorstellen!«

»*Madame, enchanté*«, murmelte Auguste, während er sich tief über die Hand beugte, die offensichtlich den ganzen Tag Seite an Seite mit dem Mädchen gearbeitet hatte. Er konnte die Zambuksalbe riechen. Der Inspektor Rose, den er kannte, schien sich auf irgendeine undefinierbare

Weise zu verwandeln: er war nicht länger der zurückhaltende, einzelgängerische, scharfäugige Bluthund; er schien nun Teil einer aus zwei Hälften bestehenden Ganzheit zu sein, dessen Partnerin ein malvenfarbiges Musselinkleid trug, das dem ängstlichen Gesicht nicht schmeichelte, welches nichtsdestoweniger die Züge eines gelassenen Selbstvertrauens zeigte. Ihre Augen beobachteten ihn argwöhnisch. Kleiner und etwas fülliger als ihr Ehemann, stand sie ein wenig verschüchtert neben ihm. Sie stützten sich gegenseitig. Natürlich war sie ängstlich; war er nicht der berühmte Küchenchef, wie ihr Mann ihr erzählt haben mußte? Doch tief im Inneren zweifelte sie nicht an sich selbst, aus dem einfachen Grunde, weil ihr Mann niemals an ihr zweifelte.

»Sehr erfreut, Sie kennenzulernen, Mr Didier.« Die Röcke raschelten aufgeregt. Ein Auge richtete sie auf Egbert. Der letzte Ausländer, den er mit nach Hause gebracht hatte, war ein ostindischer Matrose gewesen, auf der Flucht wegen eines Mordes, obgleich sie Mr Didier nicht dieser Sorte zurechnete, mußte sie immerhin als die Frau eines Polizeiinspektors bei allem auf der Hut sein.

Auguste nahm in dem altmodischen Mahagonisessel Platz, der schlecht zu dem Bemühen paßte, das Zimmer modern einzurichten, mit Paneelen ringsum unten an den Wänden und darüber japanischer Tapete, die ihn schaudern ließ. Jede Ecke war vollgestopft, ein heimeliger Raum. Wie anders doch die Franzosen das Zimmer hergerichtet hätten. Doch alles bezeugte Komfort, Gemütlichkeit. Aus jeder Ecke steckte ein Wald von Aspidistras die Köpfe hervor. Mrs Rose gehörte offensichtlich zu den eifrigen Leserinnen von Haus-und-Heim-Magazinen.

»Sie sind Koch, Mr Didier«, wagte Mrs Rose zu sagen, als das Dienstmädchen etwas servierte, das offenbar eine Suppe darstellen sollte.

»Jawohl, Madame Rose«, entgegnete Auguste ruhig.

»Egbert muß mit dem Essen vorsichtig sein«, erklärte sie.

»Ich muß mich danach richten. Er ist sehr eigen. Er kann keine reichhaltigen Speisen vertragen, keine fette ausländische Kost, deshalb müssen wir hier mit schlichter Hausmannskost vorliebnehmen.«

Auguste dachte kurz daran, wie Inspektor Rose seine *sole au chablis* geschmeckt hatte, wie er vor einer *pochouse* saß, einer *foie gras*, wie er sich über *le turbot à la sauce homard* ausließ und über La Reynières *chicken bayonnaise* und wie er das alles ohne jeglichen Widerstand und hochbefriedigt genossen hatte. Gleichmütig arbeitete sich Inspektor Rose durch seine Schale braunen Wassers.

»*Consommy à la Sarah Bernhardt*«, sagte Mrs Rose voller Glück. Auguste hegte insgeheim den Verdacht, daß die göttliche Sarah sich vermutlich entschlossen hätte, in dem schwarzen Sarg zu bleiben, in dem sie hofhielt, falls sie gezwungen würde, diese Scheußlichkeit zu essen, die ihren Namen trug; doch er verzehrte jeden Löffel mit scheinbarem Genuß.

»Der Sherry, Madame, ein ausgezeichneter Einfall«, murmelte er, während er den letzten Löffel erleichtert hinunterschluckte.

»Lachskotelett *à la Cussy*«, begrüßte Mrs Rose den nächsten Gang, voller Hochstimmung über den Erfolg der Suppe.

»Meine Liebe, du verwöhnst uns«, flüsterte ihr Mann liebevoll.

»Es ist doch nichts weiter, Egbert.«

Auguste starrte auf den bräunlich-orangenfarbenen Haufen mit dem eingemachten Flußkrebs obenauf. Beherzt nahm er die Gabel in die Hand und fing an zu essen. Die schreckliche Wahrheit dämmerte ihm. Wo hatte er schon einmal den Namen des Rezepts gehört? Er nahm einen Mundvoll von dem geschmacklosen schwammigen Zeug mit der fetten Sauce und begann im Geiste seine Arbeit am folgenden Tag umzuordnen. Auf keinen Fall würde er früh Schaumspeisen ausstehen können. »Madame«, sagte er mit gutgespielter Begeisterung, »entdecke ich – könnte es sein – ein Rezept der teuren Mrs Marshall?«

»Jawohl, Mr Didier«, sagte sie erfreut. »Ich lasse mich in allem, was ich tue, von Mrs Marshall leiten. Natürlich benutzt man ihre Rezepte nicht zu jeder Zeit, aber bei besonderen Anlässen – nun, weshalb nicht? Und ich glaube wirklich, daß ihr korallenroter Pfeffer allem eine besondere Note verleiht, sind Sie nicht meiner Meinung?«

»Es gibt nichts, daß sich mit ihm vergleichen ließe, Madame«, pflichtete er ihr bei. Durchaus wahrheitsgemäß. Seiner Meinung nach konnte nichts anderes eine Speise so schnell verderben, ausgenommen möglicherweise Mrs Marshalls Currypulver.

Mannhaft aß sich Auguste durch die Hammelkoteletts *à la Maintenon* (mit einer Prise korallenrotem Pfeffer), den Aprikosenpudding (zum Glück ohne roten Pfeffer) und den Gipfel von allem, Makrelenrogen *en surprise* (»ich weiß doch, wie gut euch Gentlemen die pikante Nachspeise schmeckt«). Auguste schmeckte es nicht und besonders nicht das mit den Makrelen. Die Aufforderung, doch noch mehr davon zu nehmen, ließ ihn schnellstens ablehnen. »Ich habe so gut gespeist, daß es die Vollkommenheit verderben würde, Madame.« Offensichtlich schien sie jetzt enttäuscht, war ansonsten jedoch von Auguste gänzlich entzückt.

»Nun verstehe ich, warum Sie so ein glücklicher Mann sind, Inspektor Rose«, sagte Auguste in ruhigem Ton, nachdem die Gastgeberin die Männer bedauernd verlassen hatte.

»Danke, Mr Didier«, sagte Egbert Rose ernst. Es bestand keine Notwendigkeit, das zu erläutern. Beide begriffen sowohl die Unzulänglichkeiten wie auch die Leistung von Mrs Roses reichhaltiger Küche. »Nun also zurück zu unserem Braten, wie man so sagt. Ein oder zwei?«

»Brandys?«

»Nein, Mr Didier; haben wir es mit einem oder mit zwei Mördern zu tun? Mit einem Mörder und mit einem Störenfried? Womit also? Wäre froh, wenn ich das wüßte. Gerade als ich dachte, es wäre alles so klar wie Kloßbrühe, sind wir wieder am Ausgangspunkt.«

»Lassen Sie uns zuerst einmal die Zutaten bereitlegen, Herr Inspektor. Mordanschläge auf Mr Erskine, und dann wird in Wirklichkeit Colonel Worthington umgebracht. Nun gibt es wenigstens zwei Personen mit guten Gründen, Colonel Worthington von dieser Welt zu befördern: General Fredericks und Peregrine Salt. Und eine dritte, falls dieser Streit zwischen Mr Atkins und dem Colonel den Tatsachen entspricht. Er leugnet es natürlich. Aber keiner von ihnen besaß einen Grund, sich Mr Erskines zu entledigen.«

»Stimmt.«

»Es gibt durchaus ein paar Leute, die Grund haben, Mr Erskine etwas Schlechtes zu wünschen, doch verfügen sie wiederum über kein ersichtliches Motiv, Colonel Worthington umzubringen.«

»Es sei denn aus Versehen oder weil er ihre Pläne kannte, Erskine umzubringen. Doch falls dem so ist, weshalb mit all diesen Tricks der Welt verkünden, daß man beabsichtigt, Erskine zu töten? Weshalb ihn nicht einfach umbringen?«

»Es sei denn«, sagte Auguste, von einer plötzlichen Eingebung angeregt, »Mr Erskine inszeniert diese Tricks selbst?«

»Versucht, sich selbst umzubringen?«

»Nein, aber er versucht, uns glauben zu machen, daß das jemand tut, um seinen Mord an Worthington zu verbergen?«

»Ich finde weit und breit kein Motiv für ihn, Worthington umzubringen. Wie dem auch sei«, sagte Rose ganz rational, »weshalb sollte er auf diese Weise die Aufmerksamkeit auf sich lenken? Warum geht er nicht einfach hin und erschießt den Burschen? Stößt ihn vor einen Bus?«

»Das ist wahr«, erwiderte Auguste bedauernd. »Na gut, gehen wir also davon aus: entweder wurde Worthington umgebracht, weil er wußte, wer sich dieser Tricks bediente, oder es gibt jemanden, der alle beide umzubringen trachtet.«

»Das fehlte uns gerade noch«, sagte Rose resigniert. »Das Leben ist nicht so. Es kommt schon selten genug vor, daß jemand einen ausreichend starken Grund besitzt, eine Person umzubringen, geschweige denn zwei. Und zwei im gleichen Club, das ist mehr als ein Zufall.«

»Nichtsdestoweniger lohnt es sich«, sagte Auguste, »den Fisch aufzuschneiden, um an das Filet zu kommen, nicht wahr?« Mit unangenehmer Plötzlichkeit spürte er wieder den Makrelengeschmack auf der Zunge.

»Nehmen wir uns die Zutaten eine nach der anderen vor, Mr Didier. Also da haben wir General Fredericks - hat ein Motiv, Worthington zu töten, doch nach unserer Erkenntnis keins für Mr Erskine. Lord Bulstrode - für beide Fälle ein Motiv, soweit ich sehe. Mr Atkins, nun das ist ein undurchsichtiger Kandidat; einigen Groll gegen den Colonel, aber nichts gegen Erskine. Charlie Briton jetzt: hat viele Gründe, Erskine nicht zu mögen, aber keinen Grund, den wir kennen, den Colonel umzubringen. Dasselbe gilt für Mr Preston. Da bleiben uns Sir Rafael Jones und Peregrine Salt übrig. Niemand sonst, der noch in Betracht käme.«

Auguste schwieg.

»Also Jones, der hat Erskine zur Aufnahme in den Club vorgeschlagen, scheint aber nicht viel von ihm zu halten. Angenommen Erskine weiß etwas von ihm?«

»Seine Auswahl der Modelle - die junge Rosie«, sagte Auguste.

»Und Worthington muß das auch gewußt haben, wo er doch so freundlich zu dem Mädchen war. Damit besäße Jones einen Grund, beide loszuwerden. Jawohl, ich glaube, wir können Sir Rafael ein bißchen genauer unter die Lupe nehmen. Und Salt? Nun, hat einen verdammt guten Grund, den Colonel beiseite zu schaffen. Hat aber nichts gegen Erskine, soviel wir wissen.«

»Es sei denn, seine Frau hatte was gegen ihn«, meinte Auguste.

»Ich kann mir nicht vorstellen, daß Erskine für die übergroße Dame schwärmte«, sagte Rose.

»Oh, aber in jüngeren Jahren - was muß sie für eine Schönheit gewesen sein.«

»Scheint mir weit hergeholt. Lohnt sich aber, der Sache nachzugehen, vermute ich. Ihm steht offenbar der Sinn nach Damen.« - Wieder schwieg Auguste.

Gedankenvoll blickte Rose ihn an. »Jetzt haben wir genug Motive, um einen Eierkorb zu füllen; werfen wir statt dessen einen Blick auf die Küken. Aus irgendeinem Grunde lief Colonel Worthington eiligst in den Wintergarten, und nach den eigenen Aussagen fand er dort niemanden vor. Doch wir besitzen Beweise, daß man eine Frauenstimme hörte, die ihm etwas zurief.«

»Oder einem anderen«, bemerkte Auguste. »Es wurde kein Name erwähnt.«

»Wie dem auch sei, Worthington sagte, er habe geglaubt, es sei jemand gewesen, den er kenne. Deshalb ging er wieder hin und fand seinen Tod, durch ihre Hand oder die Hand eines anderen.«

»Doch der Revolver, der benutzt wurde, stammte von der Wand des Rauchsalons, was darauf hindeutet, daß sein Mörder von dort kam.«

»Nicht unbedingt. Das Gaslicht war für die Prozession auf die geringste Helligkeitsstufe gedreht worden. Das einzige wirkliche Licht in dem Salon rührte von den Kerzen auf dem Kaminsims. Die anderen Wände blieben im Düstern, und ein fehlender Revolver wäre kaum bemerkt worden. Er könnte schon viel früher verschwunden sein.«

»Ja, aber ...« Auguste runzelte die Stirn. »Die Lampen waren dort und überall im Club heruntergedreht. Doch Lady Bulstrode sagte, sie habe einen hellen Schein unter der Tür des Gesellschaftssalons gegenüber vom Rauchsalon wahrgenommen. Sie vermutete, daß jemand hineinging und die Tür schloß und sie dann wieder öffnete.«

»Also muß jemand das Licht aufgedreht und dann wieder heruntergedreht haben.«

»Weshalb?« fragte Auguste. »Es aufdrehen, ja, aber wieder

herunterdrehen? Der Umzug war vorüber; das ergibt keinen Sinn.«

»Es gibt eine ganze Menge Dinge, die keinen Sinn ergeben«, stöhnte Rose, »und das Gaslicht ist noch das geringste Übel.«

»Wie war also das gekochte Hammelfleisch«, lachte Emma höhnisch. Sie hielt seinen Arm, während sie um den kleinen See im St. James's Park spazierten.

An dem schönen Sommernachmittag bevölkerten den Park Dienstmädchen mit den ihnen anvertrauten Sprößlingen, Besucher vom Lande, Soldaten und ältere Damen. Noch nie hatte Emma begehrenswerter ausgesehen, ihre markanten Gesichtszüge von dem weichen Schleier am Hut gemildert, die sanften Falten des Kleides umflossen sie bei ihren Schritten, den Sonnenschirm in der Hand. Und noch nie fühlte er sich so wenig verliebt in sie.

»Mein Dinner war köstlich«, sagte er steif. »Ich hoffe, deins auch.«

»Gewiß ja, Mr Didier«, spottete sie. »Erzähle mir nun alles darüber. Wie ist sie? Ich kann mir genau vorstellen, was er für eine Art von Ehefrau hat«, und sie entwarf einen sehr sorgfältiges Bild genau dessen, wie Mrs Rose gewesen war, bis hin zu den sich windenden, nervösen Händen und dem ängstlichen Gesicht.

»Meine liebe Emma, es war doch schließlich eine geschäftliche Besprechung. Aber sie war eine entzückende Gastgeberin.«

»Entzückend«, äffte sie ihn nach. »Worüber habt ihr denn gesprochen, wenn es etwas Geschäftliches war?«

»Ich muß die vom Inspektor verlangte Vertraulichkeit respektieren.«

»Ach so?« sagte sie spitz. »Nun gut, Auguste. Das ist ein Wink mit dem Zaunpfahl, wie die Herzogin in der Opiumhöhle sagte. Wenn du meine Hilfe nicht brauchst, dann mußt du eben darauf verzichten. Ich bleibe statt dessen eine

Verdächtige«, höhnte sie. »Und damit siehst du meine *blanquette* nie mehr wieder – ebenso wie mein Bett.«

Auch überall sonst herrschte Gereiztheit.

Mary Preston beobachtete, wie ihre Tochter ein kleines bißchen zu forsch in den Armen des Feindes herumwirbelte. Wenigstens wäre er noch vor wenigen Wochen als Feind eingestuft worden. Heute wurde er als möglicher Retter betrachtet. Sylvia benötigte schnellstens einen Ehemann. Unter diesen Umständen käme selbst einer von den abscheulichen neuen Labour-Leuten mit ihrem merkwürdigen Akzent und ihrer noch merkwürdigeren Aufmachung als Kandidat in Betracht. Es war keine Zeit zu verlieren, sowohl aus praktischen Gründen und weil Sylvia sehr seltsam zu werden schien. Gestern hatte sie Sylvia in ihrem Zimmer dabei ertappt, wie sie etwas schrieb oder machte, das sie eiligst zudeckte, als sie eintrat. Mrs Preston wußte, daß eine Schwangerschaft sich bei einer Frau auf seltsame Weise auswirkte, aber bei Sylvia schien das ungeahnte Ausmaße anzunehmen. Als moderne junge Frau machte sie es sich ganz und gar zunutze, ohne Anstandsdame auszugehen und einen sogenannten Einkaufsbummel zu unternehmen, und Mrs Preston war zu Ohren gekommen, daß das Schlimmste passiert sei: Sie wurde gesehen, wie sie ohne jegliche Begleitung die St. James's Street entlanglief. Glücklicherweise geschah das zu einer ruhigen Tageszeit; wären viele Leute unterwegs gewesen oder wäre sie von jemand anderem als von dem lieben Mr Peach erkannt worden, hätte es das Ende ihres guten Rufes bedeutet. Allerdings würde sie den sowieso nicht mehr besitzen, wenn sie nicht innerhalb weniger Wochen heiratete. Ihre ganze Aufmerksamkeit widmete sie der Frage von Sylvias künftigem Partner.

Samuel Preston blieb noch spät im Unterhaus. Im Augenblick sah er sich dazu gezwungen, denn seine politische

Karriere stand auf schwachen Füßen. Alles war so gut gelaufen. Nun kamen die alten Gerüchte wieder hoch. Jeder hatte schließlich ein paar dunkle Punkte in seiner Vergangenheit. Er würde das überleben, wenn die Sache nicht an Gladstones Ohr drang. Und Gladstones Parlamentarischer Privatsekretär war Mitglied des Beefsteak Clubs. Ebenso wie Gaylord Erskine.

Lord Bulstrode befand sich nicht im Parlament. Er war selten dort. Tatsächlich wußte er nicht, wo er sich befand. Manchmal war das wörtlich zu nehmen. Die Dinge wuchsen ihm über den Kopf. Am wenigsten wurde er damit fertig, daß Plums Club nicht mehr der alte war.

Mitten in der Lektüre der letzten Berichte der Gesellschaft zur Unterstützung gefallener Frauen blickte Daphne Bulstrode auf und bemerkte das merkwürdige Verhalten ihres Gatten. Er schien ein Kissen in den Hirschkopf stecken und sich den Tee gemütlich auf den eigenen Schädel stellen zu wollen. Sie seufzte. Er wurde wirklich sehr seltsam. Manchmal dachte sie, er sei total verrückt.

»O Gott«, sagte Charlie Briton verdrossen, als er sah, wie seine Frau in dem üppig wallenden rosa Musselin ihres neuesten Abendkleids verschwand. »Sage nur nicht, wir gehen essen.«

»Ins Theater«, antwortete eine vermummte Stimme, und bald tauchte atemlos Gertrudes Puppengesicht auf.

»Ins Theater«, sprach er mit knirschenden Zähnen. »Hätte ich mir denken können, daß das ein trostlos langweiliger Abend wird. Ins Gaiety?« fragte er ohne große Hoffnung.

»Nein«, sagte sie knapp. »›Hamlet‹.«

»›Hamlet‹«, echote er ungläubig. »Nicht ins Sheridan Theatre. Nicht der Kerl schon wieder! Das Stück läuft nicht mehr. Du hast dich geirrt.«

»Das ist eine Sondervorstellung«, sagte Gertie trotzig. »Nur für einen Abend zu Ehren der Prinzessin von Wales. Sie ist eine dänische Prinzessin, verstehst du«, erklärte sie freundlich.

»Ich dachte, ›Hamlet‹ handelt von einem Haufen düsterer alter Dänen, die einander umbringen. Wie glaubt man denn, soll das eine Ehre für Alexandra sein? Eine verdammte Beleidigung würde ich das nennen. Typisch für diesen Kerl Erskine. Oder will er sich auch an die Prinzessin von Wales heranmachen?«

»Charlie!« wimmerte Gertie.

»Schon gut, mein Kätzchen, tut mir leid. Ich habe gesagt, ich werde das nicht mehr erwähnen, und ich werde es auch nicht tun. Ich möchte bloß nicht hingehen und mir ansehen müssen, wie der Kerl im Trikot herumhüpft, das ist alles.«

»Es ist nur wegen des besonderen Anlasses. Alle werden dort sein«, gurrte Gertie.

Charlie gab nach. »Also gut, Kätzchen.« Er machte eine Pause und sah ein wenig besorgt aus. »Ich meine, Gertie, du führst doch nicht irgend etwas im Schilde, nicht wahr?«

Gertie blickte aus den Spitzen und dem Musselin ihrer zarten modischen Ausstattung auf und kicherte.

»Natürlich nicht, du dummes Schaf.«

»Meine Liebe«, sagte General Fredericks besorgt.

»Es tut mir leid, Arthur.« Ihr Blick fiel auf die Reihe von Photographien.

»Er weilt nicht mehr unter uns, meine Liebe. Wir müssen uns damit abfinden.«

»Tot?« Lady Fredericks sah ihn überrascht an. »Ach nein, Arthur, ich habe nicht an unseren Jungen gedacht, ich habe an Philip gedacht.«

»Was veranlaßt dich denn dazu? Seit Jahren haben wir nichts von ihm gehört.« Vor mehr als fünfundzwanzig Jahren hatte er die Familie verlassen, um auf der Bühne Ruhm und Reichtum zu suchen. Er hatte sie mitnichten gefunden.

»Er ist doch unser Neffe, Arthur. Ich möchte wissen, ob

Mr Erskine von deinem Club irgend etwas von ihm gehört hat. Einmal hat er doch für ihn gearbeitet, nicht wahr?«

General Fredericks antwortete nicht. Er konnte Alice doch kaum erzählen, daß ihr Neffe so begabt war, daß sich Erskine gezwungen gesehen hatte, auf seine Mitarbeit auf der Bühne zu verzichten.

Still trottete er Gaylord Erskine hinterher. Es erwies sich als ziemlich schwierig, wo Erskine nun nicht mehr jeden Abend ins Theater ging. Er konnte nicht warten, bis die neue Saison begann. Es erwies sich als schwierig, weil er nun so viele Verpflichtungen in der Music Hall eingegangen war, doch ziemlich oft gelang es ihm, noch ins Theater zu kommen und etwas von Erskines Auftritt mitzuerleben, oder wenn nicht, doch wenigstens zu sehen, wie sein Idol das Theater verließ.

Die Prinzessin von Wales zeigte sich, begleitet von ihrem ganz offen gelangweilten Gatten, als sehr huldvoll. Auf Grund ihrer Taubheit hatte sie von dem Stück sehr wenig vernommen, und sie hatte noch weniger verstanden, doch sie lächelte charmant. Gaylord Erskine beugte sich tief über ihre Hand. In wenigen Monaten würde er vielleicht eine noch königlichere Hand als diese küssen. Er blickte der Prinzessin gerade in die Augen. Sein Wunsch war es, das sie sich an ihn erinnerte. Abgesehen von dieser Begegnung war der Abend eine Katastrophe für ihn. Begonnen hatte es in seiner Garderobe mit einem Brief von Sylvia Preston, die offenbar in seinem wirklichen Leben Ophelia spielen wollte, setzte sich dann damit fort, daß Gertie Briton während des Monologs »Sein oder Nichtsein« vom Balkon rief: »Gaylord, ich liebe dich!« – und endete mit einer Flasche Portwein, die in sein Zimmer gebracht wurde und die einladende Aufschrift trug: »Trink mich, ich bin vergiftet.«

Als sie endlich zu Hause eintrafen, sollten sie entdecken,

daß noch ein Brief auf sie wartete. Gaylord öffnete ihn, las ihn und blickte seine Frau an.

»Amelia«, sagte er erschöpft. »Wir wollen der Scharade nun aber ein Ende setzen. Wer war es, der es vorzog, alle seine Feinde unter einem Dach zu versammeln, damit er sie im Auge behalten kann? Wir wollen es ihm gleichtun. Wir werden eine Soirée veranstalten, ein Bankett. Und alle sollen sie kommen. Alle. Verstehst du?«

Sie schluckte. »Ja, Gaylord, ich verstehe.«

»Und Emma Pryde soll für die Speisen sorgen«, lachte er. Ihre Blicke trafen sich.

»Was für eine ausgezeichnete Idee«, sagte Amelia Erskine ruhig.

9. Kapitel

»Ich dachte, dir würde etwas daran liegen, mir zu helfen«, sagte Emma Pryde beiläufig. Den ersten Schritt auf eine Versöhnung hin zu tun war Emma nicht gegeben, und Auguste entschloß sich darum, das Beste aus der Sache zu machen.

»Wo findet das Bankett statt, und warum sollte ich helfen?« fragte er hochmütig. Er saß am längeren Hebel. Es war Emma, die ihn aufsuchte. Es war seltsam, Emma, die in ihrem Gefieder fast so strahlte wie Disraeli, in dem äußerst soliden, doch ach so trübseligen Besuchszimmer seiner Wirtin zu sehen.

»Im Hause von Erskine. Er und seine Frau geben demnächst eine Soirée und haben mich gebeten, das *grand buffet* zuzubereiten. Ich dachte, du würdest gern dabeisein, da doch die meisten Mitglieder von Plums Club teilnehmen werden. Dein Inspektor Rose auch«, fügte sie lässig hinzu. »Gaylord trommelt die Gesellschaft zur Unterstützung für seine Erhebung in den Ritterstand zusammen, wenn du mich fragst. Er gibt doch kein Geld aus, ohne einen Zweck damit zu verfolgen, dieser Erskine. Es gibt nur eins, Auguste, wenn du kommst.«

Er betrachtete sie mißtrauisch.

»Ich bin der Oberpapagei in dem Hause. Du bist mein Gehilfe. Nun, was sagst du dazu?« Ganz schnell hatte sie, echt Emma, den Spieß umgedreht.

Auguste war hin und her gerissen. Zweifellos wünschte er, an Ort und Stelle zu sein. Aber sich von Emma herumkommandieren lassen? Schon richtig, sie verstand sehr viel von guter Küche, aber angenommen, sie wären verschiedener Meinung hinsichtlich der korrekten Garnierung einer *chartreuse de légumes*? Konnte er in Ehren etwas mit einem Buffet zu tun haben, das zum Beispiel eingemachte Bratheringe aus Yarmouth anbot? Ach, er machte sich lächerlich. Natürlich wollte er dabeisein. Und was die Bratheringe betraf, sie konnten ausgezeichnet sein. Im Grunde genommen waren Speisen nicht alles. Gelegentlich mußte auch einmal ein Prinzip geopfert werden.

»Emma«, rief er begeistert, schloß sie in seine Arme und wirbelte sie im Zimmer herum, »wir werden aus diesem Buffet den Gipfel aller Buffets machen. Das soll ein Buffet werden, das Grimods berühmtes Bankett für seine Geliebte in den Schatten stellt, Soyers für Ibrahim Pascha, sein *dîner Lucullusian à la Sampayo*, Francatellis für ...«

»Einen Augenblick mal. Ich denke, ich erinnere mich daran, daß mir Kaiserin Eugénie erzählt hat, daß bei Grimods berühmtem Bankett ein Sarg in der Mitte des Raumes stand. Und ich sage dir, Auguste, ich habe keine große Lust, im Dunkeln zu stehen,wenn sich dort ein Mörder aufhält.«

»Ein Mörder?« wiederholte er verdutzt. Einen Augenblick lang hatte er das alles ganz vergessen.

Mrs Jackson war eine stattliche Frau mit einem Gesicht so rund wie die süßen Rosinenbrötchen, die sie automatisch dem Besucher anbot. Auch wenn dieser Besucher Inspektor Rose von Scotland Yard war. Zum dritten Male. Ihr Gesicht trug Spuren von Tränen, als sie den Inspektor bat, am Eichentisch Platz zu nehmen.

»Ich kümmere mich nicht darum, was jemand sagt; er war ein guter Herr. Auf die stille Weise, außer wenn ich zuviel Senf genommen habe, das konnte ... das hat er nicht gemocht. Aber ein guter Mensch. Still. Pfeife hat er gern geraucht.« Tränen drohten sich wieder zu zeigen, und der Unterkiefer schob sich kampflustig vor, um diesem Zeichen von Schwäche Einhalt zu gebieten. Hier, wenn sonst nirgends, wurde der verstorbene Colonel Worthington aufrichtig betrauert.

»Sind Sie sicher, an dem Tage keine Anzeichen von

Kummer bei ihm bemerkt zu haben? Keine ungewöhnlichen Besucher?«

»Hatte sowieso nicht viele Besucher«, sagte sie. »Er war wie gewöhnlich. Keine Besucher – außer ...«

»Außer?« fragte Rose sanft. Das war immerhin ein neuer Fingerzeig.

»Niemand außer unserer Rosie, heißt das. Mochte unsere Rosie, jawohl. Meine Nichte ist das. Er schien aufgebracht zu sein. Sie hätte mehr Verstand haben müssen. Einem Gentleman wie ihm so was zu erzählen wie das.«

»Was hat sie ihm denn erzählt, Mrs Jackson?« Diplomatisch biß Rose in ein Brötchen und meinte, selbst Mrs Rose hätte bessere gebacken.

»Daß sie Modell steht für einen von diesen Malern.«

Das hatten sie natürlich schon vermutet. Aber Rosies Cousine arbeitete bei Erskine, fiel ihm ein. Interessant, sehr interessant. Noch immer war es spannend.

»Überhaupt keine anderen Besucher also?« fuhr Rose hartnäckig fort. »Du bist ein regelrechter Bluthund«, sagte Mrs Rose manchmal bewundernd zu ihm. Und Bluthunde lassen nicht locker.

Sie zermarterte sich das Gehirn. »Ein älterer Herr kam einmal. Ein General, glaube ich, Sir. Den Namen habe ich nicht behalten. Vor einer Woche ungefähr. Und ein Verwandter, aber das war vor einigen Wochen. Ein Mr Salt, wie er sagte. Ich erinnere mich daran, weil ich dachte, er sieht mehr nach Pfeffer als nach Salz aus.«

Mit diesem seltenen Ausflug ins Humoristische, den der Inspektor mit einem herzlichen Lachen zu quittieren verstand, ging sie mehr aus sich heraus. »Ich habe gehört, wie sie sich anschrien – keine sehr harmonische Familie, nicht wahr?« Mrs Jackson mißbilligte das. In ihrer eigenen Familie hatte nie einer die Energie aufgebracht, mit jemandem zu streiten. Sie brauchten alle Energie, um unter den Slumverhältnissen der Mietskasernen von St. Giles zu überleben.

»Warum haben sie sich denn angeschrien?«

»Es schickt sich nicht für mich zu lauschen, Sir.« Sie warf ihm einen Blick zu. »Aber ich habe zufällig gehört, daß sie sich übers Geld gestritten haben. Ziemlich reich war der Colonel, trotzdem führte er ein einfaches Leben.Und dann ist das Fett geflogen.«

»Das Fett?« wiederholte Rose verständnislos.

»Du meine Güte, nein, das war falsch. Die Fetzen, das war's, die Fetzen flogen.«

»Als Junge bin ich oft hier unten gewesen«, erinnerte sich Egbert Rose und lenkte vorsichtig seine Schritte die Ship Tavern Passage hinunter, während er Auguste die Wörter laut zurief, um sich in dem Gebell und Gejaule, dem Gekreische und Gegacker um sie herum Gehör zu verschaffen. Außer den Händlern in den Läden waren sie die ältesten Leute in der Gasse. Die übrigen schienen alle unter zehn Jahren zu sein, einige ernsthafte Käufer, aber die meisten waren offenbar nur gekommen, um sich die Weidenkörbe und Käfige anzusehen.

»Habe hier damals gewöhnlich pfundweise Seidenraupenpuppen gekauft. Sollten ausschlüpfen. Ist nie etwas daraus geworden. Ich weiß noch, mein Vater sagte immer, der rechte Platz für Pennies sei der Kollektekasten, nicht Leadenhall Market. Alles nur Rübensamen, keine echten Seidenraupenpuppen darunter. Habe ich Ihnen schon mal erzählt, daß mein Vater Unterpfarrer war, Mr Auguste?«

»*Non, monsieur*, noch nicht. Ich möchte gern darüber etwas erfahren. Und ich werde Ihnen von *la belle Provence* berichten, von den Blumenmärkten von Grasse, den Lavendel- und Rosmarinfeldern.«

»Das hört sich sehr vielversprechend an, Mr Auguste, sehr vielversprechend.« Sie bahnten sich einen Weg vorbei an den lebenden Tieren auf der Suche nach Augustes Ziel. »So sah es überall hier aus, bevor sie den alten Markt im Jahre 1880 abgeschafft haben. Jetzt sind die meisten Tiere hier tote Tiere«, erläuterte Rose, seiner verlorenen Kindheit nachtrauernd.

»Und wegen denen bin ich hergekommen, und da Sie mich begleiten wollten …« Auguste ließ seine Stimme verwehen, als kleine Andeutung, daß auch er sich auf der Höhe seines Metiers befand, vertieft in eigene Betrachtungen.

»Das begreife ich nicht, wie sie die unterscheiden können«, sagte Rose, als er auf die vielen Reihen von Gänsen und Puten starrte, die zum Verkauf aufgehängt waren.

»Ein guter Küchenchef versteht seine Kunst und muß seine eigene Wahl treffen. Außerdem möchte ich mit dem Ladenbesitzer sprechen; vorige Woche schickte er mir einiges, das nicht im allerbesten Zustand war. Nur für die Kasserolle geeignet. Ich habe vor, in der Angelegenheit quasi ein Hühnchen mit ihm zu rupfen.

Die Aussprache dauerte eine Weile, während Inspektor Rose vor Ungeduld gereizt hin und her lief. Endlich erschien Auguste triumphierend und redete von Gänsen, von Wildragout, von Frikassee, von *capilotade à l'Italienne*, bis ihn Rose schließlich unterbrach.

»Mir scheint, Mr Didier, wir haben das fehlende Glied gefunden, nach dem wir suchen, den Grund, sowohl Worthington als auch Erskine loszuwerden. Worthington drohte, ihn zu enttarnen, Erskine vielleicht auch. Da steckt mehr dahinter als nur Modellstehen, scheint es. Obgleich, ob ihn das veranlassen könnte, zwei Menschen umzubringen …«

»Aber Herr Inspektor, Sir Rafael wird in Hofkreisen sehr geschätzt, er ist ein enger Vertrauter des Buckingham Palace, wie er uns immer gern erzählt, ist Gast der Königin. Es scheint mir unwahrscheinlich, daß Ihre Majestät diese Verbindung aufrechterhalten könnte, wenn bekannt würde, daß sein Lieblingsmotiv nicht ehrwürdige Matronen, sondern junge, unbekleidete Mädchen sind. Wenn nun Worthington davon gewußt hat und Erskine herausbekam, daß Sir Rafael Jones den Colonel Worthington umgebracht hat, könnte Erskine Jones wegen des Mordes erpressen.«

»Sie vergessen die Kampagne gegen Erskine«, sagte Rose selbstgefällig. »Wahrscheinlicher, daß Erskine Jones erpreßte wegen seines abartigen Geschmacks; daher wurde die Kampagne gegen Erskine von Jones als eine Warnung ausgeführt. Dann kreuzt Worthington auf und muß beseitigt werden, womit Erskine eingeschüchtert wird, damit er den Mund hält.«

»Das ist möglich, Herr Inspektor, jawohl. Das ist durchaus möglich«, räumte Auguste ein.

»Sie sind mehr als freundlich, Mr Auguste,« murmelte Rose, wobei er geschickt dem Truthahn unter Augustes Arm auswich, als der vor gallischer Begeisterung auf ihn zu schwenkte.

Nach wenigen Wochen begann Plums Club zollweise zur Normalität zurückzufinden. Keine unseligen Ereignisse störten mehr seine selbstgefällige Stille. Als die gerichtliche Untersuchung der Todesursache und das Begräbnis vorüber waren, wurde der unglücklichen Affäre um Plums fünfzigstes »Dahinscheiden« in demselben Grade Aufmerksamkeit gewidmet wie dem Gewinner des Derbys. Das gleiche geschah mit der Erlaubnis, daß Frauen das Anwesen betreten durften. Die Männlichkeit nahm das Heft wieder in die Hand. Es war, als wären die Speiseräume nie von Unterröcken besudelt worden, die der Unterhaltung der Clubmitglieder lauschten. Genau wie der Mord wurden sie einfach aus dem Bewußtsein getilgt. Lord Bulstrode tobte herum, erneut brach der Streit über die überzogenen Preise für den Lunch aus. Entschlossen wandte Oliver Nollins seine Aufmerksamkeit wieder den lebenswichtigen Fragen der Beschwerden zu, welche die Mitglieder vorbrachten, und versuchte zu vergessen, daß zwölf brave und biedere Männer feststellten, daß sich auf dem Gelände von Plums Club ein Mord durch unbekannte Personen ereignet hatte. Selbst das Interesse der Zeitungen war geschwunden, denn Cricket war als Thema im Moment viel dringender als das Ableben eines alten Colonels.

Und mehr als eine Person stieß einen Seufzer der Erleichterung aus, daß die Polizei zu keinerlei Schlußfolgerung gelangte, erwiese sie sich nun als richtig oder falsch.

Der Polizeipräsident gehörte nicht zu ihnen. Nach all den Gewittern und Skandalen der siebziger und achtziger Jahre begann Scotland Yard gerade schrittweise seinen alten Stand wiederzugewinnen, und er hatte nicht die Absicht, ihn bloß wegen eines unaufgeklärten Mordes aufs Spiel zu setzen.

»Sind Sie sicher, daß es kein Selbstmord war? Angenommen, er wäre selbst in das Mädchen verliebt gewesen. Könnte sich selbst erschießen, eh? Unehrenhaftes Verhalten.«

»Jawohl, Sir«, sagte Rose gleichmütig. »Ich bin sicher.«

»Keine Beweise gegen irgend jemanden? Gegen überhaupt niemanden? Dachte, Sie sollten damals diese Burschen im Auge behalten.«

»Etwa Erskine, Sir?«

»Den können Sie jedenfalls als Mörder streichen«, grunzte er. »Den haben Sie doch ganz in der Nähe gehabt.«

Rose nahm seinem Vorgesetzten nicht die Illusion - denn da über zweihundert Menschen im Raum gewesen waren, konnte er nicht einmal das mit Sicherheit sagen.

Noch immer beäugte ihn der Polizeipräsident abfällig. »Ist ganz und gar nicht Ihre Art, Rose. Gewöhnlich haben Sie schon eher eine Idee. Sie scheitern doch nicht an diesem Fall, oder?«

»Wir wissen, Worthington glaubte jemanden, den er kannte, im Wintergarten gesehen zu haben, und er bekam einen Schock.«

»Kann also kein Clubmitglied gewesen sein. Hätte keinen Schock bekommenn, wenn er ein Mitglied gesehen hätte.«

»Wenn es nicht eine Frau war, Sir.«

»Frauen ziehen keinen Revolver«, schnaubte der Vorgesetzte verächtlich. »Crime passionel - sieht nicht nach einer Engländerin aus.« Der Polizeiprädident seufzte. »Ein Motiv? Hatte irgendeiner ein Motiv?«

»O ja, viele Motive. Viel zu viele, tatsächlich.«
»Eins genügt, Rose, nur eins.«

»Sir Rafael Jones unterstützte also Erskines Aufnahme in den Club, weil Erskine von Rosie wußte und Druck auf Jones ausübte. Nichts ist so alltäglich wie Erpressung … mein Gott, das ist ein feines Stück Fisch, Mr Auguste.«

»Nicht ein feines Stück Fisch, Herr Inspektor«, sagte Auguste entrüstet. »Sie essen gerade einen Steinbutt gedünstet in Champagner. Nun, die alten Römer schätzten den Steinbutt so sehr, daß Kaiser Domitian den Senat zusammenrief, damit er einer Sauce dazu zustimmte. Es bedurfte aber eines Monsieur Duglèré, die vollkommene Sauce dazu zu liefern, im Café Anglais. Und war es nicht Talleyrand, der …«

»Wie ich schon sagte, Mr Auguste, er beginnt diesen Feldzug gegen Erskine, um ihm deutlich zu machen, daß er keine weitere Erpressung mehr hinnehmen werde, und zwar in der Art eines Gentlemans. Können Sie mir folgen, Mr Didier?« fragte er, als er bemerkte, wie Augustes Augen umherwanderten.

»Wie einem Rezept der guten Mrs Marshall«, murmelte Auguste.

Rose beäugte ihn mißtrauisch, fuhr aber fort: »Dann findet er heraus, daß Worthington auch davon weiß und nicht die Absicht hat, das für sich zu behalten. Er entledigt sich seiner, und das gilt als eine weitere Warnung an Erskine.«

»Das ergibt einen Sinn«, sagte Auguste. »Aber es gibt keinen Beweis dafür. Wie Mrs Marshalls Rezept ist das gute, einfache Küche.«

»Nichts auszusetzen an guter, einfacher Küche«, sagte Rose ein bißchen bitter.

»Wirklich nicht«, sagte Auguste rasch. »Aber ich glaube, bei diesem Verbrechen war ein Künstler am Werk, Monsieur. Nicht der gute, einfache Koch.«

»Zu viele Köche, wenn Sie mich fragen. Also diese Torte, das ist etwas. Ich möchte gern wissen, ob ich Sie um das Rezept bitten darf, Mr Didier. Mrs Rose würde sich darüber freuen, bin ich sicher.«

Innerlich lächelte Auguste bei dem Gedanken, wie die *fanchonnettes*, geschickt zusammengebraut aus Kaffee, Likör, Schokolade und Orangenblüten, in den Händen von Mrs Rose Gestalt annehmen sollten, doch gehorsam schrieb er dem Inspektor das Rezept auf.

»Eine feine Handschrift haben Sie da, Mr Didier, wie gestochen.«

»Der Gemeindepriester bei uns zu Hause war mein Lehrer.« Sogleich fühlte er sich zurückversetzt auf die heiße, staubige Dorfstraße und sah den freundlichen, müden Gemeindepriester in seinem baufälligen Häuschen vor sich. »Er sagte immer, Monsieur, man muß eine Straße zu Ende gehen, um zu erfahren, ob das Ziel dort liegt. Und ich denke, Monsieur, wir haben dieses doppelte Motiv noch nicht weit genug verfolgt. Sir Rafael, ja. Er kommt in Frage. Aber was ist mit Mr Salt oder General Fredericks?«

Widerwillig stellte Juanita Salt fest, daß sie keine »neue Fwau« war. Es bestand keine Aussicht, daß ihre Kurven in die enggeschnittenen Kostüme passen würden, die bei den jungen Damen von heute so elegant aussahen. Ihr Korsett würde das nicht leisten können. Tatsächlich brachte ihr Korsett immer weniger zuwege.

Ach, wenn wir noch die achtziger Jahre hätten mit diesen ästhetischen Kleidern, diesen fließenden Gewändern, diesen Druckstoffen von Liberty, die so viel verbargen. Sie erinnerte sich daran, daß er einmal gesagt hatte, er liebe ihre Wölbungen, ihre Weichheit. »Meine Carmen«, hatte er sie genannt. »Meine wilde Zigeunerin.« Natürlich war sie damals schlanker gewesen. Fast so schlank wie bei ihrer Hochzeit mit Peregrine.

Was war sie für eine Schönheit gewesen. War sie noch, wirklich. Trotzig starrte sie im Spiegel ihre Figur in Unterkleidung an, während die Schneiderin sie auf Knien umkreiste, um den dunklen Satin auf ein Band zu heften. Bislang erst an einer Seite. Auf der anderen jammerte das Kingsonia Fulcrum Beltet Corset zur Stützung der Körperfülle um Gnade angesichts des prallen Unterrocks mit den Röschen, die zu den Röschen auf ihrer hellrosa Laméhemdhose paßten. Sie erinnerte sich daran, wie »er« sie in den alten Tagen in ähnlichen hellrosa, mit Rüschen besetzten Hemdhosen gesehen hatte und diese mehr als nur gesehen, nämlich sie ihr prompt ausgezogen hatte. Oh, das waren Tage der Ekstase. Was war seitdem geschehen? Das erinnerte sie an vieles Unangenehme. Und sie dachte dabei nicht an Peregrine.

Der Lunch in Plums Club hatte fast wieder etwas Erfreuliches an sich. Ende Juli, die Hundstage, der Glorreiche Zwölfte stand bevor, der Beginn der Jagd auf die Moorhühner. Oh, das Leben war schön.

Atkins juckte die Nase wie sonst nur bei der Jagd oder bei Didiers Speisen. Jetzt kam es aus irgendeinem undefinierbaren Wohlgefühl.

»Aufs Land also? Ein bißchen auf die Jagd, jetzt wo der alte Worthington seinen Löffel abgegeben hat?« Bulstrodes Taktgefühl, das ohnehin nicht stark ausgeprägt war, hatte ihn nun anscheinend ganz verlassen. Nicht, daß Atkins das bemerkt hätte.

»Und ob!« Seine Augen leuchteten.

»Sie haben neben ihm gewohnt, nicht wahr? Neben seinem alten Haus bei Stratford?«

»Ich frage mich, Atkins, worum genau drehte sich der Streit zwischen Ihnen und dem Colonel?« wollte Preston wissen, der eine neue Aggressivität an den Tag legte, nun wo das Problem mit Sylvia dank der Labour Party gelöst zu sein schien.

»Sie haben doch nicht etwa Ihren Purdey mit zu ihm genommen?« fragte Bulstrode.

Ein unsicheres Lachen, außer von Atkins. Die Augen

traten ihm aus den Höhlen. »Verdammt, Sir, das habe ich nicht getan. Wir hatten einen Streit unter Gentlemen. Das liegt zwanzig Jahre oder länger zurück.«

»Damals war Worthington in der Armee. Ich habe nicht gewußt, daß Sie auch Soldat waren, Atkins.«

»War ich aber, Sir.«

»Der Streit rührt aus der Zeit, nicht wahr?«

Aber Atkins weigerte sich zu antworten und widmete sich etwas übertrieben sorgsam dem *merlan en colère*, und der Zorn des Weißfischs schien an ihm abzuprallenn.

»Gehen Sie zu Gaylord Erskines Gesellschaftsabend?« erkundigte sich General Fredericks, um Frieden zu stiften.

»Wir gehen doch alle zu Erskines Gesellschaftsabend, nicht wahr? Möchte gern wissen, ob jemand den Versuch unternimmt, ihn ein für allemal wegzuputzen!« Briton lachte ein wenig, aber man spürte, daß er sich damit zu weit vorgewagt hatte.

»Nichts von diesen verdammten merkwürdigen Dingen hat sich seit Worthingtons Tod ereignet«, trompetete Bulstrode.

»Ich glaube, da haben Sie unrecht, Lord Bulstrode. Ein weiterer Brief ist eingegangen.«

Bulstrode grunzte. »Macht er wahrscheinlich selbst. Gleichviel – diese Schauspielbrüder!«

Am entfernten Ende der Tafel aß Peregrine Salt den Lunch weiter, ohne ein Anzeichen, daß die Unterhaltung für ihn von größerem Interesse war.

»Ich entnehme Ihren Worten, daß Sie Colonel Worthington einen oder zwei Tage vor seinem Tode einen Besuch abgestattet haben. Ich verstand Sie so, daß Sie die Absicht hatten, Colonel Worthington nach der Prozession zu ›Plums Dahinscheiden‹ zur Rede zu stellen; es war nicht dieRede davon, daß Sie das schon getan hatten.«

Unverwandt betrachtete General Fredericks den Inspektor. »Sie haben natürlich recht.« Er machte eine Pause. »Sind Sie verheiratet, Inspektor?«

»Jawohl, Sir«, erwiderte Rose unerschütterlich, unbeugsam.

Der General lächelte. »Dann bin ich sicher, daß Sie genau wie ich das Wohlbefinden Ihrer Gattin über alles andere stellen. Meine Frau bedeutet mir sehr viel, Inspektor. Ich würde ihr unter keinen Umständen Kummer bereiten wollen. Unter keinen und erst recht nicht mit der Frage nach dem Tode unseres Sohnes. Ich habe ihr von meinem Besuch bei Colonel Worthington an dem Abend nichts gesagt; aus dem Grunde konnte ich es Ihnen nicht erzählen. Das war keine erfreuliche Begegnung.«

Rose wartete.

»Haben Sie jemals einen Menschen gesehen, der sich zu Tode fürchtet, Inspektor?«

Rose kannte das. Er hatte gesehen, wie Milsom seinerzeit im Zeugenstand alles ausplauderte, auch Meiklejohn vom Geheimdienst, als sein Verrat aufgedeckt wurde, Rum Bubber Bill …

»Den Colonel lähmte der Schock. Ich denke, er hatte diesen Abschnitt seiner Laufbahn erfolgreich aus dem Gedächtnis getilgt. Damit konfrontiert zu werden und mit den Folgen seiner Unfähigkeit war zuviel für ihn. Ich glaube, das steckte ebenso hinter seinem festen Vorsatz, sich der Prozession fernzuhalten, wie seine Abneigung gegen Frauen.«

»Er hätte überhaupt nicht hinzugehen brauchen.«

Der General lächelte. »Sie sind kein Clubmann, Inspektor.« In seiner Stimme schwang kein Ton des Fragens mit. »Für einen Mann wie Worthington ist der Club sein ein und alles. Nehmen Sie ihm den weg, dann stürzt für ihn die Welt zusammen, seine Selbstachtung, der Grund, überhaupt zu leben. Wenn ein Club einmal wegen der Renovierung oder aus anderen Anlässen vorübergehend geschlossen wird und die Mitglieder gezwungen sind, als Gäste andere Clubs aufzusuchen, dann sieht man sie ziellos herumwandern, wie Seelen, die im Fegefeuer gefangen sind und warten. Nein, das war das letzte Überbleibsel seines Stolzes, bei ›Plums

Dahinscheiden‹ dabeizusein. Er starb, wie er es sich gewünscht hätte, Inspektor.«

Rose blickte ihn mit durchdringenden Augen an und nahm das schwache Lächeln wahr, das von General Fredericks Gesicht verschwand, als seine Frau den Raum betrat.

»Emma, *ma mie*, ich möchte ja von dir nur wissen, ob das Monsieur Soyers Rezept für Fasanenpastete ist oder dein eigenes. Wenn es dein eigenes ist, dann sage ich nichts mehr dazu; wenn es Monsieur Soyers ist, dann muß ich schon um meines Rufes willen darauf bestehen, daß wir auch eine Fasanenpastete von Auguste Didier aufnehmen. Also, ist das nicht verständlich?«

»Durchaus verständlich, Auguste«, fuhr Emma ihn kurz an, wobei ihre Augen gefährlich blitzten. »Und ich möchte dich nur darauf hinweisen, daß du hier bist, um mir zu assistieren, nicht um das Menü festzulegen. Tatsächlich handelt es sich um Soyers Rezept, veredelt von Emma Pryde.«

»In dem Falle«, antwortete er mit Würde, »bin ich voll und ganz zufrieden.«

»Gut, dann schütte mal diesen Eimer aus.« Auguste inspizierte die Küche von Gaylord Erskines Anwesen in Mayfair, während sich die dortige Dienerschaft schmollend im Bedienstetenzimmer versammelte, entschlossen, nicht eher als unbedingt notwendig wieder herauszukommen. Neidisch zollte er Anerkennung. Es handelte sich um ein imposantes Wohnhaus, das Erskine erst kürzlich bezogen hatte, vielleicht in der Erwartung seiner bevorstehenden glanzvollen Würdigung.

»Hast du den Blätterteig noch nicht fertig, Auguste?« rief Emma ungeduldig. »Wir sollen zu Gaylord kommen.«

Sie ging die Treppe hinauf voran, vom Souterrain durch das Vestibül im Erdgeschoß, wo Porträts der Schauspieler Macready und Kemble hingen, dazu eine Reproduktion von Kean und das größte Bild von allen, Erskine als Shakespeares Petruchio. Ein Gemälde von ihm als Musketier d'Artagnan hing an einer weniger auffallenden Stelle. Man war der Auffassung, daß Ihre Majestät ein solch fröhliches Tätigkeitsfeld nicht gänzlich gutheißen mochte. Links daneben war der große Salon eiligst in einen Ballsaal verwandelt worden, dessen Türen sich in den Garten öffneten, wo Öllampen jenen zu Gefallen angebracht waren, die spät am Abend an die frische Luft treten wollten. Große Blumentöpfe kamen durch die Vordertür herein, vermutlich von Leuten getragen, von denen aber kaum etwas zu sehen war. Emma führte ihn die geschmückte Treppe hinauf, die von Gemälden aus dem Theatermilieu flankiert war, angemessen bräunlich gedunkelt vor Alter, mit einem bescheidenen Anteil an Erskines darunter. Sie wandte ihre Schritte in einen Korridor auf das Arbeitszimmer zu, während Auguste über die Balustrade an einer Seite hinuntersah in das offene Vestibül. Es war ein theatralisches Haus, errichtet mit dem Anspruch, die Welt der *maître artiste* zu verewigen, fand er, und diese Brüstung war bestens geeignet, alles zu überschauen. Er streifte mit einem vernichtenden Blick das protzige Telephonkabinett, das am Ende des Korridors die Fensternische ausfüllte. Tatsächlich war alles üppig eingerichtet, als wollte der Besitzer verkünden, ich mag vielleicht Schauspieler sein, doch nichtsdestoweniger bin ich eine Säule der Gesellschaft. Der Gedanke, daß Emma die Geliebte dieses Mannes ist ... Auguste ballte die Fäuste.

»Ah, Em... – Mrs Pryde«, begrüßte sie Gaylord Erskine und schraubte sich graziös aus dem Sessel hoch. »Und Mr Didier, nicht wahr? Ich erinnere mich an ein Dinner im Maison de Provence in Paris, wo ich nach der Aufführung an der Comédie Française Ihre exquisite *tapenade* aß. Exquisit, ganz ausgezeichnet.«

Mit einem Schlag änderte sich Augustes Meinung über Gaylord Erskine, er hatte bei ihm einige Anzeichen von Intelligenz wahrgenommen.

»Sind die Vorbereitungen abgeschlossen? Ist alles zu Ihrer Zufriedenheit?«

»Durchaus, Mr Erskine«, antwortete Emma unterwürfig, die Wangen gerötet, was Auguste prompt veranlaßte, zu seiner vorherigen Meinung zurückzukehren.

»Ich muß gestehen ...« – er warf Auguste einen Blick zu –, »ich ahne Böses für die Vorstellung heute abend.«

»Nicht hinsichtlich der Speisen, das brauchen Sie nicht«, gab ihm Emma ungehalten zurück.

»Niemals deshalb. Aber wegen anderer Dinge ...« Er strich sich mit der Hand über die Brauen. »Doch wenn es jetzt nicht kommt, dann gewiß später.«

»Sei nicht so ein Pessimist, Gaylord«, stieß Emma wütend hervor. »Du hast es arrangiert, du hast Scotland Yard hier, was willst du noch mehr? Wie dem auch sei, die Angriffe auf deine Person haben doch aufgehört, nicht wahr?«

»Immer so – realistisch, liebe Emma. So ein Trost. Ich mußte die Dinge einer Entscheidung zuführen. Da Sie selbst Künstler sind«, er verneigte sich würdevoll vor Auguste, »wissen Sie, daß man nicht das Beste leisten kann, solange Ungewißheit und Verwirrung herrschen. Deshalb muß damit Schluß gemacht werden. Selbst wenn es bedeutet, daß ich den Köder abgeben muß. Doch ich besitze das unschätzbare Privileg, einen Polizeikonstabler an der Haustür stehen zu haben, der alle Ankommenden überprüft, und dazu Inspektor Rose. Wenn ich also ermordet werden sollte, wird er wenigstens in der glücklichen Lage sein zu wissen, daß es durch einen meiner Freunde geschah.«

Livrierte Diener stellten das Buffet fertig auf die Tische, die *grosses pièces* an ihren Platz, Pithiviers Pasteten, Gelantines, Schinken in Aspik mit Petersilie. An den Seiten lagen auf silbernen Platten (Emma bestand auf diesen) die Entrées, die Kiebitzeier, Salmi vom Rebhuhn, Hummersalat, standen die Schüsseln mit dem Hühnerfrikassee, eingelegtem Fasan und Forelle *à la Vertpré*, daneben Süßspeisen aus Kuchen, die Törtchen, die Nougats, Mekkabrötchen, die *petits-choux* mit

Pistazien, während die Puddings noch in der Küche warteten.

Auf jeden Wink von Emma rannte Auguste hierhin und dahin, und sie knauserte nicht mit Anordnungen.

»Ich sage dir, Emma«, sagte er grimmig, als er mit einer Platte voller Huhn in Aspik an ihr vorbeischoß, mit der er nur zu gern ihr Gesicht verziert hätte, »ich für mein Teil hoffe, daß dieser Abend etwas zutage fördern wird, das mir hilft, diesen Fall zu lösen; andernfalls scheint mir die Küche von Plums Club in außerordentlichem Maße vorzuziehen zu sein.«

Er sollte nicht enttäuscht werden.

An jenem Abend lag Plums Club fast verlassen. Nur ein paar Besucher vom Lande kamen herein, die nichts davon gehört hatten, daß Auguste Didier nicht anwesend war, und sie wunderten sich, weshalb dem Dinner, das ausgezeichnet war, die besondere, geheimnisvolle Note mangelte, die sie noch auf dem Heimweg zu den entlegenenen Posten der Provinz beseelte und sie von den Wundern der Metropole schwärmen ließ.

Die Clubmitglieder, die regelmäßiger kamen, waren eifrig damit beschäftigt, sich für Gaylord Erskines Gesellschaft zurechtzumachen. Normalerweise würden die meisten von ihnen der Einladung nicht gefolgt sein. Doch aus verschiedenen Gründen und vielleicht aus dem unbewußten Gefühl heraus, daß die Saga von Plums Club noch nicht abgeschlossen war, war dies ein Abend, den man nicht verpassen durfte.

Selbst General Fredericks band seine weiße Krawatte voller Resignation. Alice schien entschlossen hinzugehen. Juanita Salt zog an ihrem überstrapazierten Korsett kräftiger als gewöhnlich; Peregrine Salt zeigte den gequälten Ausdruck eines Mannes, der gezwungen war, mit dem vollen Kriegsgeschrei seines Stammes in die Schlacht aufzubrechen; Sylvia Preston hatte sich zu einem letzten dramatischen Auftritt auf offener Szene entschlossen, bevor sie diesen, wie hieß er doch, heiratete. Mary und Samuel Preston wappneten sich in erbittertem Schweigen. Gertie Briton streifte ihre Garderobe nicht schweigend über; sie quasselte und quasselte, während Charlie Briton immer brummiger wurde, bis ihm einfiel, das Emma Pryde anwesend sein würde. Jeremiah Atkins, der seine Krawatte verfluchte, erinnerte sich an die Vierundzwanzigsten Grenadiere, und Sir Rafael Jones machte sich mit wirklichem Vergnügen auf den Weg, in Erwartung dessen, was der Abend ans Licht bringen würde.

Aller Hoffnungen waren dazu verurteilt, enttäuscht zu werden.

Das kleine Orchester, das sich in eine Ecke des Salons quetschen mußte, spielte munter auf, viel zu munter, wodurch es sogar die einschmeichelnden Worte von Gaylord und Amelia Erskine übertönte, als diese die Gäste begrüßten.

Seidene Gewänder raschelten und rauschten angenehm durch den frühen Augustabend, moirierte Taftunterröcke knisterten verführerisch, Fächer flirteten, Augen provozierten kühn. Gertie Britons Büstenstütze zog aller Augen auf sich, außer Gaylords; Juanita, deren Büste keiner Stütze bedurfte, blieb ebenfalls der gewohnte Erfolg versagt.Denn Gaylord Erskine war mit anderen Dingen beschäftigt. Seine Augen glitten überallhin, zu dem Burschen an der Eingangstür besaß er kein rechtes Vertrauen, obwohl dieser die Einladungen so gründlich überprüfte.

Im Speisezimmer, das durch das Öffnen der Verbindungstür zum Morgensalon erweitert worden war, führte Auguste Regie über das Abendessen, zugleich als Schauspieler wie als Bühnenbildner dieser Vorstellung. Emma hatte entschieden, daß man ihn mit dieser Rolle betrauen konnte, während sie sich unter die Gäste mischte. Über diese Auszeichnung freute er sich, nicht aber über den Grund dafür. Aber auf keinen Fall wünschte er, daß man ihn mit der Zubereitung dieses katastrophalen Aspiks in Verbindung brachte. Wenn es nun wenigstens mit Sauerampfer garniert gewesen wäre, hätte das möglicherweise etwas versöhnt.

Hier fügte er eine Muschel mit Trüffeln hinzu, da eine Verzierung, er legte die Rose wieder auf den Wildschweinkopf, die heruntergefallen war, ordnete das Arrangement der Garnelen im Hummersalat …

Eh bien, er konnte hören, wie zum Abendessen gebeten wurde, die ersten Laute der zögernden Leute, die aus dem Salon auftauchten, um den Speiseraum zu betreten; dann folgten mehr und noch mehr, und die Lawine brach herein. Die livrierten Diener, die sich bislang ziemlich entfernt gehalten hatten, um zu beweisen, wie hoch sie über den bloß Speisen betreffenden Angelegenheiten standen, traten jetzt schlagartig in Aktion, flitzten hin und her zwischen dem Schwarz der Herren und den bunten Farben der Damen. Auguste hielt sich abseits vom Gedränge und wunderte sich einmal mehr darüber, welch ein Ausdruck von Faszination den Menschen in die Augen trat, wenn sie ein aufgebautes Bankett erblickten. Ihr glühendes Vergnügen an der Dinnertafel nahm er als Huldigung für seine Kunst entgegen; aber diese wilde Begeisterung drückte keine Anerkennung aus; sie entsprang der Gier. Aus diesem Grunde schrieb er Ballsoupers keinen Platz in der Kochkunst zu. Geleerte Platten wurden von Dienern im Handumdrehen einfach wieder aufgefüllt,und sie wurden genauso schnell wieder geleert.Das Gemurmel zufriedener Konversation durchzog den Raum, und an einem Ende des Speisesaals beherrschte Gaylord Erskine die Unterhaltung wie üblich.

»Habt ihr Burschen während des Augusts nichts zu tun?« erkundigte sich Atkins zwischen zwei großen Bissen Aspik.

Erskine lächelte. »Theaterpause, mein lieber Herr, wie Sie sagen würden. Ich probe für die neue Inszenierung, die im September anläuft, ›Der Sturm‹.«

Atkins schaute ihn verständnislos an. »Hab selbst nie viel

Zeit für jene alten Stücke gehabt. ›Macbeth‹ aber, das ist ein Stück!«

»Haben Sie niemals den Macbeth spielen wollen, Gaylord?« fragte Sir Rafael, während er das junge Dienstmädchen in Augenschein nahm, das die Puddings hereintrug. »›Ist das ein Dolch, den ich da seh?‹ Aufregende Sache.«

Erskine blickte seinen einstigen Gönner kühl an.

»Der liebe Gaylord ist am besten, wenn er Dickens spielt. So twagisch, so bewegend. ›Es ist viel, viel besser, zu ...‹ Ich denke, er war wunderbar«, warf Juanita ein.

»Ich bin Ihnen dankbar, liebe Juanita, doch glaube ich, wenn Sie erst einmal meinen Prospero gesehen haben, werden Sie nicht enttäuscht sein.« Und seine schön modulierte Stimme erklang durch den ganzen Raum:

»... doch dieses grause Zaubern
Schwör' ich hier ab; und hab' ich erst wie jetzt
Ich's tue, himmlische Musik gefordert,
Zu wandeln ihre Sinne, wie die luft'ge
Magie vermag: so brech' ich meinen Stab,
Begrab' ihn manche Klafter in die Erde ...«

Mitten im Servieren des Puddings *à la Prince of Wales* hielt Auguste inne, gebannt. Die Dichtung aus dem Munde des Mannes. An seinen Fähigkeiten gab es keinen Zweifel. Die ausdrucksstarken Hände, das schöne Timbre seiner Stimme; fast von derselben Klasse wie Henry Irving.

»O Gaylord, das ist wunderbar«, sagte Gertie, die kein Wort verstand.

»Und, bei Gott, die Nachspeise auch«, rief Atkins aus.

Wenn man von irgend etwas sagen kann, daß es die Zunge löst und die Geschmacksknospen bei einem Bankett in Schwingungen versetzt, dann ist es das Eintreffen der Nachspeisen. Auguste hatte niemals die Theorie vertreten, daß es die Damen sind, die sich am Pudding delektieren. Seiner Erfahrung nach waren die Herren am begierigsten darauf. Ein »Oh« erklang plötzlich beim Anblick der Gelees und Cremespeisen, mit denen sich die Gäste nun erfreut beschäftigten. Selbst General Fredericks blickte menschlich drein, als die Lieblingsnachspeise des Königs von Preußen aufgetragen wurde, von Auguste extra für ihn dazwischengeschmuggelt, wobei er Angst hatte, Emma könnte es bemerken!

Inspektor Rose bahnte sich einen Weg durch die Menge, um zu Auguste vorzudringen, und es gelang ihm schließlich, seine Aufmerksamkeit auf sich zu lenken.

»Der junge Polizeikonstabler Wilson an der Tür sagt mir, jemand sei hineingeschlüpft, als er die Einladungskarten anderer Gäste kontrollierte«, berichtete er besorgt. »Mittleres Alter und im Gesellschaftsanzug. Haben Sie jemanden gesehen?«

Auguste gaffte ihn offenen Mundes an und starrte auf den großen Schwarm von Männern im schwarzen Frack. »Beim Himmel, ich hoffe - was zum ...«

Der scharfe, unverwechselbare Schuß eines Revolvers.

Atkins war der erste, der durch die Tür rannte. »Bei Gott, ein Schuß!« schrie er. »Hallo! Nach oben!«

Alle Gedanken Augustes an die Speisen verflogen aus seinem Kopf, als er hinter dem Tisch hervorsprang und, dem Inspektor folgend, sich seinen Weg durch das Gedränge der Leute bahnte, die sich die Treppe hinaufschoben. Ein Durcheinander entstand, als die Damen aus Furcht vor dem, was sie entdecken könnten, wieder nach unten zu strömen begannen. Als Konstabler Wilson sah, daß sich Rose auf dem Weg nach oben befand, hielt er die Leute unten fest, und so handelte es sich nur um eine Gruppe von etwa einem Dutzend Herren, die den Korridor entlang zum Arbeitszimmer rannten, von wo der Schuß gekommen war.

»Bleiben Sie draußen, Madam.« Rose, der Amelia an seiner Seite fand, schob sie zurück, als er durch die offene Tür jagte. Auf dem Boden des Arbeitszimmers entdeckte er eine zusammengesunkene grauhaarige Gestalt, das Gesicht nach unten.

»*Non, madame*«, sagte Auguste und versuchte vergeblich zu verhindern, daß Amelia und die nachdrängenden Leute sich durch die Tür schoben und ihn fortrissen. Vor ihm drehten General Fredericks, Samuel Preston und Atkins die Leiche um. Peregrine Salt trat hinzu, um ihnen zu helfen.

Ein durchdringender Schrei von Amelia. Alle Augen richteten sich auf sie – sie schluchzte: »Gaylord!«

»Meine Liebe, bin an deiner Seite.« Er bahnte sich einen Weg.

»Ich dachte, du wärst es«, weinte sie.

»Ohne Zweifel wünschte das jemand«, sagte Gaylord verbittert. »Aber wer?«

Vor ihm starrten Auguste und Inspektor Rose schweigend auf die Leiche von Sir Rafael Jones.

10. Kapitel

»Irgend jemand«, sagte er drohend zu Auguste, »will mich immer noch zum Narren halten, und das gefällt mir nicht.« Das Zimmer wimmelte von Ärzten und Polizisten, als die unkünstlerischen Überreste von Sir Rafael Jones untersucht, notiert und schließlich abtransportiert wurden.

»Erschossen«, fuhr Rose fort. »Genau wie der Colonel. Keine Anzeichen von Selbstmord. Was haben wir also? Einen zweiten Mord.« Er hob den Revolver auf. »Gehört nicht Erskine. Bezweifle, ob Jones selbst ihn hierher mitbrachte, und nach Atkins' Meinung hat auch dieser die Wände von Plums Club geschmückt.«

Abrupt riß sich Auguste vom Ausdruck auf Emmas Gesicht los, als sie gewahr wurde, daß man es ihr allein überließ, aufzuräumen, während Auguste aufgefordert wurde, Inspektor Rose zu assistieren.

»Aus Plums Club? Dann ...«

»Ja. Das war wieder unser Freund. Wir lagen falsch, Mr Didier. Jones war keineswegs unser Mann. Mir scheint es jetzt, als müßten wir nach einem Mann suchen, der sowohl Worthington als auch Jones loswerden wollte.« Die Aussicht darauf schien keinen Anklang zu finden. »Also, Mr Didier, ich brauche Sie nun als ein zweites Paar Augen. Haben Sie bemerkt, wer sich im Speisezimmer befand und wer nicht, als der Schuß fiel?«

Auguste schüttelte den Kopf. »Vorher ja, als Erskine Shakespeare deklamierte, aber danach wurde der Pudding aufgetragen und die Cremespeisen - ich bitte um Entschuldigung, Herr Inspektor, daß ich auf das Thema der Speisen komme - und natürlich war jedermann davon ganz und gar gefesselt. Da liefen so viele Leute herum, daß es unmöglich ist zu sagen, wer den Raum verließ, falls das überhaupt jemand tat. Aber Sie, Herr Inspektor, haben Sie es nicht gesehen?«

»Ich habe Mr Erskine verlassen, als er aus seiner Rolle zitierte, und bin ein bißchen in dem Raum herumgegangen; dann kam ich her, um mit Ihnen zu sprechen. Die Treppe lief ich vor Ihnen hinauf. Mit wem kamen Sie herauf?«

Auguste schloß die Augen, um sich an die Situation zu erinnern. »Alle waren still, dann drängte ich zur Tür, nach Ihnen. Eine Gruppe von uns stürmte die Treppe hinauf, dann kehrten einige um. Ich befand mich hinter Ihnen und hörte, wie der Konstabler keinen mehr passieren ließ. Aber wer dabei war ...«, er zuckte die Schultern. »Ich weiß noch, daß Sie den Korridor entlangrannten, dann eine Frau – Mrs Erskine, dann ich und hinter mir noch eine Menge andere.«

Rose lief hinaus auf den Korridor. »Wir haben da ein Problem, Mr Auguste«, sagte er endlich. »Es gibt nur eine Tür zu seinem Arbeitszimmer – allerdings befindet sich darin noch eine andere, die zum Salon hindurchführt auf der anderen Seite, aber die ist von innen verriegelt. Also muß unser Mörder zur Arbeitszimmertür herausgekommen sein, um zu flüchten. Weshalb haben wir ihn dann nicht gesehen?« Er starrte den Korridor hinunter zu der Fensternische, die halb von dem Telephonkabinett neben der Arbeitszimmertür ausgefüllt wurde. »Irgendwie muß er diesen Korridor entlanggekommen sein«, sprach er bedächtig.

»Vom Fuße der Treppe aus wäre er aber gesehen worden, Monsieur. In dem Moment, wo jemand das Speisezimmer verläßt, besitzt er einen freien Blick auf das erste Geschoß und auf diesen Gang. Wir haben alle nach oben geschaut, da wäre er doch bemerkt worden.«

»Die Tür zum Arbeitszimmer kann man nicht sehen«, rief Rose, der das probierte, von unten.

»Nein, aber dann wäre er gesehen worden, als wir die Treppe hochstiegen. Er hätte in der Falle gesessen. Es gibt nur die alte Truhe, und die ist nicht groß genug.«

»Sich in dem Telephonkabinett verstecken?« schoß es Rose plötzlich durch den Kopf, und er rannte wieder hinauf.

»Keine Tür.«

»Dahinter?«

»Sie schließt mit der Wand ab.«

»Geheimgang«, brachte Rose vor, ohne große Hoffnung.

Auguste lachte. »Das ist eine Außenwand, Herr Inspektor.«

»Dann muß er sich im Zimmer versteckt haben.«

»Wenn es nicht Selbstmord war.«

»Hätte keinen Selbstmord in einem fremden Haus begangen«, sagte Rose, »und würde auch nicht mit einem Revolver in der Tasche auf einer Gesellschaft erscheinen. Wir wollen uns das Fenster anschauen.«

Von der geschäftigen Durchgangsstraße, der Curzon Street, blickte Sergeant Stitch zu ihnen hinauf.

»Ich glaube, Herr Inspektor, man hätte ihn bemerkt, wenn er am Regenrohr gehangen hätte.«

Rose stöhnte. »Da hätte er ohnehin ein Affe sein müssen.« Seine Augen schweiften im Zimmer umher. »Dann gibt es nur eine Erklärung: Er war die ganze Zeit hier drin. Riskant, aber möglich. In diesem Schrank könnte jemand bequem Platz finden. Sogar hinter dem Schreibtisch. Jones lag weit genug davon entfernt. Wer stand im Zimmer in Ihrer Nähe? Ich muß zugeben, meine Augen waren nur auf die Leiche gerichtet.«

Auguste hatte sich immer etwas darauf zugute gehalten, daß seine Augen richtig funktionierten, wenn es um Details ging. Bei einem Bankett konnte er sich an jede Einzelheit erinnern. Er würde die Probe machen wie mit dem Dinner, das er im Hause der Prinzessin Tatjana zu ihrem zwanzigsten Geburtstag hergerichtet hatte. Er schloß die Augen. Ah, Tatjana ... Plötzlich stand alles wieder klar und deutlich vor ihm.

»Peregrine Salt befand sich neben mir, Madame Erskine kreischend hinter mir, ihr Gatte auch. Mrs Preston und Mrs Salt standen beieinander, Mr Atkins und Samuel Preston wendeten die Leiche um. Salt ging hin, um zu helfen. Auch der General befand sich da. Seine Frau nicht. Ich weiß noch, wie eine andere Frau hysterisch aufschrie – Mrs Britons Stimme, glaube ich. Dann hörte Mrs Briton Erskine und bekam noch einen hysterischen Anfall, und dann rief jemand, daß es Jones war. Wie Sie wissen, hatten alle angenommen, daß es sich um Erskine handelte, mit den grauen Haaren und wo es doch sein Haus war.«

»Ich sage Ihnen, Mr Didier, es wäre sehr fahrlässig, wenn jemand Jones statt Erskine erschossen hätte. Tatsächlich taucht in diesem Fall Erskine immer wieder auf.«

»Was vielleicht irgend jemand beabsichtigt«, sagte Auguste. »Denn wenn er unser Mörder wäre, wäre er wirklich dumm. Weshalb sollte er einen Mord in seinem eigenen Hause arrangieren? Sehr gefährlich. Außerdem hätte er es gar nicht tun können, denn er und seine Frau traten unmittelbar hinter mir ins Arbeitszimmer. Niemand konnte diese Morde allein verüben. Ich glaube, wir können jetzt davon ausgehen, daß es sich um ein Gespann von Mann und Frau handelt. Wie Lord und Lady Macbeth. Einer lockt Worthington, der andere tötet ihn. Einer tötet Jones, der andere vertuscht dessen vorübergehende Abwesenheit und sein Wiederauftauchen.«

»Macbeth«, sagte Rose resigniert. »Das fehlt uns noch. Also wie kommen Sie denn darauf?«

»Unten im Speisezimmer sprachen die Leute, glaube ich, von Macbeth«, antwortete er, die Stirn runzelnd. Eine dunkle Erinnerung, ein Bild eingegraben in sein Gedächtnis, wie bei der Sache in Plums Club, als Rafael Jones gesagt hatte, der Schlüssel zum Mord an Worthington läge in der Vergangenheit. Er hatte es Rose damals erzählt und erinnerte ihn nun daran.

»Vielleicht ist nichts dran. Vielleicht ist doch etwas dran. Betrachten Sie ihn als Erpresser? Schien mir kein Geld zu brauchen.«

»Es gibt andere Gründe als Geld, um jemanden zu erpressen. Sicherheit zum Beispiel.«

»Zum Schutze von jemandem, der von der Sache mit Rosie gewußt hat, meinen Sie«, sagte Rose nachdenklich. »Das führt uns wieder zurück zu Worthington und Erskine, und die sind nun beide raus aus der Sache. Worthington ist tot, und Erskine kann es nicht getan haben. Nein, ich glaube, er ist umgebracht worden, weil er wußte, wer Worthington getötet hat, und der Mörder wußte, daß er es weiß.«

»So tief im Blute watend«, murmelte Auguste. »Wir müssen unsere Macbeths suchen, Herr Inspektor.«

Emma war nicht bei bester Laune, denn sie hatte von Auguste oben die Nachricht erhalten, sie solle heiße Schokolade für so viele Gäste als möglich kochen. Welch ein Glück, daß er seine *chocolatière* mitgebracht hatte, für den eigenen Bedarf, um sich von der Anspannung des Banketts zu erholen.Es gibt nichts Besseres, um die Nerven zu beruhigen. Hat Linnaeus das nicht einen Göttertrank genannt? Hat Brillat-Savarin nicht ihre Tugenden über alle Maßen gelobt?

Ruhiger wurden die Gäste vielleicht, so gestärkt, aber die gedrückte Stimmung hielt an. General Fredericks blickte ängstlich zu seiner Frau, die sich gefaßt mit Jeremiah Atkins unterhielt. Seine Ohren schnappten unterdessen die Worte »Vierundzwanzigste Grenadiere« auf. Er war müde. Seine Augen gaukelten ihm etwas vor. Er hatte sich eingebildet, gerade eben seinen Neffen Philip gesehen zu haben. Einbildung, natürlich. Vielleicht aus Rücksicht auf sein Alter und seinen hohen Rang wurde er mit seiner Frau in den Salon am anderen Ende des Korridors im ersten Geschoß gerufen.

»Ich fürchte, Soldaten verstehen gewöhnlich nicht viel von Kunst. Meine Frau interessiert sich mehr dafür, aber nicht für Sir Rafaels Werke, Inspektor«, antwortete er gefaßt auf Roses erste allgemeine Frage.

»Sie befanden sich im Arbeitszimmer, nachdem der Schuß abgefeuert worden war, Sir? Haben Sie sich im Zimmer überhaupt umgesehen?«

»Weshalb sollte ich, Inspektor? Meine – unsere ungeteilte Aufmerksamkeit galt der Leiche.«

»Wenn sich jemand dort verborgen hätte, Sir, glauben Sie, er hätte auftauchen und sich unter die Leute mischen können, ohne daß es jemand bemerkt hätte?«

Lady Fredericks rang die Hände auf ihrem Schoß. General Fredericks zögerte. »Ich halte das kaum für möglich, Inspektor. Es war eine ansehnliche Gruppe in dem Zimmer. Gewiß wäre jeder, der sich zu ihr gesellt hätte, bemerkt worden.«

»Und Sie, Lady Fredericks, befanden Sie sich im Zimmer? Ich habe Sie nicht bemerkt.«

»Nein«, antwortete ihr Mann rasch für sie.

»Ja«, sagte sie gleichzeitig.

Er neigte den Kopf. »Entschuldige, meine Liebe, ich hätte sagen sollen, daß ich deine Anwesenheit nicht bemerkt habe.«

»Ich dachte, es war Philip«, sagte sie nur.

»Philip?« fragte Rose in seiner Verlegenheit.

General Fredricks geriet ein wenig aus der Fassung. »Unser Neffe, Inspektor, der vor zwanzig Jahren die Familie verließ, um Schauspieler zu werden. Ich dachte – meine Frau dachte – einer der Gäste besäße eine erstaunliche Ähnlichkeit …«

»Aber weshalb haben Sie angenommen, die Leiche sei Ihr Neffe – oder haben Sie geglaubt, er könnte der Mörder sein?« fragte Rose, der ihn eilig unterbrach.

General Fredericks erhob sich. »Die Befragung in dieser Richtung gehört nicht zur Sache«, sprach er einigermaßen höflich. »Komm, meine Liebe.«

Generäle werden nicht Generäle, sagt man, wenn sie nicht Stahleinlagen in den Samthandschuhen trügen.

Allein gelassen, ging Egbert Rose zu der Verbindungstür und riß sie auf: Auguste Didier fand er dort, der, obwohl er Koch war, sich wieder einmal als hilfreich erwies; anscheinend bewunderte er in diesem Augenblick eine humoristische Zeichnung von Erskine in der Rolle von Charles Dickens' Sidney Carton.

»Merkwürdig, Herr Inspektor«, sagte er und suchte verzweifelt nach etwas, was er sagen könnte, »alle diese Bilder zeigen Erskine als reifen Schauspieler. Wieso finden wir nichts von ihm aus seiner feurigen Jugend?«

»Weil einen niemand malt, solange man jung ist und sich mühsam nach oben kämpft«, sagte Egbert Rose. »So ist das Leben, Mr Didier.«

»Das ist wahr. Nach dem Küchenlehrling werden keine Rezepte benannt. Seine frühen künstlerischen Kreationen werden nicht registriert.«

»Also, ich werden Ihnen sagen, was wirklich merkwürdig ist, Mr Didier. Wir gelangen immer genau an einen Punkt, den wir für das Innerste dieses kleinen Irrgartens halten, nur um uns am Ausgang wiederzufinden. Es wollte also jemand Erskine, Worthington und Jones aus dem Wege räumen? Es wollte jemand Worthington und Jones aus dem Weg räumen, und die Anschläge auf Erskine dienten nur der Täuschung? Hat Worthington etwas entdeckt, was den Mörder hätte hindern können, Jones zu beseitigen? Hat Jones etwas über Worthingtons Mörder herausgefunden? Ich sage Ihnen, Mr Didier, dieser Fall gleicht einem Teller Ihrer Fadennudeln - alles lose Enden.«

Jeremiah »Jorrocks« Atkins war ganz dazu aufgelegt, aufrührerisch zu werden. Er verkehrte nicht mit Malertunten. Es gab eine Zeit, da war Plums ein Club für Gentlemen, die etwas vom Jagen und vom Fuchs verstanden; man könnte annehmen, das hier sei der Garrick Club, nach der Art der Schauspielerburschen zu urteilen, die man jetzt hier hereinließ.

»Ich habe gehört, Sie sind auch mit Colonel Worthington nicht gut ausgekommen?«

»Ich dachte, Inspektor, Sie untersuchen den Tod dieses Malerkerlchens, nicht den des alten Worthington?«

»Beides«, sagte Rose mit fester Stimme. »Worum ging also der Streit?«

Sergeant Sniff, der sich in der Ecke Notizen machte, rümpfte die Nase. Also, wenn er die Befragung vornähme …

»Um die Jagd«, sagte Atkins widerborstig.

»Ist das alles?«

Atkins wurde rot. »Nein«, und schien nicht geneigt, mehr zu sagen.

Rose wartete. Oft wirkte das. Ein Wille gegen den anderen. Er hatte diese Methode einmal in den »Drei Krähen« in Stepney ausprobiert, als Daniel Hardbitter der Falschmünzer glaubte, ihn einwickeln zu können.

»Auch um die Armee«, sagte Atkins mürrisch. »Im selben Regiment gedient. Vierundzwanzigste Grenadiere, Warwickshire.« Das sprach er in einem Tone von Endgültigkeit, als wäre damit alles erklärt.

»Eine Ehrensache, oder, Sir?« half ihm Rose auf die Sprünge. Er kannte diese Leute vom Militär.

Für diese Hilfe zeigte sich Atkins nicht dankbar. Er starrte Rose an. »Zur Hölle mit der Ehre«, schrie er, dem Verdruß von Jahren Luft machend. »Er hat mir die Stiefel gestohlen.«

Dann kam nach und nach ans Tageslicht, daß ebendiese Stiefel, die einst dem erklärten Eigentümer gestohlen wurden, nicht nur zurückbehalten wurden, sondern über die Jagdgründe von Warwickshire stolzierten. »Kein Mensch wird Worthington verdammt noch mal vermissen«, trompetete er.

»Haben Sie Leutnant Fredericks kennengelernt, General Fredericks' Sohn?« fragte Rose nicht ganz ohne Zweck.

Darauf war Atkins nicht vorbereitet; er starrte Rose verblüfft an und sagte dann langsam: »Jedermann bei den Vierundzwanzigsten Grenadieren hat Leutnant Fredericks gekannt. Feiner Bursche. Ich hätte alles getan, um ihn zu retten.«

»Wissen Sie, daß es Colonel Worthington war, von dem

man sagen könnte, er sei für den Tod verantwortlich gewesen?«

»Worthington?« Atkins lachte schallend. Aber irgendwie klang seine Stimme künstlich, als käme die Nachricht für ihn nicht überraschend.

Charlie Briton erwies sich als gleichermaßen ungefällig. »Natürlich habe ich den Burschen gekannt - hat einmal meine Frau Gertie gemalt. Sie hatte darauf bestanden. Habe später herausgefunden ...«, aber diese vertrauliche Mitteilung hielt er zurück. Tatsächlich wollte sie ein Bild von sich, um es Gaylord Erskine zu schenken.

»Sie befanden sich beide im Arbeitszimmer, als wir die Leiche entdeckten. Sind Sie zusammen hereingekommen?«

»Nein, ja, nein, Sie bekam am Eingang einen hysterischen Anfall«, sagte Briton. »Sie dachte, es sei Erskine«, fügte er bedrückt hinzu.

»Ich verstehe, sie - äh - hat Erskine so gern«, sagte der Inspektor, »daß sie diese Tatsache öffentlich bekundete.«

»Verdammt gute Freunde, das ist alles«, sagte Charlie bestimmt; die altmodische Vorstellung von der Einheit von Mann und Frau kam zum Vorschein. Insgeheim zuckte er bei der schrecklichen Erinnerung an die »Hamlet«-Vorstellung zusammen, bei der Gertie vom Balkon laut gerufen hatte. Seitdem war er nicht imstande gewesen, sich ins Theater zu begeben oder sich in der Kaserne sehen zu lassen. »Sie wissen doch, wie Frauen sind.«

Rose wurde von dem Gedanken abgelenkt, daß sich Mrs Rose einmal auf dem Balkon des Highbury Empire erhoben und ihre Bewunderung für einen anderen Herrn verkündet hatte. Schnell kehrte er zu dem Mordfall zurück und ging mit Charles Briton all dessen einzelne Schritte und die der anderen Personen durch, die sich im Arbeitszimmer befunden hatten.

Es stellte sich heraus, daß sie alle verdammt anständige Kerle waren - mit einer Ausnahme. Samuel Preston, so schien es, erwies sich als einer der Leute, mit denen man nicht unbedingt gemeinsam trank, wenn es sich vermeiden ließ.

»Wieso das?«

»Wie ist denn der Kerl zu seinem Geld gekommen?« fragte Charles Briton geheimnisvoll. »Sagen Sie mir das!«

Rose konnte es nicht.

»Durch Sklavenhandel«, fuhr Charlie genüßlich fort.«Vor dem Ashanti-Krieg, so erzählt man sich. Die Holländer übergaben uns ihre Forts an der Goldküste, und die Ashantis wollten eins davon für ihren Sklavenmarkt haben. Preston befand sich mitten drin in dem kleinen Picknick. Hat sich gut behauptet dabei. Aber jetzt würde sich das nicht gerade allzu gut ausnehmen, nicht wahr? Bei einem künftigen Minister der Liberalen?«

»Haben Sie sich mit Sir Rafael Jones gut gestanden, Mr Salt?« Rose fing ganz ruhig an und widmete seine Aufmerksamkeit eher Salt als dessen extravaganter, Juno ähnlicher Frau.

»Ausgezeichnet«, sagte Salt von Herzen. »Prächtiger Bursche.«

»Demnach haben Sie ihn gut gekannt?«

»Nicht sehr gut«, sagte Salt, schnell zurückweichend, als er begriff, daß er sich eine Blöße gegeben hatte. Vorsicht war sein Gebot.

»Immerhin waren Sie so besorgt, daß Sie halfen, die Leiche umzudrehen.«

»Natürlich«, sagte Salt mit Würde. »Ich stand unter dem Eindruck, daß es unser Gastgeber sein könnte, zunächst einmal.«

Ein leiser Ausruf von Juanita veranlaßte Rose, sich ihr zuzuwenden. »Und Sie, Madam, haben Sie Sir Rafael gut gekannt?«

»Sir Rafael hat mich gemalt«, sagte Juanita steif. »Er ist kein guter Maler. Er mag keine Frauen. Ich mag ihn nicht.«

»Und haben auch Sie angenommen, es sei Mr Erskines Leiche, Mrs Salt?«

Juanitas Brust hob sich, ein eindrucksvoller Anblick, von dem Egbert Rose sich nicht losreißen konnte. Ihre Stimme schwoll an. »Weshalb sollte ich das, was da auf der Erde lag, für Mr Erskine halten? Es war eine Leiche! Wenn ich Leichen sehe, denke ich nicht, das ist der oder der. Ich denke, das ist eben eine Leiche. Ich mag das nicht.«

»Und dennoch befanden Sie sich in dem Zimmer. Sie hätten doch unten bleiben können.«

Die Blicke der Salts trafen sich flüchtig, und Peregrine fuhr gewandt fort: »Wir wollten sehen, ob wir irgend etwas tun könnten, Inspektor.«

Rose änderte den Kurs.

»Ich habe gehört, daß Sie kürzlich Streit mit Colonel Worthington hatten. Das haben Sie neulich nicht erwähnt. Auch nicht, daß Sie miteinander verwandt sind.«

Salt stieg die Röte ins Gesicht. »Sie haben mich nicht gefragt, Inspektor. Ich habe nichts verbergen wollen.«

Rose begann mit Prendergast in der berühmten Fehde zu sympathisieren, gleich wer recht oder unrecht hatte.

»Worüber haben Sie sich denn gestritten, Sir?«

»Colonel Worthington und ich waren hinsichtlich der Bedeutung archäologischer Ausgrabungen verschiedener Meinung. Allerdings«, er räusperte sich ein wenig, »bin ich froh, sagen zu können, daß wir am Ende der Unterredung, was ihren Wert betrifft, übereinstimmten, und er war bereit, mir eine beträchtliche Summe vorzuschießen.«

Er blickte Rose offen in die Augen.

Es war zwei Uhr, als Gaylord Erskine das Zimmer betrat, mit erkenntlich grauem Gesicht.

»Nun, Sir«, sagte Rose. »Wieder hat jemand gedacht, Sie wären es?«

Erskine lächelte griesgrämig. »Ein sehr nachlässiger Mörder, müssen wir annehmen, der zweimal den Falschen erwischt. Nein, Inspektor, ich weiß nicht, wo das alles noch hinführen soll, aber aus irgendeinem Grunde wollte jemand

Jones tot sehen, und er suchte sich mein Haus aus, um die Tat auszuführen.«

»Weshalb hätte er das tun sollen, Sir?«

»Er konnte mit Sicherheit annehmen, daß er Jones hier vorfinden würde, wahrscheinlich umgeben von vielen anderen Leuten. Hätte er Jones' Haus betreten, wäre er bemerkt worden.«

»Das legt nahe, Sir, daß er mit der Einrichtung Ihres Hauses vertraut war. Er mußte sichergehen, daß ihm irgendwie ein Fluchtweg offenstand.«

Erskine zuckte uninteressiert die Schultern. »Er könnte leicht hinter der Tür gestanden haben, Inspektor, als wir alle hineinströmten, und er ist dann hervorgetreten, um sich den Leuten anzuschließen.«

»Riskant, nicht wahr?«

»Es scheint sich um einen waghalsigen Mörder zu handeln, Inspektor«, sagte Gaylord trocken. »Wie dem auch sei, die meisten unserer Bekannten aus Plums Club haben in der Tat dieses Haus früher schon einmal besucht.«

Die Tür flog auf. »Verzeihung, Sir, haben jemanden gefaßt, der versuchte, sich aus dem Staub zu machen.« Rot vor Aufregung, einen möglichen Mörder in seinem Griff zu halten, zog Polizeikonstabler Wilson den unglücklichen Mann herein.

Erskine runzelte die Stirn. »Habe ich Sie nicht schon einmal gesehen?« fragte er langsam, gerade als Auguste, der es satt hatte, in ein anderes Zimmer verbannt zu sein, hinter ihnen hereintrat und ausrief: »Aber Sie habe ich schon früher irgendwo gesehen!«

In den frühen Morgenstunden gelangte der Eindringling als gebrochener Mann wieder in sein Quartier zurück. Ihm wurde klar, daß er dicht davor gewesen war, verhaftet zu werden wegen zweier Morde und wegen eines versuchten dritten. Der Mann, der sich als Küchenchef von Plums Club herausstellte, hatte ihn als einen seiner damaligen Kellner erkannt. Und er hatte sich für einen guten Schauspieler gehalten.

Doch er war glücklich. Gaylord Erskine hatte ihn wiedererkannt. Sicher, das war nur der Fall, weil er ihn in all den vergangenen Jahren immer wieder weggeschickt hatte, aber zweifellos nur darum, weil er selbst kein guter Schauspieler war. Die schienen zu glauben, er hasse Gaylord Erskine. Er konnte sie aber offenbar nicht davon überzeugen, daß Erskine sein Idol war. Von ganz unten zu solch großen Leistungen aufgestiegen! Hamlet, als nächstes Prospero. Jetzt wußte er, daß er nie einen Schauspieler abgeben würde, einen richtigen Schauspieler wie Erskine, aber das machte ihm jetzt nichts mehr aus. Als Jongleur der Music Hall war er glücklich und zufrieden. Solange er genügend Zeit fand, nebenher Erskines Laufbahn zu verfolgen. Es war ihm noch ein Schreck in die Glieder gefahren. Er hatte seinen Onkel Arthur gesehen. Da stiegen Erinnerungen in ihm hoch. Erinnerungen an seine Weigerung, Soldat zu werden, wie es der Vater verlangt hatte. Daran, daß er von zu Hause weggegangen war. An die erste Zeit auf der Bühne. An den Kampf, die Entbehrungen! Würde er aber ans Theater zurückkehren? Niemals. Nicht, solange er Erskine weiterhin sehen konnte. Ihn umbringen? Ein lächerlicher Gedanke.

Sergeant Stitch faßte es als eine direkte Beleidigung auf, daß Rose es sich angewöhnt hatte, einen Franzmann bei seinen Untersuchungen an der Seite zu haben. Wenn man Stitch fragte, lag das daran, daß zuviel Sherlock Holmes gelesen wurde. Nicht, daß Rose das tat.

»Sie werden überrascht sein«, sagte Rose genüßlich, als sie der Butler in das Vestibül von Jones' Haus in St. John's Wood führte.

Es war kein Haus, wie es sich Auguste ausgesucht hätte. Eher eine Kunstgalerie. Ein Denkmal für Sir Rafael Jones.

Sie stiegen die Treppe hinauf, wo die schmerzerfüllten Damen in kameradschaftlichem Nebeneinander die Wände drapierten, und liefen den Korridor entlang, der von deren präraffaelitischen Schwestern mit ihren hängenden Köpfen geschmückt wurde. Sorgsam wandte Rose die Augen ab. Ihm schien es, als ob die Griechen nie irgendwelche Kleider trugen. Was aber, wenn es regnete?

»Und hier«, sagte der Butler ehrerbietig, »befand sich sein Atelier.«

Abermals schaute sich Rose die Porträts an den Wänden ringsherum an, die sich alle auf merkwürdige Art ähnelten in einer Wohlgefallen bereitenden Zufriedenheit mit der Welt – und mit Rafael Jones, wie man wohl folgern darf.

»Weshalb hat er diese nicht verkauft?« fragte Rose.

»Das sind erste Skizzen, Sir«, antwortete der Butler, von soviel Ignoranz schockiert. »Lady Warwick, Sir. Miss Terry ...« Jones hat Ellen Terrys Schönheit überhaupt nicht eingefangen, dachte Auguste. Diese selbstgefällige Matrone da war nicht die gefeierte Bühnenkünstlerin Ellen Terry. Kein Wunder, daß sie es nicht kaufen wollte. Da war nichts zu spüren von dem freien Geist, von dem Zauber, den sie auf jeden ausübte. Hier zeigte sie sich beschränkt auf die Hübschheit eines Keksbüchsenbildes.

»Fast, als ob er all die Abgebildeten nicht leiden konnte, nicht wahr?« kommentierte Auguste.

»Ihm gefielen Jüngere«, sagte Rose schroff, während er an Rosie dachte.

»Die Privatbibliothek des Meisters befindet sich oben«, sagte der Butler mit einem Schimmer von Menschlichkeit in den Augen, als er die Worte hervorbrachte.

Für denjenigen, der Bücher liebt, bot die Bibliothek einen imposanten Anblick.

Der Butler zögerte. »Nun, wo er tot ist, Sir, sollte ich Ihnen wohl sagen, daß ich glaube, einige dieser Bücher sind Attrappen, Herr Inspektor.« Er brannte darauf, das auch gleich vorzuführen. Er drückte auf einen Knopf, und die ganze Wand schwenkte zur Seite, um eine höchst interessante

Sammlung von Damen zu enthüllen, die überhaupt nichts mit den Studien im Atelier gemein hatten.

Rose blickte grimmig drein. »Ekelhaft, sehr ekelhaft«, sagte er.

»Kinder!«

»Mir ist nicht gerade bekannt, daß er andere erpreßt hätte«, sagte Rose. »Scheint aber viel Anlaß zu geben, daß er selbst erpreßt werden konnte. Nicht nur Rosie, sondern diese – Sachen. Rosie ist also nicht die einzige! Sagt ja eine Menge aus über ihn, aber nicht viel über unseren Fall, es sei denn, man ginge davon aus, daß eines von Jones' Mädchen in Erskines Haus hätte gelangen können, um ihn zu erschießen.«

»Es scheint, als sei Sir Rafael Jones getötet worden, weil er zuviel über den Tod des Colonels wußte«, sagte Auguste besorgt.

Wieder unten im Atelier, atmete Rose mit einem Seufzer tief durch. »Hier unten ist die Luft sauberer. Selbst wenn das Bild nicht gerade meinen Geschmack trifft. Nicht wahr, Mrs Salt?«

Auguste blickte das Bild an der Wand an. »Zweifellos schmeichelhaft, was ihren Körperumfang betrifft.«

»Die schöne Juanita. Sie sieht nicht wie jemand aus, der ungern Modell sitzt. Im Gegenteil. Sie wirkt wie eine Katze, die von *la crème* genascht hat, wie man sagen könnte, Monsieur Didier. Da möchte ich gern wissen ...«

Emma Pryde schniefte. Sehr laut schnaubte sie sich die Nase und kehrte Auguste den Rücken zu.

»Sehr gut, mein alter Hahn, wenn du dir als Detektiv so wichtig vorkommst, dann brauchst du nicht mehr hier aufzutauchen.«

»Aber Emma, sei doch vernünftig, du warst es doch, die zuerst gesagt hat, daß in Plums Club merkwürdige Dinge geschehen? Warst du es nicht, die mich anflehte, das zu untersuchen?«

»Flä-ähte«, krächzte Disraeli.

»Wirst du mir gefälligst erklären, was jetzt vor sich geht?« verlangte sie.

Auguste nahm ihren unversöhnlichen Gesichtsausdruck wahr und gelangte zu dem Schluß, daß man unausgesprochene Regeln auch ein bißchen beugen könnte.

»Wie die Macbeths sind sie«, verkündete Emma dogmatisch, nachdem sie ungeduldig zugehört hatte. »Sie hat ihn angetrieben, es zu tun. Ich kann sie mir einfach als Lady Macbeth vorstellen!«

»Wegen des Geldes oder aus Leidenschaft?«

»Nun, für Worthington hätte sie wohl keine Leidenschaft empfunden, nicht wahr?« sagte Emma mit vernichtender Kritik. »Nein, ich glaube, sie war auf das Geld aus.«

»Und die Leidenschaft empfand sie für Sir Rafael«, sagte Auguste von dem Gedanken besessen. »Er verachtete sie, und deshalb brachte sie ihn um. Sie versteckte sich hinter dem Schreibtisch, bis Salt sie abschirmte, und tauchte auf, als alle ihre Aufmerksamkeit auf etwas anderes richteten, und ...«

»Diese Theorie hat nur einen Haken, Auguste«, sagte Emma, während sie mit Begeisterung die *blanquette* probierte.

»Und das wäre?«

»Es war nicht Jones, für den sich Juanita interessierte. Es war Gaylord Erskine.«

11. Kapitel

Mrs Mildred Worthington legte die Stirn in Falten. Wieder sah sie jenen Inspektor von Scotland Yard die Stufen zu ihrer Haustür heraufsteigen, dank eines umsichtigen Spähens durch die Vorhänge. Das Problem bestand darin, daß es niemand wissen würde, daß er von Scotland Yard kam. Jedermann würde ihn nur für einen Hausierer vor der falschen Tür halten. Bisher war der Tag höchst erfreulich verlaufen. Am Vormittag hatte sie im Büro von Messrs Spence, Harcourt and Beaver eine angenehme Stunde mit der Erörterung der Erbschaftsangelegenheit verbracht. Es würde ihr von nun an nicht nur gutgehen, sondern sie wäre sehr reich. Die Sache mit Mortimer war natürlich sehr traurig, aber es gab auch Dinge, die dafür entschädigten. Schließlich hatte sie den ganzen Ärger mit der gerichtlichen Untersuchung der Todesursache durchmachen müssen, dann die Beisetzung – eine weitere Tortur, und dann die geschmackvolle Totenfeier draußen in Mortimers Haus in Warwickshire. Ja, es hatte viel zu tun gegeben, auf die eine oder andere Art. Nun aber war sie bereit, sich ihres neuerworbenen Reichtums zu erfreuen. Eine Kreuzfahrt auf einer Jacht ins Mittelmeer vielleicht. Morgen würde sie bei der Peninsular and Oriental Steam Navigation Company nachfragen. Und einen Butler. Sie würde sich einen Butler leisten. Zufrieden nickte sie.

Der einzige Nachteil war, daß Mortimer ermordet worden war. Das verwandelte ihre Person an den Empfangstagen in ein Objekt neugierigen Interesses. Der Besuch war auf das Zehnfache gestiegen. Der Fehler war, daß Inspektor Rose sie mit lästiger Regelmäßigkeit zu besuchen pflegte.

»Haben Sie Sir Rafael Jones gekannt, Madam?« Sorgfältig

balancierte Rose den Hut auf seinen Knien. Man hatte ihm diesen nicht abgenommen.

Sie schürzte die Lippen. »Nein«, sagte sie schroff.

Es hatte einmal ein Zusammentreffen gegeben, als sie ihn angesprochen hatte, sie zu malen, was er fast grob abgelehnt hatte. Es war zu bedauern, daß er tot war; jetzt würde er es nicht mehr ablehnen, wo sie Mortimers ganzes Geld geerbt hatte.

»Hat Ihr Schwager je einmal über ihn gesprochen?«

»Meinen Schwager habe ich selten gesehen, Herr Inspektor, und er hat nie etwas über Plums Club oder seine Bekannten dort erzählt. Von Sir Rafael Jones habe ich gehört. Wer hätte das nicht. Nimmt man an, daß er meinen Schwager ermordet und dann Selbstmord begangen hat?«

Rose war sprachlos. Das war eine Möglichkeit, die er noch nicht in Betracht gezogen hatte. Er tat es kurz und verwarf die Idee.

»Ihr Bruder, Madam, sehen Sie sich öfter? Mr Salt?«

»Wenn er im Lande ist, Herr Inspektor. Wie Sie wissen, er ist ein berühmter Forschungsreisender und Archäologe.« Sie strahlte. Seine hervorragenden Leistungen bildeten ein Hauptthema an ihren Empfangstagen.

»Steht nicht eine neue große Expedition seinerseits bevor, Madam?«

»Sehr richtig, Herr Inspektor.« Sie hielt inne. »Glücklicherweise befinde ich mich nun in der Lage, dafür Sorge zu tragen, daß es damit vorangeht.« Es bereitete ihr ein doppeltes Vergnügen, daß Juanaita ihr zu Dank verpflichtet und höflich sein mußte. Juanita war nicht die Frau, die sie für Peregrine ausgesucht hätte, und in den Anfangstagen hatte auch Juanita ihre Meinung über die Schwägerin in peinlicher Weise ausgesprochen. Seitdem herrschte um Peregrine willen ein unsicherer Burgfrieden. Doch nun hatten sich die Waagschalen dank eines Mörders endgültig zu ihren Gunsten geneigt. Das war ein guter Tag in Blackheath.

Sir James Prendergast, der für seine Dienste als Forscher in den Ritterstand erhoben worden war, schlug in einem der komfortablen Salons des Travellers' Club ein elegant behostes Bein über das andere und bewunderte dabei sein Bild in einem der goldgerahmten Spiegel.

»Ah, der arme Salt«, sagte er, wobei er die Fingerspitzen aneinanderdrückte. »Sie möchten den Grund für unsere Meinungsverschiedenheit wissen, Inspektor. Gewiß. Wir besaßen unterschiedliche Meinungen über die Quelle des Wampopo River, Inspektor. Ich erreichte sie zuerst; der arme Salt, vor Hitze im Dschungel fast umgekommen, kam zehn Tage später an, als ich schon wieder weg war, und er schwor, er habe sie zuerst erreicht. Der Öffentlichkeit gefiel es, meine Version zu akzeptieren. Die Richtige, wie es nun einmal ist. Ich fürchte, auf diese afrikanischen Häuptlinge kann man sich nicht immer verlassen. Salt näherte sich von der einen Seite, ich von einer anderen. Als ihm der Lorbeer als Entdeckungsreisender entgangen war, entschloß er sich, seine Aufmerksamkeit der Welt der Archäologie zuzuwenden, und sauste Schliemann hinterher, um ihm bei den Ausgrabungen in Troja zur Seite zu stehen. Doch o weh, als Schliemann starb, glaubte Salt, die Krone würde an ihn übergehen, aber zum Pech für Salt, allerdings nach meiner Auffassung nicht für die Archäologie, ging sie an Mr Arthur Evans über. Vor zwei Jahren erwarb Arthur Evans das Gelände mit dem Palast des Königs Minos in Knossos auf der Insel Kreta, oder wenigstens die Hälfte des Geländes. Dem lieben Peregrine hat das ganz und gar nicht behagt.

Dann mischte sich auf Peregrine Salts Seite das Schicksal mit einem weiteren dieser Kriege zwischen Griechen und Türken ein, und seitdem besteht kaum die Aussicht, daß man auf Kreta ein paar Weintrauben kaufen kann, geschweige denn ein Stück Land. Wie dem auch sei, vor ungefähr ein oder zwei Monaten hat sich die Lage beruhigt, und Salt, so gingen die Gerüchte, wollte die andere Hälfte des Grundes erwerben – wenn er nur das Geld dafür hätte aufbringen können. In diesem Fall hatte er sich vorgenommen, Evans zuvorzukommen und mit den Ausgrabungen zu beginnen. Zu seinem Unglück, Inspektor, konnte er das Geld für das Unternehmen nicht auftreiben.« Prendergasts Stimme verlor sich, als er den Inspektor fragend anschaute.

»Ihrer ganzen Rede, Inspektor, entnehme ich, daß der verstorbene Colonel Worthington in irgendeiner Weise mit Salt verwandt war. Darf ich daraus schlußfolgern, Inspektor, daß nunmehr jener Glücksumstand für Peregrine Salt eingetreten ist?«

»Er könnte es getan haben, Mr Didier, oder genauer, die beiden könnten es getan haben«, sagte Rose mit einem seltenen Ausdruck von Erregung in seinem Gesicht. »Etwas in der Art wie die Macbeths, wie Ihre befreundete Dame gesagt hat. Mrs Salt geht in den Wintergarten und ruft ihn, der alte Colonel läuft hin – Mr Salt tritt hinter der Statue des tapferen Captains hervor und erschießt ihn. Dann in den Garten und wieder ins Haus, um sich den anderen anzuschließen, die hineilen, um herauszufinden, was passiert ist. Aber Rafael Jones beobachtet beide und läßt sie es wissen, daß er sie gesehen hat, und deshalb muß auch er verschwinden. Darum locken sie Jones nach oben, töten ihn, und einer von ihnen versteckt sich im Zimmer, bis sich eine Gelegenheit ergibt aufzutauchen, abgeschirmt von dem anderen. Als wir ins Zimmer kamen, waren alle zu sehr damit beschäftigt, die Leiche anzuschauen, als daß wir in dem Augenblick etwas anderem unsere Aufmerksamkeit geschenkt hätten.«

»Und Erskine?« fragte Auguste freundlich.

Rose zögerte. »Vielleicht ist Mrs Salt von dem Gentleman zurückgewiesen worden – was lag also näher, als ihm alle diese üblen Streiche zu spielen? Schließlich ist er daran nicht gestorben, und ja, das wirkte wie ein Ablenkungsmanöver, um das tatsächliche Ziel zu verschleiern – nämlich Worthington umzubringen.«

»Das ist möglich, Herr Inspektor«, sagte Auguste. »Durchaus möglich. Wenn nicht eins wäre – was Sie sagen, könnte nicht nur für Salt und seine Frau zutreffen, sondern auch für den General und seine Frau, für Mr und Mrs Preston, sogar für Mr und Mrs Erskine, für Mr und Mrs Briton, für Lord und Lady Bulstrode.«

»Das Schlimme mit Ihnen, Mr Didier, ist, daß Sie überall zu viele Unvollkommenheiten entdecken.«

»Das stimmt, Herr Inspektor«, sagte Auguste erfreut. »Aber für einen Küchenchef ist das unerläßlich.«

»Ganz gleich, ich glaube, das ist das Rezept, nach dem ich vorgehen werde«, sagte Rose entschlossen.

Der General durchmaß den Raum.

»Planst du einen Feldzug, Arthur?« fragte Alice sanft.

Er lächelte. »Jetzt nicht, meine Liebe. Ich denke nur über Plums Club nach.«

»Über den Mord, meinst du«, sagte Alice gefaßt.

»Über Morde, meine Liebe. Es sind mehr als einer jetzt.«

»Nein, über den Mord. Schließlich begann alles mit Colonel Worthingtons Tod, nicht wahr? Glauben sie, daß wir es getan haben könnten, Arthur?«

Er neigte den Kopf. »Es könnte ihnen durch den Kopf gegangen sein«, gab er zu.

»Mit gutem Grund«, sagte Lady Fredericks gelassen.

Mr und Mrs Preston nahmen an einer Feier im Hause von Mr und Mrs Archibald Tucker teil, das neben der Fleischerei dieser Familie in Wandsworth stand, und sie gaben sich alle Mühe, so zu tun, als ob es ihnen gefiele. Immerhin gab Cuthbert Tucker, der kommende Labour-Kandidat für das Parlament Ihrer Majestät, einen Ehemann ab, wenn auch nicht den idealen Schwiegersohn.

Samuel stieß einen Seufzer der Genugtuung aus. Heute abend würde Sylvias Verlobung und die bevorstehende (baldige) Vermählung verkündet. Alles war am Ende noch unter

Dach und Fach gebracht worden. Sylvia war glücklich und hatte mit ihren ungestümen Reden von Rache aufgehört.

Gaylord und Amelia Erskine befanden sich auf einer Probe. Mit zerzausten Locken gab Gaylord vom Parkett aus seine Anordnungen; die Arme fuchtelten herum, und er rannte schließlich auf die Bühne. Sobald er auf den Brettern stand, schrie er in einem Augenblick einem schwachsinnigen Caliban seine Anweisungen zu, der wie ein dämonischer König durch eine Falltür auftrat und verschwand, im nächsten Moment verströmte er sich als Prospero im vollen Schwall der Rhetorik. Ein nervöser Ariel flatterte über die Bühne und schaffte es nicht, zur rechten Zeit am rechten Ort zu sein, auch blickte er allzu unkoboldhaft drein.

Amelia Erskine saß im leeren Parkett, wie sie es im Laufe der Jahre unzählige Male getan hatte. Sie hielt es für richtig, dem Ehemann die volle Unterstützung zuteil werden zu lassen, und niemand fühlte sich etwa dadurch abgelenkt, daß sie las oder strickte. Schließlich mußte sie ja die Damen, die mitspielten, im Auge behalten. Sie erinnerte sich an das Gespräch beim Frühstück.

Selbst jetzt brachte sie es nicht über sich, Erskines Arbeitszimmer zu betreten. Wieso mußte es ausgerechnet in ihrem Hause passieren? Gut, sie wußte es natürlich. Alle waren versammelt; deshalb war es für jemanden, der sich mit Mordgedanken trug, die perfekte Gelegenheit, und das Opfer würde sich nicht vorsehen, weil es sich ja in der Menge befand. Rafael Jones hatte sie schließlich noch nie leiden können. Immer wollte er Gaylord malen, niemals sie.

Charlie und Gertie Briton dinierten bei Romano auf der anderen Seite der Strand. Sie war vermutlich die einzige Dame dort, und sie hatte darauf bestanden, mitzugehen als eine Art von Entschädigung, die sie dem reuigen Charlie abfordern konnte. Ein Zeichen, daß alles wieder gut war zwischen ihnen, daß der Ärger glücklich überstanden war. Fasziniert starrte sie auf die Girls vom Gaiety Theatre, die nach der Vorführung mit ihren Begleitern speisten. Es galt immer noch als gewagt für eine anständige Dame, zum Dinner auszugehen, selbst in Begleitung des Gatten. Wie sie die hübschen, schön gekleideten Mädchen beneidete, die da plauderten und lachten und mit ihrer Extravaganz das Restaurant beherrschten. Sie beobachtete sie scheel. Gaylord hatte sich von all diesen Mädchen immer die schönsten ausgesucht. Einen Augenblick fragte sie sich, ob Charlie das auch getan hatte, verwarf dann aber den Gedanken. Charlie war ihr ganz und gar ergeben.

»Charlie, hat man schon herausgefunden, wer der Mörder war?« fragte sie arglos. »Sie verdächtigen dich doch nicht mehr, oder?«

Charlie sah sie an und konnte nicht widerstehen: Ihr war noch nicht vollständig vergeben. »Uns beide, glaube ich«, sagte er beiläufig. »Mann und Frau, die zusammengearbeitet haben, nimmt man an. Das hat mir eine Freundin erzählt.«

Philip Paxton begrüßte Rose argwöhnisch. Was wollte der Inspektor dieses Mal? Dann zitterte er vor Angst, als er hinter diesem die leibhaftige Vergeltung in Gestalt von Auguste Didier eintreten sah.

Auguste schaute sich in dem kleinen Zimmer um, in dem die Utensilien eines herumziehenden Künstlers unordentlich herumlagen: ein Zylinder, Plakate längst vergangener Programme, der Frack eines Zauberers, die *profondes* in den Schwalbenschwänzen, eine Photographie von Mr Paxton im Kostüm eines Clowns, eselsohrige Noten, über den Tisch verstreut.

Paxton erbleichte. »Ich bin nur hingegangen, um ihm nahe zu sein«, antwortete er ehrerbietig auf Roses barsche Frage bezüglich seiner Anwesenheit in Plums Club.

»Sie mögen ihn, wie?« schleuderte ihm Rose ins Gesicht.

»Mögen, Herr Inspektor?« fragte Paxton erstaunt. Das

Wort allein war offensichtlich eine Majestätsbeleidigung. »Unter Sterblichen ist er ein Gott.«

»Aber dieser Gott hat ihnen vor etlichen Jahren den Laufpaß gegeben.«

Paxton machte ein Gesicht, als wäre er nahe daran zu weinen. »Sie verstehen das nicht, Herr Inspektor. Das lag an seinem edlen Wesen. Er wußte, daß ich die Rolle des Butlers nicht mit der Finesse, mit der Kraft spielen konnte, die sie erforderte, und obwohl es ihm Höllenqualen bereitete – so sagte er zu mir –, mußte er mich gehen lassen. Auf der Bühne der Music Hall bin ich viel besser«, fügte er ein bißchen hochmütig hinzu. »Ich möchte nur ab und zu in seiner Nähe sein.«

»Umm«, sagte Rose. »Und wie nahe sind Sie ihm an jenem Abend gekommen, Mr Paxton?«

»Ich kam da einfach als Kellner hinein«, antwortete er niedergeschlagen, wobei er Auguste Didiers Blick auswich. »Ich hatte es gar nicht vor, glauben Sie mir, doch als ich all diese Gentlemen im Frack eintreffen sah, dachte ich, na, ich sehe ja genauso aus wie sie. Ich hatte mich schon für meinen Auftritt später am Abend um halb zwölf in der Alhambra Music Hall umgekleidet. Deshalb hatte ich – ich schloß mich der Schlange an«, sagte er tapfer.

»Und dann …«, unterbrach Rose schnell, damit der Küchenchef nicht seinem angestauten Zorn Luft machte.

»Dann habe ich – äh – abgewartet.«

Auguste stöhnte. »Und was für furchtbare Dinge sind geschehen, mit diesem Mann als Kellner?« befragte er die Götter.

»Ich habe meine Arbeit ordentlich gemacht«, sagte Paxton trotzig. »Das ist doch mein Beruf, geschickt zu sein, mit Tellern zu jonglieren. Ich habe sogar schon mit dem Gedanken gespielt, eine solche Arbeit anzunehmen – falls nötig«, fügte er hinzu.

Nicht, solange Auguste Didier mit diesem Beruf etwas zu tun haben würde.

»Und Sie blieben den ganzen Abend dort?«

»Nein, die Aushilfskellner verließen nach und nach den Club, nachdem das Essen serviert worden war und die Prozession anfing. Und ich mußte mich auf den Weg machen, um rechtzeitig zu meinem Auftritt ins Alhambra zu gelangen. Ich ging durch die Gartentür, damit ich nicht noch einmal die Küchenräume passieren mußte, wollte zum Tor auf die York Street hinaus. Da habe ich es gesehen.«

»Was?« fragten Rose und Auguste gleichzeitig.

»Ich sah, wie ein alter Mann mit einem komischen Hut in den Wintergarten gerannt kam, dann blieb er stehen, schrie auf und kehrte wieder in den Salon zurück. Dann stürzten alle in den Raum, in dem er sich befand.«

»Und wer war da noch im Wintergarten, als er hinauslief?« Rose hielt den Atem an.

»Das war ja das Seltsame«, sagte Paxton erstaunt. »Es war überhaupt niemand dort.«

Rose atmete tief durch. »Ich glaube Ihnen nicht, junger Mann.«

»Ob Sie mir nun glauben oder nicht«, sagte Paxton eingeschnappt, »genau so ist es gewesen.«

»Dann muß er Sie im Garten erblickt und aufgeschrien haben, weil er dachte, Sie wären ein Einbrecher.«

»Weshalb ist er dann stehengeblieben und wieder umgekehrt?« fragte Paxton. »Ich habe mich nicht gerührt.«

»Wir haben nun Ihre Aussage, daß Sie sich im Garten befanden«, sagte Rose mürrisch. Er wollte nicht zulassen, daß sein Zeuge den Detektiv spielte. »Vielleicht waren Sie im Wintergarten!«

»Nein«, sagte Paxton verdattert. »Und wenn - weshalb sollte er so erschrecken und brüllen, wo er mich doch direkt sehen konnte? Ich trug einen Frack. Ich hätte jedermann sein können, sogar ein Mitglied von Plums Club.«

»Nun gut«, sagte Rose resignierend. »Was geschah danach? Als er wieder in den Wintergarten hinauskam?«

»Keine Ahnung. Das weiß ich nicht. Ich war schon gegangen, wegen meines Auftritts. Denen im Alhambra gefällt es nicht, wenn man erst kurz vorher kommt.«

»Ich war schon gegangen«, wiederholte Rose düster, nachdem sie sich von Paxton verabschiedet hatten. »Das ist ein Glück, eh, Mr Didier? Der Hauptzeuge – falls wir ihm glauben –, und der verläßt den Club vor dem eigentlichen Mord. Sollen wir ihm das abnehmen?«

»Das weiß ich noch nicht. Es könnte auch sein, daß er sich an den Lieblingsplatz der Witwe schlich, Worthington im Sessel sitzen sah, dachte, es sei Erskine, und ihn dort erschoß.«

»Zwei Dinge stimmen dabei nicht«, sagte Rose scharf. »Weshalb ihn in den Wintergarten locken und weshalb Erskine erschießen? Scheint, der Kerl verehrt ihn doch.«

»Es war Erskine, der dafür verantwortlich war, daß er auf die Straße gesetzt wurde. Und vergessen Sie nicht, er ist Schauspieler«, sprach Auguste ruhig.

»Das tue ich nicht, Mr Didier. Vielleicht schauspielerte er, als er sagte, niemand habe sich im Wintergarten aufgehalten«, sagte Rose entrüstet. »Wir brauchen eine hieb- und stichfeste Aussage. Übrigens: dahinschwindet unsere Theorie von einem Ehepaar.«

»Wir haben nur sein Wort«, bemerkte Auguste. »Und wir haben die Aussage meines Oberkellners, daß man aus dem Wintergarten eine Frau rufen hörte.«

»Wieso hat es Paxton dann nicht gehört?« fragte Rose.

»Der Ruf erklang vielleicht in eine andere Richtung?« sagte Auguste ohne Überzeugung.

»Kein Mensch konnte jedenfalls ins Haus gelangen, ohne nicht in Paxtons Blickfeld zu geraten. Daraus ergibt sich, daß er entweder unser Täter ist oder die Wahrheit sagt.«

»Möglicherweise waren sie Komplizen?« bemerkte Auguste gescheit.

»General Fredericks, seine Frau und sein Neffe, wie?« sagte Rose langsam. »Es lohnt sich, darüber nachzudenken.«

Beim Lunch in Plums Club ging es wieder vergleichsweise munter zu. Der Mord an Sir Rafael Jones war schließlich ein Spiel auf fremdem Boden gewesen. Hatte mit Plums Club nichts zu tun. Außerdem stellte sich nun heraus, daß niemand den Knaben besonders gut leiden konnte. Natürlich hatte ihn die Königin, Gott segne sie, huldvoll empfangen, doch nichtsdestoweniger besaß er, wenn an den Gerüchten etwas Wahres dran war, einige seltsame Gewohnheiten. Angeregt von Augustes exzellenter Kapaunpastete und dem gemischten Salatteller mit kaltem Braten, standen die Zungen deshalb nicht still. Selbst Bulstrode zeigte eine Neigung zum Schwatzen, während er sich genußreich durch einen ausgezeichneteten Siruppudding arbeitete. Auguste behielt alles besorgt im Auge. Hatte er genug von allem zubereitet?

»Muß eine Frau gewesen sein«, bellte Bulstrode. »Worthington hatte etwas gegen Frauen. Dieser Jones ebenso. Merkwürdige Geschöpfe, die Frauen. Kellner, noch etwas Pudding«, brüllte er Auguste an.

»Ich kann mir nicht vorstellen, daß eine Frau den Revolver von der Wand nimmt«, wandte Preston ein. »Woher sollte sie wissen, daß sich dort einer befand?«

»Das ist ganz einfach«, schnauzte Bulstrode. »Wir haben sie doch mit der Prozession durch den Rauchsalon geführt. Ganz einfach: ihn sehen, zurücklaufen und losballern damit. Von Sinnen vor Leidenschaft, würde ich sagen. Französin möglicherweise.«

Auf dieses Stück Logik folgte nun Schweigen, nicht aber von Auguste Didier, der einen wortlosen Protestruf ausstieß.

»Lieber stelle ich mich einem Tiger entgegen als einer enttäuschten Frau«, sagte Salt. »Eine gute Suppe, Didier«, warf er Auguste zu, der sich elegant wegen dieses Lobes vor ihm verbeugte. »Obgleich ich Ihre *crécy* vorziehe«, setzte er hinzu. Das nahm Auguste schweigend hin. Die *potage de crécy* war Gladys' Sache.

»Das Weibchen des Menschen, wie?« sagte Preston zwischen den Bissen der Aprikose Charlotte.

»Frauen kann man nur auf eine Art und Weise behandeln«, sagte Briton vergnügt, womit er vom Thema Mord abkam. »Beiß in den sauren Apfel, alter Knabe, und lasse sie nicht spüren, daß du Angst hast.«

Auguste war entsetzt. Clubs für Gentlemen! Kein einziger von ihnen würde seiner Frau die Stirn bieten, wenn er nach Hause käme; nur zusammen fühlen sie sich stark. Getrennt unterliegen sie. Also, in Frankreich werden Frauen verehrt. Seltsam, diese Engländer. Bei solchen Beobachtungen fiel es ihm sehr schwer, sich daran zu erinnern, daß er zur Hälfte Engländer war.

»Ah, ein begeisterter Freund Kiplings, Mr Briton. Ich sehe, Sie reisen demnächst in den Orient? Also das ist ein Schriftsteller«, sagte General Fredericks. »›Das schwindende Licht‹. Was für ein Buch! Er ist eine Zierde unserer Kultur, wirklich ein Repräsentant unseres Zeitalters. Nicht wie diese kranken Ästheten Dowson, Beardsley, Wilde. Kipling ist ein Dichter unseres Zeitalters und wird noch lange in unserem Gedächtnis bleiben, wenn die anderen vergessen sind.«

Interessant, wie das Thema des Mordes, über das man sprach, schnell beiseite geschoben wurde, dachte Auguste, als er dem General das Ingwersoufflé servierte. So ein Soufflé hatte er das letzte Mal am Abend von »Plums Dahinscheiden« angeboten. Arbeiteten sie sich langsam, schmerzvoll an eine Schlußfolgerung heran? Folgten sie dem Faden bis in die Mitte des Labyrinths, der sie zum Minotaurus führte? So fielen ihm Salt und seine Pläne bezüglich Kreta ein, und er schaute die Tafel hinunter, dorthin, wo der Mann saß, der sich für alle um ihn herum mit ungebärdig vorgestrecktem Kinn als Autorität aufspielte. Gewiß blickte er selbstzufrieden drein, und das konnte er auch, wo doch die Erfüllung seiner Wünsche bevorstand. War dieser Mann, der so gierig seine *bavarois* aß, für den Tod zweier Männer verantwortlich? Sicherlich nicht. Doch einer hier war es.

Die Unterhaltung hatte sich wieder dem Militär zugewandt, dem Überfall Jamesons, dem Aufstand im Matabeland und dem jüngsten Auftreten dieses Burschen Baden-Powell und dann mit geringerem Interesse, weil man es für eine Angelegenheit der Ausländer hielt, den armenischen Massakern in Konstantinopel, von denen die Nachrichten gerade hereinkamen.

»Diesen Teil der Welt kennen Sie doch, nicht wahr, Salt?« fragte Preston.

»Gewiß«, sagte Salt und richtete sich darauf ein, sich darüber zu verbreiten.

»Wollen Sie uns nicht darüber eine Ihrer Vorführungen mit der Laterna magica bieten, Salt?« murmelte Briton boshaft und unschuldig.

Ein plötzliches Anschwellen der Unterhaltung übertönte Salts Antwort für den Fall, daß er die Anregung aufgegriffen und sofort ausgeführt hätte. Juanita mit Helenas Juwelen und ein paar trübe Bilder von tiefen Löchern hatten das kollektive Interesse von Plums Club an der Archäologie für viele Jahre erstickt. Worthingtons Rolle als Langweiler des Clubs hatte ein würdiger und aktiverer Nachfolger übernommen.

Auguste hatte einmal an einer solchen Vorführung teilgenommen – er mußte notgedrungen, da er in dem Salon Dienst hatte –, und er dachte nicht an die Archäologie, sondern an das Medium. Welchen Gebrauch würde Erskine davon machen, wo doch nun die bewegten Photographien aufkamen? Was würde die Zukunft noch bringen?

»Ich habe gehört, Sie brechen bald nach Kreta auf, Mr Salt?« Sergeant Stitch, der sich Notizen machen sollte, schrieb drauflos, als sein Chef die Salts zum dritten Male vernahm.

Salt wurde steif. »Ich hoffe doch, Inspektor«, sagte er vorsichtig.

Juanita hatte nichts Vorsichtiges an sich. »Ja, er fährt dahin Löcher gwaben. Noch mehr Schmuck für mich.«

»Sie fahren mit, nicht wahr, Mrs Salt?«

»Nicht gleich«, sagte sie bedauernd. »Zu viele Kämpfe mit

den Türken. Ich fahwe hin, wenn Pewegwine Knossos ausgegwaben hat.«

»Knossos?«

»Der Palast des Minos«, sagte Salt widerstrebend.

»Sie kennen die Geschichte vom Minotauwus? Von Jason und den Awgonauten?« warf seine Frau sehr eifrig ein.

»Muß eine Menge kosten, ein solcher Ausflug«, sagte Rose aufrichtig. »Aber jetzt, wo Ihre Schwester ...«

»Mildred ist sehr freundlich«, erwiderte Salt leise, sich ganz in der Gewalt habend. »Ich kann nicht so tun, als wäre dieses Geld kein Zufall.«

»Das ist furchtbar nett«, stimmte Juanita von ganzem Herzen zu. »Jetzt fahwe ich mit, und Pewegwine kann Awiadnes Juwelen ausgwaben und sie mir umhängen. Haben Sie die Bilder von mir mit der Kette der Königin Helena gesehen, Inspektor?«

»Ich hatte nicht das Vergnügen, Madam«, begann Rose törichterweise, denn ein verschmitztes Lächeln überflog ihr Gesicht, und sie erhob sich und wogte in ein Nebenzimmer. Als sie wieder auftauchte, trug sie ein Bündel Photographien. Sie hatte nicht lange gebraucht, aber lange genug, daß Rose durch die geöffnete Tür sehen konnte, daß eine Wand des Nebenzimmers mit Trophäen geschmückt war und mit den Gewehren, mit denen anscheinend einige der Trophäen erlegt worden waren.

»Sind Sie Jäger, Mr Salt?«

»Inspektor, jeder, der in solche Gegenden reist wie ich, muß schießen können.«

»Und Ihre Frau?«

»Ich - ich glaube, sie kann mit einem Gewehr umgehen.«

»Pewegwine, ich bin ein Meisterschütze«, sagte Juanita stolz und reichte die Photographien herum. »Wawum sagst du das nicht?«

»Und Sie kennen Gaylord Erskine?«

Plötzlich schwand das Lächeln aus ihrem Gesicht. »Ja, ich kenne Mr Erskine. Das ist ein böser Mann.«

Für wie böse sie ihn hielt, darüber ließ sie sich nicht aus. Wie sie so dasaßen, schien es zwischen ihnen eine Verschwörung zu geben, eine Harmonie wie selten in einer Ehe.

»Sie waren es«, sagte Rose düster. »Aber wie haben sie es gemacht?«

»Aber Paxton hat gesagt, im Wintergarten sei keine Frau gewesen ...«

»Emma, ich bin müde«, flehte Auguste. »Den ganzen Tag spiele ich den Detektiv, dann koche ich, dann spiele ich wieder Detektiv, am Abend dann bin ich Restaurantchef vom Dienst; jetzt komme ich zu dir wegen meines eigenen Abendessens, um getröstet zu werden, wegen des Mitgefühls einer Frau und wegen einem paar von deinen Brieschen, Emma ...«

»Also, ich für mein Teil, ich möchte hören, was passiert ist. Es muß etwas geben, was dir entgangen ist.«

»Natürlich gibt es das. Es gibt immer etwas, was einem entgeht«, gab er gereizt zurück. »Selbst deiner Salatsauce ist die feine Note von Anchovis entgangen.«

»Vergiß mal das Essen, Auguste ...«

»Wie könnte ich das?«

»Auguste, willst du oder soll Disraeli heute nacht bei mir bleiben?«

Die ganze Nacht lang jagten ihm Gedanken durch den Kopf und verwandelten die Träume in Alpträume. Da war etwas, das sich im Laufe des Tages ereignet hatte, etwas, das beim Lunch zur Sprache gekommen war. Aber das Gespräch drehte sich allein um Mr Kipling. »Das schwindende Licht«. Das war es. Mitten in der Nacht trieb es ihn hoch, plötzlich hellwach. Das schwindende Licht aus Roses Notizen hatte einen Funken entzündet. Lady Bulstrode hatte gesagt, daß sie, als sie im Gesellschaftssalon saß, eine hellen Schein unter der Tür gesehen hatte, der dann verschwand, zweimal. Doch es war nicht möglich, daß es einen hellen Schein gab. Der Korridor zwischen dem Morgensalon und dem Rauchsalon befand sich in der Düsternis, die für die Prozession erforderlich war; desgleichen lag der Rauchsalon im Halbdunkel, erleuchtet nur von zwei Kerzen auf dem Kaminsims. Vielleicht hatte Worthington das Gas wieder aufgedreht? In dem Falle wäre es hell gewesen, als sie in das Zimmer traten. Deshalb hätte das helle Licht auch nicht von den Kellnern herrühren können, die hereinkamen, um das Geschirr abzuräumen. Das mußte einen anderen Grund haben. Es war jedenfalls merkwürdig. Und keine Frau im Wintergarten, wenn man Paxton glauben durfte. Doch sollte man ihm glauben? Vielleicht trat die Frau vom Korridor aus ein, doch weshalb in dem Falle in den Wintergarten eilen, und wie wäre das Licht zu erklären?

Es bereitete ihm immer noch Kopfzerbrechen, als er schweigend mit Emma frühstückte und sich danach auf den Weg in Plums Club machte, um den Lunch für den Tag vorzubereiten, dankbar, daß er heute nicht auf den Markt gehen mußte.

»O Mr Didier, ich bin froh, daß Sie kommen. Das Ragguh wird nicht richtig.«

Er dirigierte das Ragout. »Gib jetzt den gehackten Hummer hinzu, Gladys«, sprach er leise, kein vorwurfsvolles Wort. Seine Gedanken beschäftigten sich noch mit dem Mord. »Und vergiß nicht, immer sachte. Das ist für die Seezunge, einen Fisch, mit dem man nicht grob umgehen darf.« Dann Juanita, dieser Ort namens Knossos. »Nur eine Spitze Anchovisessenz, natürlich kein Salz.« Knossos – »und, Gladys, selbstverständlich eine Prise von Mrs Marshalls korallenrotem Pfeffer ...« Pfeffer? Salz? Das schwindende Licht.

Er stieß einen gellenden Schrei aus; und prompt ließ Gladys den Löffel in das Ragout fallen.

»O Mr Didier, was haben Sie denn?«

»Der Pfeffer«, schrie er, »das ist es«, und er ergriff wieder seinen Ulster und rannte wie von Sinnen aus der Tür. Das Personal starrte ihm nach, als er durch den Eingang York Street hinausraste und weiter in die Jermyn Street Richtung Gwynnes Hotel. Er jagte am Portier vorbei in Emmas privates Büro, wo ihn Disraeli mit einem grauenhaften Gekreische begrüßte. Emma sprang auf und warf das Tintenfaß um, über ihre Abrechnung.

»Auguste, hast du den Verstand verloren?«

»Ja«, krähte er und packte sie um die Taille. »Komm, tanz mit mir, Geliebte. Pfeffer, Pfeffer. Es war Pfeffer.«

»Sprich grob mit deinem kleinen Jungen und schlag ihn, wenn er niest«, keuchte Emma kühl und außer Atem, als er sie herumwirbelte.

»Pfeffer, der liebsten Mrs Marshall korallenroter Pfeffer. Nie mehr werde ich den verhöhnen. Ewig werde ich die gute Mrs Marshall anbeten.«

»Auguste, wirst du gefälligst aufhören ...«

»Mir ist klargeworden, wie eine Frau am Lieblingsplatz der Witwe dasein und nicht dasein kann«, verkündete Auguste und blieb so abrupt stehen, daß Emma die Balance verlor.

»Ein Geist, vermute ich«, sagte Emma sarkastisch, während sie sich erholte und sich von ihm losriß.

»Genau«, sagte Auguste. »Dr. Pepper, liebste Emma«, und er kniete ihr zu Füßen. »Jeder Schuljunge kennt jetzt den Trick. Dr. Pepper hat sogar ein Buch darüber geschrieben. Wie man auf der Bühne einen Geist auftreten läßt. Man stellt eine Glasscheibe im Winkel zum Publikum auf, richtet ein helles Licht auf die wirkliche Person, die die Zuschauer nicht sehen können, und dessen Bild springt von der Glasscheibe auf die Bühne. Und merkst du nicht, die Türen zum Wintergarten sind aus Glas! Unsere Lady, falls es eine Lady war, stand auf dem Korridor mit einem hellen Licht hinter sich, so daß ihr (oder sein) Bild von den Glastüren durch den abgedunkelten Rauchsalon in den abgedunkelten Wintergarten geworfen wurde. Worthington saß am Kamin in seinem gewohnten Sessel, der Tür den Rücken zugewandt, er blieb aber außerhalb des Lichtscheins, so daß es von ihm kein Spiegelbild gab. Nur das unserer geisterhaften Lady. Das ist die Antwort, ich habe die Lösung«, krähte Aufguste.

»Was für ein Licht?« fragte Emma sanft.

»Was für ein Licht?« fragte Auguste verblüfft. »*Alors, le gaz* …«

»Das wäre nicht hell genug gewesen. Man braucht bestimmt einen kräftigen Lichtstrahl, einen von einem elektrischen Kohlenlichtbogen oder einer Karbidlampe …« Sie hielt inne. »Karbidlampe«, sagte sie ebenso erregt wie Auguste. »Im Abstellraum am Ende des Korridors befand sich eine …«

»Laterna magica«, beendete Auguste den Satz für sie. »Für …«

»Peregrine Salts Bildervorführungen«, sprachen sie wie aus einem Munde.

12. Kapitel

»Da schwimmt eine Fliege in der Suppe, Mr Didier.«

Schreckerfüllt flog Auguste herum, weg von seiner Aufgabe, die Fasanen *à la dauphinoise* zu würzen, weg von den ersten Überlegungen für seine Garnelensuppe *à la cerito*. Sein besorgtes Auge vermochte keine Verunreinigung zu entdecken, und er blickte auf, um Emma unverschämt lachen zu sehen und zu hören, und selbst Egbert Rose lächelte.

Auguste starrte sie wütend an. Es war zuweilen schwierig, die Rollen des Küchenchefs und des Kriminalisten miteinander zu vereinen. Gerade hatte er mit großer Sorgfalt und voller Erregung die Schlußfolgerungen erläutert, zu denen Emma und er gelangt waren, als die Fasanen seine Aufmerksamkeit beanspruchten. Nicht ungern hatte Emma für ihn die Ausführungen fortgesetzt.

Rose war sich nicht sicher, was er von Emma Pryde halten sollte. Zog sich merkwürdig an, das war sicher. Der scharlachrote Schal paßte nicht zu dem gelben Rock – doch irgendwie besaß sie Stil. Er konnte sich jedoch kaum vorstellen, daß Mrs Rose in dem kleinen Wohnzimmer in Highbury mit ihr plaudern würde.

»Oh, ich leugne ja nicht, daß es plausibel klingt. Es scheint mir einfach nicht sehr wahrscheinlich zu sein. Jedenfalls nicht in England. Klingt mehr nach etwas, zu dem einer von diesen Borgias fähig wäre. In der Regel ist Mord unkompliziert, Mr Didier. Verstehen Sie, ich leugne nicht, daß da etwas dran sein könnte; deshalb werden wir uns die Laterna magica einmal anschauen. Doch selbst, wenn Ihre Idee stimmt, sagt sie noch nichts darüber, wie der Mord ausgeführt wurde.«

»Aber doch, Herr Inspektor. Als der Colonel das erstemal in den Wintergarten läuft, verschwindet der Geist – denn die Tür zum Rauchsalon ist geschlossen, während er hinauseilt. Unser Täter versteckt sich im Abstellraum, während wir alle in den Wintergarten stürzen – und könnten Sie sagen, wer sich in der Gruppe befand und wer nicht, Herr Inspektor? Dann kommt er wieder hervor und macht den Trick noch einmal. Dieses Mal erschießt der Partner den Colonel im Wintergarten.«

»Warum hat ihn die Person im Wintergarten nicht einfach gerufen? Schließlich behauptet John, daß er eine Stimme vernahm, und die gehörte einer Frau. Wieso muß überhaupt jemand im Korridor gewesen sein?«

»Weil unser Mann im Garten niemand am Lieblingsplatz der Witwe gesehen hat, als Worthington hineilte.«

»Hat sich versteckt«, sagte Rose lakonisch.

Auguste und Emma schauten ihn vorwurfsvoll an. Gelegentlich, so dachte Auguste voller Gewissensbisse wegen seines Treuebruchs, ermangelt es Inspektor Rose einfach an Phantasie.

»Inspektor Rose«, sprach er geduldig, »Sie denken, Sie haben einen Geist gesehen. Wenn Sie hinkommen, ist der Geist weg. Was würden Sie nun machen? Nachsehen, ob er sich versteckt hat?«

»Ja«, sagte Rose boshaft.

»Schweinemäßiger Humbug«, sagte Emma geradeheraus.

Auguste zuckte zusammen. Den Namen des Schweins so sehr geringzuschätzen war eine Blasphemie. Die Franzosen würden niemals …

»Sie würden sich blöde vorkommen und denken, Sie haben sich das nur eingebildet; aus diesem Grunde fühlte er sich auch so belästigt, als ihn die Leute ausfragten.«

»Geister besitzen keine Stimme«, sagte Rose, der langsam verwirrt wurde.

»Ein Papagei«, sagte Emma strahlend.

»Papagei?« wiederholte Rose ungläubig.

Emma war so anständig zu erröten. »Ein Bauchredner dann eben«, fügte sie flau hinzu.

Eine Pause entstand, als sich Rose und Auguste bemühten, sich die stattliche spanische Galeone Juanita Salt als Bauchrednerin vorzustellen.

Nachdem Auguste nur einen leicht bedauernden Blick auf die ihn entzückende Zubereitung des Lunchs geworfen hatte, führte er sie zum Abstellraum am Ende des Korridors zwischen Morgensalon und Rauchsalon. Auf dem Wege nahmen sie den besorgten Oliver Nollins mit, der sich wunderte, wohin sich diese entschlossene Gruppe - der eine Frau angehörte, wie seine entsetzten Augen registrierten - wohl begeben würde.

Gott sei Dank, es war früh am Morgen, so daß sich erst wenige Clubmitglieder im Morgensalon verschanzt hatten. Trotzdem trottete er unsicher hinter ihnen her, wobei er nach rechts und links schaute.

Mit einer dramatischen Geste riß Auguste die Tür auf. Die Laterna magica stand noch da; sie ruhte friedlich auf dem Tisch, und nicht etwa auf einem einfachen Tisch, sondern auf einem Tisch auf Laufrollen - auf einem Servierwagen.

»Sind so gefährlich, diese Karbidbeutel«, stöhnte Nollins. »Ich sage das ständig zu Mr Salt. Er reagiert gar nicht drauf.« Angeekelt schaute er auf die unhandlichen Beutel zwischen den doppelten Pappdeckeln.

»Nun, Mr Didier, machen Sie es mir vor«, sagte Rose resigniert. »Überzeugen Sie mich.«

»Das geht nicht bei Tageslicht, Monsieur. Wir müssen es im Dunkeln versuchen. Heute abend, nachdem die Clubmitglieder gegangen sind.«

Eine halbe Stunde nach Mitternacht waren die letzten hartnäckigen Clubmitglieder in die warme Nachtluft hinausgetaumelt, und Oliver Nollins rollte mit verschlafenen Augen, aber entschlossen dabeizusein, die Laterna magica an die richtige Stelle.

Das war Sergeant Stitchs großer Augenblick. Zum maßlosen Erstaunen von Egbert Rose stellte sich heraus, daß Stitch verborgene Talente besaß. Seine freie Zeit widmete er eifrig dem Laientheater. Da ihm sein Dienst kaum Gelegenheit ließ, zur rechten Zeit auf den Brettern zu erscheinen, hatte er sich, der Not gehorchend, als Bühnenarbeiter spezialisiert. Die Beleuchtung bildete seine starke Seite, und er hatte es darin zu einer gewissen Perfektion gebracht.

Das Gas wurde aufgedreht, die Karbidlampe angezündet, und in wenigen Minuten ergoß sich durch die Blende der Laterna magica ein heller Schein in den Korridor. Die Gasbeleuchtung im Korridor und im Rauchsalon wurde bis auf das Minimum heruntergedreht, und Auguste stellte sich neben die Tür zum Wintergarten.

Inspektor Rose fand sich damit ab, an Colonel Worthingtons Stelle im Sessel Platz zu nehmen, und Emma wartete auf den Augenblick ihres Ruhms. »Jetzt«, rief Auguste. Den Lichtstrahl aus der neben ihr stehenden Laterna magica voll auf sich gerichtet, stieß Emma die Tür zum Rauchsalon auf.

Rose wandte sich dem Lieblingsplatz der Witwe zu.

»Nun?« fragte er. »Wo ist die Erscheinung, Mr Didier?«

Auguste eilte hinein. Nichts war zu sehen. Er fühlte sich gedemütigt. Er konnte doch nicht unrecht haben. »Die Türen«, murmelte er vor sich hin. »Vielleicht hat sie der Colonel offen gelassen, aber es müßte trotzdem gehen, wenn der Winkel stimmt.« Er bewegte die Türen. Immer noch nichts.

Aber er hatte den Tag damit zugebracht, Professor Hoffmanns Handbuch durchzugehen und Dr. Peppers Darlegung, sowie mit dem großen Maskelyne. Er mußte recht haben. Wieder bewegte er die Tür.

»Da ist etwas«, sagte Rose mißgünstig. »Aber es ist sehr schwach.«

Wild rannte Auguste hin und her, erst zum Fenster, dann zur Tür.

Draußen auf dem Korridor keuchte Stitch schwer bei der Arbeit.

»Ich hab's«, rief er im gleichen Augenblick, als Rose, der in den Wintergarten schaute, aufschrie, weil ihn eine durchsichtige Emma von dort her trotzig anstarrte. Er wurde ganz bleich im Gesicht.

»Ich habe es geschafft, Herr Inspektor«, krähte Stitch, entschlossen, seiner Leistung Anerkennung zu verschaffen. »Es war das Licht. Als es von der Seite kam, wie beim ersten Versuch, besaß es nicht die Stärke, verstehen Sie. Aber in einem Winkel, gerichtet auf die Wand hier, wird es auf Mrs Pryde zurückgeworfen und wird dadurch stärker. Und es bricht sich, sehen Sie, so daß man keinen verräterischen scharfen Lichtkreis um sie bekommt.«

»Gut gemacht, Sergeant«, sagte Rose, kurz angebunden. Immer noch war er bleich. Wenn er es nur gleich Mrs Rose erzählen könnte. »Möglicherweise hat man es so gemacht, Mr Didier; das ist alles, was ich sagen kann. Ob es so war oder nicht, müssen wir immer noch beweisen.«

»Es gibt für alles eine Erklärung, verstehen Sie«, sagte Auguste stolz.

»Das hast du schon über ›Will, die Hexe und die Hüterin‹ bei Maskelyne and Cook gesagt«, bemerkte Emma sarkastisch, »und das konntest du auch nicht erklären.«

»Unser Will ist genau so trickreich. Und Juanita Salt eignet sich gewiß als Hexe. Werden Sie die Salts festnehmen, Herr Inspektor?«

»Nicht zu dem jetzigen Zeitpunkt, Mr Didier.« Rose war schockiert. Hatte Mr Didier so wenig gelernt? »Was haben wir denn gegen sie in der Hand? Nichts als ein Motiv und eine unausgegorene Theorie von Ihnen. Nur eine, vergessen Sie das nicht. Wir wissen nicht, wie sie den Mord an Jones ausführten. Falls sie das taten. Theorie, alles graue Theorie, und der Polizeipräsident hält nicht viel von Theorien. Das ist, als ob man das Rezept äße, ohne das Gericht.«

»Das eine weckt den Appetit auf das andere«, sagte Auguste ein wenig rebellisch.

»Wir könnten sie bestimmt überrumpeln und zu einem

Schuldgeständnis zwingen«, sagte Emma eifrig. »Stellen wir ihnen eine Falle. Sie können meine Person durch das Zimmer projizieren - ihnen vorführen, wie es gemacht wurde, und sie werden sich verraten.«

»Und falls nicht, Miss?«

Emma konnte es nicht leiden, wenn man Miss zu ihr sagte. »Dann ist auch nichts weiter passiert.«

»Außer daß der Polizeipräsident denkt, ich habe den Verstand verloren«, sagte Rose verletzend. »Er verläßt sich auf Beweise, nicht auf Vorführungen mit der Laterna magica. Bescheidene kleine Beweise, aber brauchbare. Selbst wenn sich das nicht mit Ihrer französischen Logik messen kann, Mr Didier«, stichelte er.

Auguste setzte sich die Mütze auf und warf sich in das Inferno, aus dem das übliche organisierte Chaos hervorgehen würde, das anzeigte, daß die Vorbereitungen zum Lunch im Gange waren. Er blickte sich in den Küchenräumen um. Wie hatte jemand einmal die Küchenräume des soeben eröffneten Reform Clubs beschrieben? »Weiß und rein wie eine junge Braut.« Im Augenblick sah die seine mehr wie eine alternde Matrone aus, obgleich deshalb nicht schlechter. Reife ist in einer Küche das, worauf es ankomnmt, wie bei einer Frau. Seine flüchtigen Gedanken wanderten nicht zu Emma, sondern zu Tatjana, die er für immer verloren hatte. Was tat sie gerade? Ob sie jemals an ihn dachte? Betrachtete sie ihn als den unerfüllten Traum ihres Lebens? Solche melancholischen Erinnerungen verbannte er nun aus seinem Kopf; es war an der Zeit, sich der Logik zu bedienen, die Gedanken kurz anzubraten und sie nicht auf der falschen Seite zu rösten. Ihm fiel Soyers Beschreibung der beiden Methoden ein: wie wichtig es ist, etwas kurz anzubraten, so daß man ein Maximum erreicht, die Zartheit der Gedanken dabei. So bewahrte man sie, fast wie bei den Koteletts *à la victime*, ein Rezept, das nach Soyers Kenntnis vom Koch Seiner Majestät Louis XVIII. erfunden wurde, wobei drei Koteletts zusammen nahe am Feuer gebraten und die beiden äußeren dann weggeworfen wurden, so daß das mittlere perfekt zubereitet war. Was für geistreiche Männer die *grands maîtres* waren, so geistreich wie auch er, Auguste Didier. Die Vorstellungskraft, das Flair, die Menschlichkeit, die das gesamte menschliche Wesen in sich aufnimmt, die sind erforderlich, um die Kunst der Ernährung zu verstehen. Zu braten, kurz anzubraten. Er erinnerte sich an Soyers Geschichte über seinen französischen Freund, der sich danach erkundigte, zu welchem Zweck Guy Fawkes denn durch die Straßen getragen wurde. Als man ihm erzählte, wen er darstellte, antworetete er: »Ah, das kleine Scheusal, das ›das Parlament kurz anbraten‹ wollte.« – »Nicht anbraten, in die Luft jagen«, sagte Soyer. Als der Freund bemerkte, das sei doch fast dasselbe, bediente sich Soyer seiner Logik und gelangte zu dem Schluß, daß Mr Fawkes sehr wohl den Wunsch gehabt haben könnte, das Parlament anzubraten.

Die Anwendung der Logik. Warum war Worthington hinausgestürmt? Alle hatten sein Gesicht gesehen. Er hatte einen Schock erlitten. Würde man auf einen Geist zurennen?

Nein. Nur, wenn es der Geist von jemandem wäre, den man kannte. Man würde langsam gehen, nicht eilen, besonders bei einer Geistererscheinung. Unwahrscheinlich. Eine Frau also. Der Schock, die Ungeheuerlichkeit, eine Frau dort zu sehen, selbst wenn sie ein Geist war. Jemand, den er kannte. Zu welcher Frau wäre Worthington hinausgerannt? Welche Frau hatte in seinem Leben eine Rolle gespielt? Didier begann, die Zutaten für das *jambon à la cingara* zusammenzustellen – man mußte vorausdenken, planen, wie der Mörder geplant hatte. Unterdessen gab es noch andere unmittelbare Vorbereitungen für den Lunch zu treffen. Die Frauen im Leben Worthingtons waren seine Haushälterin, seine Schwägerin … Rosie! Auguste hatte eine plötzliche Eingebung. Könnte ein zwölfjähriges Mädchen den Trick mit der Laterna magica ausführen, selbst wenn ihr jemand half? Er schnitt die Tomaten auf, während seine Gedanken weiterwanderten. Liebesäpfel sind sie einmal genannt worden. Liebe, war Worthington jemals verliebt gewesen? Er besaß keine Frau, keine Geliebte – Frau? Aber ja, er hatte einmal eine Frau gehabt, so ging das Gerücht. Angenommen, die Frau wäre zurückgekehrt, im Wintergarten erschienen? Würde ihm das nicht einen Schock versetzen? Doch das ergab keinen Sinn. Wenn Auguste mit Dr. Pepper recht hatte, mußte es eine von den Frauen gewesen sein, die an dem Abend im Club waren, außer Sylvia Preston, die zu jung war. Das Personal. Und Emma! Bei dem Gedanken wurde ihm schlecht. Aber nein. Sicher konnte sie es nicht sein.

Rasch verfolgte er den Faden seiner Logik weiter. Nachdem er die Zutaten für das *jambon* bereitgestellt hatte, wandte er sich jenen für den Ananaskuchen zu. Rum, Zucker, der Teig, man nehme die Ananas – von den Westindischen Inseln? Exotisch wie Juanita Salt selbst. Könnte es das sein? Könnte sie einmal Worthingtons Frau gewesen sein? Vielleicht lag sein Regiment einmal dort. Plötzlich fiel ihm ein, daß Rose von Worthingtons früherer Laufbahn gesprochen hatte. Die Vierundzwanzigsten Grenadiere dienten in Gibraltar. Es gab offensichtlich keinen besseren Ort, um eine spanische Schönheit kennenzulernen. Doch was war geschehen? Hatte er sich von ihr scheiden lassen? Nein, Juanita war katholisch, also bestand dafür keine Möglichkeit. Doch das würde bedeuten ... Ihn befiel ein Gefühl wachsender Erregung, eine Erregung wie die, wenn man die Ofentür öffnet und sieht, daß das Soufflé aufgegangen ist, genau wie man es vorhergesagt hatte, aber mit einem letzten Fragezeichen, das noch beantwortet werden mußte. Das wäre für die Salts ein Grund gewesen, Worthington zu ermorden. Nein, die Hoffnungen fielen schneller in sich zusammen als ein schlecht zubereitetes Soufflé. Beim Anblick Juanitas hätte er keinen Schock bekommen. Salt war der Bruder von Worthingtons Schwägerin. Sie mußten einander schon begegnet sein. Oder nicht? Hatte Salt dafür gesorgt, daß sie nie zusammentrafen, bis zu dem schicksalsträchtigen Abend in Plums Club, als Damen zugelassen wurden?

Er legte die Pimentkörner sorgsam auf den Tisch. Es gab nur einen Weg, das herauszufinden: das Archiv im Somerset House. Doch vor oder nach dem Lunch? Er schaute auf einen vorwurfsvoll aussehenden Steinbutt. Auguste wollte bei der Stange bleiben. Er ergriff wieder das Messer. Es würde sich nach dem Lunch auf den Weg machen.

Inspektor Rose drückte sich die Melone so fest auf den Kopf, daß diese Geste eine ebenso große Erregung verriet wie Augustes Gehabe, wenn er eine neue Sauce entdeckte. »Ich glaube, das ist schon einen Shilling für eine Kutsche wert, Mr Didier«, verkündete er - ein sicheres Anzeichen, daß Rose genauso begierig auf die Ergebnisse von Augustes Theorie war, wie letzterer es sich nur wünschen konnte.

Der Schuhputzer vor dem Somerset House in der Strand suchte vergeblich ihre Aufmerksamkeit zu erregen, trotz des Zustands von Mr Roses Fußbekleidung.

»Selbstverständlich muß die Eheurkunde nicht hier sein. Sie könnten in Gibraltar geheiratet haben. Und wenn wir auch eine von den Salts finden, heißt das nicht, daß ihre Ehe gültig ist. Könnte sich um Bigamie handeln.«

»Das stimmt«, sagte Auguste entmutigt, »aber sollte eine vorhanden sein, kann uns das helfen, eine Richtung der Untersuchung fallenzulassen.«

»In dem Falle erscheint es mir so, daß, wenn wir eine Richtung der Untersuchung ausschließen, einhundert neue dafür auftauchen werden.«

Sie brauchten den ganzen Tag, bis sie entdeckten, daß die Eheschließung von Colonel Mortimer Worthington sachgemäß in der Kirche der Gemeinde Wilmcote in Warwickshire beurkundet war. Und was sie herausfanden, veranlaßte sie, innezuhalten.

»Mein lieber Mann, Mr Didier, jetzt wissen wir Bescheid. Das bedarf einigen Nachdenkens.«

Im »Cheshire Cheese« redeten sie lange und ernst bei einem Glas Portwein und einem Glas *vin blanc.*

»Aber ich begreife immer noch nicht«, sagte Rose nach einer Weile, »wie sie es fertiggebracht haben, Sir Rafael Jones zu töten.«

»Ich auch nicht«, gab Auguste ehrlich zu. »Aber ich glaube, wir machen erst einmal einen Besuch, nicht wahr?«

»Jawohl, Mr Didier, ich denke, das wird nützlich sein.«

Am folgenden Tage saß Inspektor Rose vor Oliver Nollins und erklärte ihm, wieso es einfach notwendig war, die Damen noch einmal durch die geheiligte Pforte von Plums Club hereinschreiten zu lassen.

»Aber warum?« Nörgelig erhob Nollins die Stimme. »Können Sie das Experiment nicht woanders durchführen?«

»Nein, es muß dort geschehen, wo der Colonel den Tod fand.«

»Wieso nicht in Erskines Haus, wo Sir Rafael Jones den seinen fand?« Nollins würde nicht kampflos aufgeben. Die Schlacht um Plums Gesundung hatte begonnen, ganz zu schweigen von seiner eigenen. Die bedauerliche Angelegenheit, daß jemand einen Musiker zur Aufnahme als Mitglied vorgeschlagen hatte, wenn auch einen reichen, schob er beiseite. Er hatte schon Halluzinationen, daß das Klavier ständig klimpern würde, und lehnte es infolgedessen ab. Zu seiner Überraschung allerdings hatten die Wünsche, Mitglied zu werden, als Folge der unwillkommenen traurigen Berühmtheit des Clubs zugenommen statt abgenommen. Berühmtheit allerdings gehörte nicht zu dem, was Plums Club begehrte. Es lag ihm mehr daran, Aufmerksamkeit zu vermeiden, als um sie zu werben. Nun würde sich wiederum der Schatten des Mordes über Plums Club senken – und, schlimmer noch, auf die Damen fallen. Man sieht doch, was passiert ist, als sie eingeladen wurden: ein Mord. Was würde noch passieren?

»Ich vermute, es gibt keine andere Möglichkeit?« fragte er ohne große Hoffnung.

»Keine, Sir. Wir müssen den Kerl herausfiltern.«

»Und Sie wissen, wer es ist?«

»Ja, Sir, wir wissen es.«

Auguste sorgte sich noch immer. Sie wußten, wer, und so unglaublich es klingen mag, sie wußten, warum. Aber sie wußten nicht, wie. Beim Mord an Colonel Worthington, ja, aber bei dem an Rafael Jones, nein. Wie haben sie das bewerkstelligt? Vielleicht kam es nicht darauf an, es zu wissen? Aber doch, der Küchenchef verlangte, daß jede Kleinigkeit stimmte, und hier handelte es sich nicht um eine Kleinigkeit: es ging um eine der Grundlagen des Gerichts.

Er schaute auf den korallenroten Pfeffer, der einst aus seiner Küche verbannt war, nun aber einen geschätzten Bestandteil bildete. Pepper. »Es wird alles mit Spiegeln bewerkstelligt.« Wie einfach es doch war, einen Geist auftreten zu lassen, wenn man es erst einmal erklärt bekam. Und wie offenbar unmöglich für den, der ihn sieht, es sich zu erklären. Seine Gedanken gingen zurück ... Er hielt inne, den Pfeffer in der Hand. Er erinnerte sich an einen Abend vor nicht allzu langer Zeit ... Vor lauter Freude lächelte er vor sich hin. Es war alles so einfach.

»*Je vous remercie, Madame Marshall*«, sprach er leise, während er den Pfeffer wieder auf den Tisch stellte. Er band die Schürze ab. Noch einen Besuch mußte er abstatten – und als Ergebnis dieses Besuches war Mr Peeps dazu ausersehen, sich höchst ernstlich zu ärgern.

»Pewegwine, ich will da nicht hingehen.« Jedes bebende Pfund Juanita Salts sagte nein.

»Meine Liebe, wir müssen.«

Aufsässig streckte sie das Kinn vor. »Angenommen sie glauben, du hast Colonel Worthington umgebwacht, um an das Geld für deine Expedition nach Knossos hewanzukommen. Angenommen ...«

»Du brauchst gar nichts anzunehmen », sagte ihr Gatte

kurz angebunden, ohne dieses Mal daran zu denken, was das für ein Gewitter nach sich ziehen würde. Es folgte keins. Juanita warf sich schwungvoll den Schal um, und sie zogen los Richtung Plums Club fast wie zur Attacke von Talavera.

Gertie Briton zeigte sich ebenfalls aufsässig. Sie sah nicht ein, weshalb sie wieder in diesen furchtbaren Club geschleppt werden sollte, bis ihr klar wurde, daß Gaylord Erskine dort sein würde.

Diese plötzliche Begeisterung entging ihrem Gatten nicht. Frauen waren der Teufel. Er was verdammt froh, daß Plums ein Herrenclub war. Wenn das vorbei war, würde er im Buch für Anregungen vorschlagen, nie mehr eine Frau hereinzulassen. Überdies würde er für seine Versetzung nach Indien sorgen, so rasch wie möglich. Sollte Gertie ihren Charme auf die Burschen da draußen ausüben.

Lady Bulstrode zog sich still an. Dann brach sie das Schweigen. »Ich vermute, es ist notwendig, Arthur?«

»Durchaus, meine Liebe. Wir sind vermutlich zwei der Verdächtigen.«

Sie schaute ihm in die Augen. »Ich verstehe, Arthur.«

Amelia und Gaylord Erskine fühlten sich ähnlich unbehaglich. Schließlich mußte er eine Probe für den »Sturm« verpassen. Seine Gedanken waren ganz erfüllt von Prospero, nicht von Colonel Worthington. Soweit es ihn betraf, war die Sache vorüber, die lästigen Vorfälle hatten aufgehört, er befand sich außer Gefahr. Der Inspektor hatte jedoch auf ihrer Anwesenheit bestanden. Was, fragte er sich, würde der Abend bringen? Frauen, auch. Nun, das ist Unsinn. Mit einem Seufzer dachte er an Gertie Briton, Juanita Salt, Sylvia Preston. Vielleicht auch an Emma Pryde.

Auch die Prestons befanden sich, einschließlich Sylvias, auf dem Wege zu Plums Club. Sylvia war nun eine frisch verheiratete Frau und hätte es liebend gern vorgezogen, nicht hinzugehen und Gaylord Erskine gegenübertreten zu müssen. Jedoch hatte der Inspektor darauf bestanden, obwohl ihm ihr Vater eine Beschwerde beim Polizeipräsidenten angedroht hatte.

Lord Bulstrode war verärgert. Dies war nicht sein Abend für den Club, aber das bekam der Inspektor nicht in seinen Kopf hinein.

Wieder einmal machte sich ein Gast auf zu Plums Club, dieses Mal auf Einladung. Dann nahm Philip Paxton seinen Platz im Garten ein, um sein Idol im Auge zu behalten.

Die übrigen Mitglieder von Plums Club entrüsteten sich darüber, daß sie an diesem Abend aus dem Haus ausgesperrt waren; es war die Rede davon, auszutreten, aber am Ende behalf sich die Mehrheit mit ihren anderen Clubs, und der Rest fand Ersatz am häuslichen Tisch. Emma Pryde traf in ihrem besten Abendkleid an der Küchentür ein, das erheblich tiefer ausgeschnitten war als jene, welche die Clubmitglieder gewöhnlich außerhalb der Wandelgänge des Empire Theatre zu sehen bekamen. Da Emmas Busen nicht solche Proportionen aufwies wie diejenigen der Besucherinnen des Empire, war sie glücklicherweise nicht imstande, für ein vergleichbares Aufsehen zu sorgen. Auguste freute sich nicht, sie zu sehen. Emma besaß die Gewohnheit, ihm die Schau zu stehlen – in dem Falle wörtlich: das Scheinwerferlicht. Er informierte sie über die Tiefe ihres Dekolletés. Sie nahm keine Notiz davon.

Er stand unter einer Anspannung, als befände er sich unmittelbar davor, letzte Hand an eine *grosse pièce* zu legen. Würde alles klappen? Würde die Garnierung, wie beabsichtigt, verführen? Alles würde von der Darbietung abhängen. Plötzlich freute er sich über Emmas selbstbewußte, wenn auch anstrengende Anwesenheit.

Gegen zwanzig Uhr hatten sich alle im Rauchsalon versammelt. Inspektor Rose stand am Kamin, Twitch bewachte die Tür.

»Sie befinden sich hier, meine Damen und Herren, als Teilnehmer an einer Art Experiment«, begann Rose. »Wir glauben zu wissen, wie Colonel Worthington in den Tod gelockt wurde, aber nicht, von wem. Meine Idee besteht darin: wenn wir die ganze Geschichte nachspielen, könnte sie vielleicht unserem Gedächtnis auf die Sprünge helfen. Sie könnte ein paar Einzelheiten zutage fördern, wie wir dieser häßlichen Sache auf den Grund kommen und Sie alle wieder zur Normalität zurückkehren können.«

Ein tiefer sehnsuchtsvoller Seufzer von Nollins.

»Nun, da Mr Erskine hier Schauspieler ist, hat er noblerweise angeboten, mich zu unterstützen, indem er die Rolle Colonel Worthingtons übernimmt, mit Napoleons Zweispitz auf dem Kopf.«

»Vorausgesetzt, daß wir es nicht zu weit treiben, Inspektor«, sagte Erskine, der sich zur Abwechslung einmal in seiner Haut nicht wohl fühlte. »Ich bin nicht in der Stimmung, heute abend als Zielscheibe zu dienen.«

»Ich bezweifle, daß es dazu kommen wird, Sir«, sagte Rose verbindlich. »Mrs Pryde hier wird das spielen, was Sie Schauspieler die schöne Verführerin nennen. Also möchte ich die übrigen bitten, sich in der Ecke dort hinter Mr Erskine aufzuhalten.«

Sein Publikum bewegte sich besorgt, als es sich zusammendrängte. Das Gaslicht wurde kleingedreht. Nur die Kerzen auf dem Kaminsims warfen ein fahles, flackerndes Licht auf die Gesichter. Gaylord Erskine setzte sich in den Sessel, die Hände angespannt auf den Lehnen, und blickte ins Feuer.

Plötzlich sprang die Tür auf, und auf der Schwelle stand eine Gestalt, von hellem Licht umflossen, unsichtbar für die Leute in der Ecke.

»Bitte komm«, sagte eine Frauenstimme vom Wintergarten her. Auch Agnes mußte bei diesem Schauspiel eine Rolle übernehmen.

Gaylord fuhr theatralisch in die Höhe, preßte die Hand auf die Brust und wandte sich dem Lieblingsplatz der Witwe zu. Dort im Wintergarten stand deutlich die geisterhafte Gestalt von Emma Pryde. Irgend jemand schrie auf, die übrigen sperrten den Mund auf. Im Garten beobachtete Paxton verwirrt, wie sein Held kopfüber in den Wintergarten stürzte, einen weiteren theatralischen Schrei ausstieß und sich an den Türpfosten lehnte. Die Erscheinung war verschwunden.

»Vielen Dank, Mr Erskine.« Gaylord verbeugte sich und kam zurück. »Bleiben Sie, wo Sie sind, meine Damen und Herren!« übertönte Rose das Gemurmel der Unterhaltung.

Erskine setzte sich wieder. »Ich muß sagen, Inspektor, das ist leichter als Prospero.« Er strengte sich an, komisch zu sein.

Erneut wurde die Tür aufgestoßen, und wieder erschien Emmas Geisterbild im Wintergarten. Wiederum stürzte Gaylord darauf zu, und der Geist verschwand. Aber diese Mal sprang eine Gestalt hinter der Statue von Captain Plum hervor. Endlich hatte Sergeant Stitch eine Hauptrolle in dem Drama zu spielen. Unbeholfen umklammerte seine Hand einen Revolver, er zielte auf Gaylord Erskine, der seine Rolle zu Ende spielte und zu einem eleganten Haufen zusammenbrach. Nur um wieder aufzustehen, bedauernd seinen Abendanzug zu ordnen und in den Rauchsalon zurückzukehren, als Rose das Licht aufdrehte.

»Vielen Dank, meine Damen und Herren. Nun waren Sie also Zeuge, wie Colonel Worthington ermordet wurde. Jeder Schuljunge hat seinerzeit davon gehört. Dr. Peppers Geist! Erst vor ein oder zwei Jahren hat er ein ganzes Buch über das Experiment veröffentlicht. Das Schlimme ist nur, daß es zu sehr bekannt wurde. Jedermann wußte, wie die Sache zu handhaben war; deshalb hat es niemand mehr gemacht. Also geriet es in Vergessenheit. Außer bei dem

Mörder. Das Ganze beruht auf den Winkeln. Man richtet einen Lichtschein, der hell genug ist, auf die bewußte Gestalt und wirft die Reflektion auf eine Glasscheibe – und da hat man seinen Geist. Das ist eine Frage der Winkel und Entfernungen.«

»Ich muß sagen, Inspektor«, begann General Fredericks, »das ist ja alles sehr interessant, aber ich begreife einfach nicht ...«

Seine Worte wurden von einem Schrei von draußen unterbrochen. Einem Angst- und Schreckensschrei.

Die Gruppe eilte hinaus auf den Korridor Richtung Vestibül und entdeckte, daß der Laut von dem Telphonkabinett herkam, das dort zur Benutzung für die Besucher aufgestellt worden war. Darin saß Auguste Didier, zusammengesackt auf dem Schemel gegen die Wand gelehnt, der Telephonhörer baumelte von den schlaffen Händen herab. Rose, der alle Leute zurückhielt, stürzte hinein, beugte sich über ihn und stieß Anweisungen an den uniformierten Konstabler hinter ihm aus.

In ehrfurchtgebietendem Abstand, doch unfähig, sich von dem neuen, ungeplanten Schauspiel loszureißen, schauten die Versammelten wie gebannt zu. Dann folgte ein neuer Schrecken, von hinter ihnen. Ein Schrei. Sie drehten sich auf einen Schlag um. Aber im Korridor sahen sie keine weitere Leiche, sondern Emma Pryde, die, so schien es, von allen guten Geistern verlassen war, vielleicht durch den Schock.

Sie führte eine irische Gigue auf, mit fliegendem Rock und fuchtelnden Armen.

Ein paar Sekunden lang schauten alle ihr wie entrückt zu. Dann noch ein Schrei. Dieses Mal von einer männlichen Stimme aus dem Telephonkabinett. Wieder schwangen sie sich herum und entdeckten, daß sich Rose und Auguste im Telephonkabinett in Luft aufgelöst hatten.

»Er ist weg, Auguste«, rief Emma aufgeregt in das leere Kabinett. Nachdem sich die anderen Gäste ihr zugewandt und einen Blick auf sie geworfen hatten, schauten sie wieder hin und trauten ihren Augen nicht, als sie Rose und einen intakten Auguste aus dem Telephonkabinett treten sahen, das eine Sekunde vorher leer gewesen war.

»Wohin?« rief Auguste und verriet keinerlei Anzeichen des miserablen Zustands, in dem er sich allem Anschein noch ein paar Sekunden zuvor in dem Kabinett befunden hatte.

»Durch den Rauchsalon – ich konnte ihn nicht aufhalten«, schrie sie. »Er hat sich einen der Revolver genommen – und seine Frau«, setzte sie noch hinzu.

Rose bahnte sich einen Weg durch die Anwesenden, die wieder mit offenem Mund dastanden und sich nicht rühren konnten. Doch er hatte Minuten verloren. Gaylord Erskine und seiner Frau wäre die Flucht gelungen, wenn nicht Philip Paxton dagewesen wäre, der das Tor versperrte; sein Lebenstraum lag in Trümmern.

Erskine sah ihn, blickte auf den Revolver und schaute sich nach Rose um, der aus dem Wintergarten trat. »Lauf zurück, Amelia«, rief er. Dann warf er die Arme gen Himmel. »Der grausen Zauberei hier schwör ich ab«, lachte er, setzte sich die Pistole an die Schläfe und drückte ab.

Das Schluchzen einer Frau war als einziges zu hören.

Wie sich das für eine Wand in einem Herrenclub gehört, war der Revolver nicht geladen. Nur ein Schauspieler konnte nicht daran gedacht haben. Wie man es in Plums Club immer geahnt hatte: Er war kein Gentleman.

»Nein, Herr Inspektor, ganz sicher nicht.« Oliver Nollins blieb ungewöhnlich fest. »Jedesmal, wenn wir Frauen in den Club hereinlassen, begeht einer Selbstmord oder erschießt jemand anderen. Solange ich Sekretär bin, kommt mir keine Dame mehr über die Schwelle.« Und das würde angesichts dieser so rasch aufeinanderfolgenden Vorfälle nicht mehr lange der Fall sein, dachte er bei sich. Noch ein kleiner Ärger …

Emma arrangierte entzückende Erfrischungen und Gebäck, mit Geschmack und Geschick ausgewählt. Das Treffen fand in ihrem privaten Salon statt, dem Ausweichtreff zu Plums Club. Der einzige Nachteil war die Anwesenheit Disraelis – und daß *gâteau fourrée* und Éclairs angeboten wurden. Nach Augustes Meinung ein bißchen frivol für den Anlaß.

Inspektor Rose räusperte sich. Schmeckt sehr gut, Mrs Prydes Konfekt.

»Sie alle möchten wissen, meine Damen und Herren, was unsere kleine Aufführung gestern abend zu bedeuten hatte. Ich hatte eine Ahnung, daß sie so enden würde, aber wir mußten das Experiment auf diese Weise durchführen. Wir wußten sehr wohl, wer für alles verantwortlich war, doch besaßen wir keine Möglichkeit, es zu beweisen. Theoretisch hätte es jeder von Ihnen sein können.« Seine Augen wanderten über General und Lady Fredericks, die drei Prestons, eine tränenreiche Gertie Briton und einen wütenden Charlie Briton, einen erleichterten Peregrine Salt, der das Schlimmste befürchtet hatte, als er sah, welche Rolle die Laterna magica spielte, Juanita, die sich fragte, worum sich der ganze Wirbel gedreht hatte, Atkins, der keine Ahnung hatte, daß er einmal zu den Verdächtigen gehört hatte, und die Bulstrodes.

»Wir haben auf die Karte gesetzt, Erskine von der Laterna magica zu erzählen, so daß er sich außerhalb jeglichen Verdachts wähnte, in der Hoffnung, er würde sich später irgendwie verraten. Sie erfüllte sich.

Es gab – abgesehen vom Motiv – nur einen Umstand, der bedeutete, daß es niemand von Ihnen gewesen sein konnte: die Stimme der Frau. Sie sehen, nichts konnte Worthingtons Aufmerksamkeit für den Wintergarten überhaupt wecken – außer einer Frauenstimme. Aber es war niemand da; es bedurfte, wie Mrs Pryde einmal feststellte – nur haben wir das nicht sonderlich beachtet –, eines Bauchredners. Nun, Dr. Peppers Geist ist eine wohlbekannte Illusion, aber um eine Stimme zu verändern, braucht man Übung.

Also haben wir unseren Freund hier aufgesucht.« Er schaute Mr Paxton an, dem immer noch die Beine schlotterten. Disraeli hatte sich ihm auf die Schulter gesetzt, was sein Unbehagen vermehrte.

»Mr Paxton erzählte uns, er habe Erskines gesamte Laufbahn verfolgt. Aber Mr Didier wies mich darauf hin, daß Paxton ein Varietékünstler der Music Hall war, kein Schauspieler. Und Mr Paxton bestätigte, daß Gaylord Erskine vor Jahren als Music-Hall-Künstler am Variety Theatre in Wigan aufgetreten war. Er war, das ist nun offensichtlich, Zauberer; daher sein Interesse an Prospero. Und seine Partnerin auf der Bühne und auch so – war Mrs Amelia Erskine. Oder wie wir jetzt wissen, Mrs Amelia Worthington. Es gibt keine Urkunden von einer Heirat zwischen Mr Erskine und einer Dame namens Amelia. Natürlich konnten sie im Ausland geheiratet haben, aber nach dem, was Mr Paxton uns über ihr früheres Leben berichten konnte, scheint das nicht wahrscheinlich zu sein. Und Colonel Worthingtons Schwägerin gelang es, eine frühe Photographie von Amelia Worthington zu finden, womit die Sache geklärt war: dieselbe Dame.«

Bulstrode schaute verständnislos drein. Worauf wollte der Bursche hinaus?

»Das war der ganze Grund für das Verbrechen. Die Erskines waren nicht verheiratet. Das spielte solange keine Rolle, wie Worthington Amelia nicht wiedersah. Während seiner Militärzeit hielt er sich meist im Ausland auf; tatsächlich erzählte sie uns, sie habe geglaubt, er sei bei Isandhlwana gefallen. Die meisten Offiziere waren gefallen. Dann wurde Erskine in Plums Club aufgenommen – um alsbald herauszufinden, daß Worthington dort Mitglied war. Den Mann, mit dem Amelia durchgebrannt war, hatte Worthington nie gesehen, so daß Erskine sich im Augenblick in Sicherheit wiegen konnte. Doch früher oder später würde Worthington ein Bild von der angeblichen Mrs Erskine zu Gesicht bekommen. Und so legte sich Erskine Pläne für die

Zukunft zurecht, die darauf hinausliefen, daß er selbst als Opfer eines heimtückischen Feindes erschien. In der altbewährten Art und Weise aller Zauberer, die Aufmerksamkeit auf sich selbst zu lenken.

Der Vorschlag, Frauen den Club betreten zu lassen, bedeutete für ihn sowohl Nemesis als auch Gelegenheit. Er konnte sich kaum weigern, seine Frau einzuführen, also mußte er nicht allein dafür sorgen, daß Worthington ihr an dem Abend nicht begegnete, sondern auch dafür, daß er ihr niemals begegnen würde. Deshalb mußte Worthington sterben, denn Erskine hoffte, zum Jahresende in den Adelsstand erhoben zu werden.

Zuerst verschärfte er die Attentate und Zwischenfälle auf sich selbst. Dann plante er mit seiner Frau den Mord, und zwar legte er sich dessen Ausführung so sorgfältig zurecht, daß es entweder wie Selbstmord aussah oder daß es so erschien, als wäre Worthington fälschlich an seiner Stelle umgebracht worden. Den Revolver ließ er früh am Abend von der Wand des Rauchsalons verschwinden, nachdem er sich mit Munition versehen hatte, und zur gleichen Zeit bereitete er die Laterna magica mit der Karbidlampe im Abstellraum vor. Während er sich dann im Speisesaal mit anderen unterhielt, schlich sich Amelia hinaus, öffnete die Tür zum Abstellraum, so daß die Laterna magica an die Korridorwand schien (wie wir jetzt von dem guten Sergeanten Stitch wissen), stieß die Tür zum Rauchsalon auf und richtete gleichzeitig ihre Stimme in den Wintergarten, so daß sich Worthingtons Aufmerksamkeit sofort dorthin wandte und nicht hinter sich zur Korridortür.

Können Sie sich den Schock vorstellen? Die Stimme seiner Frau, die Erscheinung seiner Frau ganz wie während ihrer kurzen Ehe – die Damen erinnern sich, wie altmodisch sich Amelia Erskine an dem Abend gekleidet hatte. Und sie rief ihm zu: ›Liebling, komm bitte zurück zu mir …‹ Kein Wunder, daß er hinausstürmte, nur um zu entdecken, daß der Geist verschwunden war.

Während jedermann hineilte, um nachzusehen, was mit Worthington passiert sei, zog sich Amelia in den Abstellraum zurück und tauchte wieder auf, um sich den Leuten im Speisesaal anzuschließen. Später schlich sie sich wieder hinaus, was ziemlich leicht war, wenn sich so viele Damen in den Raum begaben, der allein ihrer Benutzung vorbehalten war, lief aber noch einmal durch die Tür auf den Korridor vor dem Rauchsalon und spielte wiederum die Geistererscheinung. Das brachte Worthington vom Rauchsalon erneut zurück an den Lieblingsplatz der Witwe. Lord und Lady Bulstrode bemerkten das Licht unter der Tür des Gesellschaftssalons, das aufschien und verlöschte, und sie nahmen an, es sei vom Rauchsalon gekommen; das stimmte natürlich nicht, es entsprang der Karbidlampe. Dann machte Amelia Erskine die Karbidlampe aus, schloß die Tür und kehrte in den Speisesaal zurück, wobei sie sich angeblich mit ihrem Mann unterhielt. Der befand sich aber im Wintergarten, wohin er von außen durch die Gartentür gelangt war. Er sprach mit Worthington, um Amelia Zeit zu lassen, in den Speisesaal zurückzukehren. Dann machte er kehrt durch die Gartentür und ergriff Amelias Arm in der Menge, die sich voranschob, um nachzusehen, was passiert war.

Erskine hatte sehr viel Glück«, schloß Rose mißbilligend, »daß er nicht auf Paxton stieß oder auf jemand anderen …« Glück hieß er nicht gut.

»Ah, nicht Glück, Herr Inspektor«, sagte Auguste, »Kunstfertigkeit – das ist es, was der Meisterzauberer sagen würde. Zeitliche Berechnung bis auf den Bruchteil einer Sekunde und ein herausforderndes Benehmen, das ist sein Handwerk.«

»Aber das Risiko«, sagte Emma mißfällig. »Warum Worthington nicht einfach vor einen Zug stoßen? Angenommen, es wäre alles schiefgegangen? Klingt mir doch reichlich kompliziert.«

»Dafür sind Sie auch kein Zauberkünstler, Mrs Pryde. Was uns kompliziert erscheint, ist es für den Magier gar nicht. Es gehört zu seiner Methode, die Aufmerksamkeit auf sich zu lenken, so daß sich die Augen des Publikums auf ihn richten und nicht darauf, was wirklich geschieht. Daher alle die Tricks, die Erskine gegen sich selbst als Opfer inszenierte. Die Anschläge auf sein Leben, die immer erfolglos ausgingen und nie sehr gefährlich waren, alle mit Unterstützung seiner Frau von ihm selbst vorbereitet. Dieser Anschlag mit dem Messer zum Beispiel. Seine Frau und eine trainierte Taube sorgten dafür, daß der gute Konstabler abgelenkt wurde. Und war das Risiko für einen Mann, der gewohnt ist, im Lichte der Öffentlichkeit zu stehen, wirklich nicht viel geringer als dabei, Worthington vor einen Zug zu stoßen? Warum das Verbrechen nicht in einer *julienne* von Beweisen verbergen und sich selbst als Opfer hinstellen? Darin liegt der Grund für die beiden Geistererscheinungen: Wir sollten auf die falsche Fährte gestoßen werden, nämlich daß ein geheimnisvoller Fremder aufgetaucht sei. Falls der Tod als Selbstmord deklariert würde, wären die weiteren Untersuchungen eingestellt worden; falls als Mord, dann hätte man angenommen, daß Erskine das Opfer hätte sein sollen.

Doch hier, in diesem einen Punkt, hatte Erskine sich geirrt. Wer, so schloß er, würde den alten Worthington, den Langweiler des Clubs, umbringen wollen außer er sich selbst? Automatisch würde man vermuten, Erskine sollte das Opfer sein. Welch Pech für ihn, daß so viele Herren Grund besaßen, Worthington verschwinden zu sehen.

Wiederum hatte er auch Glück. Als es schien, als sei die Polizei an nichts als an den Gründen für Worthingtons Tod interessiert, sprang Jones für Erskine in die Bresche. Mrs Erskine hat ausgesagt, daß er ihren Ehemann erpreßt habe. Das ist ein Fall von betrogenem Betrüger. Erst schickt Erskine anonyme Briefe an sich selbst, dann erhält er eine wirkliche Drohung von Jones, dem klargeworden war, daß sich Erskine nicht im Speisesaal aufgehalten hatte, als der Schuß fiel. Mr Preston sagte richtigerweise aus, daß Mrs Erskine hinter ihm stand und mit ihrem Gatten sprach, nur war der in Wirklichkeit gar nicht da, ein Umstand, den Jones halbbewußt wahrnahm, als auch er sie plaudern hörte, anscheinend mit sich selbst. Offensichtlich hoffte er, er könne dieses Wissen gegen Erskines Wissen setzen, was Rosie anging, mit dem der ihn schon einmal gedroht hatte, um in Plums Club aufgenommen zu werden.«

»Ich glaube immer noch, es ist ein Fall von *ne compliquez pas les choses*«, sagte Emma spöttisch. »Der arme alte Gaylord.«

»Wenn die Sache nach Dr. Pepper nicht geklappt hätte«, sagte Auguste, verärgert über ihre Anteilnahme für diesen Mörder – und über ihre mangelnde Anerkennung seiner detektivischen Fähigkeiten, »hätten sie nichts aufs Spiel gesetzt. Bis zu diesem Zeitpunkt gab es noch keine Leichen. Sie konnten ihr Opfer immer noch vor den Zug stoßen, wie du so hilfreich angeregt hast.«

Wütend starrte ihn Emma an. »Nun gut, mein alter Schwede«, sagte sie herausfordernd. »Eines hast du vergessen. Muß die Glasscheibe nicht in einem bestimmten Winkel stehen, damit die Sache mit dem Geist funktioniert? Die Prozession ging hinein und kam heraus, Worthington ging hinein und kam heraus, irgend jemand hätte doch die Glastüren bewegen können?«

Auguste machte eine selbstgefälliges Miene. »Ah, *ma petite,* da haben wir die Bedeutung des Bauchredners. Zunächst, wenn die Türen geschlossen gewesen wären, wie sie gehofft hatten, wäre das Bild direkt gerade reflektiert worden, wie in einem abgedunkelten Raum durch eine Scheibe in die Nacht hinaus, wenn eine Lampe auf das Objekt gerichtet ist. Bei geöffneter Tür wäre noch nicht alles verloren gewesen, denn da Worthingtons Aufmerksamkeit dem Wintergarten galt, von wo er die Stimme seiner Frau hörte, hätte sich Amelia bewegen und dorthin treten können, wo sie im richtigen Winkel zu der offenen Glastür stehen mußte, damit ihr Bild sichtbar wurde. Und selbst wenn der fein ausgeklügelte Plan scheiterte, dann bestand immer noch die Möglichkeit, daß die Stimme allein den Zweck erreichte, daß er sie als die Stimme seiner Frau erkennen würde. Und wenn alles nicht klappte - und er Amelia selbst entdeckte, die wirkliche Frau, dann verböte es ihm der Stolz, es dem Club kundzutun. Da wäre immer noch Zeit geblieben, ihn zu ermorden.«

»Weshalb haben sie sich dann nicht ganz auf die Stimme verlassen?« forderte ihn Emma kampflustig heraus. Sie nahm es nicht freundlich auf, wenn man sie »*ma petite*« nannte.

»Weshalb?« Auguste zögerte. »Aus zwei Gründen. Der Schreck wäre nicht so groß, denn er hätte vielleicht die Stimme nicht wiedererkannt und wäre vielleicht eher verblüfft als zu Tode erschrocken gewesen. Und der zweite Grund: Ihnen machte der ganze Wirbel Spaß. Sie kommen vom Theater, beide. Die Vorbereitungen, das ganze Drum und Dran des Zauberns - das erinnerte sie an frühere Zeiten, als sie noch jung waren. Sie waren Werkzeuge ihres Metiers. Selbst wenn Erskines Damen zum Spiel dazugehörten; ohne Zweifel riskierte er gern ein Auge. Auf jeden Fall mußte er den Glauben aufrechterhalten, daß viele Leute ihm nach dem Leben trachteten. Tatsächlich hing er an Amelia - und sie wußte das.«

Er wagte nicht, Emma anzuschauen. Danach würde er sie trösten ...

»Aber wie ist Sir Rafael gestorben?« fragte Nollins ungeduldig, denn seine Neugier ging so weit, daß er seine Sorge um den Ruf von Plums Club vergaß.

»Noch einmal Dr. Pepper«, sagte Auguste stolz. »Dieses Mal nicht die Geistererscheinung, sondern der bekannteste Trick von allen, das Kabinett des Proteus. Sie haben es im Club gesehen, verkleidet als Telephonkabinett. Es war nachts freundlicherweise von Messrs Maskelyne and Cooke hingebracht worden, an die Stelle des richtigen Telephonkabinetts, zum Ärger unseres lieben Freundes Mr Peeps. Aus seinen früheren Tagen als Zauberkünstler hatte Erskine ein paar Utensilien aufgehoben. Einige von diesen haben wir in seinem Hause vorgefunden; das größte von allen haben wir aber übersehen – das Kabinett des Proteus, das von ihm nun als Telephonkabinett verwendet wurde, direkt vor der Tür zu seinem Arbeitszimmer. Wir haben es gesehen, wir nahmen an, es wäre leer gewesen. War es aber nicht, Erskine versteckte sich darin.

Wenn man es untersucht, erscheint das Kabinett leer bis auf eine Säule in der Mitte, die das Dach trägt. Man kann um sie herumgehen; es gibt keine Ausgänge hinten, keine Öffnung im Fußboden, keine verborgenen Türen an den Seiten. Aber im Nu kann eine Person im Kabinett, während das Publikum von etwas anderem abgelenkt wird, zwei Klappen von den Seiten auf sich zu ziehen, die sich in der Mitte treffen, so daß die Säule die Verbindungsnaht verbirgt, und siehe da, die Person ist im hinteren Teil des Kabinetts versteckt; das Kabinett erscheint so wie zuvor, einfach leer. Die Seiten der Klappen werden von Spiegeln gebildet, welche die Wände wiedergeben. In der optischen Täuschung erscheint dem Publikum das Kabinett leer, und die Leute glauben, sie könnten wie zuvor die Rückwand des Kabinetts sehen. Nach demselben Prinzip funktionierte Dr. Stodares Illusion der Sphinx, und es bildet die gesamte Grundlage von Messrs Maskelyne and Cooke …« Er unterbrach sich, da ihm ziemlich spät einfiel, daß Messrs Maskelyne and Cooke wahrscheinlich nicht darüber erbaut wären, daß er ihre beliebteste Nummer enthüllte – »Will, die Hexe und die Hüterin«. Für die Neugierigen hatte es Professor Hoffmanns bewundernswertes Buch schon erläutert. Es hatte eine Weile gedauert, bis er sie überredet hatte, ihm das Kabinett am voraufgegangenen Nachmittag auszuleihen. Nur das Gewicht von Scotland Yard konnte sie am Ende dazu bewegen.

»Nun, nachdem Erskine Sir Rafael Jones erschossen hatte, schlüpfte er in das Telephonkabinett und schloß die Klappen mit den Spiegeln, während wir alle nach oben stiegen. Dann übte sich Amelia wieder einmal in einem Ablenkungsmanöver, und während sich alle Augen auf sie richteten, war er aus dem Kabinett heraus und an ihrer Seite.«

»Und Mrs Erskine?« fragte Mrs Fredericks.

»Ohne Zweifel wird sich das Gericht ihr gegenüber gnädig erweisen«, sagte Rose. »Man wird anführen, daß sie doch sehr dem Einfluß ihres Mannes unterlag.«

»Und der ›Sturm‹«, fragte Paxton besorgt.

»Die Zweitbesetzung wird die Rolle übernehmen«, verkündeteRose.

Auguste dachte nach. »Erinnern Sie sich, wie Erskine auf seiner Abendgesellschaft daraus zitierte? Er hat es uns gesagt, uns verhöhnt. ›Der grausen Zauberei hier schwör ich ab …‹ Am Ende ist er Prospero – und nun sieht er dem Prozeß entgegen. Sein letzter Auftritt – bis auf einen.«

»Verdammt, diese Pastete ist eine einzige Enttäuschung«, schnaubte Bulstrode wütend. »Diesem Koch ist etwas zu Kopfe gestiegen. Zu beschäftigt damit, den Detektiv zu spielen. Vergißt, woher er sein Geld bekommt.«

»Ich möchte doch meinen, daß sich nun alles wieder normalisiert«, sagte General Fredericks.

»Das hoffe ich inbrünstig«, sagte Preston. »Plums Club geht vor die Hunde. Ein Mord in seinen Mauern.«

»Unsinn«, sagte Bulstrode. »Das hat mit Mord nichts zu tun. Daß wir Frauen hereingelassen haben, das hat die Probleme verursacht. Außerdem war es kein Mord. Selbstmord, das sage ich. Es gibt keinen Mord in einem Herrenclub. Und damit hat es sich«, fügte er rasch hinzu, als Briton ein Gesicht machte, als wollte er etwas dazu sagen. Bulstrode blickte ihm voll in die Augen, und Britons Blick wich ihm aus.

»Da haben Sie's!« sagte Bulstrode mit Genugtuung. »Glaubt noch jemand, daß es Mord war?«

Niemand sagte ein Wort.

»Ausgezeichnet. Selbstmord also.« Er nickte zufrieden.

»Nichts Schlimmes an einem anständigen Selbstmord. Nein, das waren die Frauen. Ich habe immer gedacht, irgendwie hat Worthington recht, als er Einspruch dagegen erhob, Frauen zuzulassen. Sie sehen ja, wozu ihn das gebracht hat. Selbstmord zu verüben.«

Es gab ein allgemeines, zustimmendes Gemurmel.

»Ich schlage vor«, sagte Preston und griff sozusagen den politischen Augenblick beim Schopfe, »daß wir einen Vorschlag im Buch unterbreiten, daß der Vorstand nie mehr Frauen den Zutritt zu den Gemächern von Plums Club gewähren sollte.«

»Ich unterstütze das«, rief Salt aus vollem Herzen.

Umgehend wurde der Beschluß in die Tat umgesetzt, indem die Mitglieder sehr zur Bestürzung von Peeps sogleich ins Vestibül stürmten, um diese bedeutungsvolle Entscheidung aktenkundig zu machen.

»Und ich schlage ferner vor«, rief Charlie Briton, »daß wir vor Plums Trophäe einen Toast auf den Gründer ausbringen.«

Das Dienstmädchen, das still im Morgensalon saubermachte, war verblüfft, als die gesamte Mitgliedschaft, so schien es, durch die Tür hereingeplatzt kam und Gläser in der Hand schwenkte, und sie brach in Tränen aus, als Bulstrode bellte: »Ein Weib!« Von vier Herren wurde sie mit dem Gesicht nach unten rasch hinausgetragen.

Und dort unter der Nilpferdreliquie versicherte man sich der Zukunft von Plums Club und dankte Captain Harvey Plum dafür, daß er seine Mitglieder vor einem Schicksal bewahrt habe, das schlimmer sei als der Tod.

Emma schien ungewöhnlich gereizt zu sein, selbst für ihre Verhältnisse. Ein Teller flog quer durch das Zimmer, als Auguste sich gerade des späten Abendessens erfreuen wollte, wobei alles, was darauf war, auf dem Teppich landete.

»*Ma mie*, was hast du nur? Freust du dich denn nicht, daß du mir geholfen hast, den Schuldigen zu finden?«

»Nein«, sagte sie brummig. »Auguste, ich mag Erskine.«

»Aber er ist ein Mörder!« Auguste war entsetzt.

»Vielleicht ist er einer. Und trotzdem ist er …«, sie zögerte, »ein eindrucksvoller Mann.«

»Offensichtlich nicht«, sagte Auguste trocken, was ihm ein Stück Zitronenkäsekuchen eintrug, das an seinem Ohr vorbeipfiff.

»Er war eine Zierde des Lebens«, sprach sie mit zusammengebissenen Zähnen.

»Und bin ich keine Zierde?« platzte er heraus.

Einen wenig schmeichelhaften Augenblick lang überlegte sie. »Ja«, sagte sie ernst. »Du bist ein guter Koch, ein Küchenchef sogar, du siehst gut aus, du bist freundlich, du bist klug, aber …«

»Aber?« fragte er widerspenstig.

»Aber dich bewegen zu viele Gefühle. Gaylord und ich sind aus demselben Holz. Wir machen uns keine Gedanken. Wir spielen das Spiel bis zum Ende. Wenn wir gewinnen, gewinnen wir eben – wenn nicht, tragen wir die Folgen. Ich verstehe ihn, Auguste. Du hast ein Gewissen. Ich nicht.«

»Was sagst du da, Emma?« fragte er ruhig.

»Ich denke, es ist an der Zeit, daß du aufhörst zu glauben, du seist in mich verliebt, Auguste.«

Er schaute die Brieschen Emma an, dann Emma selbst; sein Körper verlangte nach ihr, aber sie war weit, weit entfernt von ihm. Was sie sagte, war die Wahrheit. Mit einem Seufzer erhob er sich. Die Jermyn Street sah feucht aus, kühl, nicht einladend. Der Herbst nahte. Sein Bett war verlassen.

Sie beobachtete ihn. »Komme mal vorbei, Rezepte austauschen, irgendwann, Auguste.«

Es gab kein Anzeichen, daß er sie gehört hatte, als er die Tür öffnete und ging.

Er lief die York Street entlang und bog an der Ecke ein, um auf dem Weg in seine Wohnung Plums Club zu passieren. Die Räume drinnen waren vom gelben Gaslicht erleuchtet, die Stimmen erklangen wie in alten Tagen, Plums Club wurde wieder Plums Club, ein Zufluchtsort vor der

Welt. Für alle außer ihm, Auguste Didier, einem Fremden in diesem gleichgültigen Lande. Nie würde er sie verstehen, niemals. Weder die Männer noch die Frauen.

Eine vertraute Gestalt kam die Treppe herab und schlug sich gegen den Septemberregen den Kragen hoch.

»Ah, Mr Didier, wenn ich darf, begleite ich Sie. Wieder ein Fall erledigt, eh? Ihr Mr Nollins ist glücklich.«

Auguste grunzte.

»Ich habe Sie nicht verstanden, Mr Didier.«

Auguste räusperte sich. »Ich habe Sie lediglich gebeten, Mrs Rose meine besten Empfehlungen zu übermitteln.«

Der Gatte der Dame sagte nichts, lief nur eine Weile neben ihm her, bis sich eine zweirädrige Kutsche näherte. »Also, ich fahre nach Hause, Mr Didier.«

Auguste blieb stehen, bis die Kutsche heranfuhr. Inspektor Rose würde nach Highbury zurückfahren, zurück zu Mrs Rose, zu ihrer entsetzlichen Kochkunst und ihrer warmen, tröstlichen Atmosphäre. Ein Zuhause. Die Franzosen besaßen nicht einmal ein Wort dafür: Zuhause.

Der Inspektor klappte den Regenschirm zusammen und stieg hoch. Dann beugte er sich noch einmal herunter. »Das war unser dritter Fall, Mr Didier, deshalb erlaube ich mir, Sie etwas zu fragen.«

»Bitte, Inspektor Rose, fragen Sie.« Auguste gab sich Mühe, so wie immer zu klingen.

»Ihr Besuch hat Mrs Rose sehr gefallen. Vielleicht besuchen Sie uns einmal wieder, Auguste?« Und für den Fall, daß der springende Punkt nicht bemerkt worden war, räusperte er sich verlegen. »Sie haben doch nichts dagegen, nehme ich an, daß ich Auguste zu Ihnen sage? Scheint mir irgendwie angemessen.«

Die Kutsche fuhr los, und Auguste stand da. Noch immer goß es, der Regen lief ihm in den Hals und rann in Strömen über sein Gesicht, doch im Inneren erfüllte ihn ein warmes Glühen, das ihn leichten Schrittes seiner Wohnung zu spazieren ließ.

AtV

Band 1490

Carola Dunn
Miss Daisy und der Tote auf dem Eis

Roman

Aus dem Englischen von
Carmen von Samson-Himmelstjerna

236 Seiten
ISBN 3-7466-1490-2

England in den wilden Zwanziger Jahren. Eigentlich soll die junge Adlige Daisy Dalrymple einen Artikel über Wentwater Court schreiben, das zauberhaft gelegene Gut des gleichnamigen Grafen und seiner schönen Frau. Aber der Schein der Idylle trügt: Im zugefrorenen See wird eine Leiche gefunden. Zusammen mit Alec Fletcher von Scotland Yard löst Miss Daisy ihren ersten Fall …

»*Miss Daisy und der Tote auf dem Eis* ist ein englischer Krimi par excellence mit unvergleichlich lebendigen Figuren. Wie durch die Lupe eines Detektivs sieht man die vielen Details einer anderen Zeit – ein Buch, bei dem man sofort an eine Verfilmung denkt. Perfekte Feierabend-Lektüre, intelligent und spritzig. Einfach himmlisch!« (*Courier-Gazette*)

AtV

Band 1184

Joan Smith
Ein mörderisches Wochenende

Kriminalroman

Aus dem Amerikanischen von
Susanne Tschirner

304 Seiten
ISBN 3-7466-1184-9

Ein vornehmer englischer Landsitz zu Beginn des 19. Jahrhunderts: Hier führt die junge Jessica Greenwood ein ruhiges, tugendhaftes Leben. Nur einmal im Jahr gibt es Aufregung – wenn die vier Neffen aus London kommen, um der reichen Erbtante ihre Aufwartung zu machen. Das letzte Treffen aber nimmt einen gänzlich unerwarteten Verlauf: Die ehrwürdige alte Dame wird vergiftet. Als das Testament verlesen wird, erlebt Jessica die nächste unschöne Überraschung: Sie soll innerhalb eines Jahres einen der Neffen heiraten. Die junge Frau steht vor einem Dilemma. Keiner der vier Herren ist unattraktiv, aber einer von ihnen ist der Mörder. Jessica beschließt, sich der Aufklärung dieses Mordes anzunehmen.

AtV

Band 1178 **Lydia Adamson**

Eine Katze kommt selten allein

Kriminalroman

Aus dem Amerikanischen von
Wolfgang Neuhaus

204 Seiten
ISBN 3-7466-1178-4

Alice Nestleton, ihres Zeichens erfolglose Schauspielerin, muß sich ihr Geld als Catsitterin verdienen. Ihr Job führt sie nach Maine, wo sie hofft, über die Weihnachtstage Ruhe und Frieden zu finden. Doch statt acht ausgelassener Katzen erwartet sie ein mausetoter Hausherr. Der liebenswürdige Harry Starobin wurde erhängt – ohne Motiv, wie es scheint. Alice beschließt, diesem ominösen Vorfall auf den Grund zu gehen. Die Spur führt auf die Rennbahn, wo Alice sich unglücklich verliebt – und wo eine Katze offenbar mehr als neun Leben hat.

AtV

Band 1370

Jeremy Potter
Das Geheimnis der Prinzessin von Schottland

Historischer Kriminalroman

Aus dem Englischen von Johannes Sabinski

224 Seiten
ISBN 3-7466-1370-1

England im 11. Jahrhundert. Der Normanne Wilhelm der Eroberer hat über die Angelsachsen gesiegt und sich zum König von England krönen lassen. Edith, eine schottische Prinzessin und gleichzeitig ein Sproß des angelsächsischen Königshauses, lebt in einem Kloster. Eines Abends tauchen die vier Söhne des Eroberers dort auf, um sie, die als die Rose von Ramsey in die Geschichte einging, als mögliche Heiratskandidatin in Augenschein zu nehmen. In der Nacht wird einer von ihnen umgebracht. Edith vermutet, daß des Brudermord war. Sie ahnt, daß sie sich für einen der Königssöhne entscheiden muß. Da sie keinen Mörder heiraten will, versucht sie auf eigene Faust, das Verbrechen aufzuklären.

AtV

Band 1092

Leif Silbersky/Olov Svedelid
Applaus für einen Mörder

Kriminalroman

Aus dem Schwedischen von
Christiane Vortmeyer

315 Seiten
ISBN 3-7466-1092-3

Rosenbaum ist ein hochbetagter Anwalt, den eigentlich nur noch zwei Dinge interessieren: wahre, ernste Philosophie und seine Nichte Rhea Moser. Die junge Frau führt die Stockholmer Kanzlei des Alten und steht ihm mit Rat und Tat zur Seite. Als einer von Rheas Mandanten, ein Schauspieler, dem man eine Vergewaltigung vorgeworfen hatte, auf der Bühne ermordet wird, scheint der Fall klar. Zu viele Zeugen haben den Mord beobachtet. Nur der alte Rosenbaum zweifelt, und zusammen mit Rhea macht er sich daran, das Rätsel eines scheinbar eindeutigen Verbrechens zu lösen.

AtV

Band 1570 **Jörn Ingwersen**

Schafsköpfen

Ein Krimi auf Sylt

256 Seiten
ISBN 3-7466-1570-4

Seit Jakob in mehreren Berufen gescheitert ist, lebt er in einer Hütte in den Dünen von Sylt. Eines Nachts, als er betrunken am Strand entlangwandert, findet er eine Leiche – und einen Koffer voller Geld. Doch der plötzliche Reichtum bringt ihm nichts als Schwierigkeiten. Nicht nur, daß die Polizei ihn verhört – Jakob scheint auch in einen seltsamen Bandenkrieg um die Insel geraten zu sein.

Jörn Ingwersen, der mit Schafsköpfen seinen ersten Kriminalroman vorlegt, ist auf Sylt aufgewachsen. Kein Wunder also, daß er die Insel wie kein zweiter kennt und ihre kriminellen Schattenseiten auszuleuchten versteht.

AtV

Band 1571 **Barbara Krohn**

Der Tote unter der Piazza

Roman

286 Seiten
ISBN 3-7466-1571-2

Endlich wieder in Neapel! Die junge Journalistin Marlen will sich bei ihrer Freundin Livia von turbulenten Liebeswirren erholen. Doch gleich bei der Ankunft lernt sie den Taxifahrer Salvatore kennen, der ihr das Labyrinth geheimnisvoller Gänge unter der Stadt zeigt – und schon ist sie mittendrin in einem Abenteuer ganz anderer Art, denn in einem abgelegenen Schacht liegt ein Toter. War es die Camorra? Selbstmord? Rauschgift? Ein Eifersuchtsdrama? Die Neugier der beiden Frauen ist geweckt, und mit Mut, Witz und weiblicher Intuition kommen sie einem raffinierten Verbrechen auf die Spur.

Ein spannender, intelligenter Kriminalroman mit starken Frauenfiguren, eingebettet in die faszinierende Kulisse Neapels.